U0053750

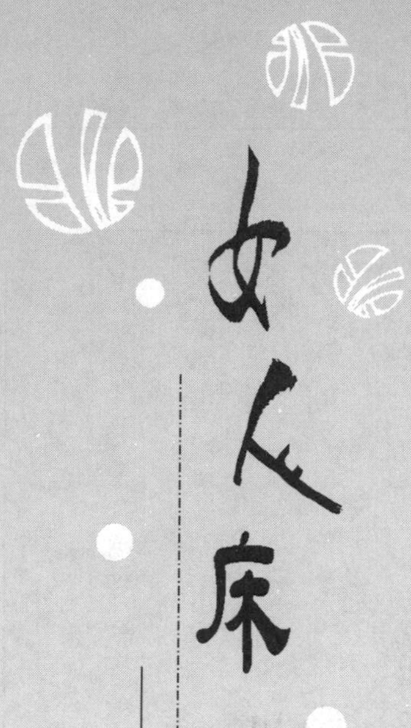

女人床

九丹◎著

女人床

作　　者：九　丹
出 版 者：生智文化事業有限公司
發 行 人：宋宏智
企劃主編：范維君
行銷企劃：汪君瑜
責任編輯：范維君
印　　務：許鈞棋
專案行銷：林欣穎、吳惠娟
登 記 證：局版北市業字第 677 號
地　　址：台北市新生南路三段 88 號 7 樓之 3
電　　話：（02）2363-5748　　　　傳真：（02）2366-0313
讀者服務信箱：service@ycrc.com.tw
網　址：http://www.ycrc.com.tw
郵撥帳號：19735365　　　　戶名：葉忠賢
印刷：鼎易印刷事業事業股份有限公司
法律顧問：北辰著作權事務所
初版一刷：2005 年 5 月　　　　新台幣：250 元
ISBN：957-818-726-2

國家圖書館出版品預行編目資料

女人床 / 九丹著作．初版．-- 臺北市：
生智，2005[民 94]
面；　公分．-- (大陸新生代作家系列)
ISBN 957-818-726-2(平裝)
857.7　　　　94004218

總　經　銷：揚智文化事業股份有限公司
地　　　址：台北市新生南路三段 88 號 5 樓之 6
電　　　話：(02)2366-0309
傳　　　真：(02)2366-0310

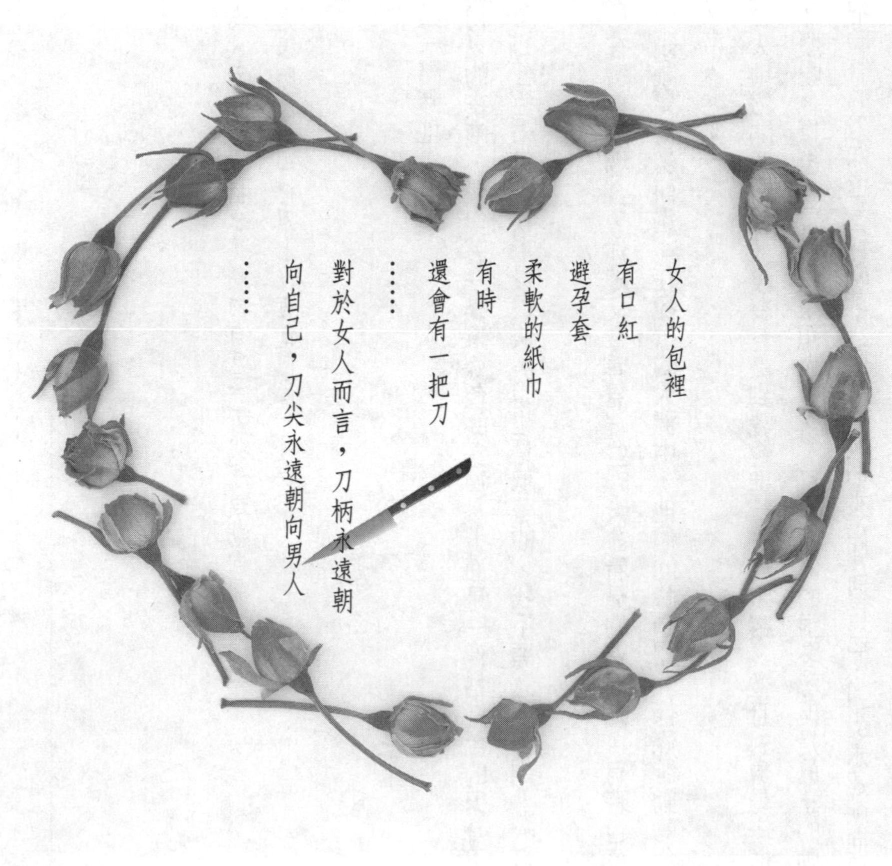
女人的包裡
有口紅
避孕套
柔軟的紙巾
有時
還會有一把刀
……
對於女人而言，刀柄永遠朝
向自己，刀尖永遠朝向男人
……

楔子——

對於女人而言，刀柄永遠朝向自己，刀尖永遠朝向男人。
地鐵光線黯淡，那把刀上沒有任何光。

1

我沿著地鐵一階階地下著。

這是一個初夏的夜晚，我穿著一條軍綠色的長褲，上面是一件桔紅色的緊身T恤。我的手上拎著一個帶子很短的紅色小包。我走得很快，頭也是低著的，我不願意讓某個熟人發現我居然還在坐地鐵。

但是，恰恰在這樣的場合，你總又會看見一些昨天才看見的熟面孔，有時也意想不到的發現往日的朋友蓬著一頭亂髮匆匆而過。在擁擠的人群中，他們的臉猶如一條條游動的魚，在你的記憶中晃一下，很快又潛入深處。

那天，從踏入地鐵開始，我並沒有意識到我會進行一場跟蹤，並且對象是一個叫阿伯的男人。跟蹤的目的是什麼呢？以後我曾爲這事想過很久，可能性眞的很多，但是眞正的動機也許只有我紅色小包裡的那把躺著的刀知道。對於女人而言，刀柄永遠朝向自己，刀尖永遠朝向男人。

地鐵光線黯淡，那把刀上沒有任何光。

2

地鐵的燈光確實比在初上大學時暗淡了，地面也不再顯得寬闊無比，而且是一天比一天髒了，到處都是污跡。也許是因為深夜的緣故，地鐵下走動的人群越來越少。但感覺中總是這樣的，那些有身分的人、那些著裝比較好的人慢慢地都離開了地鐵，走進了他們的轎車裡面。記得我曾經和阿伯看完了電影兩人一起走在長安街上時，我對阿伯說：「我們現在坐公共汽車，坐地鐵，有時搭出租。可是，我相信，要不了多久，我們就會有自己的轎車，相信我，阿伯，肯定會有的。」

現在，我的轎車在哪裡？阿伯又在哪裡？他走得突然，扔下了那些跟地鐵一樣骯髒的思想、激情還有承諾。他連個招呼都沒有打，一頭栽入河底無蹤無影。即使是一個臨終的人，只要他還有一口氣還會對家人揮揮手說我先走了，即使一個自殺要尋短見的人也會在桌上留下隻言片語。可是阿伯沒有。

地鐵深處似乎有長笛聲傳來。

3

月臺外，我終於看到了有一個人在吹長笛，他吹出的聲音跟周圍的燈光一樣慘澹。這種聲音的特質使我在人群中停下了腳步。我站著，目光落在那張臉上，想起阿伯是會吹長笛的。而且奇怪的是，這個吹長笛的人，長相跟阿伯有點像，也有阿伯的高個，也有那樣的長頭髮，甚至也有阿伯因爲顯得睡眠不足而老是顯得略爲有點蒼白的像囚徒般詩意的臉。

他低著頭，垂著目光，一心沉迷在那空洞的音色裡。我很想湊近挨著他的臉看看，看看他究竟是不是阿伯。確實，他跟阿伯有著一樣的蒼白。這種蒼白的臉不止在一個地方邂逅過，比如在西方人體雕塑裡面看到過，也在歐洲人拍的一些電影裡邂逅過。今天，這張臉又在這個吹長笛的人身上看到了。然而不管怎麼樣，那不是阿伯。阿伯應該去死。

可是像阿伯這樣的男人，有時卻活得比天空更長久，比大海更長久。

我轉過身向前走去，一陣清涼的風迎面而來。我的長髮飄起來了。我總能在此刻想像自己飛翔的姿勢，越過雲彩漸漸消失得看不見，就像阿伯那樣。阿伯是突然消失的，像被人一槍從天空打下來摔入荒野，從此杳無音訊。他究竟到哪去了，他還在北京還是眞的出國了？他的外語還是那麼好嗎？不過，他在單詞上的優勢也許已經沒有了，他肯定在其他女人的床上把自己的最後一點精力都消滅光了。他眞的會倒楣嗎？就是說那些作了惡的男人，無論他們跟上帝對話的時候語氣會突然變得多麼溫柔，他們也仍然會悖運的。我相信。不過……一切發生可能沒有那麼快，而且面對阿伯……我怎麼再次想起了德希達這個人？他說過很多與寬容有關的話，身爲一個法國的猶太人，他甚至於對猶太人在巴勒斯坦建國都感到淡漠，是不是只有淡漠了才能寬容？

長笛聲順著風再次傳來，阿伯越過了德希達，他似乎在笑。阿伯，你知道嗎？想起你來，我心裡面有的不僅僅是仇恨，更多的已經是厭惡了，我還想告訴你，長笛本身是銀色的，但是，「長笛」這兩個字是腐朽的。

4

我朝那種黑色的無窮的隧道深處看去。我覺得自己的眼睛也挺空洞的，空洞使我不覺得自己淒慘，及不覺得自己渺小，空洞使我忘卻了自己究竟在什麼地方，是在夢裡還是夢外。有時，好像是回到了過去，像是父親在同樣這樣的一個春天裡把我帶到一個眼鏡店，我試戴著一個個鏡片，於是喧鬧的世界一會是模糊的、一會是清晰的。我像惡作劇一樣選擇了一副使我更加模糊的眼鏡。那是我一生裡的第一副眼鏡。也許正是這種模糊，使我從此看不清男人和男人之間的差別，我也分辨不出誰才算是我的情人。也許只有他們的喘息聲在我靈魂裡浮動才能算是我的情人。黑夜裡的男人，透過暗夜溫柔的陰影，看見他們眼睛裡斑駁的圖案，那幽昧的光隨著顫抖和痙攣在交換。

車來了，一路叫喊著，等待地鐵的人們從不同的方向朝車箱門走去。恰恰在這個時候，在我踏入車廂門的一剎那，有一個急速走路的影子，猛地一下走進了與我相鄰的那個車廂。他似乎沒有看我。只有我看著他。

我突然意識到這個人不是別人，這個人就是阿伯。

我的臉紅了，風再次把我的頭髮高高地吹起。看來，剛才看到那個吹長笛的並不是偶然的，命運在今天把阿伯從水的深處浮上來，安排到了我的跟前。我忍不住地朝阿伯那邊看去，沒錯，就是阿伯。

我下意識地幾乎是顫抖著地握緊了手中的包。

第一部

第一章

阿伯 1

最初是在那個法國大使館的聚會上。聚會上來回播放的是《藍色的愛》。

她到的比較晚，穿的衣服有些怪異，大冬天裡她穿著一件灰色的短袖，連外衣也沒有，只是在頭上匆匆戴一頂紅色的帽子。她望著人們，神情有些慌張，似乎完全不知道這裡在開PARTY，她本來要進臥室的，卻無意中闖到了這裡。只是以後她對阿伯說那是前衛，前衛不是時尙，某種意義上有些反時尙，前衛就是前衛。說完她就笑了。用兩隻手捂著嘴，那種顫抖的樣子跟那天在聚會上給他的感覺完全不一樣。那天她的眼睛很空洞。就是這對眼睛，不知道爲什麼，阿伯感覺裡面的光像是飄忽在水上的月光，陰森森的。他有些困惑這種光是不是也屬於時尙。

但是阿伯那天沒有注意時尙，他的衣著毫不講究，無論是什麼場合他永遠是一身褐色的牛仔服。在他的房間裡甚至連鏡子都沒有。窮人阿伯到大使館來是想見德希達，哪怕對他哭一下，他也想訴說自己是一個持不同政見者，是一個被某些力量無情地邊緣化了的人，是另類，阿伯也有思想準備，如果沒有大的機會顯現，那麼聚會的主人最少也會請他們這些中國的鑽石們吃一頓飽飯。

阿伯從侍者端著的盤裡拿過一杯酒，一杯紅葡萄酒，酒杯發出一種炫紅的光。他走在木質地板上，看見四面牆上貼滿了照片，照片裡的影像很暗，隱隱約約他看不清楚，但他大概知道裡面是一個人、一個女人。他厭惡的皺了皺眉頭，想，這個無恥的攝影者竟把這種照片掛在這裡，他在標榜什麼呢？

攝影者也端著一杯紅酒來回走著，他對每一個人微笑，顯得有些可憐，像是一個膽小的人，怕稍微不周到了，就有人砸他的場子，又時不時地注意著自己女友的臉色。他對外國人說外語，有時是英語，有時是法語，他對中國人說中文，但是阿伯在讀碩士時英語過了八級，所以他聽得出他三種語言沒有一種說得好，連中文都因爲他是一個東北人而搞得有些像是雪村唱的歌。這時，又進來了一個女子，留著長頭髮，一進來眼睛就在來回瞟著，比阿伯剛才還過份，他對法國的官員笑著，說了一串法語，搞得阿伯差點沒吐出來。

麥子就是那個時候進來的。她的腿很長，那頂紅帽下的臉及裸露在外的雙臂，在阿伯那時看起來，那皮膚簡直就是神的皮膚了。她走在人群中，無論外國人還是中國人都會看她一眼，她顯然覺得今天自己來對了地方，如果這兒是電影學院表演系，或者是一場模特兒大賽，或者是一個像模像樣的妓院，那她肯定佔不了什麼便宜，因爲她想當她們中的任何一種人都不太夠格。可是她來的地方是大使館，是文化人聚集的地方，雖然她的眼睛不夠明亮，但是她的屁股和她的胸都引起了廣泛

的注意。阿伯看著她，覺得自己的生殖系統起了反應，阿伯當時就在想，斷臂的維納斯都會使自己的傢伙硬起來，更何況是麥子的屁股。阿伯以後跟她熟得不能再熟了，並且跟她「零距離」了之後，曾與她探討過這個問題，這使她很反感，她覺得阿伯下流。阿伯說：我只是在不該硬的時候硬了，是個時間問題。麥子又被阿伯逗得笑起來。

就在那個時候，音樂再一次響徹雲霄，又一次重複了《藍色的愛》。阿伯有些激動，他忘了自己開始的失望，他預感到自己與這個女孩兒可能會發生點什麼事。

她走在人群裡，靈巧地與認識的人打招呼，她看起來也認識一些這裡的外國人，她好像開始採訪他們。她與攝影者本人合了影，但是她的笑容使攝影者的女友有些不高興了，阿伯看見了就在她對攝影師都笑的時候，那旁邊的女人立刻抓緊了攝影者，就像是雨中的人用手抓緊了傘。阿伯似乎聽到了那兩個男女的吵架聲。女人罵自己的男人說：「看見這麼低級的娛記你都會動心，你有多噁心，你跟這種女人只要是睡上一覺你就會後悔的。」男人討好地說：「那不過是咱們的一次作品展覽，我得跟媒體搞好關係。」女人說：「你眞是讓我傷心。」

麥子朝阿伯這邊走了過來，像是說給身邊的人也像是說給阿伯聽的：「好笑，她眞以爲我會搶她的老公呢，好笑。」有人冷笑著說：「那也不是她的老公，是她養的一個小白臉。」

阿伯的心臟突然狂跳起來。他看著麥子，希望她能注意自己。

麥子一點也沒往阿伯看去，她的眼睛是迷惑的。她落魄地站著，紅色的帽檐幾乎遮去了她的眼睛。她說：「今天眞是讓人失望」。

阿伯猶豫著是不是接她的話。他先是讓自己的目光像手指一樣富有彈性地觸摸著她，從她的臉到她裸露的雙臂。然而她毫無知覺。他想對她說：我對今天也很失望，我的失望首先從《藍色的愛》開始的。

他兩手插在口袋裡一步一步朝她挪動。他幾乎聽到了自己的心跳，他想，也許我只消一開口她就立即像一顆糖那樣溶化。他聞到了她的體香，甚至聞到了從她口中所發出的氣息。

他還想告訴他，我失望的另一個原因就是德希達沒有來。如果他在今晚眞的不來，我一生都不應該原諒這個晚會的主人皮裏松。這個混帳的法國人，他明明出生在巴黎，卻非要說自己和德希達一樣出生在阿爾及利亞。

事實上這個好事的皮裏松，他非要讓德希達來參觀這個攝影展，並又以德希達的名義誘惑了許多對某一類知識分子不屑的另一類知識分子。比如說阿伯、比如說麥子、比如說「導演」等等。

可是像麥子這樣的女孩會對德希達眞正地感興趣嗎？她今天本身是衝什麼來的呢？是德希達嗎？不會，看她戴著那頂紅帽子，她就不可能讀懂德希達。連我阿伯這樣的人，都經常被德希達的語言弄得像進了地下水道，混亂而陰暗。

麥子是不可能眞正認識德希達的，知識分子女性，面對理論和一個男人眞正獨特的思想，永遠是附傭風雅的婊子而已。她會例外嗎？她是不是樸素一些？

他剛要轉過臉對麥子笑笑，但是就在這時有人在大喊「麥子」。

麥子 1

我回過頭去看到的是我的朋友導演柯。越過他的頭頂我看到了那個女人正朝我看著，嘴角含著幾絲類似嘰笑的表情。她好像仍然在說：看，這麼低級的女人……

那個女人有著精美的容貌和考究的服裝。她大約四十歲，穿著一件黑色的低領毛衣，一頭短髮齊刷刷地覆蓋著額頭。剛才她是突然來到我和攝影師的面前的。她的說話的聲音雖然輕柔，但卻咬牙切齒地一字一字地說：「……你跟這種女人只要是睡上一覺你就會後悔的。」

我的臉紅著。幸好我的帽子低低地，一片陰影覆蓋了我的臉，慌亂間我朝另一個方向走去，但那是牆，牆壁上掛著那個女人的照片，我放眼望去，卻第一次發現牆壁上的充滿了陰暗的照片，竟然全是這個女人，她的唇上浮起的都是嘲諷的笑容。似乎她用嘲諷組成了一條河流，一條嘩嘩流動的河流。

導演柯敞開毛衣的前襟，露出淺黑色的咽喉。

我一把抱住他。我那紅色的帽子和他年輕的笑臉碰在一起了。他的唇滑過我的臉頰，使我立即感到了淡淡的潮潤。

他問：「麥子，你怎麼還在北大，怎麼總也畢不了業，興許哪一天我還可以請你給我當女主角

呢。我最近眞的看上了一部小說，名字叫《長安街》。」

「《長安街》？這個名字不錯。」

「可惜你還在北大啊！聽說在讀什麼MBA，眞是可笑，要不然還可以到我劇組裡來混混。」

我大聲笑了起來。我知道那個女人正在遠處注視著我。我對導演說：「你是想請我當女主角？你如果讓我演女主角，我可以不讀MBA。」

「你饒了我吧！我還得要爲觀眾負責，就是我同意，觀眾也不同意。你，還是一邊讀書一邊兼職做娛記？」

我剛要張口說什麼，他突然說道：「你等等，我看見一個熟人了……回頭我再找你……」

於是他大聲地喊：「阿伯！」，邊喊邊走過去。我順著目光看過去，我想，當了「阿伯」的人起碼應該是五十歲了。但是我沒有戴眼鏡，只隱約看到那是一個頭髮較長的高個男人。

在這樣一些重大場面我總是使自己的面部清清爽爽。雖然這樣我不能清清楚楚地看清他們每一個人，但是他們是不需要看清楚的，就像一座建築，我無須弄清磚與磚之間的區別、瓦與瓦之間的不同。在大使館裡老是看到那些跟阿伯一樣的長頭髮，他們的衫衣領子很髒，對了，我還看見了那些會說法語的長頭髮，他們好幾個人都是瘸子。他們這些長頭髮的男人們眼光都是閃閃爍爍的，他們在等什麼呢？在等待著美元或者法朗嗎？

我在等什麼？等德希達？

這時又有一個男人向我走來。是皮裏松。

他摟住我的肩膀，邊說邊向前走去。他的名字雖然叫皮裏松，雖然那黃色的頭髮、高大的鼻子和陷進去的一雙藍色的眼睛清晰地說明他是外國人，法國人，可他卻說著一口純正的中國話。兩年前，他第一次來北大講課的時候，許多女生都在想：自己倚在他那滿是金色汗毛的胳膊上，沿著腳下的路走下去，走得遠遠的、遠遠的地方。然而皮裏松卻總在原地打轉。

皮裏松的眼睛泛出潮濕的光芒，像是游在水裡的兩隻小蝌蚪。他說：「別不高興啊！麥子。德希達可能是你能見到的最有風度的法國老頭，你不是喜歡象海明威那樣的老人嗎？你可能更應該喜歡像德希達這樣的老人。你也許不去讀德希達那些書，他的解構，以及他的思想對你來說可以都不重要，但是，你應該見見他，跟他零距離，要知道……」

這時皮裏松停了停，望著四周的人，說：「每一個北京的知識分子都在等著，想聽聽他跟我們直接說些什麼呢。」

我也望著四周，卻不小心又看到了那個女人，她正在對幾個男人發出了幾近瘋狂的笑聲。皮裏松也聽見了，轉過臉去。我問：「為什麼在你的牆壁上貼著那個女人的照片，到處都是，為什麼？」

皮裏松說：「你不知道嗎？今晚有人出錢。是攝影師搞的一個活動，牆上都是他的作品，他想給德希達一個印象，主要是他那個女人，那是個很富有的女人，很有錢。你聽說過沈燦嗎？」

「沈燦？」

只見牆壁上的女人宛如被風吹起的樹葉懸吊著，散發著糜爛的鬼魅氣息……我看著她，思考她究竟是誰。這時，皮裏松一把抓住我的手，說：「來，我給你介紹。」

他不由分說地緊緊抓著我的手，撥開人群。沈燦正要往外走，皮裏松呼喚著。

女人回過頭來突然看見了我。皮裏松把我朝她面前一推說：「沈總，這是麥子，《娛樂週刊》的首記，她寫的文章都是充滿了思想性的文章，大家都愛看，不過要留神，一不小心她也會把你寫進去的。」

我幾乎碰著了她隆起的胸部。女人看著我，輕輕點了點頭，我也點點頭。我猶豫著不知道是不是該伸出手，於是就注意她會不會跟我握手。她沒有，挺直的身子一動也不動。她把目光移向皮裏松，說：「娛樂？娛樂怎麼會有思想呢？」

說著她笑起來，我看見她的眼角有著明顯的皺紋。幾乎是一瞬間我把頭仰起來，讓燈光直接打在我的皮膚上——我的皮膚是年輕的。對於男人而言，年輕比思想要重要得多。

皮裏松的電話響了。他走開去接電話。

我和那個女人又相互看了一眼。她沒有說話，我也沒有，我們同時離開對方，不料屁股與屁股又碰了一下。我穿著褲子而她是短裙，她的腿有點短，於是我在心裡又笑了。我想我剛才竟然想與她握手，眞是可笑，女人與女人的手是可以握在一起的嗎？

我順著我的方向走去。我有我的路。這次我是爲德希達來的。皮裏松在電話裡像背誦詩歌一樣地對我說：「在中國，我讓德希達走向民間，走向另類，走向你們。」

然而女人在走向前方的時候，永遠不知道自己是被動的，我不知道以後會發生什麼事。我想我僅僅是見見德希達，以一個好奇而無知的女記者的方式向他提幾個問題，比如：德希達先生，你是怎麼看中國有一本叫《讀書》這樣的雜誌的？你覺得它能作爲中國知識分子的良心嗎？我想，問完了就走了，跟任何人無關，跟皮裏松無關，跟導演無關，也跟那個女人無關。我也不會眞的去關心那個叫《讀書》的雜誌。我的肚子裡已經懷著別人的孩子。我要生下這個孩子。

第二章

阿伯 2

阿伯遠遠地離開了那個叫「麥子」的女孩而一個人緩緩地走著。他心裡升起幾絲難受的感覺。他注意到她在跟別人說話時，臉很明顯的亮了起來。她笑了，她在點頭，她的眼神告訴阿伯，她好像不太失望了。

阿伯在瞄著機會。

《藍色的愛》重播著，這是一首流行的樂曲，阿伯覺得不管這個樂隊怎麼演奏它，不管給它新加

了切分或者用了銅管，它還是一首小曲子，是一個小女人的作品，沒有深度，但是法國大使館的人用它來增加活動的氛圍，人們在它的映照下端著紅酒走在攝影作品之間。

你眞應該去一下法國大使館，應該認識大使館主管文化的官員，或者最少也應該和熱愛中國文化的法國人在一起，吃一點他們家的乳酪，最少也要在《藍色的愛》中喝一喝他們家的咖啡，只有這樣你才夠格當一個眞正的知識分子，你的名字有一天會跟君特·格拉斯或者洛奇在一起。你在音樂中望著法國人的太太（也許她還是一個中國人由於與她的法國丈夫在一起沒有和諧的性生活，而讓你眞的鑽了空子），表現出你比她們並不少知道拉威爾，斯特拉文斯基，還有，喬姆斯基、德希達、理查·斯特勞斯這些知識分子並不比他們少，這樣你在文化上的機會可能就眞的來了。你呀！你沒有懂我的意思，我是說，一個想在文化上作出成就的人，他應該全球化，因爲你是鑽石，是少有的中國大知識分子，即使鑽石那麼稀有，可是你就是那稀有之中的閃光者。你之所以要去法國大使館，是因爲我們這些生活在北京的，長著黃皮膚和黑色陰毛的鑽石應該由外國人，特別是歐洲人去發現。你明白了我爲什麼會在法國大使館認識她了嗎？你還會罵我說我裝緊裝逼嗎？

「阿伯。」

阿伯在絕望之中，聽到了有一個人在叫他。那聲音似乎是從天國傳來，那是上帝的聲音。

阿伯在那一瞬間看到了導演，他總是在這種活動裡看到他，他曾經跟導演吃過一次飯。他沒有想到這次導演竟然會認出他來，並主動叫他。阿伯的臉上出現了陽光，他知道自己激動了。

導演說：「阿伯，你那小說我看了，你讓別人給我的時候，我正在外地，沒有辦法告訴你我的觀感。皮裏松跟我說，他認識你，所以，我讓他一定通知你來。今天我們可以談談你那本小說的改編。」

阿伯有些不知道該說什麼，幸福來得太突然，即使還僅僅是導演的一句話，有時是連屁都不如的一句話，也都讓阿伯覺得法國大使館充滿了希望。

導演說：「阿伯，你這個名字起的不錯，讓我先是想起了阿拉伯，然後又想起了賓拉登。」

阿伯笑了，說：「這名字是我奶奶給我起的。我聽皮裏松說了，你今天要來。」

這時，皮裏松走了過來，說：「你們已經認識了？那我就不再介紹了。感覺怎麼樣？」

導演說：「不太好。你不是說德希達要來嗎？都什麼時候了？」

皮裏松說：「剛剛有消息傳來說他來不了了，時間太緊。這樣，爲了不至於讓你們失望，我請你們出去喝酒。咱們一起去，還有一個作家，大威——」他把眼睛轉向阿伯，問：「你聽說過嗎？」

阿伯說：「沒有。」

阿伯身上一下出了汗。他問：「那德希達呢？他眞的不來了？」

皮裏松聳了聳肩說：「不來了，我請你們喝咖啡，還有一個記者就是那個挺漂亮的女孩兒，她跟我們一起去，她叫麥子。」

阿伯和導演望過去。

麥子正在對他們微笑。

麥子 2

他們突然朝我看來時，《藍色的愛》到了高潮。我停下了腳步，傾聽著。在這首浪漫的樂曲中，我感到憂傷，從四周也顯得有些可憐的臉上我發現了同樣的表情。我仰著頭，意識到，正是這種浪漫主義音樂的感染力，使男人和女人彼此失望。

我不止一次地聽過這首曲子，那個讓我懷孕的男人，曾經爲我不停地放著這首樂曲，那是在他愛我的高峰期，在他給我買東西、爲我租房子的時候。藍色的愛？這是多麼矯情的樂曲，當然，愛爲什麼不是藍色的呢？愛就是水消溶於大海，愛就是把自己的肉體和骨頭當作禮物送給一個男人。對我來講，這個男人的名字就是白澤，我懷著他的孩子。

我猶豫著是不是跟他們一起前往三里屯的酒吧。既然德希達來不了，我又跟他們在一起幹什麼？我對他們沒有興趣。

阿伯 3

阿伯已經不知道他是什麼時候和麥子搭上話的。

他先是看了看麥子，目光裡有明顯的熱量。阿伯已經有很長一段時間沒有搞過稍漂亮點的知識女孩兒了。他如果有一些錢，就會去找妓女，在她們那兒打一炮，然後渾身冰涼地回到住處，他無法洗熱水澡，睡在床上想著愛情。現在麥子就在他身邊，但是阿伯發現麥子對他沒有任何興趣，甚至於對導演也沒有興趣。麥子只是在聽皮裏松說話的時候，會時時爆發出歡笑，就好像這個皮裏松說的任何話都很幽默，值得一個人發出那麼歡快的笑聲。

皮裏松個子不高，是個地地道道的法國人。他的脖子皺皺巴巴，像是雞皮，眼睛有些渾濁，他看著你的時候眼睛裡濕濕的，就像是你們剛跟他有過感動的交流。於是你的心裡也有些濕。他望著身邊的麥子，心想可能好機會眞的會來，皮裏松正在爲你創造呢。

路邊有一個賣古瓷瓶的，導演先走了過去。阿伯跟在後邊。當看到一個那麼大的古瓶只要一百多元就能買了時，阿伯竟有些吃驚。他過去以爲這種東西很貴的，不說上萬，也要幾千，他從沒有注意過此類的文物，他沒有錢，還把時間都放在了比如莫迪里埃尼等人的身上，哪裡有機會去注意這些，但是導演在注意，阿伯跟在他身後，有生以來第一次看著這些瓷器。

麥子沒有過來，她跟皮裏松說話遠遠地等著他們。他發現麥子即使是影子投射在路上都還是十分地有韻味。導演說：「阿伯，你喜歡這個嗎？」

阿伯一愣，望著導演。他馬上反應過來導演不是指麥子而是在跟他說瓷器。阿伯搖搖頭。

導演說：「擺在家裡感覺不錯，如果家裡裝飾得有些個性的話。」

阿伯點頭。導演問：「你家在哪兒住？」

阿伯說：「我租房子，在小西天。」

導演說：「那條件怎麼樣？」

阿伯說：「就是冬天裡上廁所凍屁股。」

導演笑了，說：「那下次成立了劇組，你就住到劇組裡來，起碼上廁所不凍屁股，還可以洗個熱水澡。」

「熱水澡」三個字激起了阿伯的嚮往，他看見了貴族的生活。想起別人說想要成爲一個暴發戶有時只要一天就行，可是想要成爲一個貴族得幾代人，要許多輩子的積累。

阿伯說：「那這劇組什麼時候能成立？」

導演說：「就看外國人給不給錢了，皮裏松正在幫著跟法國約爾公司聯繫呢。」

阿伯說：「我的小說你眞的有興趣搬上銀幕嗎？」

導演從一只瓷器上收回目光對阿伯說：「我喜歡，我看得舒服，只是有些越界，其實我覺得你挺可惜的，你應該學學一恒，他這人就聰明，通篇上下罵的都是當官的，可是就是能通過，罵得舒服，老百姓也喜歡，你呢，還沒有出來呢，可能就會被槍斃了。」

阿伯說：「那這劇組怕是成立不了了？」

導演說：「今天咱們算是見面了，你的小說我想就用原名，還叫《長安街》，等我拍《長安街》時，我就讓你幫著搞劇本。這類本子在我心裡轉了幾年了。」導演說著，又搬動了一個大瓷瓶，他有些氣喘，說：「昨天晚上覺沒睡好，玩牌來著。你呀！少寫小說，沒人看，沒有錢，影視的市場大得多。《長安街》裡的女孩應該讓周周來演，你覺得呢？」

阿伯說：「我不知道。」

導演說：「我跟她睡過，感覺挺好，她就是個妓女，所以不需要演，她就表現自己的個性就成。」

阿伯說：「你跟她睡過？當導演眞好。」

麥子 3

導演柯不斷地跟他身邊的朋友說話。透過路邊斑駁的燈光，可以望見他們沐浴在燈光下的笑臉。

皮裏松說：「那個人叫阿伯，寫小說的。」

我窺望過去，心想，這最多也只是個三十歲的男人啊！怎麼叫「阿伯」呢？那樣子長得倒是棱角可辨，甚至可以說是「酷」。他穿著一件深色的牛仔衣，寬寬的額門下，一雙眼睛裡透出只有黑夜裡的動物發出的那種閃爍的光芒。

我又看看皮裏松，在燈光下他又矮又老。我似乎從沒發現他這麼老。我厭惡老男人是從我的父親開始的。我不喜歡父親，但他卻經常打電話要求我去看他。我沒有時間，我有我的路要走。

但是此刻我感受著搭在我肩上的皮裏松的胳膊，不禁想道：「我已經不知不覺地被男人簇擁而

行，現在我肚子裡懷著一個孩子。」

對面走來的行人都要朝皮裏松望上一眼，然後又朝我看一眼。這年頭這樣的目光已經不意味什麼了，難道還見得少嗎？寒風吹過來，我不懂打起了哆嗦。哆嗦傳到了肩上的那只手上。皮裏松馬上把他身上那件米色的長風衣脫下給我。我推託著，我說我不太習慣穿男人的衣服。溫厚的皮裏松固執地用衣服裹住我，我立即聞到一股陌生男子的味道，夾著一股香水味，彷彿從法國街頭吹來了新鮮的空氣。我不禁用手裹緊這衣服。夜空似乎下起了霧，霧與燈光的區分很不明顯，導演柯的身影也更加模糊了。我看著他和那個叫阿伯的男人走出了那家瓷器店。

皮裏松說：如果他們搭檔，也就是說，導演把阿伯的小說搬入銀幕，那將是絕好的電影。

皮裏松用的是「絕好」兩個字，我認爲他太誇張了。因爲現在在中國幾乎什麼都是「絕好」的。皮裏松問：「你是怎麼認識導演的？你跟他很熟嘛！」

我告訴他兩年前我採訪了他。那時他住在靠西四的一個地下室裡，屋裡擺滿了各種各樣的女人人體。我不明白他怎麼會讓那麼多女人脫了衣服給他拍照片。他說在廣州有一大批女人專門幹這一行，要價不高，她們只是想向人們證實一下自己的乳房是很挺的、很大的。說到這導演柯笑了，說：「其實她們的乳房都是做出來的，是假的，裡面全都是人造液體。她們還以爲別人不知道呢？還爭著要在我的電影裡當女主角呢。」不知道爲什麼，我對導演柯那樣的狂笑卻憎恨不已，我認爲他是個殘酷的男人。

「其實阿伯比導演更深刻。」皮裏松說。

我嚇了一跳。此刻，這話在我聽來，就好像在說：「阿伯比導演更殘酷。」

阿伯 4

皮裏松和導演走到前邊，把阿伯和麥子留在了後邊。

麥子沒有朝阿伯看。只管自己走路。

阿伯的心裡立即變得憂傷。

阿伯是脆弱的，儘管他的心裡總是有無窮盡的慾望。麥子對他的態度使他心底深處產生了種種鄉愁。走到街上，每每看到長得不錯的女孩，比如就像是麥子這樣的，她們不看他，只是自己朝前走，她們突然高聲笑起來，阿伯的心裡就傷心的想哭。他想跟她們每一個人都睡睡，當把她的衣服脫掉，露出她們的身體時，阿伯會一邊哭泣，一邊愛撫她們的。不光是給她們念詩、放音樂，最重要的是，跟她們說說美國爲什麼能把塔利班的賓拉登打敗。還有再說說那個老人德希達。不過如果有機會，他要跟她們說的話太多了。

但是此時的阿伯望著麥子，語言枯竭像一個全身失去了水份的老人，乾巴巴的。

他希望麥子能轉頭看他一眼，然後他再跟她說話。但是麥子還是沒有看他。只聽到她沙沙的腳步聲。

阿伯忍不住望著她的側影說：「你是自己來的？」

麥子沒有說話，轉頭看看他，那眼神好像在說這算什麼問題。

阿伯想，她就是出於禮貌也會回答我的。

麥子看了一眼前面的導演和皮裏松。她仍是走自己的路。

阿伯於是覺得自己矮了許多。他的腿立即變得軟綿綿的。就在這時，麥子突然說話了，她說：「你是寫小說的，聽皮裏松說，你寫得不錯。導演很喜歡。」

阿伯說：「有什麼用？不知道別人投不投資，就是投資，也不知道我能不能掙上錢？」

麥子說：「你是寫哪方面的小說？是都市的，還是言情的，還是私小說，還是像格非他們那樣的形式感很強的，其實他們都是學的博爾赫斯。」

麥子知道博爾赫斯〔編按：即阿根廷詩人波赫士（Jorge Luis Borges）〕，這使得阿伯對她直接的生理反應少了許多，他覺得自己的陽具在那一剎那，突然平靜下來，就像是由於月光照耀，湖面突然風平浪靜，甚至還有了秋天的月亮。但是，麥子提到了以上的那些小說方式及那些名字，使阿伯不高興，他不知道該說什麼好。當然，他想，她還知道德希達，是德希達這個名字使得我和她認識。有一個人寫了首可笑的打油詩：「我們因爲讀書，所以我們注意德希達，我們因爲注意德希達，所以我們聚在一起。」

德希達跟阿伯沒有任何關係，因爲他們所安排的德希達在北京所有的活動裡，阿伯都沒有受到邀請。儘管在以後的歲月裡麥子發現阿伯對德希達的想法很熟，他老是嘲笑著說德希達把解構落實在思想上，而她自己把它用在行為中。

阿伯 5

麥子一直在等待著阿伯的回答，她看看他，表情裡有一種很模糊的含意，被阿伯理解成自己似乎被問住了。阿伯沒有名氣，他有的只是年輕和一個瘦高的身體，在足球場上，他膽兒大，能拼，大學時連少數民族同學和外國留學生，都有些怕他帶球闖關的樣子。以後他拿著一把吉它跟女孩聊天，總是在適當的時機，就伸手把女孩兒抱在身邊。阿伯覺得自己當時很溫柔，說話的聲音裡有一種厚重的低聲部，女孩兒喜歡這種聲音，和阿伯的體貼還有大方。阿伯曾經得手過，外語系的一個女孩說：「我聽你講一部電影，念一首詩歌，我就走不動路了。」阿伯說：「那你還能聽我唱歌，聽我彈琴嗎？」阿伯年輕，他有的是精力，他渴望講述，他知道自己能製造出一種氣氛，在那種氣氛之中，男人更像男人，女人更像女人。可是現在要讓他一個不走運的、流浪著的，還沒有任何成就的，除了會說話和臉上長出的青春痘外，他幾乎沒有什麼優點了，他有時發現自己那點青春的驕傲還沒有徹底失卻，但是他對本來充滿濕暖的世界已經不那麼友好，他對世界的態度不善意了，他發現自己有時漸漸地成了一個攻擊性強的男人，他有時對自己不滿，但是委屈而壓抑的青春漸漸地彌漫了他透亮的眼睛。

是的，委屈而壓抑的青春。

麥子說：「若不方便也可以不想回答，風格的形成可能需要經歷。」

阿伯知道她是從書上知道了這種說法，而且開始運用，女孩兒最讓人煩的就是這些，什麼叫風格？雞巴個風格。而且麥子的聲音像任何一個你接觸過的知識女孩一樣高高的，總在俯視著什麼。

阿伯的思潮湧起來了，於是說：「我的風格，或者，我的形式是，或者我的話語是，怎麼說呢，就是說，在我的眼裡，男人都是騙子，女人都是婊子。那些小資產階級的女孩兒，有時連婊子都不如，那些學者，或者我的老師們，有時連小偷都不如。因爲沒有職業，所以，他們就不講職業道德了，所以，我的風格就是這樣的……」

麥子 4

我幾乎愣在那兒，我張張嘴，一時沒說出什麼話來，最後說：「你在哪兒產生這種仇恨？」

「這不是仇恨，這是愛。」

「你這人有點可怕。」

阿伯「嘿嘿」地笑了兩聲，笑聲像晴天的雨淋了我一身。我突然感覺到了厭煩。我不想和這幫懷著仇恨的男人混，我有我的仇恨，我的仇恨跟他們不同，我的肚子裡懷著白澤的孩子。我必須想辦法生下來。

可是就在我要跟阿伯說聲再見然後朝自己的方向走去時，前面的導演突然轉過身來，我嚇了一跳。因爲我看見導演的褲襠那兒露了一個洞，從裡邊擠出來了褲衩的一角。導演穿的是紅褲衩。阿伯也看到了，於是他笑起來，說：「導演，你的褲襠破了。」

導演本能地看了看我，不好意思地回過身。他說：「噢！沒錯，今年是我的本命年，所以我穿紅的。你想，一個二十四歲的人，如果再一事無成的話，那活著還不如死了好。」

導演又說：「我剛才在前邊好像聽到你在給麥子說『男人都是騙子，女人都是婊子』。其實阿伯，你的小說沒有這麼簡單，我看你喜歡你筆下的那些騙子和婊子，你對女孩兒充滿溫情，在你的筆下，陽光經常灑在她們的頭髮上，還有臉上，你是一個浪漫的人，怎麼概括和表達起來就那麼極端？」

阿伯說：「等你們成立了劇組，我就不極端了。我想洗熱水澡，否則，我眞想炸些東西，包括法國大使館。」

皮裏松說：「現在可不是開這種玩笑的時候，恐怖份子正在作惡，美國剛被炸了，還不知道阿富汗最後能怎麼樣呢，你還開這種玩笑。」

阿伯說：「我沒有開玩笑，我有時，眞是想炸些東西。我太窮了。當我天寒地凍地走在大街上時，看著從酒樓裡透出的燈光，眞想把那樓炸了，這與恐怖無關，這是一個階級與另一個階級的對立，是革命，是窮苦人向老財們發起衝鋒。」

我說：「我聽說，現在開這種玩笑，有可能就會被抓起來。」

阿伯望著我，眼睛裡閃出水光，他說：「可是我確實沒有開玩笑。」

導演說：「要我是你，就把《長安街》的劇本再改一遍。」

阿伯說：「你一分錢都不給我，讓我沒法改，別說地下電影，就是天上電影也讓人受不了。」

導演嚴肅了，說：「阿伯，不是我裝逼，有時，有時的感覺，你用錢是買不來的。」

阿伯 6

麥子還在阿伯身邊走著。阿伯回想著自己剛才的話，估量著自己有多大把握。憑著那話語，他能把她約到另一個地方嗎？就他們倆，沒有導演和皮裏松。

但是「哈里波特酒吧」到了。他想一切的可能只能安排到泡過酒吧之後了。那又得需要多長時間？他想把她引誘到什麼地方去，一旦把這樣的所謂知識女孩弄上手就得狠狠搞，絲毫不能憐惜。他想到了剛才看到的瓷器，猛一看以為要好幾萬，實際上幾百塊就可以到手了。

可是這些都是他的臆想。麥子對他的態度始終是冷漠的。她看他就像是看一個陌生人，一個她壓根也不想走近的陌生人。她知道赫爾博斯，她還思考德希達。以後的一些日子裡，阿伯一次次聽著她在自己身下發出的呻吟的聲音，心裡在想：知識女性與他經常找過的妓女之間究竟有什麼不同？她們的區別在哪裡？因為麥子在阿伯的世界裡是一個奇怪的女孩，在她還沒有出現的時候，他似乎就已經在思考她的問題了，以至於當她出現並且與他產生種種關係的時候，他都覺得那一切早已出現了，童年裡，在他還沒有變聲的時候。

皮裏松一閃身就先進去了，阿伯當時想，法國人還有這麼小的個子，他的種一定不純。

第三章

5

當時我沒想到有一個男人竟會跟蹤我。我想我是爲德希達來的，德希達沒有來，那麼，我就得走。我對酒吧同樣沒有興趣。

白澤都知道我是參加法國大使館的聚會了，見德希達了，他說遲一天再把肚子裡的孩子打下來也不算晚。他說聚會總是得要結束的，醫院總得要去的。他把紅色的帽子壓在我頭上。他喜歡我戴帽子。第一次，在我雙手撫上他的腰時，頭頂上突然掠過猶如麥浪的彈性，清晰異常。我躺在他的辦公室的地毯上，從窗口瀉進的月光流在他的背上以及我緊緊攀住他的手上。他不時把臉俯下來，在我的帽檐處深吸一口氣，然後緩緩地一下一下，像是要把白色的月光一起送進我的體內。月光歡喧著流進我郡毫無遮掩的身體裡。然而，對於這個男人，那只是我頭頂上感知的溫柔而又帶著一絲恐怖的紅色帽子。他的喘息聲宛如融融雨雪四處流落，我不禁呼喚他：白澤，白澤，白澤……

我的呼喚像一場大水覆蓋了我。我只想要這個男人的孩子，然而他只是說吃藥，吃藥，吃藥……白澤十次甚至是百次地說這是很小的手術，他可以出錢，他說只要吃藥就行了，不疼。末了他說，現在哪個女孩不懷孕呢？不懷孕不打胎的女孩都不能叫女孩，或者都不能叫做有魅力的女孩。要不你在今天這個下午哪也別去，等我，我們一起去醫院買藥，買那副不疼的藥，把孩子打下來……

世界上沒有什麼是不疼的。我想，只要抓住了男人的弱點，點准了他們的痛處，自己即可成爲一個成功的女人。要不，世上女人的命運爲什麼會那麼不一樣？爲什麼有人能夠有錢把自己的照片掛在聚會上讓那麼多男人去看呢？我不知道德希達同不同意我的話。如果可能，我想問問他我是不是應該生下這個孩子然後跟這個男人結婚。我還想問問：解構愛情的最好方式是什麼，是金錢嗎？還是婚姻？我還想問問女人們對於男人的不滿和仇恨眞的可能去寬容嗎？

阿伯 7

阿伯猶豫地跟在麥子身後。這裡是通往東直門的一條大路。

以後的時間裡，阿伯經常對麥子提起這個晚上，說自己那天看著路邊的樓房，想的是自己慘，活得很慘，對這個世界唯一的想法就是把它炸了。女人溫暖的衣裙使他痛不欲生，燈光讓他難過，渴望哭泣。麥子說的卻是，當時她自己走在路上，想的幾乎是同樣的問題。但是，女人不一樣，她

們往往與男人不一樣，她們想的更多的是一張大床，因為她們累了，無論白天去了哪裡，反正晚上，她們累了，累了就需要休息，一個人很安靜，可以看著自己親手買回的窗簾，它們可以是紅色的，也可以是綠色的，可以是黃色的，可以是米色的。但是，她們需要這些東西。她們躺著的床應該是自己的，是自己親手從東方家園，或者宜家買回來的。

「那房子呢？房子是誰的？」阿伯總是愛問這個。

麥子總是在重複這種願望，一個女孩兒的願望。她像作曲家重複樂曲一樣，把一個簡短的東西，反覆吟詠，每一次都在重複，每一次都和原來的不一樣，她這樣做，實際上是在進入一種藝術境界，使某種理念得到持續的發揚。

房子也是自己買的，那是前提。

「一個記者怎麼能買得起房子呢？」阿伯窮追不捨。

「總有一天，一個記者或一個學生也能用自己的錢去買房子的。」麥子不太理會阿伯的殘忍，她只是自己說著：「房子是個前題，那是自己的，毫無疑問。然後，就是一張大床，一張屬於女人的大床。」

阿伯：「那你會在這張床上幹什麼呢？」

麥子：「想幹什麼就幹什麼。」

阿伯：「你會不停地換男人並與他們做愛嗎？」

麥子看著阿伯：「你爲什麼總是要這麼下流呢？這種問題是做的事，爲什麼總是要說？」

阿伯：「我這種人，就是喜歡邊做邊說。」

麥子說：「阿伯，你理解一個女孩子關於一張大床的想法嗎？」

阿伯看著她的神情，還有她眼底的閃動，不得不變得嚴肅一些，他會裝著紮紮自己的領帶（阿伯不穿西裝，從不紮領帶），可是在這個時候，他會這樣做，他像個演電影的一樣，把自己的領帶紮好，又清清嗓子說：「是這樣的，總的來說，這也是我的想法，一個男人的想法。」

然後，他們就會抱在一起，互相撫摸對方的生殖器，然後做愛。當射了之後，阿伯就說：「麥子，聽我說，不管怎麼樣，今天咱們還是在別人的床上。」

這種對話和動作會有很多次，就像是一部音樂作品，阿伯與麥子兩人的樂隊，主題就是一張床。

麥子說：「女人床。」

阿伯說：「床就是床。」

可是，現在是晚上，她走在自己的前方，後邊的事還沒有發生。阿伯在那個時候，不知道怎麼上前跟她說話，因爲今天在法國大使館已經充分地顯現出了——麥子懶得理她。她只是對皮裏松感興趣，她只有在皮裏松說什麼話之後，才會高聲地笑。她對自己只笑過一次。她對導演也是愛理不理的。

阿伯想著自己該怎麼辦。

麥子走得很慢，阿伯漸漸地快追上她了。

麥子沒有注意阿伯，她在想心事。

這時，又刮起了一陣風，麥子的長髮被吹起，飄著，像是要到天上去，麥子似乎感到冷了，她望著天空，然後又看看錶，她的手機在那時響了。麥子看了看手機號，她猶豫著，然後又把那手機裝進了包裡。

阿伯想：麥子的包裡放著什麼？一個女人的皮包裡放著什麼？你們會認爲那裡邊有重要的東西嗎？阿伯很久沒有與像麥子這樣的女人親近了，因爲她那麼乾淨，她高不可攀。那時在大學裡，在外語系，在中文系，在電腦系裡，阿伯都見過這類女人，他搞過她們，與她們說過話，跟她們唱過歌，爲她們作過些小事，聽她們哭過，與她們說過學校的伙食很差，一定是有人貪污之類。對了，還一起看過足球，其中有一個女孩兒，就是在那個足球之夜，中國隊那天沒有出線，然後她跟阿伯一起去了體育場，在那兒，她爲阿伯手淫，那是在一個角落裡，沒有人了，他們坐在那兒，很渺小，那個女孩兒就跟麥子一樣，沒有爲他手淫之前，顯得清高，你不知道她想著什麼。她的世界阿伯永遠進不去，她的形象像是油畫一樣，你即使摸那麼一下，也是油彩的感覺。

麥子的包包在晃動，跟她頭髮晃動的方向正好相反。

前邊是一個路口，麥子突然站住了。

這時，改變阿伯一生命運的那個賣花的小女孩子出現了。

阿伯看見了一個賣花的女孩兒追上了麥子。阿伯看見麥子給她錢。麥子繼續朝前走。

又一個小女孩追上了麥子。

這次麥子沒有給她錢，相反，她顯出了不耐煩，可是，那個女孩子一直跟著她走，甚至還拉著她的袖子。

阿伯在後邊，走得快些了，追上了麥子跟那個女孩兒，他想聽她們會說些什麼。

麥子一邊走一邊回過頭說：「你走吧！我也沒錢。」

女孩兒緊追不捨，說：「姐姐，給我些錢嘛，我媽病，我爸病，我弟也病，全靠我要的錢了。」

麥子說：「沒有了，就是沒有了。」

她把那個女孩兒甩開了。

那女孩兒再次跟了上去。

阿伯看到麥子顯得很無奈，可是她沒有掏錢，她生氣了，在她的眼神裡出現了極端的光芒。阿伯這時，就想了起女權主義者們，她想，女人對於女人的同情眞是有限，才給了一個女孩兒，另一個女孩兒就沒有了。全世界的姐妹們，你們是一家人吶，你們都應該有一間自己的小屋，你們應該把那些臭男人從你們生命的光輝裡清除掉。

這時，那個女孩兒說的話阿伯清清楚楚地聽到了，她對麥子說：「你個婊子。」

麥子愣了。她站在那兒，看著這個罵自己的女孩子，不知道說什麼好。

那女孩兒轉過了身，朝回走。

麥子這時也回了頭，她看著那個罵自己的女孩兒，絲毫沒有注意到阿伯這時已經站在了她的身邊，並且，正微笑著看她。

第四章

麥子 6

先是一個個頭較小的姑娘，穿著一件灰色的大人的棉襖，邊緣幾乎垂到了地上。她急匆匆地從街的對面橫穿過來，小臉凍得紅紅的，在向我看來時，幾乎同時向我伸出了手，那雙蒼白的手掌。她說：「姐姐，姐姐，給我一點錢吧！」

爲了不打攪我的思緒，我從身邊帶來的包裡拿出一塊錢放在那雙手上，但幾乎是同時街對面又飛來一個女孩。這個女孩向我伸出同樣蒼白的小手，嘴裡嘮叨著同樣的話。她說她媽媽病了，她爸爸病了，她弟弟也在生病，我知道她說的全是假的。她比剛才的女孩高一些，所以更知道應該用什麼來取得別人的同情心。

我走得飛快，然而她緊緊追隨著，步伐跟我一樣快，嘴裡不依不繞地反覆著同樣的話，她雖然

只有十來歲的樣子，但聲音已經很老了，眼神也很老，裡面充滿了一種計算。她以爲她是個精明的女孩，以爲只要這樣走下去，她的努力是不會落空的。

我們一起走過了一條長長的街道，我身上滋生出了一絲熱氣，腿卻有些酸痛了。我確實想停下來歇一會，但身邊的女孩逼迫我走得更快，並且走到我前面，回過頭用她得意的笑望著我。

我只得停下來，像趕一隻蒼蠅要把她趕走，我不會給她錢，不會輸給她。她伸出手說：給我一些錢吧……

她要把自己塑造成最可憐、同時又是最堅強的女孩。有一刻我想給她錢了，我需要安靜，我把手伸進口袋裡，那裡卻沒有零錢。於是我又冷漠地偏過臉，向前方走去。這時女孩卻沒有跟上來，我好奇地回望她，她的眼裡閃爍著水一樣的光芒，她從低處往上看，腦門上是幾根皺紋，我竟懷疑那是不是一個孩子。這時，她大聲說道：「你這個婊子，你是個婊子。」

說完她的臉上浮出嘲弄的表情，一邊向後退去，慘澹的燈光印著那正顫抖著的細密的睫毛，彷彿仇恨正在上面跳躍。我停下，一邊望著她，一邊想，前一個女孩我給了錢，她沒有罵我，這個女孩我沒有給錢，她的眼裡便充滿著顫動的仇恨。這難道就是人與人之間的關係？我突然想到了白澤，我和他之間是什麼關係呢？在他面前，我是不是那個充滿了仇恨、過早地衰老了的小女孩？

幾乎在瞬間我決定我得要把肚子裡的孩子生下來，我不吃藥。我要像那個女孩一樣不依不撓地跟著他，並走到他前面用得意的笑回望他。

我的身子幾乎在冒汗，但我仍然裹緊皮裏松的衣服不讓一絲寒風鑽進來。頭頂上的星星閃著白光，月亮是尉藍色的，像是大海裡的顏色，那是愛的顏色。我看著那個女孩的背影，不禁再次回味起她發出的老老的聲音。她說：「你是婊子。」

誰才是婊子呢？我不知道，但是「婊子」這兩個字在我的衣服裡遊走，像兩隻夏天的跳蚤停在我的肌膚上。

阿伯 8

麥子一直看著那個罵自己的女孩子。她顯然被對方的罵愣住了。

阿伯也愣住了，他不知跟麥子說什麼好，他想說出的許許多多的話突然像一條河流乾涸了，就連語氣也結巴起來。他打斷她的思路，問：「你……你怎麼不坐車？這麼晚了？」

麥子像從幾個世紀前回來一樣，她看著阿伯，那神情好像阿伯站在遙遠的世紀，她的眼神迷離，半天才說：「阿伯？」

阿伯把目光轉向了別處，他看到了那個離去的小姑娘背影，於是乾涸的河流再次漲滿起來。他對麥子說：「你先稍微等等我，我有好奇心，我想問問她。」

阿伯追上去，給了小女孩一元錢，說：「能重複一下你剛才說的話嗎？」

女孩兒拿著錢，笑起來，說：「大哥。」阿伯說不是這句，是你剛才罵那個姐姐的話。

「那不是姐姐，姐姐不像她那樣，她是個婊子。」

阿伯高興了，說：「是誰讓你這麼說的。」

女孩子又不說話了。

阿伯又拿出了一塊錢。

女孩子說：「我媽。」

阿伯說：「可是這一塊錢不能給你了，我錢也少。」

女孩子不高興了，她看著阿伯說：「婊子。」

阿伯說：「你說的對，我也是。」

阿伯轉身朝麥子走去。

麥子問阿伯：「剛才你跟她說了些什麼？」

「她也說我是婊子。」

「那你還笑？」

「她在誇我吶，說我年輕有爲。」

麥子苦笑了一下，說：「我沒想到一個小女孩居然會這樣罵我。我不可能都給她們錢，這事不是由我來作的。我當然也可能都給她們錢，但是，我沒給。現在我後悔了，我應該對那個罵我的小女孩兒也給點兒，這樣，我不會被這兩個字折磨了。她看著我的眼神是那麼充滿仇恨，這使我難

過。我爲什麼要激起她的仇恨呢？我不想這樣。」

麥子邊說，就邊朝前邊走。

阿伯說：「其實你也別難過，她的仇恨又不是衝著你來的。就像我有時，也有仇恨，那恨不是衝著某一個個體，是面向周圍的世界，有時也是面向自己的。其實這兩個字我也不喜歡，世界上有許多的好名稱，你可以去享受，比如將軍、總裁什麼的，最少也應該是個學者、教授之類的，當然，最好應該是總書記……」

麥子笑了。

阿伯又說：「我之所以願意讓那個小女孩兒罵我，我不生氣，反而心裡舒服，主要是因爲她罵了你，那麼她也罵了我，咱們兩個今天晚上是一樣的運氣……」

麥子說：「白天也是一樣的運氣。」

阿伯點頭：「一樣的運氣，一樣的心情，我們的內心都可以在最低點上得到平衡。」

麥子看看他，在阿伯看來，這是她今天頭一次認眞地看她。

阿伯說：「你回家？」

麥子猶豫了一下，沒有說話，臉上被燈光照得時明時暗。

以後麥子也多次地對阿伯說，你不記得你那天晚上有多冒失嗎？你竟然問我回不回家，我哪有家，我哪有自己的地方？我的家在哪兒？雲南的天空？從路上走過去，你遠遠地就能看見我家的陽臺，你進了家，脫了鞋，然後，你又洗了澡，你站在陽臺上，喝著水，也許是一杯咖啡呢，你說不定還會裝著抽根煙，不，你是眞的想抽煙，因爲在自己家裡。平常抽煙可是給別人看的……

阿伯知道，麥子不說話，是因爲她想家了。她有怎樣的父母呢？他們是幹什麼的？她的童年長得什麼樣？這對阿伯來講太有吸引力了。

麥子走得快了。

阿伯知道麥子之所以走得快，是因爲她想家，可是家不確定，她沒有家。不過在阿伯看來，皮裏松在今晚把這樣一個女孩安排到他跟前，她本身就是不確定的，她當然沒有家了。於是阿伯也加快了腳步，他跟在麥子身邊。

麥子問：「你今天晚上還想去哪兒？」

阿伯說：「我正想請你，咱們去喝咖啡？」

「那麼，你早就有了這想法，所以在跟蹤我？」

阿伯一時語塞。

麥子說：「我想吃飯，我突然有些餓了。」

阿伯說：「好呀，我帶你上『鬼街』。」

兩人搭了計程車。

第五章

麥子 7

深夜的公路明亮無比。

遇見阿伯會不會離白澤遠一些了呢？在遇見那個小女孩之前，白澤給我打電話，我沒有接。我為什麼非要接他的電話呢？我不想去醫院，我要結婚。

計程車上，我望著窗外的燈光，嘴角露出了笑意。阿伯，他是有意在跟蹤我嗎？當我剛才這樣問他時他的臉受到明顯的震動。阿伯，明眸寬額，眼睛有時候像我看見過的銅版畫上的古希臘神一樣，勇猛之中透出水一樣的溫柔，過去白澤也曾是這樣的。

前面的司機說：「美國這回慘遭了，被阿富汗炸了，美國也太壞了，這下他們總算有了被報復的事，從來都是他們打別人，這次有人打了他們，你說，痛快不痛快。」

阿伯不吭氣。

我卻在笑。

司機說：「哥們兒，你怎麼不說話？美國挨打，你難道就不生氣？」

阿伯突然說：「我很討厭你這樣，你這是反動，是對世界沒有責任心。」

司機愣了，半天說：「你家在美國有親戚？」

阿伯說：「你開車，少說話，好嗎？」

一路上大家誰也沒有再說話。

「鬼街」到了。

阿伯下了車，回身用手扶著我。他的手冰涼，指尖有些粗糙，我輕輕地碰了碰他。我下了車後他便主動放開我。兩人朝前走了幾步，這時司機的話傳了過來：「還沒有見過這麼不愛國的人。」

司機說完狠狠地關上了車門。

燈光突然密集起來。鬼街人頭攢動。車很多，許多餐廳的小姐們站在寒風中喊著，拉食客進自己的店。

我問：「這就是『鬼街』啊！我還從來沒有來過。」

阿伯挨著我，東張西望。一會他說：「這兒的飯好吃，而且我請得起你。」

我問：「你眞的在美國有親戚嗎？」

阿伯說：「恐怖份子炸美國的大樓是今天，明天他們就會來炸咱們的，所以我討厭他們。可是，中國人有許多，幸災樂禍，以爲離他們遠呢。海明威的小說裡曾引用了一首詩，意思是，島嶼上少了一片，整個歐洲大陸就沒有了往日的完整，不要問鐘爲誰而鳴，它爲你敲響。」

我笑了，說：「其實你說話的聲音可以小一點，特別是背誦詩歌，在寒風吹人的大街上，不

過，你也應該回憶一下，在跟導演柯他們在一起時，你好像還說過，想把這些樓都炸掉，你說在這個城市裡沒有自己的房間。」

阿伯的臉倏地紅了，他望著我，再次用手握住我的手。他說：「那是兩碼事，小人物，窮人的憤怒與恐怖主義完全不同，特別是知識分子小人物的憤怒，就更是說說而已，是一種情緒，也許是一幕戲劇，一首詩，總之不是行動。」

我摔掉他的手，說：「你還是挺認眞的人，剛才在離開大使館後的那個酒吧裡，我對你的印象一點也不好。」然後輕輕地望著他。

阿伯 9

阿伯與麥子走進了一個吃魚的地方，他們看見了幾個字：「香辣蟹」。

開始麥子沒有喝酒。

可是當阿伯從外邊上廁所回來之後，麥子的手機響了起來。

麥子看著手機上的號碼說：「我去打電話。」說完，她就起身到了餐廳外。

留下了阿伯一個人，他坐在那兒，看著窗外，他能看見麥子在說話，麥子有些激動。她的頭髮晃著，她的身體有些搖動。她搖動著的身體讓阿伯身上發熱。隔著窗玻璃，阿伯覺得麥子十分遙遠。她似乎是上一個世界的女人，她拿著手機在跳一種舞蹈，她的身影在冬天的大街上搖晃，她的聲音被黑夜吸走了，她的臉上充滿憂傷。

麥子 8

父親打電話來問我在哪裡，我說我在外面，我在參加一個聚會。他說過幾天就是你的生日了，我和你阿姨要在家裡爲你做幾道菜，你能不能抽空回來一趟。他在電話裡的聲音幾乎是哀求的。我對他說你不必這樣可憐巴巴的，你和媽媽離婚我從來沒有怪過你，但要讓我去看你和你的那個女人，那是不可能的。

父親失望地放下電話，我似乎看到他微微低垂著的頭。我討厭老男人，他讓我感到累贅。他的聲音和他突出在外的眼袋一樣都是多餘的。像我這樣的正在大步往前走的女孩，只有那些年輕而又事業有成的男人才是我逛不完的大街，走完一條是另外一條。只不過有時踏在街上的腳步是沉重的，尤其是當男人把孩子留在我的肚子裡的時候。

我關了電話往回走，想起阿伯在等我，突然想，當初白澤沒有跟我說那麼多話。他只是幫我租了一處公寓並且幫我交了在北大的MBA的學費。在這樣一個時代，阿伯靠這些話語還能吸引女人嗎？如果他還能使女人愛上他，那麼像白澤這樣的有自己的別墅和公司的成功男人的出現還有什麼意義？

電話又響了，我一看是白澤。我跟他說的第一句話就是：「我要生下這個孩子。我不吃藥。」

第六章

阿伯 10

阿伯默默地看著麥子回來，坐下，把手機塞進了包裡。麥子的包是紅色的，包口有一個大大的圓圓的白色金屬扣。麥子的手在紅色的襯托下顯得白嫩可愛。阿伯再次想著，女孩子們神秘的包裝著什麼呢？剛才她打電話打了十分鐘電話，她跟那個男人，肯定是男人，女人跟女人是沒有那麼長時間的電話要打的，她跟那個男人說了些什麼呢？

麥子突然說她想喝酒了。

「想喝什麼酒。」阿伯問她。

「隨便。」麥子說。

阿伯說：「你懂酒嗎？」

麥子不吭氣。在她桌面上是她投下的濃重的陰影，開始阿伯以爲那是服務員沒把桌子擦乾淨而留下一片水跡。他剛想伸手用紙巾去擦，卻發現那「水跡」居然能晃動。

阿伯看著麥子想了一下，說：「這樣吧！還是白酒來勁，白酒裡邊加些可樂，感覺不一樣。」

阿伯往杯子裡倒了半杯白酒，然後又倒了半杯可樂，他把配好的酒遞到了麥子手裡。

麥子拿起了酒杯，說裡邊沒有放蒙汗藥吧？你可別害我。

麥子說完，把那杯酒一飲而盡。

阿伯愣了一下，說：「還能喝嗎？」

麥子點頭。

阿伯又配了一杯，麥子伸手就要來抓。

阿伯說：「這杯是我的。」

麥子看著阿伯喝，她說：「我喝了這杯酒後，覺得你這個人變得可愛了。」

阿伯把酒一飲而盡，說：「酒後的感覺不眞實，我可不希望這樣。」

麥子說：「那什麼時候眞實呢？大街上、床上、教室裡、你家、我家、平靜的時候、高興的時候、上廁所的時候……什麼時候算是眞實的呢？」

阿伯說：「反正喝了酒之後人就變了，就不是一個正常的狀態了。」

麥子說：「好了，我聽煩了，你能配得再快一些嗎？酒對可樂眞不錯，我在去雲南，去北京時都沒有，都沒有喝過。」

阿伯把酒給她，說：「什麼叫都沒有，都沒有喝過呀？」

麥子笑了，說：「酒和煙都是好東西。」麥子又把那杯一下子喝完了。

阿伯看著她，說：「不能再喝了。」

麥子說：「你住在哪兒？」

阿伯說：「小西天。」

麥子說：「你與人合住？」

阿伯說：「她走了，出國了，嫁給一個老頭了，她說那外國老頭像海明威。可是，海明威我們誰也沒有見過，怎麼就能說他像海明威呢？我對她說，我分不出外國人長得什麼樣，我分不出他們誰是誰來。」

麥子臉上變得燦爛起來，說：「就是因為喝了酒了，我覺得你更可愛了。」

阿伯說：「結果她走了，我把她送到機場時，她哭了，說：『我這個時候突然覺得你特好，祖國特好』，你說，她是不是個傻B，都上了機場了，卻對我說祖國特好。」

麥子定定地望著他，突然說：

「那我今天晚上能跟你一起回去嗎？」

阿伯愣了，心臟狂跳起來，半天他才壓制住，問：「是誰給了我這麼高的榮譽了？」

麥子說：「今天晚上這飯算我請你，我看你也沒有什麼錢。」

阿伯說：「我已經結了帳了，剛才你打電話的時候。」

麥子說：「為什麼？」

阿伯說：「我怕我喝得太多，醉了，不得不讓你結，所以才那麼早結了帳。」

麥子歎息道說：「恰恰是我喝醉了。」

阿伯說：「我不太希望我們老是找理由。」

說完這句，阿伯感到自己失口了。他想挽回，但已經來不及了。

麥子說：「找什麼理由？你以爲你是誰？你以爲我上你那兒去幹什麼？我不過是今天晚上想去跟你聊天，是去聊天，絕不是跟你怎麼著，懂嗎？你們這些男人都是這個樣子，以爲女人跟你們總是一樣，想著那件事呢，你們眞是沒勁，你說，我們去還是不去？」

阿伯像是被嚇住了，說：「當然去。」

第七章

麥子 9

我們下了車，已經很黑了。我隨著阿伯深一腳，淺一腳地走著。我問：「你是住在大雜院裡？」

阿伯說：「這院有年份了，聽說是當年張學良秘書置的產，如今秘書不知何處去，阿伯卻來笑秋風。對了，你住在哪兒？」

「北大，我住北大，確切地說是在北大附近。我正在北大讀MBA。」

阿伯：「看起來，你也是早晚要成爲IT界的業內人士？」

我笑了，說：「說不定出了國就掃馬路呢？不過，我想了，就是掃馬路，也要出國。」

阿伯說：「對，不管咱出國幹什麼，反正幹什麼，就要幹好，首先就要把外語學好。當時，我那個女朋友就是的，她讓我幫她聽寫單詞，說只要是把英語學好了，過了托福，那就全世界的鮮花都爲你開了。」

我說：「你女朋友挺幽默的。」

阿伯笑了，問：「是嗎？」

我說：「上到大學三年級時我同宿舍的一個女孩自殺死了，她在公路上是被車壓死的，自己從立交橋上跳下去的。在我的想像裡她死的樣子很像是一朵花在盛開。你看，地上都是血，是紅的，她的衣服就是花瓣，她那黑色的長髮是花蕊。」

我這麼向阿伯說著。恍惚間我突然想起那晚在北大附近的酒吧裡，一手持照相機的人非要給我們拍照片，一張二十元錢，說是一分鐘可取，白澤卻用手擋著臉，嘴裡怒吼著那個人。我知道他心裡在想什麼。他怕留證據。我低下頭，餘光卻看到一賣花的小姑娘走過來，手裡拿著一束玫瑰，白澤也把她趕走了。他這是爲了省錢。

然後我叫住小姑娘，自己爲自己買了一束花。白澤看了看我手上的花，笑著說：「像是送葬的。」

麥子 10

阿伯的屋內挺涼。皮裏松的衣服我不敢脫。

阿伯開了燈以後，說：「還想喝酒嗎？我這兒有啤酒。」

我望著靠牆的一張空蕩蕩的床，彷彿那正是阿伯那空蕩蕩的饑餓的身體，要把一切都吞沒進去。我盯著阿伯在日光燈下顯得蒼白的臉，忽然說：「我已經懷孕了，我肚子裡是他的孩子。我沒法跟你做那事，我想那孩子受不了。」

阿伯愣了一下，說：「你今天晚上就是想來跟我說這個孩子的事嗎？」

我點頭，說：「知道嗎？我才二十三歲，可是已經懷過兩個孩子了，其實我的身體很差。」

「可是你爲什麼要喝那麼多酒？」

「他剛才在電話裡又一次強調，讓我把那孩子做掉，就是說，他讓我殺人。」

「你們結婚了？」

我說：「他不結婚，我向他求了幾次婚了，他總是說那張紙不重要。」

「那什麼重要？」

「他說感情重要，儘管我知道他不愛我，我一再逼問他究竟愛不愛我，他說他報社裡的事情就已經讓他焦頭爛額了，他沒有功夫想這個。」

「你是想以孩子威脅他嗎？」

我的眼淚出來了，我望著阿伯說：「他不怕。」

他慢慢低下頭，說：「就是，男人現在越來越不怕這個了。」

「假如是你，你也不怕嗎？」

阿伯愣住了，他完全沒有料到我會這樣問他。但是我很快又對他說：

「所以說，對不起！阿伯，今天晚上我不能跟你做愛，你會生氣嗎？」

「我除了很難受以外，我不生氣。可是……」他一邊脫衣服，一邊說，目光遲疑地盯著我「……你能用手幫幫我嗎？」

我微微笑了，搖頭，說：「那也不行。」

「那就算了。你好好睡。」

阿伯脫了外衣露出裡面白色的棉布衫。他挽起袖口說：「你看我這兒受傷了。身上還有好幾處呢。我的拉燈線在牆上，平時我拉完燈往前走三步就是床，前天也不知是怎麼回事少走了一步，走了兩步就往床上撲，一頭就撲在旁邊的小椅子上……」

我大聲地笑了。他跟我一起笑著，鑽進被窩裡平躺著，在他的額前始終有幾縷髮絲垂著，因而使他看起來像個小男孩。

我用手撐著床沿，說：「可是，我想在你傷痕累累的懷裡睡。」

阿伯說：「好吧！就在懷裡睡。」

「算了。」我說。

「算了。不過！我想問問你，你愛那個男人嗎？」

阿伯想了想又說：「當然你也可以不回答。」

我熄了燈就往床上摸。找到被窩後在一旁躺著，兩手放在小腹上，彷彿觸摸著可怕的東西一樣輕輕地觸摸著。我再次想，當一個男人需要你時，愛就是溫存就是責任，不需要時，愛就是已經洗過澡的一盆水，該把它倒了。

但是對我來說，我有沒有愛過白澤？對他，愛還是不愛？白澤曾在一個月色撩人的夜晚向我俯下他的面龐，就是在那個時候，他說他會娶我。

我不太能感覺到阿伯的身體，以爲他睡著了，便問：「你睡著了？」

阿伯：「沒有。」

「那你爲什麼不說話。」

「說什麼呢？」

「說說你的童年。」

「我童年……我好像沒有童年。你想，考試，學鋼琴，學外語。」

我無聲地笑了，告訴他我的童年也是一樣的，唯一不同的是，我學了幾天小提琴，好像是在生日那天，我爸爸給我買了一本新譜子作爲生日禮物，結果我那天把琴和新譜都從六樓上給扔下去了，那天我站在陽臺上，我扔的時候爸爸甚至都沒有反應過來。

阿伯聽了後說你腦後一定有反骨。

我說：「爸爸很傷心，他說他傷透了心，我不知道他怎麼會傷透了心，他從來都不管我，是我媽媽把我帶大的。」

阿伯說：「我先是學了鋼琴，過了七級，好像彈的最後一首曲子是拉赫瑪尼諾夫的曲子，太難了，我根本沒有到那個水準。可是我爸爸說我是天才，非要讓我彈。後來看我在鋼琴上實在是沒有才氣，於是讓我學長笛。結果，一年多的時間浪費在上邊了，以後我上了大學，考的時候我差幾分，但我算特長生（類似台灣的保送生），我就那樣進了大學，在大學裡，我絕不吹長笛，也不彈鋼琴，任何晚會上都不彈，校方說吃虧了。」

我問：「你說什麼？」

「我說我恨長笛，就像你們中的老教授恨改革開放一樣。至今我的床頭上還放著那根長笛，因爲是從小摸慣的，所以也不好扔。」

我再次笑了，由衷地說：「跟你說話挺好玩的。」

「爲什麼？」

「好像你挨得我很近。」

「來，你把身子轉過來，讓我正面挨著你。」
「不行，那你會受不了的。」
「好吧，那我就轉過去，咱們睡吧。」
阿伯說完，獨自轉了過去。有很久兩人都沒有再說話。

阿伯 11

月亮從沒有窗簾的玻璃上透了進來。麥子又問：「你睡著了嗎？」
阿伯不吭氣。
麥子說：「阿伯，你睡著了嗎？」
阿伯仍是不吭氣。
麥子說：「阿伯，你生氣了？」
阿伯突然說：「我氣什麼？」
麥子說：「我剛才沒有轉過來，你生氣了？」
阿伯說：「睡吧！好吧！我心裡剛剛平靜。」
麥子點頭，說：「嗯。」
阿伯躺在那兒，身邊的女孩在刺激著他。他想自己手淫，但是，他忍住了，他想等著麥子睡著了，再作那事。但是麥子卻在不斷地說話。

過了一會兒，麥子又說：「阿伯，你睡著了嗎？這下該睡著了吧？你好好睡吧！」

阿伯說：「我這不是已經睡著了，又被你吵醒了。」

麥子說：「你們這兒上廁所怎麼上？我尿忍得實在受不了了。」

阿伯一下子從床上坐起身來，說：「現在晚上，這是大雜院，連大門都關了，你沒有辦法去胡同口的廁所了。」

麥子說：「我難受。」

阿伯說：「尿到罐裡吧！」

麥子聲音很響地笑起來。阿伯說只有這個辦法了。麥子看看阿伯，又看看灑滿月光的房間，只好說：「那你不許看。」

阿伯說：「不看，那個就在床底下。」

阿伯又躺了回去。

麥子起身，她伸出手從床下拖出那尿罐，又回頭看看阿伯。她蹲下了，她的眼睛一直盯著阿伯。

阿伯恰在這時，抬起身子，轉過臉看麥子。

兩人的目光相對。

麥子猛地提起褲子，站了起來，說：「你不守信用。」

阿伯笑了，說：「這樣黑的天，我什麼也不會看到。這樣吧！我拿被子蒙住臉。」

麥子遲疑地看著阿伯用被子包住了頭，並且趴在那兒笑個不停。

麥子蹲下了，她開始撒尿。

阿伯一直沒有再把頭伸出來，他等待著。

麥子的時間很長，似乎是黃河與長江從源頭一直流進大海。

第八章

麥子 11

我極力把發出的聲音弄得輕一點，可是卻依然那麼響，整個屋子裡甚至是整個院子裡都僅僅是這一種聲音，是從我身體裡發出來的聲音，難聽極了，卻又沒完沒了。我想在半中間停住，然而只是停了片刻，又汩汩地響個不完。我悄悄地看阿伯，他躺著一動不動，靜靜地聽著。他在想什麼呢？是不是覺得從來沒有碰到過這麼粗魯的女孩？我回想著今天在那個聚會上所有人盯著我的目光，他們的目光像是張開的小嘴吸吮著，彷彿要把我漸漸吸進他們的肚子裡。我得意地走著，我還想見德希達去問問有關《讀書》的問題，還想跟他說說怎樣去寬恕一個人。然而僅僅是兩三個小時之後，我卻在這個陌生男人的房間裡發出了撒尿的聲音。我低下頭，閉起眼睛，心裡祈禱著快點吧！

月光淡淡地照著，在一片水聲中，在漫長的承諾中，阿伯睡著了。

我回到了阿伯身邊，他卻把被子都捲走了。我說：「給我一點被子。」見他不動，我就自己拉過一些被子，說：「別裝了。」

阿伯沒有動。

我傾過身子去看阿伯，把他頭上的被子挪開，說：「你會窒息的。」阿伯仍是不動。

我躺下，看著天花板。借著明亮的月光，看見頂上的舊報紙上邊隱約寫著幾個大字：「美國總統尼克森訪華」。

我閉上了眼睛。（阿伯就是那個時候睜開了眼睛。麥子在月光裡歎了一口氣，氣息深長，像有無盡的憂慮。那天晚上，阿伯的陽具像鐵棍一樣硬了一夜，直到陽光充滿小屋時它還是硬的。）

第九章

麥子 12

那天早晨當我突然意識到我沒有醒在白澤身邊而在另一個地方時，心痛得都跳起來了。當時我那僅穿了內褲的身子緊緊貼著身邊這個男人。他沒有脫外褲，身上依然是一件厚厚的牛仔褲，也許正是這件牛仔褲使我一夜感到放鬆，舒適，使我感到了一種安全。我那光滑的赤裸的雙腿不禁緊緊地勾在他的腿上，頭埋在他的胸前，像一隻魚適應著水的溫度。他的氣息浸潤在我的臉上，甚至深入到了我的睡夢中。

陽光灑滿了這間屋子時我醒來了。我迅速離開他的身邊，一邊望著他一邊回想著昨晚的一切。我想起來了，我昨晚沒有回去，而白澤依然在那個房間裡等我。昨晚他說他等著我回去，可我沒有。我終於走到了一個死胡同，不得不和白澤去拚了。

我沒有馬上從床上起來。我依然躺著，雙手放在小腹上，感覺著我的腹部並沒有像我夢裡面那樣出現了鼓鼓的小丘。此後的許多天裡我對阿伯講述著這天夜裡做的一個夢：我在一個噴水龍頭下脫光了衣服洗澡，門外面就是會議廳，滿滿一廳的人在開會，我卻毫無顧忌地把水弄得嘩嘩響。我突然意識到門沒有關，我想肯定有人在看我。於是我驚慌地朝他們看去，所有人都在聽報告，中間卻有一個人在注視我。

「她坐在中間，她的目光越過很多人的頭頂朝我看過來，當我的目光和他對視時他趕緊避開了。」

「那個人是誰？是不是導演？」

「導演？導演柯？」

「要不就是一個法國人，皮裏松有沒有資格去看你的裸體？」阿伯笑了，看我緊鎖的眉頭，又像想起了什麼說道，「莫不是德希達吧？」

「德希達？但是那個人是個女人，她的眼睛很黑、很亮，其實我不是怕被他看見，而是我當時正在……」

「幹什麼？」

當時我羞躁無比，向旁邊躲去。我的身體幾乎在顫抖。我覺得我一生當中還沒有像這樣羞愧過。夢中的女人影影綽綽，只有她的一雙眼睛卻是那麼黑、那麼亮，在人群中空曠地責備地望著我。她看到了我突起的腹部並自己正在撫摸自己。

我下意識地又摸了摸自己的肚子，那裡沒有突起，那裡是光滑的，心裡立即湧起一陣僥倖，像一個人死而復生。瞬間我發出了輕輕的歎息聲，那像是我遺漏的什麼，在喉嚨間飛出去，消融在無邊的日光之中。那究竟是什麼，直到完全離開阿伯，直到阿伯有一天也突然離開了我，我知道，如

果不是為了遺忘，我絕不會到這兒來。

我跟他講起了夢裡偷看我裸體的女人。以後的許多日子，他都幫我分析著說那也許是德希達，外國的男人有時看起來就像是個女人，因為所有知識女孩都崇拜德希達，愛德希達，一個很好的原因，如果不是德希達，像你這樣的女孩不一會就會到法國大使館去參加那樣一個聚會。他又說其實女人從來都是附庸風雅的婊子，你們眞會為了德希達才去那樣的地方嗎？你們是為男人而去的，確切地說你是為我而去的。你沒感覺到在那天我的臉、我的影子將你整個地照亮了嗎？

我說你是個思維不清的男人，首先那是皮裏松的家，不是法國大使館。在此之後，我無數次地糾正過他，可是他卻總是肯定地說那就是法國大使館，法國大使館就是我們第一次見面的地方，你想想，德希達會去一個誰誰的家嗎？德希達是一個大人物。我不是說到最後德希達並沒有去嗎？我們不是都沒有見到德希達嗎？

在這個夜裡我幾乎一夜未睡，在天快亮時才迷迷沌沌地做了一個夢。有一個細節我沒有告訴阿伯，我夢見我自己站在噴水龍頭下摸著像小丘一樣突出的肚子。我以為誰也看不見，但是有一個人在向我窺望，她發現我的肚子裡有一個孩子。並且我越來越確切的認為她肯定就是一個女人，她不是別人，她就是在聚會上我遇到的那個叫沈燦的女人。

我一件件地穿衣服，末了又穿上皮裏松的外套。我打開門，院子裡有一個大約六十歲的老太太，她的脖子裡紮著一條紫色的圍巾，她端了滿滿一盆衣服站在院中央的一棵柳樹下，一邊晾曬著衣物，一邊小聲說著什麼，嘴裡噴出一縷縷白色的氣息。她聽見後面有動靜，便止住聲，回過頭來，看到是我，簡直驚呆了。我低下頭，抓緊手上的包，慌慌張張地從她面前走過。

我幾乎是逃到了院外，迎面卻是一個發出異味很濃的廁所。我幾乎是小跑一樣地走到了另外一條巷子。上班的人群已經湧上來了，兩旁的店鋪也在不斷地開門。我突然想到自己沒有化妝，便又匆匆折回頭去，硬著頭皮進了那個惡臭不堪的公共廁所。

我合上化妝盒，走出去，迎面碰到的又是阿伯院子裡的那位老太太。我沉默的轉過臉去，然而她卻不依不撓地盯著我。走了很遠，我都不敢回頭，只覺得渾身難受無比。我突然想到：她也有女兒嗎？女兒懷了男人的孩子她會知道嗎？

第十章

阿伯 12

陽光在阿伯的臉上徘徊。

阿伯已經有五天沒有麥子的任何消息了，就好像麥子從來沒有在他的床上出現過一樣。

阿伯仔細回憶那天晚上的情景，任何東西都讓他感到刺激，特別是麥子撒尿的聲音，總是讓阿伯從夢中醒來，他覺得麥子尿尿的瞬間有可能成爲自己一生的最美麗的回憶。

阿伯起身，去公共廁所的路上，看著陽光。

他隱約地感受到了一個女人的聲音對他說著自己的夢，夢裡的德希達，她還說她要走了，今天還有很多事要作，她得去學校，今天的課非常重要，還有，她還要處理自己的私事。

阿伯似乎知道這個女人的聲音是從哪裡來的，他的屋子裡已經很久都沒有任何女人的聲音了，可是那天出現了。

他很疲倦，那天晚上，當麥子睡著了以後，阿伯好像是說了一句，你太殘酷了。然後，他爲自己手淫，他本來想打開VCD機，看一兩張色情片，但是他又不願意刺激身邊的這個女人。

他很難受，可是他又感到自己並不急於跟這個女人睡，這是爲什麼呢？她跟阿伯平時遇見的那些個妓女們有什麼不一樣呢？

她走的時候，他甚至都沒有起身，他說：「我太累了，我要繼續睡。」他可能只是翻了一下身，就又睡著了。

麥子在以後的時光裡，經常對他說：「那天早晨，你很可愛，你躺在床上，我要走了，你沒有起身，你只是翻了一下身，你這種態度使我輕鬆，就好像你是一個無性的人，我對你的防備少了許多。」

「可是你應該感覺得到我那東西幾乎硬了一夜。」

麥子說：「那個不算，我只是說陽光撒在你臉上的感覺。是播撒的撒，不是灑水的灑。」

阿伯這時就賣弄地說我從來不知道陽光在我臉上時的樣子。

麥子看著他。

阿伯說：「那天晚上我累了，其實，我太想與你做一切事，不過，我不願意強姦你，可是，我一直等著你，希望你能讓我上你，我等待著你的允許，可是你一直沒有同意。我那天晚上被雙重考驗折磨得累極了，早晨當我昏昏欲睡時，我已經不關心你了，我對你失望了，你才是個無性的人，你無視一個男人在你身邊，像是鐵棍一樣硬的雞巴。」

「我走時，你沒有理我，我不知道這會使你產生感覺。不過就在那天早晨我被另一個男人強姦了。我一想到我已經發生了驚天動地的事情而你卻安然地睡在夢裡我就感到難過，真的。生活對我們是截然不同的。」

阿伯 13

阿伯走進了公共廁所，裡邊人很多，沒有坑。

阿伯就站在外邊。

這時，他的手機響了。

阿伯仔細地看著那個電話號碼，猶豫著接了。

裡邊傳來了導演的聲音。

導演：「你在哪兒呢？」

阿伯：「公共廁所。」

導演：「昨晚你怎麼沒有進去啊，操，我們到了酒吧，突然感覺少了兩個人。阿伯，佩服，才兩個小時，就把她搞定了。不過昨晚那個叫大威的滿嘴胡說，我一急砸去一個啤酒瓶，沒想到把皮裏松的皮都打爛了，到了醫院，縫了好幾針。」

阿伯笑起來說：「幸虧我沒去，我如果去砸酒瓶的肯定是我。」

導演也笑了，說：「皮裏松有點怪你，他昨天是特地要把大威紹給你。想聽聽你說說下流話。說是從你阿伯的下流話裡，能看到了中國文學的希望，還說，諾貝爾文學獎金獲得者將出現在你們這些人身上，皮裏松說了，等他的傷好了，要特地請你跟大威吃一次飯，他說當年在上海，他爸爸就曾經參與過魯迅和陳西瑩他們的惡鬥，只是當年的上海人沒有你們這一代那麼愛說下流話。」

阿伯說：「你編的，這後邊的話是你編的。」

導演哈哈大笑，說：「後邊這些關於魯迅的話是我編的，能聽出來呀？！」

阿伯：「這麼沒有文化的話，只有你們這些當導演的人才好意思說。」

導演：「行了，言歸正傳，我的手機快沒錢了，看起來《長安街》那個公司又不肯投了，阿伯，你能不能想法去拉點錢，我聽說炎帝房產公司的老闆是個老太太，可能有四十二、三歲了吧！

她喜歡文化，你能不能去泡泡她，你長得一表人材，還會彈琴，她說不定會喜歡你，你呀！就把你對麥子的那一套用在她身上，讓她舒服了，說不定會投資。」

阿伯笑了，說：「她投資給誰？如果那樣，那我自己當導演，還有你什麼事？」

導演：「那也行，爲了藝術，你當導演，當什麼都行，只要是《長安街》能出來，你要是當導演，我就是編劇。」

阿伯說：「好了，廁所裡有地兒了，我得進去了。」

導演：「別，你那廁所眞噁心，那臭氣從電話裡都傳過來了。好嗎？後天，還是在法國大使館，開一個小型的PARTY，那女的來，你也來，皮裏松會專門安排，你可是一定要來。你也見過啊！就是那天聚會，那天她也去了。」

阿伯說：「我不去，我沒有心情。」

導演說：「怎麼？被麥子迷住了？她那種傻B太多了，等劇組一成立你就知道了，全是那種傻B女孩兒，眞的，多極了，多如陰毛。」

阿伯：「你知道麥子的手機號碼嗎？」

導演：「你眞是太傻了，好吧！我幫你找一下，對了，就在這兒，你記吧！都是野心家，沒有利益誰跟你上床？記吧，1350……。記了嗎？好的，《長安街》全看你了。」

阿伯立即給麥子打電話，手機卻是關著的。

阿伯望著手機，彷彿這是麥子緊閉的嘴巴。他要讓它說話，但是他摸不著機關。就像那天在聚會上他無法跟她說上話一樣。但是一切已和在那個聚會上不一樣了，麥子跟他曾有了一夜。不過，他開始懷疑那天麥子是不是眞的跟自己在一個床上睡過，肯定沒有，要是眞的有，那自己能不操她嗎？肯定要操的。她當時就穿一件小三角褲衩，阿伯只要是輕輕一拉就會下來。雖然麥子說她不能與他做那件事，但是她也會像其他女人那樣會在一瞬間不再堅持。女人連想都沒有想到實際上她們從來都是被動的。那天她說她是爲德希達去的，可爲什麼深更半夜會跟著他把衣服脫了鑽進他的被窩裡？她自己也不知道。阿伯甚至都沒有看見她脫了衣服的樣子就讓她走了，他有些後悔。以後也許這一輩子都再見不到這個女孩了。

那天晚上他們好像還說了童年。那天晚上阿伯隱隱約約地感到月光從視窗射進來，把麥子的臉照得跟磨姑一樣白。平日裡他總是關了燈倒頭就睡，可在那天他感受到的是這個女孩把月光帶進了他的小屋。

阿伯就差沒有爲麥子彈琴了。

阿伯又給麥子打了電話。

手機仍然沒有開。

第十一章

麥子 13

我拿出鑰匙開門，我的手指在顫抖。我想，他也許昨晚就走了，在跟我通完那個電話之後就走了。他是從不在這裡過夜的，每晚他必須回去，回那個家。

門開了，透過客廳我看見裡面的房間陰暗一片。薄薄的窗簾緊緊閉合著。一股煙味傳來，裡面有人。

我覺得血一路湧到了臉上。我回身關緊門，身體忽然冒出了汗，我感到全身要虛脫了，我無法走路。我沒想到當我眞的要面對他時自己竟是這樣害怕。他清楚地知道我爲什麼會一夜未歸，當他再打手機時我已經關了機。我緩緩轉過身放下包，走投無路地向他迎過去。

白澤看到我進來，把倚在床背上的身子向前傾了傾。我故作輕鬆地低聲對他說：「我以爲你早走了呢。」

微弱的光線使我看出他好像一下老了一些，原先一直是用髮膠做成的固定的髮型已淩亂不堪，這使他的面目顯得有些憎惡。他又把目光轉移到別處，望著面前的視窗。我伸出手去拉窗簾，陽光幾乎是尖叫著衝進來。

他站起身子，向外間走去。他說：「你來了，我剛好也要走了。我得上班去，今天要處理的事情很多，一個什麼獲碩士學位的人叫什麼『符號』的在報社裡吃裡扒外，她居然把在別的報上發表過的文章拿到我這裡來發，而且還不是她自己寫的，把別人的名字一改自己得稿費。我看這人是活夠了？」

白澤說著露出莫名的微笑。笑容微微地壓歪了嘴角。我聽出他的話外之音，明著說別人，實際上是說我在吃裡扒外。

「前天發行部有兩個人在辦公室裡竟打起了架，用各自的茶杯朝對方身上砸。豈有此理，我連原因也沒問，當場就把他們解雇了。」

我突然說：「那麼你是不是告訴我，我也是你的員工說解雇就解雇？」

他回過頭來望著我。

「你不是我的員工麼？你這是什麼意思？你不是應聘在報社？你不是來求職時我們才認識的嗎？你忘了？要不然你憑什麼還會有空閒去談論什麼德希達？別扯德希達的蛋了。」

他一面說著一面檢查似的盯著我身上的衣服。

「那麼我昨晚去哪裡與你無關了？」

「被德希達那個老頭帶走了？不過，有什麼關係？去哪對我都一樣。」他說，把一件灰格的襯衣往身上套。

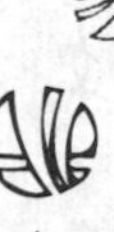

我想了想說：「不過我身上有一個地方是跟你有關係的。」

他立即說道：「你不是在電話裡說了，你要把孩子生下來？生下來好了。我讓你生，眞的。」

說著他又看著我。

「在跟我說孩子的問題之前最好是先把身上的衣服脫掉。」

我恍然悟出我身上還穿著皮裏松的衣服，我竟忘了把它脫下來塞進包裡。他也許是看見此刻我有些慌張的樣子，於是笑了。但是他的笑容很快消失。他低下頭找自己的襪子，然後坐在客廳那塊棕色的有著優美圖案的地毯上一隻一隻往腳上穿。我說：「實際上，我昨晚就是跟一個男人在一起的。」

他抬起頭來。

「身上的衣服也是他的嗎？品味倒是不低啊！」說完他用手撐著地毯站起身來，走到我面前，用手摸著皮裏松的衣服，「這確實是舶來貨。不過，我應該高興，你不光跟我睡還跟別人睡，這證明你是個有魅力的女人。」

我低下頭看自己的肚子，說道：「你生氣的樣子還眞是有點男人味。」

「你跟我說話最好是先把衣服脫下來。」

我抬起頭來，望著他的眼睛，說實話此刻的我已經不害怕了。頂多我用我的頭向他撞去。我說：「說你像個男人，可是你逼著我把孩子打下來還眞不像個男人。」

「我知道孩子是藏在你身上的兇器。你問德希達了嗎？他同意你把孩子生下來嗎？不過在跟我探討這個問題之前，你最好把衣服脫下來，我讓你脫你就得脫。你要知道這是我爲你租的房子。你得聽我的。」

「衣服脫得掉，但是孩子打不掉。」

「是嗎？」

他向我挑起了眉毛，我也向他仰起了臉。但是空氣中立即有一陣拂動，他揚起手臂向我的臉上摑過來。我捂住嘴巴。幸虧我沒有戴眼鏡。我朝他笑了笑，裹緊身上的衣服，看他的嘴唇在客廳暗淡的窗簾的陰影下發出微帶黑色光芒。我說：「我肚子裡懷的是你的孩子。」

「那又怎麼樣？」

「我會把他生下來。」

白澤又揚起了手，我向後閃著。但一會我明白他不是打我，而是動手扯我的衣服。他大聲喊著說：「我受夠了，我讓你生下來。」

他的臉在痙攣，嘴唇抽搐著。他突然間的變化把我嚇住了。於是沒有知覺地任他推扯著，幾乎是一瞬間，他把我身上的皮裏松的衣服扯下來。他看了看手裡的衣服，臉上露出了笑，但是馬上把它揉成一團。他推開窗子，掂起腳尖揮動手臂向外拋去。只聽他說：「你是不是也要追隨那衣服？」

我看到那衣服被風撐開，雲一樣在飄著。

寒風從敞開的窗子裡透進來，而那衣服越飄越遠，越飄越高。在我發愣的功夫，白澤已經用那壯實的身體把我壓倒在地。他的臉抵著我的臉，使我想喊卻發不出聲音。雖然隔著好幾層衣服，也感受到他的結實肌肉和自己胸脯柔軟的肉體。我明白他要幹什麼了。

我拚命抵抗著，用手抓他的臉。我想那衣服現在飄到哪裡了？人們會怎麼來理解這件從天上飄下的衣服呢？我忽然想到那個阿伯，想到灑在他房間和他臉上的柔軟的陽光，此刻他在幹什麼呢？

但這都是一瞬間的念頭。耳聽得白澤激烈的喘息聲，腦中卻又一邊在想，在兩年的交往中，如果他沒有愛過我，那麼我愛過這個男人嗎？

一天在我們剛認識後的一個月，在北大昆明湖邊，夜光幽暗地穿過他的臉。他穿著的是一套「南諾」牌子的西服，西服袖口處露出一小截扣著小白紐扣的襯衣袖，從那兒散發出一個有錢男人的高貴氣息，那兒夾雜著一絲絲男用的CD香水味。他伸出手摟住我，把我蜷在他的懷裡。我呆呆地使勁嗅著他的味道。這就是愛嗎？

學期即將開始，在悶熱的夏末裡，在這個房間的深紅色地毯上，他背誦著他年輕時背誦的詩句：「夜來了，我站在樓梯上靜聽。星星在花園裡擁擠，我佇立在黑暗中。聽，一顆星星鳴響著墜落。不要光腳踏入草叢——我的花園充滿了碎片。」

那一晚我們一直坐在地毯上，黑暗中只感覺到他充滿著淚光的眼睛，他跟我說起他青春中的女性們，他說他和他們度過了很多浪漫的時光，但和她們在一起還沒有一個晚上像我們這樣美好。

「美好」這個辭彙像一塊糖似浸潤和溶化。這就是愛嗎？

在這一剎那，我吟味著這一系列的回憶，雙手卻在他赤裸的後背上尖銳地紮了下來。然而他卻沉浸在自己的暴力中，不覺得疼痛。

我的衣服被他一件件脫光了，他的臉衝著我一邊叫喚一邊挑戰。我掙扎著，感到氣憤，然而卻又被一種麻痹狀態和激動的興奮所撞擊。

對面的鏡子把他的背深沉地映了進去。他的躍動著的下半身昏昏暗暗，早晨的陽光只在他的背上亂舞，有點令人目眩，肩胛骨的肌肉也如搏擊著的翅膀在飛翔……

他飛翔著，那是一片寬廣的天空，我的身體被他輕巧地舉起來，帶到空中一起向前飛去。皮裏松的衣服和阿伯的臉都沒有了。我只感到飛翔的快感。我張開雙腿，卻又不斷地掐著他的背。他背上的血落進我的指縫裡。

在搏擊中我拚命地搖著頭，他的臉在我的上方也似乎被燃燒了，大聲喘息著，好像和我一樣感到了語言的無力。我驚奇地望著對面鏡中不斷飛舞著的人體，心想這就是所謂的強姦嗎？我為什麼不抵抗？我為什麼要讓他得逞？

白澤達到頂峰了。他的身體戰慄著。我卻像一頭發了瘋的母獅子，在叫喊。然而我在呼喚誰的名字？

慢慢地空氣靜了下來。我和他一起清清楚楚地聽到了「阿伯」這兩個字。

「阿伯」，像是被拋在空中的一條帶著花紋的小毒蛇，輕輕地落在地板上。

我仇恨地望著白澤。如果說我還想呼喚一個名字，那就應該是阿伯。

白澤緩緩地坐起身，伸手點燃一根煙，身上的汗水還浸在皮膚上。那曾膨脹的性器在逐漸往裡收。腿間還有幾絲透明的幾乎看不出的液體。

我望著手指縫裡的血污，突然哭泣起來。

阿伯 14

阿伯吃了一碗雜碎湯。

他走在北京深秋的胡同裡想念著麥子。

麥子好像消失在了秋天北方的原野裡了。在牲畜的叫聲中，麥子在跑步，她跑得很快，阿伯看不清楚，他只是覺得遠方有一片白色的毛織物，它隨著風在吹動，裡邊好像還有麥子的咳嗽聲。

阿伯突然陷進了一種無邊的憂傷之中，他抬頭看了看頭頂上的藍天，他從沒覺得天像今天這樣空曠。他想家了，他想念自己的父親。他想，已經很久沒有給他們打電話了，他總是想出人頭地之後，再給他打電話，在電話裡，阿伯說：「我已經爲你們買好了飛機票，你們明天就坐飛機來北京吧！我的房間剛裝修完，可能有點味，但是開開窗子就好了……」

阿伯沒有能力作這些事情。他不太給家裡任何資訊，以至於有一次家裡出動所有的朋友和熟人

打聽阿伯的下落。阿伯知道後就生氣，憤憤地責問父親有什麼好打聽的？

皮裏松的家在一個四合院裡。院內有幾棵老榆樹，有一千年那麼老了。阿伯想這才是皮裏松的家，麥子肯定是搞錯了，那個他們見面的聚會是在法國大使館。

皮裏松說：「來吧，他們都到了。」

阿伯說：「皮太太呢？」

皮裏松笑了，說：「她回法國了，今天來的人導演跟你說了吧？她有錢，她那個樓盤叫經典秀水掙了好多錢，她喜歡藝術，喜歡藝術家，我跟她說起了你，她很有興趣，她叫沈燦。」

阿伯：「謝謝你。」

皮裏松說：「謝什麼？我可不是拉皮條的啊！也許你們見過，在那次聚會上她也去了，當時她跟一個攝影師在一起。」

在阿伯的心裡，那晚的聚會只意味著麥子，至於別的什麼女人，阿伯沒有在意。

屋內熱氣騰騰。

阿伯一走進門，他的眼睛就被那個四十多歲的女人給吸了過去。

女人看著阿伯。

阿伯也看著她，確實好像在哪見過。

女人站了起來，說：「是阿伯嗎？」

皮裏松點頭。

阿伯走過去，他有點緊張，不知道該不該主動伸手與女人握手。他下意識地看了看沈燦的手，在她的無名指上戴著一個銀色的戒指。

沈燦說：「大家隨便坐坐。」

阿伯覺得這兒好像不是皮裏松的家，而是這個女人的家了。

沈燦皮膚很白，臉上皺紋明顯，但是笑得矜持、從容，一看就是了不起的女人。阿伯在想在那個聚會上眞的見過她嗎？他猛然想起在那晚她的照片貼滿了整個牆壁。他當時還說那個攝影師眞的很無恥，把一個醜女人拍得那麼美。按理說在那個場合下他應該注意到這個女人，可是他沒有。

導演這時說：「阿伯，你怎麼才來呀？」

阿伯說：「先上了一輛公共車，壞了，然後又等了半天，又上了一輛，這輛車在經過北四環時被前面的一場交通事故堵了，說是空中突然飄來一縷幽魂，貼在一個計程車司機的窗前，司機頓時眼一黑，把別人的車撞翻了。」

沈燦笑起來，說：「都說你挺有才能，挺會說笑話的。」

阿伯把眼睛盯在她臉上，說：「不是笑話，是眞的，不過那不知是誰從高樓扔下來的一件長風衣，遠遠看起來就跟一個人跳了樓一樣。然後又上了一輛，走到長安街時，突然賣票的喊停車，恐怖分子混上了車，要炸天安門了，車上一片混亂，我是從窗子上跳了出去，差一點就見不著你們了。」

沈燦又笑了，說：「這就是你們的劇本《長安街》故事嗎？這通不過呀。對了，你不會開車呀？」

阿伯說：「我沒錢買車，上回在北京市公安局偷了一輛，還沒來得及開呢，就聽說是陳希同的車，所以又還回去了。」

沈燦這回沒笑。

導演在一旁對她說：「你聽他胡說呢，他的小說寫得特別有才氣，充滿著詩意，而且有古典意味，真不容易。」

沈燦說：「能借給我看看嗎？」

阿伯說：「今天我專門爲您帶了一本。」

沈燦說：「別說您了，我是你們大家的朋友，別客氣。」

晚上，沈燦約導演和阿伯、皮裏松一起去自己家玩，她說她是單身的，所以喜歡晚上請朋友來。

皮裏松說：「我要去聽音樂會，那西古樂又來了，宣科讓他一定要去。我會叫另外一個朋友去，那天在酒吧一起聊過，感覺不錯，他叫大威。」

第十五章

阿伯 15

阿伯與導演還有那個叫大威的一起上了沈燦的車。沈燦把背倚在後背上，說：「你們以後叫我大姐，別叫沈總了。」

三個人一起答應著。

車開著。

阿伯繼續給大姐講著《長安街》的故事。

沈燦聽得很認眞，時時地問些問題，阿伯發現這是一個有感覺的女人，所以說得很有激情，有時自己都被自己感動了。

到了力鴻花園，幾個人剛下了車。

這時，導演的手機響了。

導演接電話，說：「是嗎？那好，那，我馬上就去，等著你。」

導演回頭對女人跟阿伯說：「壞了，棚裡著火了，我得馬上回去。」

阿伯說：「那我跟你一起去。」

導演說：「別，你跟大姐在一起，好好聊聊天，大姐難得有時間，還有大威。」

阿伯看看女人。

女人笑了，說：「走吧！阿伯，你的故事還沒有講完呢。」

阿伯無奈地跟她進了樓，不過一想身邊還有大威，也就不緊張了。

導演已經飛一樣地跑了。

在電梯裡，三個人站著。阿伯突然覺得口很渴，便連連咽了幾口唾液。女人沒有注意他，她好像突然變得有些嚴肅了起來。臉色也在一瞬間變得灰了。經常是上了點年紀的女人會突然變得委靡不振，原先的光彩像風一樣消失得無蹤無影，變成了老女人。

電梯門一開，就是沈燦的家。

阿伯呆住了，他張開嘴，不知道該說什麼好。沈燦似乎沒有注意到阿伯的反應，她先是自己換了鞋。阿伯注意到大威跟自己一樣，侷促地站著，他甚至有點站不住。

阿伯和大威一起也換了鞋。

客廳裡全是中式的古典傢俱。換好了鞋的阿伯和大威，突然覺得自己來到了皇宮裡，不會走路了。

沈燦對阿伯說：「你們想喝什麼自己來，冰箱裡有，想喝熱的也行，你看那兒。」

阿伯望過去，遠處的吧臺上有各種閃著亮光的酒瓶，還有一個小小咖啡台。

沈燦說：「我累了，想洗個澡。」

女人說著，上了樓梯。樓梯是微微的彎形，阿伯知道只有有很大空間的房子才會有這樣的弧度。他看見沈燦那雙換了大紅絲質拖鞋的腳正一級一級踏上去。鞋面很小，露出了大塊潔白的皮膚閃著白光。

一會兒，女人的聲音傳了下來，說：「阿伯，大威，你們想洗澡在一樓洗吧，洗洗舒服。」

阿伯和大威對看了一眼，兩人嘴上都答應了一聲。阿伯走到咖啡台自己倒了一杯咖啡後，喝了一口。

大威也過來給自己倒了一杯。他說：「我知道你，你寫《長安街》的，現在想把它拍成電影。其實不是我說你，眞正的好小說是不可以搞影視的。」

阿伯說：「那昆德拉的《生命中不能承受之輕》，不是改成電影了嗎？那不是好小說嗎？」

「小說還寫得不錯，當然，也有很多問題，可是，電影卻很臭。」

阿伯一時不知道該說什麼好了。他一直認爲昆德拉的小說和電影都還不錯。儘管是老片子了，是老小說了，可是，眞是挺不錯了。來了這麼個大威，張口就說那不行，那什麼行呢？

阿伯這時發現在牆上有一張那女人和一個男人的合影。男人長得不俗，乍一看以爲是什麼電影明星。阿伯心裡判斷著他究竟像誰。最後覺得他有點像美國電影裡的那個船王。他心想，這個男人肯定就是沈燦的丈夫。

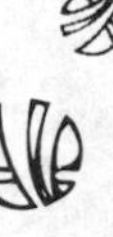

只聽大威又說：「而且電影永遠在破壞小說。」

阿伯的臉在發紅。他轉頭直接望著大威的臉說：「我在網上看了你跟那個上海女人的對話，你順著她說話的架勢好噁心，你是不是搞她了，或者那天晚上想搞她，才說那些肉麻的話的？」

大威同樣盯著阿伯，那眼神有點像荒野的餓狼盯著遠方的人影。

阿伯說：「你連昆德拉的小說都看不上，怎麼竟然對那個女人表示出了那種態度呢？她說上海好，你就跟著說上海好。關鍵是，上海是不錯，但不是她說的那個好法，可是，你卻沒有任何反駁，你爲什麼沒有拿出來與我說話時的直率？你不是一個很直接的人嗎？你這次……」

「我先插一句，在中國的確是沒有其他的城市可以與寶貝放在一起，她肯定沒有說錯，寶貝意味著漂亮受寵，令人垂涎，十足女性化，只有上海才可以說寶貝。」

「那成都就不能說寶貝嗎？香港呢？香港能不能說寶貝？女人只要是漂亮，你喜歡她，就想怎麼說她都行，憑什麼就只有上海呢？上海的女人自戀成那樣，你也跟著一起戀，她還有個乳房好吹吹牛，你也跟著吹？」

大威皺著眉頭，厭惡地掃了阿伯一眼。兩人同時伸手去倒咖啡，手跟手碰了一下。大威說你先吧。當他知道阿伯還在等著自己的回答時，就說：「我覺得你對她很有誤解，我其實是在爲她抱不平才跟她對話的。她那天說的有另外一點是很重要的：上海對中國國民經濟發展的巨大貢獻，一個上海人養活五個中國人。所以，上海是個又美麗又富有的女人。人人都想勾引，勾引不到，就被人

罵。」

阿伯說：「於是你興奮了，說她講到點子上了。」

大威喝了一口咖啡，隨手拿起一張報紙看著：「美國海軍陸戰隊已經要進入阿富汗本土了，賓拉登的照片正對他笑著。」

他說：「被殖民的歷史，和至今都找得到痕跡的殖民文化氣息。比如那些歐式花園老洋房，那些咖啡館裡還在播放的老爵士，也就是昔日靡靡之音。你不得不承認她的活力和包容性。有時，尋歡作樂也是一種文化，上海的繁華身後……」

阿伯問：「你是上海人嗎？」

大威搖頭，說：「不是，這重要嗎？」

「你眞是一個實用主義者，不光是你，中國的所謂知識分子們，都有是他媽的實用主義者，所以你對你不熟悉的東西，也說好話。中國有什麼前衛、邊緣？有的只是一種實用主義，昆德拉沒有辦法槍斃你，所以，你就對他可以隨便罵，可是這個女人在你身邊，你對她有想法，你就會說她好。不就是這樣嗎？」

大威愣愣地看著他，說：「我走了，我不會跟你這種人在一個屋子裡呆著的，你很沒有文化，而且無恥。」

大威騰地站起來，走到門邊換鞋。阿伯說：

「那我只有一種理解，就是你想搞她。想用嘴去弄她陰部……」

阿伯話沒有說完就聽到了關門的聲音。阿伯沒有回頭，心裡卻慌起來。自己一個人怎麼去面對那個女人呢？他有些後悔氣走了大威。因爲有大威的存在，他的心理放鬆多了。

阿伯也進了洗手間，他一開熱水管，水很燙。

阿伯脫衣服，開始洗澡。他沒敢泡澡，只是用噴水龍頭沖著。他一邊沖一邊在幻想著，那女人這時會突然進了這個洗手間，她通體都是沐浴液和香水的味道，她懇求阿伯撫摸自己，她說，她很寂寞。

阿伯就這樣，洗著，他心裡不踏實，總覺得會有人眞的進來，甚至自己會被趕出去。

阿伯有一會止住水聲仔細聽著樓上的動靜，但是，沒有聲音。他很快穿上衣服。然後，坐在客廳裡，繼續喝咖啡。

樓上一直沒有什麼動靜。

阿伯覺得那個女人洗澡眞是太漫長了。

阿伯一直等著。

阿伯覺得睏，他感到累了，感到全身像脫了水的魚有些乾燥，他後悔上這兒來。於是想不如像大威那樣一走了之吧，對，就這樣。

他到了門邊，開始換鞋，可就在這時，傳來了女人的腳步聲。阿伯回頭望去，沈燦沒有穿睡衣而是一套花呢布的工作裝。臉上重新化了妝，她說：「你可以自己看電視呀，喝了什麼？想喝些酒吧？」

阿伯從女人身上聞到了一股香水味，那是只有富人才會散發出的味道。阿伯心裡有些緊張，於是站起身到了吧台跟前，爲自己倒了一杯酒，也爲女人倒了一杯。

女人說：「謝謝。」

阿伯：「剛才那個大威有急事……」

「大威？」

似乎她就沒見過大威，她連阿伯也沒有看，就開始打電話。

阿伯等著。

那女人一直在打電話。

阿伯就一直在等著，他開了電視，把電視的聲音弄得小小了，他等著這個女董事長問自己有關的問題，或者這個老女人開始勾引自己。

可是，女人忘了阿伯。她全部身心都沉浸在電話的事務裡。阿伯聽明白了，好像是一塊地。原來是屬於一個國營大廠的，現在她們要徵過來。她好像說要人送些錢去，好像一共要送兩百多萬。

女人打完一個電話，又打另一個。

阿伯難受無比。

這時，那女人突然對電話那頭說：「這樣吧，你們在那兒等我，我現在就去。」

阿伯一看錶，已經是半夜一點了。

女人看看阿伯，說：「對不起！我有事要處理，得先走了，要不，你先回家，咱們改天再見。」

阿伯說：「好。那我先走了。」

女人點頭，說：「你的小說等我看完再說。」

阿伯出了樓門。

在寒冷的夜裡，他走得很慢。

他想，現在院門已經關了，他能去哪兒呢？

阿伯內心充滿懊惱，他覺得冷了，風吹得他身上陣陣打哆嗦。這時，一輛計程車停在跟前，司機說：「哥們，上哪兒？」

阿伯不說話，看也不看他，只顧自己走路。

司機走了，差點用車將阿伯撞一下。

阿伯難過得要命。

在以後麥子的敘述裡，阿伯知道那天在他去沈燦家的那會兒，白澤在盤問著阿伯究竟是誰。麥子說一個男人，昨晚我就是在他的床上度過的。白澤深吸了一口煙，隨即將它一股腦兒吐出來，也許是被煙嗆了的緣故，麥子說他的眼睛有些濕潤。當時麥子強調說：「但是我沒有跟阿伯做那件事情。」

在阿伯聽來麥子確實有些強詞奪理，他的心裡漸漸起了巨大的失落情緒。他覺得那時的麥子還在想方設法地跟那個男人和好。

第十三章

麥子 14

我對白澤說我確實沒有跟阿伯做那種事。他說這是不可能不發生的事情啊，一男一女在深夜裡，在一張床上，卻沒有發生那種事，這說不過去。我說我在過去根本就不認識他。

白澤笑了，他覺得我在撒謊。

「因爲我懷了你的孩子，我怕他在裡面受驚嚇。」

我的聲音打起了哆嗦，白澤卻不屑地把手中的煙掐滅在煙灰缸裡。那還有一大截呢，他沒有把它抽完。我凝視著那被掐滅的煙，心想，我跟這煙眞有點像。

白澤從地毯上站起身來，並把衣服一件件往身上套。那麼，無意間，「阿伯」眞的成了他自衛的一件武器？我倚在牆上，身子向前傾了傾。在一片衣服的唏嗦聲中，空氣中清晰地浮起幾絲香水

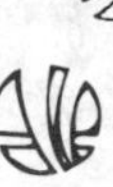

味。我也站起來，我那赤裸的身子嚇了他一跳。

我上前抓住他穿衣服的手。他問我要幹什麼。我說：「請再強姦我一次，如果你有本事讓你的孩子從我的陰道裡流出來，那麼這事算完，我以後不再纏你。」

他甩開我的手說：「你要怎樣隨你的便，但是我現在沒有時間，我要上班。」

他從地毯上拾起褲子，抬起腳要往裡面套。

從他背後我伸出兩隻胳膊，緊緊地摟住他不放。白澤回過身來，臉正對著我。他想把我推開，卻不料使我倒在了棕色的地毯上。當我倒在上面時，地毯發出一聲沉悶的聲響。他手中的褲子又跌落下去。

白澤彎下腰，撿起褲子想要繼續穿，我一把抱住他粗壯、赤裸的大腿。他回手給了我一個重重的耳光。唇邊有什麼流出來。他以爲我會像剛才那樣害怕，但我只是有些神思恍惚。我也不感到疼痛，只是稍一放手又死死纏住他不放。我說再強姦我一次。

他向前走著，我的身體在地毯上被他拖著。他沒有辦法，彎下腰扳我的手指。他問我究竟要幹什麼。我說我要把孩子生下來送給你妻子。

「那你生下來吧！我讓她給養著，這行了吧？」

「不行。」

我死死地抱住他。窗外枝頭上落下了似乎頭一次聽到的麻雀的啁啾。白澤也聽到了，卻無奈地站著。我抱著他的腿，眼淚滂沱。我對他說：「我現在就跟你上班去。」

我突然想到昨夜在街頭遇到的小賣花姑娘，她不屈不撓的跟著我，今天我也要像這個小賣花姑娘一樣緊緊跟著他，他去哪我去哪。我會比她更加堅強，我不會半途而廢。

但是我不知道最終是怎麼放開白澤的。

起初我是牢牢地抓著他的。可是我抓不住。我兩手空空，只得捂住自己的臉哭泣。他怔怔地看著我，也許在心裡想：過去是那麼矜持、那麼心高氣傲的一個女孩，今天居然會變成這個樣子。果然他說：「你跟那些掃大街的有兩樣嗎？花錢給你念MBA確實是一種多餘……」

我一下又緊緊地抓著他。我說：「我得跟你上班。」

「好，我不怕，你要跟我上班，頂多從今天開始我又多了一個秘書而已。我有兩個秘書，這很好。不過你別指望我會怕你，如果我是黨政機關的公務員可能還眞怕你這一手，過去許許多多的人都被像你這樣的女孩子拉下水，不過，我白澤就在水裡，成天在水裡，不管是在白天還是晚上，我都不怕濕……」說到這，他又笑起來。

「我說我要讓報社裡的人都知道。」

「你知道的，報社是我說了算，裡面有沒有黨委書記。可是我不明白你爲什麼……」

「爲什麼？爲什麼？」我忽然喊起來：「——那天在你辦公室裡，在那塊地毯上，你還記得嗎？你說你終於碰到一個你想要的女孩，你說你的生活一定要改變，你還記得你說過的話嗎？當時你抱

著我連眼淚都快掉下來了……」

「我什麼時候說這話了？麥子，你好好想想，我說過嗎？」

他好像被我冤枉了一樣。我一看他這樣就哭得更厲害了。

「可即使是說過，你也不必這麼在意啊！你就眞的相信一個男人在某個時刻說的話嗎？你就怎麼去相信語言嗎？你不是也學過中文嗎？你不知道語言最是來無蹤去無影的東西嗎？可以正過來說，也可以反過來說，可以這個時候說，也可以那個時候說，你看，我給你租了房子，爲你交MBA的學費，這些是看得見摸得著的，這些比那些語言要重要得多了。」

我放下了手，他居然不記得自己說過的話了。你能讓他爲不記得的東西負責嗎？我哭泣著，淚眼中卻看見他從口袋裡掏出一疊錢，他說給你留下兩千塊錢，你如果決定了，就給我打一個電話，我陪你去。

白澤說完了那話就走了，他重重地關門彷彿生怕門關不嚴。房間裡寂靜一片，可以聽見空中塵埃細微的飛舞聲。

我就在這個時候醒悟一般，飛快地在身上穿上衣服，打開門朝樓梯衝下去。

已經來到大堂的白澤看到我，立馬吃了一驚。但是他故作鎮靜地沒有停下腳步。我在他一旁走著，跟著他的步伐一起向門口走去，並抬頭去尋找停在大門口的他的小臥車。

空中正放著音樂。那是義大利盲人的發著顫音的歌聲。他正和莎拉布萊曼合唱著《說再見的時候》。白澤仰頭向天空看去，他曾在同一個地方聽到過這種歌聲。那是我們剛剛搬進來的時候。在一個夜晚，他激動地聽著然後說一個女人能發出這樣的聲音，我就想把她抱著懷裡，不搞也行。我說我也想靠在那個盲人的懷裡，即使他兩眼看不見，也行，我見過他的一張照片，他拿著一朵深紅色的玫瑰花，他長得太漂亮了，我從沒有讚美過一個男人的外表，且不談他的聲音，光是他的長像我就想做他的情人，哪怕是跟他說說話。當時白澤生氣地說：「我開個玩笑，你怎麼就當眞啊？」

此後白澤說了什麼也許我是眞的聽錯了。他重複著他在辦公室的地毯上說過的話，他說他會讓我永遠在他的身邊，做他的妻子，他要把現在的PASS掉，他要讓我至少是生兩個小孩，一個男孩，一個女孩。以後的日子當我回想這些細節時，我想，也許是我太渴望聽到這種聲音了，純粹屬於自己的臆想也未嘗不可。但是自從白澤對我說過那句話之後，每當經過恬靜的社區，就覺得我和白澤以及盤旋在上空的歌聲都溶在了一起。那天空中升騰的淡淡的薄霧，使天上的月亮變了形，像是一顆正在溶化的桔子糖，滿天空都變成了黃的，變成了甜的。

當時我們正好走在一顆樹旁，一片冗長的陰影覆蓋著我們。加上升騰的霧，白澤拉開自己的拉鏈。那拉鏈裡堅挺的陽具也同那風景連成一起了，雖然我不敢看，但是它卻成了那一晚記憶的重要組成部分。當它進入我的身體時，也像是天上的月亮把快感彌漫到了我的全身，彌漫到以後的一個又一個日子裡。

白澤打開了車門，我走到另一邊，像往常一樣要坐在他的副座。此刻我們都知道飄蕩在空中的

盲人歌聲是我們的哀歌，我們正是在說再見的時候。

就在我打開車門時，意想不到的事情發生了。對面走來了一個男人和一個女人。男人嘴裡呼喊著：「麥子」。

我的臉騰地紅了。

白澤的臉也紅了。

第十四章

阿伯 16

「阿伯，怎麼樣？上手了吧？對老太太印象如何？」

「去你媽的，人家跟本沒有時間理我。」

「不可能吧！你想，一個有錢的女人，當她獨自在家的時候，她是多麼需要人陪？而且那天你的表現不錯，她主要是喜歡你，對大威……」

「不！不對！也許我們過去都過於相信自己的感覺了，我們跟熱愛文化的女孩兒在一起還行，因爲她找你，就是幹這個的，可是有錢的女人，她們不一樣。」

「怎麼不一樣？」

「她就是在屋裡打電話呀，一打就是兩個小時，對了，她先是洗澡，光是那洗澡，就讓我和大威打了個嘴仗。最後大威被我氣走了。她還不下來。後來我自己也洗了個澡，又把布希對美國人的講話整個看完了，你看我有多無聊。然後，她總算下來了，她打電話。她說的事都是大事，上千萬、上億的事，我聽不懂……」

「然後呢？」

「然後她就把我趕出去了。」

「然後呢？」

「還有什麼然後，然後，我又去了北大。」

「大老晚的，你去什麼北大？又不是六四時代。」

「我沒地方去，突然想起了麥子，她不是在北大讀書嗎？」

「人家在北大是爲了賣，你跟到北大幹什麼？那兒哪有你阿伯賣的地方？你碩士都讀完了，又不用學外語，洋女人又沒什麼錢，你跑北大賣什麼？」

「麥子經常出現在北大嗎？」

「我哪兒知道，但是，她心裡想的是誰？肯定不是你阿伯。」

「那當然。」

「所以，我說了，你的戰場不在北大，你的戰場在那個女人家，她有錢，你要想辦法把她弄到手。」

「她對我沒有興趣。」

「不對，她爲什麼洗澡那麼長時間？她肯定是在等著你，讓你上去呀！你想，如果今後，我們的電影開拍了，一定要有這樣的鏡頭：富人家的浴室，洗澡水熱氣騰騰，一個女人，她的皮膚充滿油膩、細潤，她把自己的頭髮盤起來，她照鏡子，她往臉上擦著護膚的液體……這時，你把鏡頭朝外拉，拉，不，是移，移動，讓鏡頭的感覺有一些晃，但有節制，不過份，對，是那種平衡的過度，對了，朝外移，然後是樓梯，朝下移，樓梯口站著一個焦慮、疲倦的年輕人，小夥子像你阿伯一樣的帥，眼神裡有一種野心家特有的東西，鏡頭停在他的臉上、嘴上，對了，他感覺到渴，便不經意地用舌頭濕潤著自己的嘴唇……」

「好了，好好，拿我開什麼玩笑？」

「不！這時，樓上濕熱的水汽開始朝下彌漫，裡邊有女人的氣息，這氣息使樓下那個青年野心家的眼神變得柔和了。」

「這哪裡有什麼藝術創造？這完全是毛片的感覺。看起來，你當導演，也就是能拍拍毛片了。」

「不過，阿伯，也許，你是本事不行，她那麼有錢，那麼虛弱、孤單，她是需要男人的，那天給你把路都鋪好了，連皮裏松都幫了忙。」

「皮裏松的皮好了沒有？」

「皮裏松的皮？快好了。皮裏松的皮，皮裏松的裏，白求恩的白，白求恩的球，唉！這個世界，眞是太無聊了。」

「你能幫我找著麥子嗎？」

「別找她。」

「爲什麼？我覺得那女孩兒挺好。」

「不爲什麼，一個字，髒。」

「你給我的手機，怎麼永遠也打不通，是不是給錯了。」

「沒有呀！她可能有事，人家……對了，大威今天也給了我一本小說，寫得挺有意思的，我也想拍。現在可作的事太多了，太陽每天都是新的，就是錢，錢不是新的，舊的都沒有。你說，這次，也就是今天，我又給你創造了條件，你能把那個女人拿下嗎？唉！阿伯，求你。」

阿伯笑，他的笑聲像是外面樹枝上的鳥四處飛散。他和導演站在那個破落的小四合院裡，院子裡面的中間是那顆老槐樹。阿伯沒有讓導演進家門，兩個男人坐在床上聊天好像很彆扭。阿伯說：「先別談這個了，怎麼樣，附近有一個很便宜的餐館。」

於是兩個人往餐館走去。導演邊走邊說：「你想呀，我就是個子長得太小，再說，人家對我們這些拍地下電影的人，都有看法。」

「對，你們這些當導演的都是流氓。你們的主要工作就是把女主角的褲子脫下來，對吧？」

導演聽了這話笑個不停。一會他說：「所以，讓你去上那個女人嘛。你們是作家，現在人們對作家的印象又比前些年好了，你知道嗎？」

在餐館裡他們要了一盤黃瓜一盤花生米，還要了兩瓶啤酒。兩個剛剛碰了杯，這時，阿伯的手機響了起來。

阿伯一看手機號，他興奮起來了。導演說：「這麼激動，誰？」

阿伯說：「麥子，對不起，失陪了，你買單。」

導演說：「她呀——」

導演皺起了眉頭，搖頭，說：「硬說她那樣的女人還純潔、乾淨，還激動，你呀！你這個阿伯，你眞是事業心不強，不知道什麼是西瓜，什麼是芝麻。」

阿伯走到餐館的外面，興奮使他額上沁出了汗。

電話裡是麥子細細的聲音。那確實是一個女孩子的聲音，一個剛剛發育完、臉上發出恬靜的光芒的女孩的聲音。以後要不是麥子主動告訴她是瞞了歲數的，他永遠都覺得麥子就像是田野裡的麥子還沒有被收割，他遠遠聞到了那股混著泥土的新鮮氣息。他也永遠沒有想到麥子竟會以那樣殘酷的方法去報復那個叫白澤的男人。那次之後他就爲把麥子仍叫爲女孩而感到羞慚不已。其實即使是一個女孩才十三歲，他也不能把她忽略成女孩。

麥子對阿伯說：「你在哪兒？你是不是忘了我了？」

「你的手機爲什麼永遠不開？」

「沒有呀！我天天開著機。」

「你的手機號碼是不是1350……？」

「不對，最後兩位數你搞顛倒了。」

「就是怪那個操蛋的導演。」

「今天能陪我去做一件事嗎？」

「上哪兒吧？」

麥子這時猶豫了一下，不過，很快她說：「上醫院。」

阿伯心裡有點驚愣。

「上醫院幹什麼？」

「作手術。」

「你怎麼了？病了？」

電話裡傳來了麥子的笑聲，她說：「我要把孩子做掉。」

阿伯聽了，心裡更驚訝了。

「你，你這是怎麼了？」

「我完全可以一個人去，但是我有些害怕，我想了半天，找誰陪我去，然後，我想起了你。你願意來嗎？我等你。」

阿伯說：「可是，可是，你那天不是還說，你不願意放棄這個機會嗎？」

麥子又猶豫了，但阿伯聽出自己似乎刺痛了麥了。只聽麥子問：「你今天是不是有別的事？」

「也，也沒有，就是，就是他們說，讓我還要再跟，那個人……」

阿伯突然結巴起來。麥子打斷他說：「那好吧！算了吧！」

麥子掛了電話。

阿伯想了想，喊：「喂，麥子，麥子。」

阿伯又開始給麥子打電話。

這次一打就通了。

阿伯說：「麥子，你等著，我就去。」

導演出現在阿伯的身邊，說：「去哪兒？」

阿伯：「去見麥子。」

導演：「今天都約好了，跟許總都約好了。你不想著我們的電影了？」

阿伯：「反正今天不行。」

阿伯說完朝正要開來的一輛公共汽車跑去。導演在身後說：「沒看見地上的鳥嗎？那不屬於你，傻瓜。」

麥子 15

我說如果那天不是在社區的門口進來了兩個人，我會眞的像橡皮糖一樣沾著他一起到報社。那會是什麼情景呢？實際上我已經兩腿發顫，全身像樹葉一樣哆嗦……我常常想我如果眞的這樣衣衫不整地坐在報社的過道上，會不會被人認定是精神病而被關進醫院？

阿伯說那肯定會。然後他又說：「麥子，你怎麼會到了那種地步呢？」說著阿伯的眼淚流出來了。

我在跟他講述這一切時是在靠東西的婦產科醫院裡。我突然被這樣一個男人的溫情所打動。在這麼長的時間，白澤自始至終都沒有爲我流過一滴眼淚。不過那天大門口，當看到我的父親和一個女人向我走來時，他的臉紅了，他本能地朝我看了一眼，神色是那麼地慌張。

我停住，眼看著白澤發動著車子。一會他駛出了社區，給我們留下淡淡的汽油味。

我父親跟我一樣是近視眼，他是個知識分子，但是說起話來卻有點刻薄。他望著開走的車說：「聽說那個男人跟你只是業餘婚姻啊！」

我看了看四周把他們帶到一個僻靜處。他身邊的那個女人在扯他的袖子，對他使眼色，但是父親卻毫不畏懼，他覺得他剛好抓了個正著。這些天夜夜在外鬼混，原來是跟這個男人在一起。

我說我跟他是業餘婚姻，那你們倆是什麼？她在給我當業餘媽媽嗎？

父親揚起手臂給了我一耳光。那個女人卻抓住他的胳膊一個勁地跟我道歉，她說他們已經在這裡等了一個上午了，一直聽你說是住在這個社區，今天也是過來認認門，但是你父親這個脾氣你是知道的，他是爲你好，實際上他也想來看你……

沒聽她說完我就轉身離去。我從來就沒有喜歡過我的父親，他是世上最扯蛋的男人。我的身分證上的出生年月日是假的。誰也不知道。可是只有他會冷不丁給我打來電話說：「祝你生日快樂，你已經滿二十六了。」他的聲音使我氣惱，因爲所有的人只知道我二十三歲，像那身分證上寫的一樣。我的父親已經退休了，雖然他離我不遠，但是我不敢把他介紹給我的朋友，無論是男朋友還是女朋友。我生怕他說漏了嘴。我怕他說：「二十六年來，我沒有爲她付出過什麼，我對不起她，因爲我把一切都放在工作上，我們那代人的事業心太重。」我甚至自己也儘量回避看到他，儘管有時他的聲音幾乎是哀求的。

我邊走邊流淚，我自己的事情自己管，什麼行當不都是先從業餘的然後再變成正式的嗎？重要的是時機。

窗外正午的陽光正照射著床頭櫃上白澤留下的兩千塊錢上。那是新版的一百元人民幣，粉紅色的紙張看起來是那麼新嫩，彷彿還未經別人的手撫摸過。白澤是從不給我錢的，印象裡只有兩次，一次是第一次懷孕，一次是現在的第二次懷孕。他也不給我買衣服，有時說好去逛商場，但在約定的時間裡不是他身體不舒服就是工作走不開，有一次他跟別人聊天時他說他從不寵女孩，寵出毛病來是自己給自己添麻煩。我還從來沒有看見他在說這句話時臉上那一副鄙夷的神色，那種鄙夷和那種發了黴的顏色一樣，甚至浸出一股酸味來，好像此刻在他眼裡女孩就是那種像垃圾一樣東西。

他只給我租了房子和繳了學費。其餘的錢是我自己掙的。我在他的手下做首席記者。我幾次跟他說，我不是因爲他才做上了記者，對於北大畢業的學生哪個地方都是搶著要的。他聽了光笑。我說難道你不認爲我寫的文章有著獨特的尖刻嗎？別人只是把過去的文章翻出來重新發表而我每一篇都是自己特意採訪並且標出自己的觀點，就連發行部的人都說：「聽報攤反應，讀者最愛看的就是麥子的文章了。」

第十五章

阿伯 17

醫院門口顯得有些冷清。

阿伯遠遠地就看見了麥子。她站在門口，穿著白色的毛衣，外面是一件紅色的短款棉襖。她把頭髮披開分散在臉頰的兩側，並勾著脖頸望著地面——阿伯從十七歲就開始喜歡上這種形象的女

孩，他總覺得她們神秘，從而在心裡斷定她們的身體和其他女孩不一樣。

她抬起頭看見了他，阿伯以為她要笑了，可是她的眼睛是那麼地迷惘，竟像看一個陌生人一樣。阿伯有些不快地走到她跟前，心想她怎麼就這麼快把他忘掉了？

麥子的臉上猛然露出了歡欣的笑。她說剛才我認錯了一個人，以為那是你呢。阿伯說：「是不是你的眼睛出了問題？」

麥子說：「對不起，我是個近視眼，只要不戴眼鏡就誰也不認識。」

「你的眼鏡呢？」

「沒戴。不過開始我沒有把握，尤其是當我認錯人了之後，以為你眞的不來了。」

「你感覺怎麼樣？需不需要喝點什麼？」——阿伯的聲音變得慈愛起來，好像他才是她腹中孩子的父親。

「那會花你的錢，不値的。」

「那就花你的錢。」

麥子先笑了。

阿伯也笑。

「我昨天吐了一夜，沒有睡覺。本來我以為像今天這樣的日子，我只會哭呢，想不到還是笑了。」

其實，人對笑的條件要求得很簡單。

麥子捂住嘴巴笑起來。這使阿伯以爲她要吐了，趕忙閃過身，但只聽她說：「這話有哲理。」

「在MBA裡沒有學吧？」

「我不想學MBA了，我突然，也不想出國了。」

「爲什麼？」

「中國都加入WTO了，我還出國幹什麼？原來我總是想，就是到國外掃大街去，都不在國內當記者。現在，中國的機會很多，全世界的商人都往中國跑，也許，我能就近找一個有錢的外國老公。」

「你這話有點像是中宣部長講的話。」

「在我上學的那會兒，北大許多人也都這麼說，不過，她們沒有像這我麼明確地說，想就近找一個老外老公。」

阿伯與麥子這麼說著走進了醫院的大門。人很多，擁擠得要命。靠近西邊有一排椅子，那兒坐著一些疲憊的病人，他們都望著剛剛走來的麥子和阿伯。

麥子也看著他們，說：「我沒有想到，竟有這麼多人，一到這我就更想吐。」說著她咂了咂嘴。

阿伯說：「我幫你去掛號，你在這兒坐著。」

麥子說：「那多不好，還是一起去吧！」

阿伯說：「我從你的眼睛裡看到了恐懼，你好像很害怕，你還是先休息會兒。再說，掛號的人太多。」

麥子望著阿伯的眼睛，然後又盯著地面，說：「阿伯，你說，你擔心我的害怕嗎？」

阿伯溫和地笑了。他說：「你不應該感到害怕，這是件好事，你能從此解脫出來。」

麥子重又對著阿伯的眼睛說：「如果是你的孩子你會不顧我的恐懼逼著我打胎嗎？」

阿伯一時不說話，同樣望著她。他第一次發現麥子的眼睛竟充盈了淚水，麥子繼續說：「實際上我就是想以結婚的方式讓我進入安全套裡，可是他不肯，你說他爲什麼這麼狠心呢，我都恨死他了。你不知道那一天他打我打得有多狠。把我打出血來了。我從他的狠裡明白他是鐵了心的，他也同樣恨透了我。那天我想跟著他上班，我想要是衣衫不整地坐在他報社的過道裡，別人會不會拿我當精神病給關起來？」

麥子低下頭。

阿伯仍然沒有說話。他的眼睛裡也湧出眼淚。剎那間他掂量出他對麥子的感情裡不止是性慾。他爲她的失敗難過。

麥子看到了他的眼淚。她把頭扭過去。阿伯不知道她在想什麼。於是自己用手擦了擦臉。麥子把目光轉移到那些病人身上，問：「這中國爲什麼就這麼多人？」

「因爲咱們的父母都沒有文化。」

「我爸爸可是大學畢業。」

「我爸也是。」

「那你說，他們都沒有文化。」

「重要的是，他們那一代人，沒有共同構成一種氛圍，就是說，中國人口太多，把馬寅初打成右派以後，也沒有人爲他去請願，好了，不說了。你好好坐著吧，那裡剛好還有一個位置。」

「你這樣說，對咱們的父母不公平。」

「等著我，我去掛號。」

「我沒想到，叫你來，是這麼正確。」

阿伯拉她的手，讓她坐下，自己去了掛號處。

阿伯知道麥子正在看著他。他回頭，麥子眞的看他。兩人的目光碰在了一起。阿伯覺得此刻的自己有些像英雄。麥子突然站起來向他走去。她說：「我坐在那裡肯定會吐。」

他們倆一起在排隊。到了跟前兒，阿伯對著視窗說：「掛婦科。」

裡邊的護士看看他，說：「是做人流（墮胎）嗎？」

阿伯說：「是，是的。」

護士說：「下午再來吧！沒有號了。」

阿伯說：「爲什麼？」

「我哪知道爲什麼？做人流的太多唄。」

「能不能幫幫我們，她現在很痛苦。」

「痛苦？那你們早幹什麼了？」

「你說我們早幹什麼了？」

「你們幹的事，你們自己知道。」

「你這人說話眞是難聽呀，你看起來是個母豬，開始我以爲你就是長得像，現在看來，心裡也像，精神也像，有一天母豬也會痛苦的。」

麥子在後面不知道他們在說什麼。阿伯回過身失望地說：「上午沒號了，她讓我們下午再來。」

麥子著急地問：「下午你還會有空嗎？今天你本來是有事的嗎？」

就好像他有沒有空比她自己做掉孩子還要重要。麥子幾乎是哭了，好像她把所有的希望都寄託在他下午有沒有空上。

阿伯望著她點頭，說：「導演他們讓我把一個老女人拿下。」

麥子不懂，她沒有聽懂，說：「拿下？老女人？」

阿伯笑了，說：「她很有錢，可能會爲《長安街》投資，導演說他自己長得太矮了，說這事只有高個子男人才能作成。」

麥子笑了，說：「你這人眞好。」

阿伯和麥子，兩人正要走。那個挨罵的護士突然從身後衝了過來。

阿伯一看，愣了一下。

護士罵道：「你媽才是母豬呢，她就是個母豬。」

麥子愣著，不知道發生了什麼事。護士伸出手來，朝阿伯臉上打去。阿伯一閃，正打在了麥子的臉上。

麥子本能地抓住了她，兩人撕扯起來。

阿伯猛地拉開那護士，說：「你還打人，你更像個母豬了。」

那護士再次撲過來，她的兩手在天空中亂七八糟地搖晃著，像是幾週前的流星雨一樣地洩著。

阿伯上前，迎住她，一把就將護士推倒在地。

她躺在地上叫了起來。阿伯拉著發愣的麥子說：「走，快跑。」

那護士爬起來，在他們身後追趕。

麥子本能地跟阿伯跑了起來。

麥子 16

醫院外的樹蔭下，有兩個青年男女在跑著。

那就是我和阿伯。

護士漸漸被他們甩開。

我笑了，我今天是來做人流的，卻被突發事件給推著朝前跑。許多人都在看著我們。病號和小商小販們不知道發生了什麼事，都緊張起來了。

我喘著氣，興奮地問阿伯說：到底怎麼了，出了什麼事了？

阿伯看著身邊圍著的許許多多的人，突然大聲說：「跑呀！地震了。」

身邊的人緊張地也產生了騷亂，有許多人莫名其妙地跑起來。

阿伯拉著我一直跑到了街對面的小花園裡，才停了下來。

這時，我們看著那些醫院面前的人，他們正慌亂地鑽動著，像是螞蟻洞被打開，裡邊的小動物在四面奔跑。

阿伯說：「我沒有想到人群是這麼容易被驅使。」

我說：「我也沒有想到你是這麼會惹事兒。」

我捂著嘴笑出了聲。一邊笑，一邊想，這幾天來我還沒有笑過，我得抓緊時機好好笑一笑。阿伯也跟著我一起笑。

我們到了宣武區的一個小醫院。我的好心情突然一掃而光。我對阿伯說：「對面就是我們報社了，那個人正在裡面辦公呢。」

我悵悵地往那邊望去。這幾天我都沒有上班，也沒有寫稿，他還會給我發工資嗎？

兩人走在臭氣撲面的過道裡。

我說：「這回，我掛號，你在後面跟著，不能再跟別人吵架了，其實我平時，也挺喜歡跟人吵的，可是，我發現，你比我更……」

阿伯：「我平時不太想吵，可是今天，不知道為什麼，她說得那麼難聽，想到你的痛苦，我心情很差，我忍不住了，就像是馬克思跟著別人一直旅行一樣，很生氣。」

我吃驚道：「馬克思？是凱恩思吧？」

這時，到了視窗。阿伯說：「掛一個婦科的」。裡邊：「是做人流嗎？」阿伯說：「是。」裡邊：「沒有問你。」她看著我：「是嗎？」我說：「是。」裡邊：「為什麼要做？不想要了。」

裡邊扔出一張號，說：「一百八十塊。」

在去產科的路上，阿伯說：「今天真怪，掛號的人真多，我又差一點急了。」

我笑了，說：「今天真是不該叫你陪我一起來。」

阿伯說：「下次吧！下次我就不陪你了。」

第十六章

阿伯 18

阿伯當時並不知道自己這句話，竟眞的成了他們命運中，最重要的一句話。阿伯以後經常想，人一生會說很多話，那些最鄭重時說的話，往往是最不重要的。而那句很輕易地說出的笑話，卻影響了自己的在未來的一生。

麥子當時尖聲地笑著，在阿伯聽起來，就跟那天對皮裏松的笑法一樣，她邊笑邊說：「下次，你想陪，我還不讓呢。」

他們到了產科門口。

麥子朝裡走去，她對阿伯做了個鬼臉。

阿伯沒有反應過來，竟也跟著她一起朝裡走。門口收號的護士大聲喝斥阿伯說：「上哪兒走？」「沒看到那字嗎？這是婦科，不是男人俱樂部。」

阿伯站住了，不好意思地看著麥子進了那個大門。

阿伯站在外邊，看著那大門被麥子關上。麥子最後看了一眼阿伯，眼睛裡擒滿了恐懼。阿伯心裡想，多麼奇異的世界，她在裡邊將要接受考驗。

阿伯站在那兒等著，想像著麥子，直到護士說：「你出去。」

阿伯沒有看護士，只是低著頭來到了院裡，他站在了一棵樹旁抽煙，心想，好幾天都沒有抽煙了，可是今天，他特別想抽。

這個小院看起來，是個有歷史的小院，青磚大瓦，還有中式古典造型的門。落葉飄灑在院內的小路上，阿伯撿起一片黃葉，想起，這又是一個冬天，一生中不知道能有幾個冬天，他心中不禁惆悵起來。

阿伯抽完煙，走了進去。

他坐在產科外的椅子上，想起了導演跟沈燦，那個女富人。看著產科骯髒的牆壁，阿伯感覺到心灰意冷。這時，阿伯的手機響了。

還是導演。

導演說：「阿伯，今天眞是個好機會，她請吃飯，她剛才問了幾次，說阿伯呢。你看，你看你，你眞是不爭氣，對了，那麥子，她找你什麼事？你在哪兒？」

阿伯：「我在產科。」

導演：「在那兒幹什麼？」

「陪她做人流。」

導演：「你才認識幾天？她就懷你的孩子了？從時間上看，肯定不是你的。」

阿伯說：「就是，不是我的。」

導演陰暗地笑了。他說：「你瘋了，陪她幹那事，把沈燦扔在一邊，你快來吧，待會兒在『順峰』吃飯，你來吧。」

阿伯：「不行，我不能去了。」

導演：「那……」

阿伯猛地關了電話。

阿伯看著過道兩邊，突然很累，他閉上了眼，竟睡著了。

醒來時，看見麥子已經坐在自己的身邊，她像個受難的小女孩兒，瑟縮地坐在那兒。

阿伯問：「你出來了？」

麥子說：「我一直坐在你的旁邊等你。」

「怎麼樣？」

麥子不說話，她拉阿伯起來。

兩人出了醫院，走在街道上。

阿伯時不時看著麥子。

麥子低著頭，一個勁的朝前走。

阿伯說：「打個車吧！」

麥子搖頭不說話，她拉著阿伯不讓他停下。

阿伯與她就這麼走著，當遠遠地看見了天安門時，麥子說：「我很疼，今天太疼了。」

麥子 17

「阿伯沒有想到我在裡面的手術室裡哭了。我自己也沒有料到會在一瞬間裡感到這樣的委屈。起初，當我像一隻撥光了毛的雞赤裸裸地躺在那張窄窄的小床上時，猛然想到兒時和我同桌的一個男孩，每當我使他不高興時他就說，不用我打你，我媽說女孩不用打，她自然會哭的，今天不哭明天她也得哭。」

床上是一層紫紅色的塑膠布，是冰涼的，接觸在陰部的器具也是冰涼的。大夫的動作很麻利，絲毫沒有憐惜的成份，彷彿那裡藏著她所仇恨的人。她問：「你是第一次做這種手術嗎？」

我回答是。只聽她笑了一聲，她說你在撒謊。然後又問：「第一次你是在哪做的？」

我不知道大夫是怎麼知道我撒謊的。她從哪看出我不是第一次做的呢？我應該老老實實回答，還是像剛才那樣去撒謊？但是我馬上就明白如果和她對抗，我將會更疼。於是我用一種誠懇甚至是哀求的語調對她說：「在同仁醫院。」

「是什麼時候？」

「兩年前。啊！大夫，你能不能手輕一點，第一次好像沒這麼疼。」

說著我呻吟起來。大夫依然在用什麼拚命地吸著，身邊的機器在嗡嗡地響，彷彿要把我整個地攪成肉漿。我的小腹抽搐著，兩手攀緊床沿，一邊叫著，一邊等著時間一分一秒地過去。大夫卻更用力地攪動，只聽她跟身邊的護士說怎麼吸不出來啊。

護士說：「太大了，兩個多月了。」

大夫說：「唉，你別叫好不好，叫得人心煩。第二次就是要比第一次疼。什麼都是有代價的……」

第一次不是在同仁醫院，而是一個比同仁醫院小得多的不知道姓名的一個某單位的骯髒的衛生院。那次我真沒有感覺到疼，感到的只是一種羞恥，當大夫叫我上床時，我竟然躺在那裡不知道要脫褲子。但又隱約地感覺到做這種手術是一定要給大夫看的。要讓陰部、讓這最見不得人的地方給另一個人看，而且不是給男人看，是給女人看。於是這個女人就有權嘲笑和蔑視你的陰部。

從那時起我知道女人是最恨女人的。

終於吸出來了。在一個透明的玻璃瓶裡我看到了一團肉乎乎的東西。它被包圍在一片紅色的液體裡，像茫茫大海裡一艘翻入海底的船。整個手術室都發出一股腥味，我一邊穿衣服，一邊掏出手機給白澤打電話。我想告訴他已經把孩子做掉了，讓他趕過來接我。我就在他辦公樓的對面。他只要出來就會很快看到我的。然而他沒有接我的電話。

大夫已把瓶裡的倒入床邊的血桶裡了。我盯著血桶，心裡湧起一股懊悔，我也如一艘船沒有航行到底，終於跟那個賣花的小姑娘一樣喪失了自己的鬥志。

阿伯 19

阿伯：「你想去哪兒？」

麥子垂著頭只顧踏著自己的影子，兩邊的頭髮長長地飄散著，那像是有無數個瘦長的女孩在跳著柔軟的舞。她說：「不知道。」

阿伯：「那去我家吧！」

麥子依然垂著頭，她說：「到你家？你那哪是個家呀，連上廁所都不行。」

阿伯笑了，說：「我那兒只要把爐子生好了，可暖和了，有樓房我都不搬。」

麥子在大街上，身子一軟，她靠在了阿伯的身上。

他們上了一輛計程車，來到了阿伯的小屋。

院內的老太太看著阿伯說：「回來了？」

阿伯陪笑，說：「回來了。」

老太太看著麥子，又問阿伯：「吃了嗎？」

阿伯說：「吃了，噢，還沒呢。」

老太太說：「在我這兒吃吧，剛做的炸醬。」

阿伯說：「謝謝了。」

在老太太像刀一樣的眼中，阿伯開了門，他跟麥子走了進去。麥子的臉灰白灰白，她看也沒看老太太。

在屋內，阿伯忙幫麥子把床上亂七八糟的東西收在一邊，然後，他讓麥子躺在床上。

麥子環顧著四周。這是一間非常簡陋的屋子，可以看出阿伯是個窮人、窮文人，裡面除了書還是書，牆上到處是字跡，是從外國作家那兒摘錄下的充滿哲學味道的詞句。那可能這些都是上一個或上上一個房主留下來的，在阿伯的這個年齡應該是貼一張女人的裸體畫而不是這些可笑的東西。在屋子靠窗的一邊放著一張沙發和一張書桌，書桌似乎長久不用了，上面積滿了白色的灰塵。和灰塵挨在一起的是一摞列印稿，封皮上印著「長安街」三個字。在麥子的眼睛裡，長安街是輝煌的、熱烈的、眞實的，宛如一件華貴的龍袍，而阿伯的「長安街」卻是暗淡的、憂傷的、夢幻的，僅僅是盲人眼中的一線遙遠的輝光。

麥子轉過身來，在床上開始脫鞋。可是，她努力想彎腰時，卻像胖子一樣地困難起來，她感到自己幾乎沒有辦法彎腰一樣。

阿伯說：「怎麼了？」

麥子說：「我好像有些彎不下腰。」

阿伯走到她跟前，蹲在了地上，爲她脫鞋。

麥子說：「你這是幹什麼？」

阿伯：「你不是彎腰困難嗎？」

麥子說：「可是，這太傷你的自尊了吧？」

阿伯：「像我這樣的男人有什麼自尊？」

麥子把腳抽回，她不讓阿伯再為她脫鞋，說：「我不喜歡你說的這種話。」

阿伯使了勁，把麥子的腳又拉了回來，兩人開始較勁，麥子拼命地在用自己的腳使勁，阿伯卻使勁地把她的腳抱在了自己的懷裡。麥子的腿突然軟了。然後，阿伯開始脫她的鞋。他脫完她的兩隻鞋，放在一邊，這時，阿伯抬頭一看，吃了一驚，麥子的眼裡充滿淚水。他不知道此刻的麥子為什麼竟會那麼憂傷。

阿伯沒有說話，她讓麥子躺在床上，並為她蓋好了被子，說：「你躺著，我去買隻雞。」

麥子拉著他的手，阿伯要出去，她不放開。阿伯說：「好了，你睡一會兒吧。」

麥子看著阿伯，說：「那老太太對你還挺關心的嘛。」

阿伯：「哪個老太太？」

麥子：「在院裡讓你吃她的炸醬的那個。」

阿伯回來時，麥子已經睡著了。阿伯輕輕地把雞燉上。他看著麥子。麥子在燈光下，臉色更白了。

阿伯覺得她的臉很乾淨，是少女的臉，是他理想的少女的臉。她那一頭長髮烏黑地散在枕頭上，使她的形象特別像阿伯童年時看過的蘇聯電影中的女孩。阿伯愣愣地看著，心想自己眞的會有一天跟這樣的女孩同床共枕嗎？她的身體到底會是怎樣的呢？

這時，麥子醒來了。

阿伯慌忙移開目光，說：「喝湯。」

麥子要起來。

阿伯說：「別起來了，我給你端過來。」

麥子笑了，說：「你就跟演戲一樣，我去過一個劇組，裡邊那天拍的正好就是這樣的情節，一個男人在給一個女人喂雞湯，女人感動得哭了，男人很溫柔，他就是不停地讓女人喝，自己不喝。」

阿伯也笑，說：「對，全是這些他媽的扯蛋的電視劇。那你就起來，自己喝吧。」

麥子說：「不，我今天就讓你給我喂。」

阿伯走過來，端著湯坐在麥子旁邊，給她喂了起來。

麥子喝第一口時，興奮地閉上了眼睛，說：「太好了，這湯，我從小長大，這是第二次喝好湯，第一次是我媽給我喂的，那時她還沒跟我爸鬧離婚，不是，是我爸跟我媽要離婚。」

阿伯：「你爸外面有了女人？」

麥子想了一想，說：「但我爸爸是個好爸爸。他總是覺得對不起我。」

阿伯：「我爸爸也是好爸爸，只是他太窮了。」

說著，阿伯忍不住自己也喝了一口。

麥子笑了。阿伯說：「男人也能做小月子就好了，能吃這麼多好吃的。小時候每次看著鄰居們生孩子，心裡都羨慕死了，心想自己要是個女的就好了。」

他沒想到這句話使麥子再次流淚了。麥子一邊哭，一邊歎氣。她說：「女的有什麼好的呀，連一張自己的床都沒有。所躺過的所有的床都是別人的。」

阿伯說：「男人的床也是別人的，臨時的，你看我就連這張破床都是租來的。你知道嗎？在這個世界上誰的床是舒服的、固定的呢？就是那些富人。」

麥子 18

當我們喝完湯把一切又都收拾完了之後，阿伯坐在小椅子上開始抽煙。

我第一次這樣認真地看著他，他的皮膚是蒼白的，好像長年沒有吃過一頓像樣的飯菜而只是喝酒抽煙，只是不斷地把那些不頂用的話隨著煙霧噴出來。他低垂著的眼睛宛若兩隻沉睡的小魚，在日光燈的光波下輕輕地搖。於是我說：「你抽煙的樣子很思想。」

阿伯抬頭看看我，沒有說話。他的目光使我突然想這樣的男人好像跟我相處了大半輩子，於是我歎了口氣，說：「阿伯，可惜你就是太窮了。」

阿伯沒有說什麼，他似乎為自己的窮感到不好意思。他對我說：「你累嗎？你繼續睡吧。」

「還讓我睡呀，我睡了整整一個下午，現在天黑了，我也正好來了精神。」

「那我們說點什麼。」

「你可不要問我為什麼會懷這個孩子，並且問我為什麼要做掉他。」

「好，我不問了。」

「你最近在寫什麼？導演又找你問了關於你們的那個《長安街》嗎？」

「導演現在不談劇本，他老是想讓我把那個沈燦拿下，你知道嗎？」

「沈燦？哪個沈燦？聽起來有點耳熟。」

「就是一個老闆嘛，確切地說她是一個老闆娘，她是《富比士》雜誌說的中國最有錢的女人之一，因為她丈夫的錢也就是她的錢。」

我突然想起了在那個聚會上，她走過來說這麼低級的娛記。皮裏松說她叫沈燦，可能就是她吧。當時我死死記住了這個名字。我不說話。

阿伯：「他們說我只要是把她拿下了，拍電影就有錢了。可是，我拿不下，問題是，人家根本對我們這些男人沒有興趣，我知道這是一個古老的故事，一個窮男人，他年輕、有文化、有幾分姿色，一個老女人，她有錢、她喜歡文化、她寂寞，這樣，那個男人就在一次聚會上勾引了她，讓她愛自己，其他的事，就好辦了。開始，我以為眞的這種好事來了，可是人家根本不理我，那導演傻

B，還老是讓我去，今天又讓我去……那時咱們在醫院，我把手機關了。」

「你爲什麼要關手機呢？」

「因爲我想，我想，你在裡邊，可能非常疼。」

我沒有說話，低著頭，過了半天，我才說：「我想上廁所，你陪我去，好嗎？」阿伯點頭。

阿伯 20

街道上的廁所像是夜色中的小木屋。

北京滿大街都是這樣的小木屋，它們骯髒地站在那兒，把自己的氣味噴向來往的每一個人。一個人只要經過這兒，都會不安地渾身發抖。

阿伯拉著麥子走到了這兒，他突然覺得不好意思，說：「我聽說，北京市政府下決心，要把全北京這樣的地方都變成五星級的，現在眞讓人羞愧，我不得不把你帶到這種地方來。」

麥子笑了，說：「你才來北京幾天呀？你又不是北京市長。」

阿伯進了這邊。

麥子進了那邊。

阿伯聽見了那邊有女人撒尿的聲音，還有說話聲，但是他不知道那是不是麥子發出的。

他們都覺得應該在外邊走一走。

冬天的北京沒有風，他們穿過幾條胡同，就到了什剎海。湖邊上人很少，只是偶爾有人騎車從他們身邊經過。

阿伯說：「太晚了，你是不是想躺下了。」

麥子坐在一張長椅上，她拉阿伯也坐下，說：「我想坐一會兒。」

阿伯也坐下了。

兩人一起望著湖面。

麥子說：「那湖水是從哪裡來的，這是死水還是活水。」

阿伯想自己已經不知道是第幾次回答這樣的問題了，每帶一個女孩兒來這兒散步，她們總是都要問出這樣的話，她們是沒話找話嗎？

「要是死水，臭了怎麼辦，要是活水，從哪兒來的？」麥子又問，好像她眞的對這類問題很有興趣一樣。

「我可以不回答這樣的問題嗎？」

「爲什麼？我問得很無聊嗎？」

「主要是我回答得太多了，每個來這兒的女孩兒都喜歡問。」

「我本來就是在自問自答，我主要是想起了北大昆明湖的水，怎麼會有那麼多的水？我經常和他在晚上坐在湖邊。你有過好多女朋友嗎？」

「挺多的，我有時自己躺在床上，就挨個地想她們。」
「我不信，你這樣的男人，挺老實的，怎麼會有那麼多女人？而且，而且……」
「而且什麼？」
「而且你窮成這樣。」
麥子說完就笑了。
阿伯歎了口氣說：「我總是跟她們說，我以後就會有錢了。」
「你應該說，我馬上就有錢了。而且還要說得像。」
「我就是這樣跟她們說的。」
他們回到屋子時，聽見老太太家有響動，然後燈突然亮了。
阿伯讓麥子先進了小屋，他警惕地在院裡轉了轉，他似乎感覺到老太太家有人在打電話，而「隔壁……女孩」這樣的字眼不斷冒出來。院裡的那棵老柳樹在月光下像一個沉思的巨人，阿伯站在樹下，抽著煙。
麥子開門，把一縷明亮的光射過來，她聲音挺大地對阿伯說：「你進來呀。」
阿伯覺得自己好像被麥子這麼大的聲音嚇了一跳，便慌忙地進了屋。麥子說：「怎麼睡？」
「你說呢？」
「我不知道，這是你家。」

「你睡床，我睡沙發。」

「不行，這麼短，你那麼高的個兒，腿伸不開，而且這沙發又沒有彈性。」

「沒事，我行。」

「應該有別的辦法。」

「什麼辦法？」

「我睡在沙發上，你睡床上。」

「那不行，你會冷，你的身體受不了。」

麥子嬌嗔地說：「那怎麼辦呢？」

「沒別的辦法。不過，辦法倒是有一個，不知道你願不願意？」

阿伯說到這兒時，笑起來。

麥子說：「我知道你的意思，你有壞心眼了。」

「只好這樣了。」

「那你不能壞，行嗎？像上次那樣。」

阿伯點頭，說：「真的，我知道那不行，你剛做了手術，我確實對你有種恐懼心理。」

「真的？我有那麼可怕？好吧，咱們打點水，洗洗腳，好嗎？」

阿伯點頭，開始燒水。

這時，在院內有了響動聲。有人在說話，喧嘩聲起來了，而且越來越近，一直走向了阿伯的家門口。

第十七章

阿伯立即緊張了起來。

我不知道發生了什麼事，還直說著你不能有壞心眼，晚上如果你要是不老實，那我以後不理你了，阿伯卻緊張地走到了門口。

敲門聲響起來了。

阿伯說：「誰？」

外邊：「快開門。」

阿伯仍固執地問：「誰？」

「派出所的。快開門。」

阿伯：「你們有什麼事？」

派出所的說：「查暫住證。」

我本能地從床上坐起來，站到了地上，一時不知道該怎麼辦。

阿伯看看我。我也看看阿伯。阿伯表情沉重，聽外邊說：「怎麼這麼磨蹭？」敲門的聲音加重了。

我本能地整理了一下自己的頭髮，心裡暗自說幸虧還沒有脫衣服。阿伯把門打開。門口站著一個員警，冷峻地看著阿伯，又看看我。阿伯沒有馬上讓員警進來，只是說：「有事嗎？」

員警回頭看了看站在院裡的幾個人，特別是那個老太太，說：「你們都回去睡覺吧。」

阿伯說：「那您進來說話，好嗎？」

這時，又走過來一個員警。為首的那個說：「請你們兩個拿出暫住證來。」

阿伯說：「喲，在這兒。」說著，阿伯從身上掏出了暫住證來。

員警一看，說：「怎麼過期了？為什麼不補辦？」

阿伯說：「那天倒是去了，可是人太多，辦證的人態度也不好，所以，我又回來了。」

員警把證還給了阿伯，問我：「你的呢？」我說沒有。

員警：「沒有？那你有什麼？」

「什麼也沒有，就有身分證，我是中華人民共和國的公民。」

「拿你的身分證來。」

「沒帶。」

「為什麼不帶？」

「那你帶了嗎？」

員警拿出了自己的警官證，說：「這就是。」

「我是說身分證，你也沒有帶在身上呀！」

員警明顯地被我惹怒了，說：「來，你跟我出來。」

我猶豫了一下，看看阿伯，阿伯那會兒也看著我。

員警說：「快走呀。」

阿伯上前對員警說：「她是我朋友，你們想讓她去幹什麼？」

員警：「我沒有跟你說話，我是跟她在說。」

我想了想，我又沒有犯法，怕誰呢，於是走了出去。

阿伯擔心地看著我說：「你別急，他們也就是問問情況。」

阿伯 21

那個新來的員警把門關上，然後問阿伯，說：「你跟她什麼關係？」

阿伯說：「應該算是普通朋友關係。」

「普通朋友？那爲什麼這麼晚了，她還在你這兒？」

「她今天身體不舒服，我陪著她去了醫院，然後，她就上我這兒了。」

「什麼病？」

阿伯猶豫著說：「胃，胃病。」

「什麼叫胃，胃病？你陪著她去了醫院，還不知道她得了什麼病？」

阿伯肯定地說：「就是胃病。」

「她叫什麼？」

「麥子。」

「多大了？」

「二十三。」

「是幹什麼的？」

「記者。」

「記者？那她上你這兒來幹什麼？這麼晚上，你們在一起作什麼？」

「我們一起聽歌，說些話。」

「有沒有性關係？」

「我一定要回答這樣的問題嗎？」

「有沒有性關係？」

「沒有。」

「眞的沒有？」

「絕對沒有。」

「這麼晚了，在一個屋子裡，而且剛才她還躺在你的床上，你們是怎麼回事？」

「我們沒有性關係。」

「你是幹什麼的？」

「自由撰稿人。」

「自由？那你這麼晚了還帶一個普通的女朋友來這兒幹什麼？」

「我剛才已經說了，她病了，在我這兒休息。我們沒有做過愛，我們就是普通的朋友。」

「你們是怎麼認識的？」

「是在法國大使館，由主管文化的官員之一，皮裏松先生介紹認識的。」

「法國大使館？皮裏松？你們是因爲什麼認識的？」

「是一個導演要改編我寫的小說，叫《長安街》，那是我的第一部長篇小說，我……」

「我沒有問你的小說，你跟她是怎麼認識的？」

「就是在大使館裡，她在採訪，皮裏松說這是麥子，這是阿伯，我們就認識了。員警先生，我眞的跟她沒有任何更多的關係，她身體不好，我照顧她。」

「你爲什麼要照顧她？」

「因爲我喜歡她。」

「喜歡？僅僅是喜歡，她就會這麼晚了，留在你這兒，你們會作什麼？」

「我眞不知道我們晚上會作什麼，如果你們不來的話。」

員警冷笑，說：「看來，你是個寫小說的，挺會胡攪蠻纏的。」

「員警先生，我眞的不僅僅是瞎攪和，您知道嗎？歌頌你們北京片警的那部專題片《警魂情深》就是我寫的，我爲了那部專題，跑了好些個派出所，採訪了好幾個員警，寫了很長的時間。」

員警的臉一下變得親切了，說：「那片子是你寫的，你叫什麼？」

「阿伯。」

「沒有注意。」員警想了想，又說：「不過，那片子拍得挺感人的。」

阿伯說：「寫的時候，我都哭了。」

「你這麼愛哭？」

「不怕您笑話，文人像女人。」

員警笑了，說：「我也哭了，你總不能說員警像女人吧？」

「其實，你們的生活裡，有許多感人的東西。」

「好了，你早點睡吧，下回你早點說出你的好作品，什麼《長安街》呀！你就說《警魂情深》不就結了？你睡吧！我先走了，另外，暫住證也得去補了。」

「我是文學碩士，我也是公民，老是讓我辦這個，我覺得心裡特別受侮辱。」

「好了，你可能眞正的侮辱還沒受過呢，把這就叫侮辱。」

恰在這時，門外有了響動。阿伯聽到外邊那個員警說：「把她帶走，帶回派出所。」

麥子說：「走就走。」

那個員警馬上出去了。

阿伯也跟了出來，說：「麥子？怎麼了？」

阿伯衝了上去，他拉住了那個員警，說：「你們是不是出錯了？她眞的是記者。還是一個好記者。」

員警：「沒你的事，你先回去吧。」

阿伯衝到麥子的面前，說：「麥子，你跟他們好好說，我求你了，你別老是這個態度，好嗎？

你跟他們好好說，別那麼大的脾氣。」

麥子看著阿伯說：「我又不是去死、上刑場，你這麼悲壯幹什麼？再說，你又不是我男朋友。」

阿伯：「你呀！怎麼說你好呢，麥子，你別這樣了，好嗎？」

麥子竟然跟著員警走了，她不回頭看阿伯。

阿伯跟著出了院門，他看著麥子跟著員警走了。

麥子朝前走著，胡同很窄，她在漸漸地放大，月光下，麥子跟員警都像是皮影戲裡的人，晃動著、閃爍著，漸漸地徹底消失在胡同的盡頭。

阿伯回到小院。

老太太站在那兒，她望著阿伯笑著，問他：「吃了嗎？」

阿伯沒有說話。

老太太還是問：「我家有炸醬麵，吃嗎？」

阿伯低著頭，說：「謝謝。」

然後，阿伯很快地衝進了自己的門內，關上了門。阿伯關上了燈，他在黑暗裡摸索著，抽出了煙，點著後，深深地吸了一大口，月光進來了，照耀著阿伯的臉，他說不清，爲什麼眼淚竟緩緩地流了出來。

第十八章

麥子 20

我不知道夜是這麼降臨的，我從來沒有這麼感覺到夜是可以用指尖觸摸的，粘粘的、冰涼的，像一條蛇的背。我慌慌張張的走著。員警把我帶到阿伯隔壁的屋子回答問題，我估計這是老太太的房間。裡面相當大，好像是幾間打通了，連成一體，一根被報紙糊住了的大木棍支著屋頂，房裡擺了一張大床和兩個桌子，再裡面的我看不清了。只見床上還躺著一個老頭，暗黃的燈光照著他的臉，他在不斷地咳嗽，不斷地把咳出來的吐向床邊一個痰盂裡。從一張桌子上飄來的一股炸醬的肉香使我有點想吐。

那個老太太一臉威嚴地站在我身邊，好像她也是員警。那個小眼睛的眞員警問我叫什麼？姓什麼？什麼職業？我都回答了，但是當問我在哪裡工作，我沉默了。絕對不能告訴他在哪裡工作，我考慮。

老太太臉上是一副嘲弄的表情，她認爲我在撒謊，我咬著嘴唇，低頭不語。在她看來，我一定是外省來賣淫的。她在旁邊插話說：「又不是第一次了，一個星期前你不是也在這裡過夜的嗎？你們怎麼可能沒有性關係？」

然後她對他說：「還是態度不老實。」

年輕的員警不安地皺起眉頭。他說：「我們怎麼才能證明你是清白的呢？」

我使勁地搖頭。老太太說：「我就知道裡面有問題，要不然一個大姑娘家跑到這裡來幹什麼？隔壁那個男的孤身一人，從外地來的，哪還不需要點什麼，姑娘你別怕，就直說，說出來興許還能幫你想想辦法，有點錯誤改了不成？」

我朝老太太看去，她正熱心地注視著我的眼睛，並且露出了懇切與和善的表情。我還是固執地閉口不說一句話。員警說：「你不說話，這不是給我出難題嗎？」

我疲乏地站著，下腹痛得厲害。床上的老頭一聲接一聲咳。員警看看他，似乎從那接受到某種信號，轉頭對老太太說：「要不，把她帶到派出所吧。」

我吃驚地看著員警，薄薄的皮膚下一下子湧滿了血液。我說我不去。但是不顧我驚慌失措的抵抗，員警臉上的威嚴使我感受到要很快擺脫這一切似乎是不可能的。

在門外通過阿伯的身邊時，我感受到了一種親屬離別般的情感，在他身後是他屋內發出的昏黃而溫暖的光芒，那裡很暖和，但是我不能進去了。我朝阿伯做了一個短促的微笑。

我在兩個員警中間走著，儘管我心中厭煩地抵抗著，但我必須打起精神來。我把衣服裹緊，像無憂無慮的孩子幾乎是小跑地跟著他們。夜沉澱在行人不多的小巷裡，開始括著風，路邊的紙頭卷著，發出微微的聲響。

路程很長，通過了好幾條小巷，我像躲避傳染病似的，試圖掙脫行人向我投來的糾纏不清的目光，我抱緊身子，抵禦著寒冷。兩個員警一路說著他們的事情。我無力聽他們在說什麼。有好幾次我都想甩開他們，悄悄溜掉，但是他們總是不斷地瞟著我。看來今晚要在冰冷的街上無休無止的走下去了，我精疲力竭地想。我的身體變得疼痛不堪，心裡充滿了煩燥和悲哀。

我突然開始恨阿伯，正是因爲阿伯才使我有這樣難堪的處境，我恨那個院子，恨那個簡陋的房間，恨他隔壁的陰險的老太太。可我更加恨白澤。是他把我逼到了這一步。我爲什麼一定要逼著白澤跟我結婚呢？天下不是有那麼多的女人在做著別人的情人嗎？我想到了我房間裡發出陽光味道的潔白床單，想到了走在社區裡會有保安向我敬禮，在過道裡是乾淨、澄亮的牆壁，我還想到了我房間裡有漂亮的發出芬香氣息的衛生間……

我沒想到悔恨是這樣像洪水決口般地來到我的心中。派出所終於到了。那是一排平房，我跟著他們走到一間亮著燈光的屋子，其中一個員警拍著我的肩說：「找一個朋友把你領走吧！」

我沉默地低著頭，緊挨著牆邊的是一個火爐，暖氣烤在凍得發硬的臉上，搔癢似地使皮膚舒緩了起來。

我想我找誰呢？我問剛才那個叫阿伯的可不可以？他們都笑了，但馬上又冷靜下來。

「那是當事人，怎麼可以？或者找你單位的人來吧，把電話號碼告訴我，我去對他說。」

「你們會對他們說什麼？」

「是什麼就什麼呀，你當時是在一個男人的屋子裡準備關燈睡覺，有沒有發生性關係我們不知道。」

我說：「發生性關係？和他？你們也知道他不是我男朋友。」

「你們明明不是朋友關係卻還在一張床上，這是明顯地在犯法。最近全國各地都在打擊嫖妓賣淫，你不知道嗎？」

「我困惑而又氣憤地盯著他們，那個小眼睛員警像防範我要逃出去似的轉身把門關嚴。我幾乎是請求著對他們說，我能不能給我的男朋友打個電話？」

「不行，這電話一定要由我們來打，把號碼告訴我們吧。」小眼睛斷然拒絕道。

我緊緊咬住嘴唇忽然間又成了啞巴。大約是過了五分鐘之後，另外一個員警轉過頭去對小眼睛員警說：「要不就算了吧？」

小眼睛卻不耐煩了，他對著我說：「不說可就得在這關一夜？」

我理解了這句話的意思之後，突然的恐怖立即攫住了我的心臟。我一連串地說出了那個像密碼似的號碼，並且告訴他們，他的名字叫白澤，是一個報社的總編，他不光是我的男朋友，也是我的領導。

小眼睛如獲至寶似地用筆記下來，到隔壁的房間打電話去。我呆若木雞地盯著窗外。眼前的這個員警問你跟阿伯是怎麼認識的。我說在一個法國人的家裡。那你們今天是約好要見面的？我說：

「是我找的他，我請他陪我去醫院。」「去醫院幹什麼？」

我抬起頭，看到他的眼睛裡露出的是一種溫和的光。我說：「去婦產科。」

「去婦產科？去婦產科幹什麼？你不是得的胃病嗎？」

看我不說話，他指著一張椅子說：「坐吧。」

我幾乎把整個身體埋在了椅子上，爲了避開他的詰問的視線，我低下頭，心想，如果白澤來了，他們肯定會啞口無言的。而面對白澤驚訝的目光，我會跟他解釋清楚，一個簡單的道理，我剛剛做了胎，怎麼可能跟別人有事呢？而我終於把孩子打掉了，面對這個事實他連高興都來不及了，又怎麼會介意其它？

出去的員警好一陣子才回來，他說，那個男人承認是承認，確實認識這麼個女孩，但是要讓他過來接，他沒有空。

我抬起頭看看那個員警，我說：「我不相信，你們肯定是騙我，你們有意想把我關在這裡。」

我站起身望著寬大的玻璃窗。玻璃窗被細密的夜露蒙住了，像一面昏暗的鏡子木然地照著屋內的一切。那裡面仍然可見正在注視著我的員警們的臉。我也看到了我自己正嘟著嘴對著電話。我的頭髮不規則地向外擴展，臉也腫著，燈光照著我使我蒼白無邊。

白澤在電話裡問：「出了什麼事？」

「去做人流了，做完了，我現在在一個派出所裡，你一定要來把我接出去。人家也不要押金，只要證明我有男朋友就行了。」我語無倫次地說著。

只聽他壓低聲音說道：「我現在確實沒有空，我在家裡，我沒有藉口出來，你知道嗎？明天中午我直接去你的房間，你等著我，哪也別去，明天中午……」

「不行，就是現在，你不來我就出不去啊！」

「可是我現在無論如何也沒有空。」

「不行啊！」我急了起來。

他關了手機，我一下洩了氣，便背對著身後的員警開始無聲地哭。他們還在說什麼，向我詢問著，可是在我眼裡他們已無限地縮小在另一個地方了，我很想對他們說，把我抓起來吧，抓起來吧，隨你們關多久，你們說得沒錯，我就是一個賣淫的，從兩年前就開始賣了，一直賣到了現在……

我的哭泣從無聲到像瀑布一樣嘩嘩地喧噪在這個房間裡，我哭得渾身發抖。只聽身後的員警說：「走吧，走吧……」

他們像趕一隻蒼蠅般把我趕出門。我止住眼淚，在一個拐彎處，重又向白澤打電話。

電話響了很久，他沒有接。

路過一個小吃店想進去吃點東西。於是我叫了一碗麵。麵裡還浮著幾葉香菜，但我只端起來喝了一口就再也喝不下去了。

我又給白澤打電話，這次他接了，也許有了準備，他在衛生間裡。我本來要跟他講，今晚你不來你明天也別來了，以後也別來了，我們永遠不要見面。

但是我的聲音輕柔地告訴他我已經出來了，明天我不能在房裡等你，我剛剛打了胎，我不能做愛。我說：「要不，一星期之後？」

他想了想說：「就在一個星期之後的那個中午。」

他的聲音還有些猶豫。他還想說什麼，但我已關了手機。我想，一個人是很快能忘記自己的傷痛的，一個星期之後我又會是從前的麥子。雖然從醫學上講，女人在人流之後起碼要過了兩週才能眞正恢復，不過，我只要一個星期。

「一個星期就足夠了」白澤。

第十九章

阿伯 22

阿伯沒有想到這一次被派出所弄得不明不白。他想麥子肯定是恨透了他。

第二天早上，當門外的小店裡傳來了迪克牛仔的聲音時，阿伯醒來了。他想起了昨晚的一切於是飛快地穿上衣服，然後，他推開門朝外跑。

老太太站在門口，說：「這麼急，還沒吃飯吧？」

阿伯這次連謝謝都沒說，就直奔派出所。

員警已經在裡邊了。他在一堆制服裡認出了昨晚問他問題的那一個。阿伯站在他面前，說：「先生，麥子呢？」

那個員警像不認識他一樣，說：「誰是麥子？」

阿伯說：「就昨天那個女孩兒。」

員警：「女孩兒？哪個女孩兒？沒有女孩兒。」

阿伯：「就昨天被你們帶來的那個女，女的。」

員警：「昨天晚上就走了。」

阿伯：「她去了哪兒？」

員警：「我哪兒知道，可能是什麼報社吧！」

待阿伯要離開，那個員警又把他叫住說：「人家男朋友都不著急，你急什麼啊？！」

阿伯走在街頭。從此麥子消失。阿伯心裡升起從未有過的難過，他覺得自己的運氣太差了。是不是她又回到了那個男人的身邊？她怎麼可能不回到他的身邊呢？這樣的女孩不可能是屬於你阿伯的，世上任何一個男人都要比你阿伯強。

阿伯給她的手機打電話，不開。他覺得這個女孩兒很怪，是一個不同尋常的人，他怎麼樣也陪過她去作過人流，她就是把他視爲普通朋友也應該給他回個電話，她爲什麼「像雨，像霧，又像風」呢？

阿伯越想越不是滋味，心想一個女孩在一生中能墮幾次胎呢？而他身爲一個男人又陪過幾個女孩上過醫院呢？一天，也大約是麥子失蹤了一個星期之後，當阿伯正想要上一輛公共汽車時，身後有人猛地拍他一下。

阿伯回頭一看，竟是麥子。

阿伯說：「是你，眞的是你？」

麥子說：「上我那兒去，好嗎？」

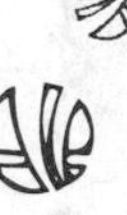

麥子 21

阿伯比前幾天瘦了，下顎居然尖了起來，嘴唇是蒼白的。在我把他叫住時，他那正低下的頭猛然揚起。

「麥子，可能嗎？眞的是你嗎？」

他是那麼地吃驚，眞想給他一個耳光。我格格地笑了，好像我已經死去重又復生了一樣。我說我們僅僅是一個星期沒見面，僅僅是一個星期而已。阿伯委屈地看了我一眼，傻乎乎地跟著我笑了。

他說：「你戴了眼鏡，我還從來沒見過你戴眼鏡的樣子呢。」

「我以後會經常戴，我本來就是戴眼鏡的。」

他望著我，又看我穿著一件緊身牛仔褲說：「麥子看你這樣精神，好像做手術的是我，而不是你。」

我們一路走著，沒有坐公共汽車，而是搭了一輛紅色的夏利（類似台灣早期的裕隆汽車）。陽光從視窗伸進來，像一隻手在他臉上揉捏了幾把，使他露出粉紅的顏色。我對著窗外的風景無聲地笑著。我想起在所有電影中或小說中陰謀者正是這樣笑的。

阿伯 23

麥子家裡挺講究，房間是經過裝修的，木地板很乾淨，牆上還有油畫，新做的木窗很古雅，門廳裡擺了兩雙講究的彩色布拖鞋，一雙男用，一雙女用。

麥子自己換上那雙紅色的女拖鞋。

阿伯正準備要換，她說：「你換不換都行。」

阿伯說：「這麼好的木地板。」

「反正我也無所謂了。」

阿伯不知道麥子爲什麼會無所謂。她家雖遠沒沈燦家裡豪華，但跟他住在四合院的屋子比起來高級多了。他顯得有些遲疑，但還是換了那雙綠色的男用拖鞋。

這是一雙被穿舊了的拖鞋。他不禁想，平時穿這雙鞋的男人究竟是什麼樣子呢？他感覺這個男人的腳不大，他似乎還能感覺到鞋裡面這個男人留下的體溫。

麥子去泡咖啡了。她邊沖著水，邊說：「那些員警問我，你得的究竟是什麼病？那個男的說是胃病，而你卻說，你得的是婦科病，你們爲什麼說得不一樣？我說，沒什麼不一樣，他不瞭解情況。他們問我，跟你睡過沒有？我說，你們當我是妓女呢？讓我跟他睡，別想。」

阿伯一邊嗅著彌漫在空氣中的咖啡香味，一邊笑著說：「我也沒想過。」

那你們想什麼？你們男人想的不全是這些嗎？

「政治、文化、經濟、藝術……有多少事是男人需要想的，爲什麼僅僅是這個？」

「好了，你挺累的。別說這些了，好嗎？」

坐在沙發上，阿伯看見了兩盒拆開的煙。於是他再次想到了這個房間的男主人。

麥子穿著一條很緊的牛仔褲，她的屁股繃得很緊的。他問：「身體好點了嗎？」

麥子說：「好了，完全好了。」

阿伯覺得有些興奮，他想，目前，長著這麼美麗屁股的女人，可是不多見了。

麥子端著咖啡過來了。

阿伯起身接過咖啡。

兩人同時把咖啡放在茶几上。

他們面對著面。阿伯很想問你的男朋友哪去了，但是麥子幾乎挨著了阿伯，她額前的一縷頭髮靜電一樣張著，在阿伯的臉上拂動。

她看著他，突然把他抱住。她的目光停留在阿伯的嘴唇上，然後把自己的嘴伸過去，與阿伯接吻。阿伯的嘴長得很有稜角，唇邊有很短的毛茸茸的鬍子，但他的舌頭似乎有些遲鈍，於是麥子心裡想到，也許阿伯很久沒有和女人打交道了。

這一切來得太快了，沒有開始濕潤的過程，所以，阿伯半天沒有緩過來。

她在吻他，她的舌頭顯得也有些遲鈍，她的頭髮有好多縷在搔擾著他的臉，但是她的嘴唇冰涼，像是秋天裡沾著雨水的樹葉，滑潤而潮濕。

阿伯似乎不太有感覺，但她的嘴還是使他突然發現了一個關於女人的眞理：「她們是音樂」。

麥子漸漸地鬆弛了下來。

阿伯這才能呼吸一口氣，說：「你的嘴裡有味，口香糖吃得太多了，那麼深的薄荷味。」

麥子把身子靠在他的懷裡，不說話。阿伯感受著她柔軟起伏的身子，小心說道：「能進臥室嗎？」

麥子睜著那對漆黑的瞳仁說：「不，就在這兒。」

「這麼大的玻璃，別人會看到的，而且屋裡都是陽光。」

她重複：「就在這兒。」

阿伯開始行動起來，他解她的褲子。

她用手推開他，說：「不，我自己來。」

「爲什麼？我喜歡解女人的褲子。」

「讓男人解，我就覺得好像我是被強姦了一樣。」

頭一次遇見說這種話的女人，眞是天下之大，無奇不有。

「我們的話是不是說得太多了？」

其實，阿伯現在已經緊張起來，他感到渾身燥熱，這突然來到的喜事，好像是天上掉下來的餡餅，他想多說點話，說點文化的話，好讓麥子的衣服脫得再快一點，再心甘情願一點。但是一時之間什麼話也沒有。麥子默默地脫著，她的動作是那麼流暢，一點也沒有猶豫。這再一次使阿伯確定女人是音樂的看法。很快，麥子白色的皮膚又讓他激動得不能自持。他憑著經驗想讓自己分散一下注意力，不然的話，好事也作得不那麼充分。

她有些微黃色的陰毛展現在他的眼前，他覺得自己的呼吸明顯有了障礙，他伸手去摸她的毛髮，然後，又順著往下摸索，直到她濕潤的地方。

她說：「不要伸進去，你沒有洗手。」

屋子裡的陽光充分，桌上有瓷器在閃著光。望著瓷器，阿伯想到了那天去酒吧的情形。他心裡有點羞慚，因為他是喜歡麥子的，而麥子肯定也喜歡他，要不為什麼會這麼容易就讓他進入了呢。有幾張報紙的彩頁扔在沙發的盡頭，上邊有賓拉登的大鬍子，這邊則是葛優的一張憔悴的臉。

阿伯有些慌亂，他覺得自己快挺不住了，他很快地伏在了她的身上，他渴望深入到她的深處，於是說：「你幫幫我。」

她幫了他。

他感到自己在裡邊了，可是，他竟然還忍不住地問：「我在裡邊了嗎？」

「你說呢？」

「在裡邊。」

她看著他，稍稍夾了他一下。

他感到了莫大的刺激，眼神變得不可控制起來，他說：「我不行了，我，我喜歡你。」

她吃了一驚，然後看著他。

他覺得自己射了很長時間，足足有兩分種，渾身上下都在顫抖著，都在朝外湧著自己的體力和血液。

她更是吃驚了，然後她笑起來，說：「你怎麼了，你……」

他知道她的失望，只好說：「我也不知道我怎麼了。」

他一直趴在她的身上。

她躺在他的身下一動不動。

兩個就這麼沉默著。

屋內的陽光移動著，兩杯咖啡的熱氣已經沒有了。

阿伯想起來。

她說：「再躺一會兒。」

阿伯說：「這樣躺著，我怕我會著涼的。」

她笑了，說：「那我把空調打開。」

說著，麥子起來，光著身子，走在客廳裡，她在尋找空調的遙控器，邊找邊說：「昨天還看見了，今天怎麼又沒有了？沒暖氣的時候老是用，最近不太用了，在哪兒呢？」

阿伯看著她的身體，看著她長長的身體，她的小小的乳頭、她的肚腹、她的毛髮，當她轉過身去的時候，她的屁股顯得很緊、很圓，像是一顆碩大的土豆，當她再次轉過身來時，阿伯被她的大腿刺激，陽具再次硬了起來。

麥子在一堆書裡找到了空調的遙控器，她開了空調，在頁片開始搖動的時候，麥子說：「設定了二十九度，一會兒就會熱起來了。」

阿伯起身，走到她的跟前。她看著阿伯的東西，說：「你怎麼突然又變得這麼大？眞好看。」

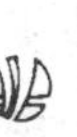

說著她從衣架上取回那頂紅色的帽子，戴在頭上。她問：「好看嗎？」

那是阿伯第一次見到麥子時，她頭上戴的那頂帽子。阿伯站起來把她朝牆跟前一推，讓她用兩手撐著牆，那時她的臀就掤了出來，阿伯不知道爲什麼這次那麼順，很輕鬆地就進去了。

麥子輕聲地叫喊一下。

阿伯開始抽動，他自我感覺，這會兒他能挺得住。可是，偏偏在這個時候，他的手機又響了。阿伯看著自己被扔在角落裡的褲子，手機就在那兒響著。

麥子說：「你接嗎？」

阿伯猶豫著：「先不接吧！」

她笑了。

他狠狠地衝向她。她挪了挪身子，使自己站得更舒服一些，她的頭髮在帽子下面晃動。

手機似乎更響了。

阿伯的情緒受到了影響，他和她都發現同時意識到，他漸漸變得軟了。麥子說：「你還是想接電話吧！」

阿伯還想掙扎，可是，他已經沒有辦法保持在裡邊的狀態，只好抽出來。他走到褲子跟前，拿出電話，接起來。

麥子有些失落地看著他，眼神裡有很多不滿。她轉過身來，走到了沙發跟前，抽出一支煙，點

著了火。

阿伯看著她：一個戴著帽子的赤裸女人坐在沙發上抽煙的樣子。慢慢地，她又走到了灑滿了陽光的窗臺前。她的眼睛向下張望著，似乎在尋找什麼。

來電話的是皮裏松。

皮裏松像是老北京那樣，稍稍沉默了一下，便在電話裡嘻嘻笑起來，說：「最近怎麼樣？」

阿伯說：「一般。」

阿伯說話時，覺得陽具有些癢，就回到沙發這兒，從茶几上拿起一張紙，擦拭了一下，又說：「你還好嗎？皮裏松。」

「我太太回來了，我就被管起來了。」

說完，皮裏松大笑，連麥子都能聽到他大笑的聲音。皮裏松笑完又問：「怎麼樣？《長安街》編完了沒有？」

阿伯：「早寫完了，就是沒有錢。」

皮裏松說：「對，得慢慢想辦法。法國人沒有錢，中國人還是沒有錢。從來就是這樣，人有，可是錢沒有。」

阿伯說：「皮裏松，你的中國話說得眞好。北京味這麼濃，跟大山一樣了。」

「你錯了，我的中文比大山要好，我說相聲的時候，他還在南斯拉夫呢。」

阿伯笑起來。

麥子在一旁覺得無聊，就起身，又去沖了一杯咖啡。

阿伯看著她走動的樣子，知道她煩了，就說：「皮裏松，我這兒正有事，你沒什麼急事吧？那好，我這幾天就去看你。」

阿伯關掉手機，他的目光一直沒有離開麥子。他只看到麥子站著的一個背影，陽光印在她赤裸的皮膚上，發出一層柔和的光暈。他感覺麥子的身體有些僵硬，在某些地方有一種讓他感到可怕的東西。

麥子 22

這時，空調已經把屋內吹得很熱了。我站在窗前，望著樓下社區的大門口。那裡人很多，我一張臉一張臉地看著，看看裡面有沒有我所見過的那張熟悉的臉。這幾天來我一直在等著今天，盼望著與他見面，甚至在夢裡，我都把腿叉開在他面前，讓他看我那水淋淋的陰部，只有在那裡他才能看見一個女人對他的全部的仇恨。

不知爲什麼，社區門口人頭湧動，大家都在三五成群地聚集在一起，談論著什麼。不過很快我就明白這是這個社區的業主管委會的委員們，爲首是那個業主，他就住在我的樓下，每次在上下樓梯碰面時他都拿出一張檔讓我在上面簽字。我爲難地搖著頭，聽著他說要去告這個房地產商，他騙了我們，說要蓋小學、蓋中學，說有一個九千平米的大花壇，你看那個大門口的所謂的花壇你也看到了，只有幾百平米，我們都上當了，被騙了，現在我們要拿起法律的武器，請在上面簽字吧。我總是急急地告訴他我的男朋友正在等我。

白澤聽到這些總是冷笑。他說這總讓我想到我的員工們，我給他們提供了那麼好的條件，他們卻總是在鬧事，你們編輯部的人還揚言要打我，報復我，如果眞的會有那麼一天，我發現他們背叛了我，我首先會拿槍把他們蹦了，無論是男人還是女人。

第二十章

阿伯 24

阿伯走過去，摟麥子。麥子回過身來，對他下了結論說：「你全軟了，你不是太急，就是太軟，你沒什麼用。」

「他媽的，皮裏松。」

阿伯說完，就把手機徹底關上了，說：「對不起。」

他們兩人又抱在了一起，她開始幫他。可是，該死的阿伯不爭氣了，他無論如何就是硬不起

來。麥子說：「我眞是恨你。我希望你在今天能狠狠地操我，把我往死裡面搞。你知道嗎？我做夢都想讓你這樣。」

「那下次。」

「沒有什麼下次，也許，以後在大街上看見你，連認不認識你都難說呢，我才不管你知不知道德希達。」

「那天沒見上德希達，說不定這個老頭會喜歡上你呢。」

「他多大？」

「你問他的什麼多大？」

麥子笑了，說：「當然是年齡了，聽皮裏松說快有七十歲了，他有那麼老嗎？他可是比我想像裡的海明威要大多了。」

「我們躺在臥室裡，好嗎？地毯上不是太舒服。」

「不，就躺在這兒。」

「爲什麼？」

「不爲什麼，我願意。」

阿伯與她一起再次躺在地毯上，他把她攬在自己的懷裡。這時，她突然說：「這樣吧，我有個主意，能讓咱們躺得更舒服一些。」

阿伯看著她。

我們在地毯上鋪塊毛毯。

她說著，就起身，很快地從房間裡邊的衣櫃裡拿出了一個棕色的毛毯，說：「這是我朋友去年從澳洲買回來的。」

阿伯說：「是個好東西。」

她開始往地上鋪，她鋪得很認眞。

一塊毛毯平鋪在地毯上，有很現代的幾何圖案，窗外的光亮照在上邊，顯得很感性。

阿伯說：「像是一張油畫。」

她興奮地說：「我們躺在上邊，一男一女兩個裸體，那才像是眞正的油畫呢。」

阿伯看了看她的帽子，說把帽子摘掉吧。麥子說不，然後笑了。

阿伯說：「我們緊緊地摟在一起。」

「不，就分開，平躺著，咱們把腿叉開，儘可能顯得淫蕩一些。」

阿伯有些警覺地看了看她，說：「爲什麼？」

「不爲什麼，有時，淫蕩的感覺眞好。」

「看起來，你比我前衛。在那個聚會上我就知道你是個前衛的女孩。」

麥子不說話，她拉著阿伯走向那鋪著的毛毯，那就像是上一個神壇。兩人一起躺下。

麥子說：「閉上眼睛。」

他閉上了眼睛。

她說：「叉開雙腿。」

他說：「我叉不叉開都一樣，我的長在上邊。」

她笑了，說：「那你隨便，反正我要叉開。」

阿伯稍稍睜開眼，發現她已經叉開了，就說：「你眞是偉大。你是一個現代的都市女孩。」

她生氣地說：「我聽出了你聲音裡的嘲諷意味，我是不是有些怪異？」

「你讓我很激動。」

「你先別激動，有你激動的時候。」

「你是什麼意思？」

「一會兒你就知道了，但是我希望你不要怕。」

「我有什麼好怕的？」

「讓我們等等看。」

以後，每當阿伯想起了那個場面，就覺得她是一個有心機的女孩兒。在她的內心裡，有一個女人的力量，這種力量超過了沃爾夫，還有杜拉，還有張志新，還有那個女人，阿伯一時忘了她的名字，她是沙特的情人，寫了《第二性》的那個女人，還有……阿伯覺得這個叫麥子的女孩比她們都

厲害，因爲那些女人離他很遠，可是麥子卻就在他的身邊。

阿伯說：「我爲什麼要害怕？能告訴我嗎？咱們是不是可以打一個賭？」

麥子閉著眼想了想，說：「打賭太累，一定要這樣嗎？」

阿伯有些來勁，他正爲自己總是不太硬而找著藉口，這下藉口來了，他從她身上爬起來，麥子卻一把又將他拉在自己身上，說：「重新放進來，別總是想以打賭來逃避，好嗎？中國的男人現在經常是這樣，當他們感到不解、迷惑和害怕時，就喜歡打賭。」

阿伯笑了，說：「你是我認識的最有文化以及最直接表達內心意思的女孩之一，你的話語權在你的乳房上和陰道裡。」

麥子說：「你怎麼也會用話語權這樣可怕的詞？」

「逗你玩吶。話語權？這不是德希達的，也不是傅柯的，這是中國社科院的一個青年學者的辭彙，我經常在想，既然有操、有日、有搞、有弄、有吊……這麼豐富的詞語世界，爲什麼還說話語權呢？」

麥子哈哈大笑，說：「你說到我的一個女同事的心坎上去了。她在大學時，就煩他們這樣說，可是一個詞發明了，就得去用呀，就像一件花衣裳，你不穿，別人也要穿的。」

阿伯說：「哎喲，喲，我好像又硬了，你說，我是不是又硬了？」

麥子說：「對，是，又硬了，是不是我說我那個女同事，你就硬了？」

阿伯說：「有點。」

麥子說：「那我給你介紹一下我的那個同事，她是一個高個子，沒有乳房，卻有一個大屁股……她長得沒有什麼明顯特徵，如果她站在一個群裡，就像是一個符號，所以大家都叫她『符號』……」

在以後的日子裡，阿伯經常在想，他與麥子第一次做愛的情景，他們好像不是第一次，而是有了許多年的情史，他們放鬆、交流起來可以橫向聯合跨越許多行業，他們說下流話時不臉紅，不需要避開對方的眼睛，他們眞是天生的一對，要不是因爲有一種比命運還強大的東西擠壓他們，他們就可能這樣的在床上一邊搞、一邊說著話語權之類的操蛋話過上他一輩子。

阿伯看著麥子窗上大塊的玻璃，那時，窗外正有一片雲在飄著，雲彩下流，行如水晃，使阿伯感到了最近頭一道陽光照在了他的肚皮上，他說：「眞的？你同事眞有一個大屁股？她的乳房就算不大，但是，究竟有多大？」

麥子說：「有這麼大。」

她用小指作了一個手勢，說：「就是這麼大。」

阿伯說：「眞是太刺激了，什麼時候介紹給我認識一下。」

「她最近偷發了一篇人家幾年前的稿子被他開除了？」

「被誰開除了？」

麥子說：「你忘了，我男朋友就是報社的總編……」

麥子 23

就是在那個時候，我察覺到了白澤的腳步聲，他不像別人那麼匆忙也不像別人那麼遲緩，他的腳步總是顯得輕鬆，從電梯處一步一步地走來。很多個日子一聽見這種聲音我就慌忙進入衛生間，在那寬大的鏡子面前，我把衣服脫了，讓頭髮垂下來散在我的乳房上，然後用大紅顏色的口紅塗在嘴唇上，再用香水噴向我的陰部。我跑向門口，聽他在門外的喘息聲。我知道此刻的我是他最喜歡的一個形象，是他所盼望的形象。他一邊嗅著，一邊吻著，眼睛半睜半閉。他說：「麥子，你是屬於我的。」

通常白澤出門總是要戴上黑色墨鏡，他總是在門外將眼鏡摘下來放進衣服袋裡，或是拿在手上。他戴墨鏡的樣子眞像是個盲人。那是我作爲禮物買給他的。他說他不愛戴墨鏡，有點招搖，我說你戴著墨鏡的樣子一定是很帥的，像是黑道上的老大，但是當他把墨鏡戴著向前走了幾步時我突然感覺他像個瞎子，我感覺他看不見我。那兩片深不見底的鏡片上映出的是我的影像，似乎我一直浮在他的表面，從來沒有進入到他眼睛深處去。我說你摘了吧，可他卻從此喜歡上了戴墨鏡。

他也許覺得這是僞裝他自己的最好方式。

阿伯 25

阿伯聽到有人用鑰匙開門的聲音，他緊張地想要拔出來，可是她卻用渾身的力氣把他拉住，說：「別走，求你，我要你，要你……」

那時，門已經開了。

阿伯的眼睛和那個正走進來的男人的眼睛對在了一起。

兩個男人四目相對。

麥子卻還在其中一個男人的身子下邊晃動。

那個剛進門的男人愣了，他手上握著一副墨鏡，把目光從阿伯的眼睛上，移到了麥子裸露和濕潤的身體上。

她沒有睜開眼睛看他，只是拉著阿伯說：「快搞呀，快呀，別這麼快就射了，求你了。」

那個剛進門的男人緩緩地走了過來，他站在阿伯和麥子身邊，看著他們，他的眼睛裡充滿疑惑，他的嘴唇在顫動，他說：「真的是你嗎？麥子？真的，我有沒有看錯，我不是在夢裡嗎？」

麥子看著他說：「你爲什麼進來不換鞋？」

阿伯從此以後就相信，麥子是一個偉大的女性，因爲她會製造懸念。他突然懂了，不光是希區考克會搞這種鬼明堂，他身子下面的這個女人也會，區別是一個在銀幕上，一個在生活裡。

永遠也不會忘記白澤嘴角的笑在進門的剎那間宛如被膠凝固了一樣。我說你爲什麼不換鞋，這是我早就在心裡準備好的一句臺詞。他居然下意識地低著頭找拖鞋，那雙綠色的拖鞋已不知被阿伯穿哪去了。陽光照在他的臉上，使他像隔了一層玻璃望著那對在棕色毛毯上的一對裸體。這毛毯是他去年從義大利帶回來的，一次也沒用過，我曾望著這漂亮的異常柔軟的毛毯發愁，不知它究竟能有什麼用途，白澤說我在義大利的一個商店裡就想到你肯定需要這個毛毯，當你感到腰酸的時候就掂著他。我說我現在有了這張公寓裡的床，腰一點也不酸。說著嘻笑著把它塞進了衣櫃裡。

阿伯只看了白澤一眼，就把目光慌忙地重新落回我的臉上。他的臉紅了，他趴在我身上的比我還要白的身體向上抬了抬，似乎要爬起來。但我緊緊摟著他，摟住一個企圖振翅掙扎的飛禽。在逆光的陰影中，我看見白澤倒著的人形。我不知道他嘴裡在說什麼，只把心裡的臺詞說出來：「你爲什麼不換鞋？」

我曾跪在地上抱他的腿，堅強得像那個深夜跟我要錢的小姑娘。他的眼睛倒掛著，那麼冷漠，他終於看見了今天，同時看見了我的那頂紅色的帽子，此刻，它正掉在我頭髮的另一邊，像被車撞死的紅色幽魂。

他那穿著皮鞋的雙腳就在我的身體旁邊，我閉住眼睛，生怕那雙腳飛起踢在我的頭上。如果他眞的打了我，那麼我絕不還手，但就是把我打死，我還要對他笑，並告訴他我有了新的男友，就是他，阿伯。

那頂紅色的帽子被我扔進了衛生間的垃圾桶裡。我打開熱水器，嘩嘩的水聲立刻淹蓋了阿伯的打電話聲。水霧開始彌漫，緩緩地在空中浮動。我以爲在這時候在沒有別人的空間，我會哭，我會分不出臉上哪是淚水哪是洗澡水，我會被鹹澀的淚水灼死。但是我像一隻衝出了蛹的飛蛾，大聲唱著歌向著寬廣的天空飛去。雖然阿伯沒有錢但是我已決定去愛他了。

麥子 25

白澤走了，阿伯開始在沙發上抽煙。

我坐在他的身邊，說：「能給我也抽根煙嗎？」

他抽出一支，並爲我點上。我說：「煙好感覺。」

阿伯：「我今天被你利用了。」

我不說話，我知道他遲早要對說這樣的話。

阿伯：「你爲什麼不早告訴我，你今天有這種打算？」

他直勾勾地盯著我。我還是不說話。

我這才想起來，剛才我想去臥室，你不同意，原來你的目的是在這兒，是嗎？

我說：「我原來想的就是這樣，是一幅油畫：一個高個子長頭髮男人和一個黃皮膚長腿而且乳頭鮮紅像櫻桃的女孩兒躺在一起，他們身下是一塊毛毯，他們上方是陽光照耀著塵埃的小顆粒……」

我希望許多人都來參觀這幅畫，然後讓白澤拿去拍賣。

阿伯說：「我討厭你這樣，但是，我在想，我這幾年就總去睡那些便宜的妓女，我終於能跟你睡了，可是，我卻總是不適應，我有些軟，我是占了很大的便宜，因爲你瘋了。」

我低下頭。我說：「你爲什麼還不用巴掌打我？還把話說得這麼文縐縐的，就好像你沒有被利用。」

阿伯半躺在了沙發上，邊抽煙，邊思考，他說：「我是在想，利用與操你，哪一件事對我來說份量更重。你想，我能操你，這是多麼不容易，爲了這一點，我被你利用，也是我有福氣，對嗎？所以我爲什麼要打你？」

阿伯說完，竟心懷感激地把我摟在懷裡，說：「知道嗎？我今天像是過節一樣的覺得幸福，我躺在你這兒，想像著未來自己也許會有一種中產階級的生活，麥子，我從來不想當一個極端的藝術家，我想過中產階級的日子，所以，我才去跟他們合作，弄電影《長安街》，可是，我很難，你無論是什麼目的能讓我來跟你作這件事，我都願意，我爲什麼要打你？你也是，過去的小說看得多了嗎？」

我看著他，並拿自己點著的煙燒他的頭髮。空氣中有了焦糊的味兒，阿伯說：「是我的頭髮掉。」

那時我竟開始流淚了，我流著淚，還在燒阿伯的一根頭髮，說：「這是一根白的，我幫你燒

嗎？」

阿伯說：「在認識我之前，你一定不是因爲寂寞來找我的，女人不會因爲寂寞而去跟一貧窮的文化知識分子去做愛的。女人跟男人做了愛，總是會覺得她吃了虧，在中國連女權主義女人都是一樣的，她們嘴上喊女權，可是她們的下身卻在向男人要錢。那麼女人是什麼？是男人身上的一根肋骨？好，那麼女性主義把一群女人聚集在一起，而又不給她們錢，她們的肉就更沒有了，留下的是什麼？是一堆肋骨。一堆肋骨，能作什麼？熬湯都不行，因爲裡邊沒有油水，可是有中國的古人說，女人是水做的，先不說她們是不是水作的，就是離開了水，也不行。對嗎？」

我說：「我累了，能不能不說這些？」

阿伯沉默著伸出長臂把我朝自己懷裡摟，我順著他把自己貼得他很緊，他又說：「更何況女人們是沒法聚集的，她們之中總是有叛徒，她們彼此對對方充滿厭惡，於是她們叛變，朝男人的方向走去。」

我聽著他的心跳，突然抬起頭說：「我覺得你一點都不寬容，你的語言過份、你誇張、你窮，但是你比剛才進來的那個男人強。」

阿伯說：「這套房子是他爲你包的嗎？」

我點頭。

「一個月多少錢？」

「兩千八。」

「那你以後住哪兒？」

「他已經交了一年的租金，還有六個月。剛才他走的時候我眞想送送他，好好送送他，可是你趴在我的身上，我起不了身，你那麼沉。」

「你說一聲，我會起來的，我當時嚇得不知道該作什麼。」

「可是我又不想起來，我也不想送。」

「爲什麼？」

「你還沒射呢。」

第二部

第二十一章

阿伯 26

裸身躺在地毯上的阿伯沒有想到他將面臨怎樣的考驗。他是窮人，他沒有錢。他只是想把所有的心裡話對這樣一個被他脫得精光的知識分子女孩兒說：「我要成爲一個了不起的人，我已經討厭了對那些我不喜歡的人微笑，我想顯赫一些，想隨便就掏錢去SOGO買那些我眞正能看得上的東西，別老是去三里屯、女人街去買三流貨，那種沒有牌子的，有也是假的東西。」

他還想對她說：「走，跟我走，你不會失望的，網路不過是個垃圾堆而已，別被IT或是德希達淹沒了自己的個性，中國已經加入了WTO，重要的是在全球化中不要迷失了，千萬別走丟了，你有著黃色的皮膚，還有高貴的黑色陰毛，你說英語不過是說說而已，你的母語是漢人說的話，只有用這種話才能有『美文』從你的屁股裡冒出來，你的美文用任何翻譯是無法翻譯的，他只能存在於你的母語之中，韻味沒有辦法讓另一個國界裡的人感受，不管這個法國人是多麼的喜歡北京。一個具有了美文的人，就可以對美國人說：『不。』也可以對法國人說：『不。』還可以對中國的女孩兒

說：『NO，YES。』總之是對人說鬼話，對鬼說人話。在SoHu（搜狐）罵SINA，在YAHOO罵263點COM。我早就料到他們不可能掙錢，不管他們從哪兒回來，不管他們是不是IT業內人士，反正新經濟也是舊經濟，不賺錢的事最終得垮了台。錢是好東西，偉大的錢，我愛美元，也愛人民幣。我和女孩之間沒有任何利益關係，只有錢，有時連錢也不需要談，我們只是談情說愛，讓我們坐下，坐在剛綠化好了的四環路邊上，我們是坐公共汽車到四環邊上去的，我們到那兒時風和日麗，正是北京最好的季節……」他還想說：「如果有錢在幹了妓女之後一定會多給些錢，別讓他們追在我屁股後面多費口舌，叫我大哥叫個不停。」

那天一早麥子被窗外晃眼的雪光刺醒，隨即他推了推還在沉睡的阿伯，她說我們逛商場買衣服吧。

夢中的阿伯聽了麥子的提議，立即神志清楚。他緊張地說：「買什麼，買什麼衣服？」

「你和我，咱們兩個都應該換換了，我總是有這種感覺，一段時間不買點新衣服穿在身上，就感覺像是世界末日來了一樣，就感到每天是在垃圾堆裡穿行。」

阿伯只好起身跟麥子一起踏著雪走在街上。阿伯的緊張一直沒有消失，他盤算著身上的錢，上回給南方晚報寫的稿，那稿費還有一千元，要交手機費，還要交這個月的房租，阿伯想，先不要說自己是大方的還是小氣的男人，或自己是不是真的吝嗇，他首先是被現實的生活壓得喘不過氣來。

他悶悶地走著，沒有了在上街進商場之前的才情，說話也沒有了力氣。麥子突然說：「我怎麼覺得一出來，走在陽光下，你就一點兒也不好玩了？」

阿伯說：「眞的嗎？」

他們進了商場。那是靠近宣武門的「SOGO」。

阿伯本能地想躲，他總是想避開所有這些商品，他被女人的化妝品嚇得抬不起頭來。他聽著她愉快的聲音，覺得自己是她曾向他描述過的父親，那麼蒼老和猥瑣。

然後，阿伯開始被衣服，無論是男人，還是女人的衣服壓得喘不過氣來。

他們一起上電梯，麥子抓著他的手，他們的身體像是太陽冉冉升起那樣的朝天空滑去，阿伯這時已經出了一身的汗。

「你怎麼會這麼熱呢？」麥子問。

「太熱了，我眞是有點受不了了。」

沒錯，男人們都不愛進商場，只有白澤除外，他喜歡逛，而且喜歡給我買衣服。當然，這是開始，他剛認識我的時候，以後情況發生了變化，他進商場，可是他只顧自己轉，他看著男人的西服和手包，還有幾十萬的錶，他不再爲我買東西，我經常提醒他，可是沒有用。

阿伯覺得自己的汗更多了，他已經下了決心，離開商場。逃跑，這是唯一的辦法。

她又說：「你覺得男人們當他們想爲你買衣服的時候，爲你買各種東西，而又不用你去要，去提醒他，這時候，是不是他最愛她的時候？」
阿伯再次感到自己身上熱浪滾滾。
她說：「我在問你呢，你怎麼變得這麼沉默寡言？」
阿伯說：「你說什麼，我剛才腦子在走神，沒聽清楚。」
她已經忘了自己的問話，她已經被另外的東西吸引，說：「你看，那件小衣服好玩嗎？我穿著合適嗎？」
阿伯看過去。那是一件牛仔的小上衣，做得很精細，扣子做得別緻，阿伯被她拉著走到了跟前，一看，阿伯就暈了：三百八十八元。
阿伯說：「挺，挺，挺好的。」
她高聲笑起來，說：「挺挺，好好，的，怎麼好好，好，好的？」
阿伯知道她在學著自己，可是他卻一點也笑不出來，他說：「這裡眞是太熱了，咱們出去吧。」
她沉默了一會兒，望著他的眼睛說：「沒事，你不用緊張。」
阿伯更彆扭了，他認爲這是他人生最灰的時候之一，他說不出話來。
麥子看著他，把他的臉轉了過來，幫他擦了一把汗，說：「眞的，我說過了，你別緊張。」
阿伯臉紅了，就在那個時候，他下了決心，要把自己口袋裡全部的錢都拿出來，爲她買一件衣服，手機沒有錢了，就先不打，房子沒有住的，就去朋友那兒擠。

麥子這時已經開始看那件衣服了。

阿伯像是要衝向碉堡槍眼那樣的，渾身僵硬著衝了過去，掏出了自己全部的錢，說：「你要買嗎？我來買。」

麥子看看他，半天，才說：「你剛才是爲這事出汗嗎？」

阿伯臉紅著。

她看著他，摸摸他的臉，說：「看你，熱成這樣，這衣服不好，一點也沒感覺，我不想要了。」

阿伯覺得自己的手裡捏著那錢，幾乎像是被水泡過了一樣，其實是被汗打濕的。

他們繼續在商場裡走著。

兩人很長時間都沒有說話。

就在那個時候，麥子看到了一件藍色的男士休閒服，是LEEL這個牌子。她拉著阿伯走到了跟前，說：「你試試。」

他說：「我不想要衣服。」

「你試試。」

「不試。」

她開始強行地爲他脫衣服，然後叫他穿上那件純棉的套頭衫。

阿伯無奈地穿上衣服，他看到了價格，是二百六十八元。他覺得不值，自己完全可以去攤上買假冒的這類牌子的衣服，只要幾十塊錢就行了。

她幫他穿著那件衣服。

阿伯終於穿上了這件時尚的衣衫，他很不自然地看著她，又看著鏡子裡的自己。

她看著他，眼神裡露出了滿意的笑容。

阿伯說：「我不想要這個，還是幫你去看看衣服吧！」

她沒有理他，自己掏出了皮夾，從裡邊往外拿錢。

阿伯說：「不行，要買，也要我自己買。」

她笑了，說：「我給你買，昨天我利用了你，讓你為我做事，我應該報答你才對。」

阿伯說：「你這樣說，我更不能要，儘管我反覆說，我喜歡被你這樣利用，可是，我不能讓一個女孩兒為我買東西，這不對，這感覺不好。」

她說：「想不到你還有那麼強的自尊心，其實別想那麼多，我不願意我們之間分得那麼清楚。」

阿伯說：「我不可能不想。」

這時，她已經去櫃台繳錢了。

阿伯在這時陷入了深思：自己是不是應該去把她拉回來，拉不回來呢？也許可以裝傻，讓她買了就買了。也不行，對了，最好的辦法，還是待會兒把錢給她。她回來了，把票交給了服務員，說：「你就穿著吧，別脫了，我喜歡看你穿上這衣服時的味道。」

阿伯感到自己那時已經站不穩了，他口乾，有一種燥熱的不安，他看看她，說：「我還是應該把錢給你。」

她說：「我跟你說了，你別緊張。」

阿伯說：「可是現在我想得很多，我心情沉重。」

她說：「那好吧，我們出去，離開這兒。」

麥子 26

像從惡夢中走出來，生活一下變得現實了，從阿伯額頭上的汗我看見了和他在一起的以後的日子，那是要被柴油鹽米逼得走投無路的日子。就像這寒天，兩個人的身體靠在一起總是會很暖和的。

出來沒多久皮裏松給阿伯打電話。

皮裏松問你是在哪個女人的床上，阿伯笑了。他說：「下個星期二？看電影？是一個雲南的詩人寫的同性戀的事？」「哦，……好吧！我考慮考慮。」

阿伯關了手機。他說：「皮裏松說下個星期法國使館有個活動，看電影，電影的故事是一個同性戀者與另一個同性戀者因爲不能天天在一起，最終發瘋殺人的事。」

我說：「記得上中學時，聽說在一個大學裡，有兩個老師同性戀，最後被判了刑，現在社會進步多了，只是這種片子外國人拍得太多。我們國家能把這種題材的電影拍好嗎？」

「那看你什麼態度了。看你同不同情同性戀。不過我是不同情，所以我不想看。」

「對同性戀者應該同情，他們也應該有生存的權力。」

「我心裡對他們蔑視，我沒有辦法不反感他們。」

「可是從理論上說……」

「這不是一個理論問題。」

「那你說是不看了？」

阿伯猶豫了一會，說：「看看也行。不過……還有，我認爲那些對美國人說中國也該廢除死刑的人，都是混蛋。」

「那依你看，中國還是應該堅持死刑了，就跟要堅持四項基本原則一樣？」

我感覺到了自己的幽默，高聲地笑起來，阿伯望著我用手摟住我的肩說：「我眞的不想去，到時導演也去，這些地下電影他都要看，還有那個沈燦也去。」

已經天黑了，長安街上燈光明亮。我不笑了，默默地走著。終於又扯回衣服這個話題。

他說：「我還是想把錢給你，儘管我並不覺得我需要這件衣服。」

我說：「什麼叫儘管我並不覺得我需要這件衣服？你覺得它不好嗎？」

「太貴了。」

「我眞是糊塗了，一個明確告訴我他很窮很小氣的男人在今天是不是好的品質？可是，我說過了，你幫我忙了，你幫我戰勝了白澤。」

「你花錢，我不自在。」

「你不是沒花錢嗎？」

「那只能讓我更慚愧。」

我突然說：「昨天，他看著我們那樣，我算是報復了他，他走了，我從此再也不能朝這個男人要任何東西，他恨我了。可是，現在我心裡很不踏實，我在想，我是不是太過份了？」

阿伯沒有說話。

我問：「今天晚上你住在哪兒？還回那個大雜院嗎？」

阿伯說：「是。」

我突然拉住他的手，把它放在我的胸前，說：「別回去了，陪著我，跟我住在一起，好嗎？」

「我怕讓你煩，一個男人走進了你自己的世界，你會不自在的。」

「原來總是他陪著我，現在他走了。我一個人害怕。」

阿伯看看我，想探測出我說的是眞話，還是假話。

「行嗎？」

「在你那兒有二十四小時熱水，我能泡澡，我當然願意，外邊這麼冷，我這幾年，只能去找那些最便宜的妓女，她們身上是冰的，你身上是暖和的，可是，我怕你會很快就厭我，所以，我不去你那兒。」

「你跟那些女人在一起時，戴套嗎？」

他點頭說：「戴。」

「眞的戴？」

「眞的戴。」

我歎口氣，說：「那就好。」

「我還是把錢給你吧。」

「能答應我一個請求嗎？」

阿伯看著我。

「你跟我在一起的這段時間裡，不要再去找妓女，好嗎？」

「這段時間有多長呢？」

「就看我們的感覺，也許幾天，幾小時，也許幾年，也許是一生呢……」

阿伯就是在那時候眼淚突然出來了，他望著天安門的陰影，知道自己的眼淚往下在流，可是他卻不好意思去擦。

夜風吹動著，他的頭髮被吹得一飄一飄的，只聽他說：「我甚至有些懷疑你是不是就是那天在

那個聚會上出現的戴著一頂紅色帽子的女孩。我想現在就是把全世界最漂亮的妓女送到我面前，並且一分錢也不要我也不會跟她們上床。」

我從包裡拿出紙巾，說：「自己擦吧！」

阿伯擦了。

我們一直走著，鬆軟的白雪在腳下發出胳肢胳肢的聲音。過了很久他才說：「那你覺得我煩了，就朝我屁股上狠狠踢一腳，我會立即走的。」

我突然笑起來，落在他後面，猛地朝他屁股上踢了一腳。然後我朝前跑了。

他看著我跑了很遠。我回頭時，看見他也忍不住地笑了起來。

麥子 27

房子突然變活了，就連空中最微小的灰塵都變成了彩色的。他伏在我的身上像一口鐘不停地敲打著。我說：「你已經射了四次了，還行嗎？」

他說：「不知道，可能還行。」

「你真的有兩年都沒有跟普通的女人接觸了？」

「沒有。」

「你是不是經常流淚？」

「不是。」

我笑了，把他緊緊摟住，說：「騙人。」

他從我身上滑到旁邊，說：「我還是應該掙錢，讓你幸福。」

「你眞的這麼想？」

「我想多掙點錢，讓你受到保護，讓你這一生不再爲男人傷心，也不再爲錢傷心。」我說我不信。

他說：「我就是這麼想的。」我還是不信。

我們摟在一起，臉貼著臉，就那樣地睡著了，直到門外有了敲門聲。

我驚慌地坐起來，猶豫著去不去開門。月光照著我們裸露的身體，窗外有不安的躁動聲。

他說：「敲得那麼急，可能是有急事，你開吧！要不，我藏起來。」

我說：「我不是因爲你在這兒，你想，我連我們在一起，都想故意讓他看到，我還怕他嗎？」

他說：「那你猶豫什麼。」

「可能是那個鄰居，他是業主委員會的，這幾天，他們被開發商的保安打了，他們要求召開全體業主大會，你說，我能參加嗎？這房子本身是白澤花錢租的，業主的那些事跟我沒有任何關係，我們是業主嗎？」

門敲得更厲害了，外邊說：「有人嗎？有人吧！該開會了，別忘了你們作業主的權力。」

我們悄悄從床上抬起身朝樓下望去，在花園裡，燈光透亮，已經聚集了許多人，似乎有業主挨了打，還圍著紗布在頭上。阿伯笑了，說：「我寧願挨打的是我，讓我戴上那白紗。」

「我們是業主嗎？」

這個問題使我和阿伯兩個人突然憂傷起來。阿伯說：「我戴上那白紗布，我是業主，我有一間兩百平米的房子，如果我有，我會把產權證上的名字換成你——麥子。」

我的眼淚忽然下來了，把頭靠在他的肩上，說：「你說，我們有一天，能眞的成爲業主嗎？」

他沒有說話，只是幫我擦淚，說：「你看他們，好像在成立什麼組織一樣。」

我說：「我的要求不高，我沒有想過二百平米，我只要一間小屋，小屋只屬於我自己，不是我租來的，也不是別人爲我租來的。我要在裡邊擺一張大床，一張超過兩米寬的大床，在床墊上要加一層海綿，躺在上邊很軟，也很暖和，可是，沒有，今天沒有，昨天沒有，不知道明天會不會有。」

他正想說什麼，突然窗外的花園裡一片騷亂。保安出動了，業主們群情激奮，兩種力量互相衝擊，打成一片。沒過多久，電視臺的人來了，他們用攝像機拍著眼前的一切。

他說：「我們肯定會有一間屬於自己的屋子，到時候，我也跟業主們一起打這些保安，請相信我。」

我看著他，笑了，說：「就憑你寫那樣的小說，你們所謂的身體寫作，別人都看不懂，你可以一千遍地說：那是傅柯的精神，但是與普通人的生活無關，這就等於沒有錢，也沒有房子。你沒有房子，你就沒有精神，你說，什麼是傅柯的精神？」

這時，窗外的一個保安高高地舉起了他手中的棒子。

阿伯說：「看，那就是傅柯的精神。」

在房間裡不出門整整待了三天。外面的一切與我們無關。三天後，「符號」打電話來說是報社開全體大會，還開選題會。我說我沒空。她說你已經失蹤了那麼多天，至少也兩個星期了，開什麼會都不來，大家都說是白澤慫恿你，你即使不來不發稿他還會給你發工資的。

我說我真的沒有空，今天有一個電影，我要去看。「符號」說你起碼得露一下面，免得同事說閒話。我說今天確實不行，是部關於同性戀的電影很重要，我不能錯過。

末了，「符號」說：「那麼，要換辦公室了，我還想挨著你坐。」

我沉默著。我說：「『符號』，他不是說你偷發了別人兩年前的稿子要處理你嗎？」

「符號」說：「有好幾個人都得處理呢。不過大家的眼睛都盯著你，看他是不是公平。現在的員工也得要保護自己的利益，不是說開除就開除的。現在不僅是男女平等，老闆和員工也是平等的。」

掛上電話，阿伯卻不肯去看電影，他說他真不想去探討同性戀這個話題。於是我們拋硬幣。我贏了。

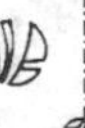

第二十二章

阿伯 27

一個很小的影院，裡邊坐滿了人。

當阿伯和麥子進去的時候，那電影已經開始了，銀幕上正好到了這樣的激動人心的時候：

……

兩個同性戀的男人正在試探著，要接吻了，一個男人張著嘴，另一個男人卻流著淚，他們的嘴快要對在一起時，那個流著淚的男人突然說：「今天是什麼日子？」

對答：「二〇〇一年十月。」

流著淚的男人說：「咱們是在哪個國家？」

對答：「中國。」

流著淚的男人說：「那是不是說，這個國家已經進步了？」

對答：「是的。」

流著淚的男人說：「那我們的親密是劃時代的了？」

對答：「不一定。」

流著淚的男人說：「可是中國眞的變了，春天來了，人文的春天來了。」

……

阿伯才坐下，就感覺到身旁有一個男人在哭。他開始以爲他發出的是笑聲。再一聽，是抽泣聲。他朝這個男人看了一下，什麼也看不清。

阿伯看著電影，突然感到渾身疲憊，他對麥子說：「我想睡一會兒。」然後他就睡著了。

一片掌聲把他喚醒了，大家都在鼓掌。

阿伯看到自己身邊那個剛才在哭的男人正在接受大家對他的贊許，原來他是該片的導演。麥子興奮地說：「結尾你沒有看到，還不錯。」

阿伯說：「怎麼結束的？」

她說：「是他的妻子把他的同性情人給殺了。」

他說：「噢！」

這時，有人在身後，狠狠地給了阿伯一下，他回頭看，是導演。他身邊還站著兩個人，阿伯認出一人是大威，還有一個是那個哭泣的該片導演。麥子卻突然上前跟他握手說：「你的戲拍得太好了。」

導演柯對麥子說：「這位是大威，作家。」

麥子又跟大威握手。導演對阿伯說他叫發發，是這個片子的導演，本身也是同性戀。現在是北京同性戀協會的主任幹事，作些雜事。他的專業是服裝設計，可是他突然就想為中國的同性戀事業而奮鬥。

發發說：「不是同性戀事業，而是讓中國人能對於同性戀適應起來，不要永遠是那種好奇的眼神，而是像看平常人一樣。」

阿伯忍不住地說道：「不一樣就是不一樣，人家都是男人女人亂搞，你是男人和男人搞，女人和女人搞，這本來就不一樣，為什麼非要一樣？」

發發被激怒了，說：「難道我們就不是平常人嗎？」

阿伯說：「當然不平常。」

發發說：「那你就是說，也就是說，你恨我們這些同性戀了？」

阿伯說：「恨也談不上，只是不喜歡。」

發發說：「沒有見過像你這樣的人呢，從我開始同性戀，還沒有見過像你這樣的人，你，你，你……」

發發開始結巴了起來：「你……你不是活在本世紀，你最多應該活在上一個世紀。你沒有同情心，你，不是一個現代的人。」

阿伯說：「其實我沒有比別人更討厭同性戀，我只是難以理解你們，可是，我只是一般心情，

談不上喜歡，更談不上恨。倒是那些對你們同性戀表示喜歡的人，如果他自己不是同性戀，那你倒應該懷疑他們。他們眞的喜歡你們？我認爲他們沒有說老實話，他們在說謊。」

大威說話了，他對阿伯說：「我認爲，你是在一杆子打翻一船人，我自己不是同性戀，可是我喜歡發發。」

阿伯：「你是喜歡他這個人呢，還是你喜歡同性戀者？」

大威猶豫了一下，說：「我，我喜歡發發，但是，我也喜歡同性戀者。」

阿伯說：「你撒謊。」

發發的眼淚在眼眶裡轉著。導演陪著笑，讓他坐下。可是，發發誰也不看，一扭頭就走了。

導演說：「皮裏松說你有可能不來了，我以爲你眞的不來了呢？你這幾天就跟她混在一起？」

麥子說：「你才混呢。」

導演望了望麥子，說：「麥子，兩天沒見，你好像老了一些了。趁年輕，你看什麼時候我們能在一起？」

麥子用手打了導演。她說：「憑什麼跟你在一起？不過，也可以給你一個機會，等你掙夠五十萬你來找我。」

導演馬上叫起來：「五十萬？阿伯給你五十萬了嗎？」

麥子不笑了。她說：「阿伯是阿伯，你是你。」

這時麥子和大威聊起天來。

導演柯連忙把阿伯拉到旁邊，悄悄說：「你帶她來幹嗎？幸虧沈燦今天沒來，本來是想讓你再次跟她接觸，爲你創造機會的。」

阿伯說：「她不喜歡我，我沒戲。」

導演說：「別這樣說，你看，他們拍的這叫什麼玩藝兒，還地下電影呢，同性戀，別操蛋了，等咱們的《長安街》出來了，滅他們全部，讓中國的導演幾十年都別再想拍電影。」

阿伯說：「好了，我得走了。」

導演說：「你手機開著，萬一有緊急情況，我們能找著你，對了，你是不是跟她住在一起？」

阿伯點頭。

導演說：「小心點，別陷得太深。」

麥子突然出現在他們身後，說：「什麼別陷得太深？」

導演說：「我說他，別跟你陷得太深了，你是有朋友的人，有一天，你把我們阿伯一腳蹬了，他會自殺的。」

她說：「也許恰恰相反呢？」

三個人同時笑起來，就好像這事眞的很好玩。

這時，皮裏松過來了，說：「麥子，你好，謝謝你來。」

她說：「皮裏松，我男朋友把我甩了，你再幫我介紹一個吧。」
皮裏松看了看阿伯又看了看導演，說：「今天晚上到我家，我老婆去香港了，我們單獨談。」
這時，前臺有人唱歌，原來是電影中那首歌的原唱來了，他唱：
……
我們長著一樣的手，
我們沒有手拉手，
我們長著一樣的臉，我們沒有臉對臉（這句是英語）
……
阿伯對導演和皮裏松說：「這好像是德希達說的話。」
皮裏松說：「眞的嗎？你這件衣服挺好，自己買的？」
阿伯臉紅了。
麥子說：「臉紅什麼？」
阿伯說：「沒什麼。」
這時，大使來了。皮裏松忙衝過去與大使站在一起。
大威走過來，他沒有看阿伯，他只是對導演說：「明天我要去上海，小軟生孩子了。」
麥子說：「她？生孩子了？她不反叛了？昨天還反吸毒，今天就生了孩子，這可是怪事。」

大威說：「她親口對我說的，她覺得自己有些老了。」

她說：「我也覺得自己有些老了。」

導演說：「小軟，小軟是誰？我怎麼沒聽說過。」

阿伯說：「是一個寫小說的，家住上海，她的主張是用身體寫作。」

導演說：「是下身嗎？」

阿伯說：「有時是的。」

麥子看著導演，說：「你們也是用身體拍電影嗎？」

導演說：「不，是用下身拍電影。」

這時，有人說：「沈燦來了。」

導演說：「媽呀，那女人眞的來了，阿伯，還愣著幹什麼？正好你今天穿了新衣服，上去呀！咱們笑臉相迎呀……麥子，你可不要多想，這是作戲，爲了拍片的錢，你知道，《長安街》已經到了最關鍵的時候，就像國歌裡唱的那樣。」

麥子 28

我一眼就認出了她。她正與大使和皮裏松說話。她還是穿著一身套裝，滿面春風，好像才去了某一個春天的地方。她遠遠地看見了導演和阿伯，她向他們招手。她沒有注意我。我想，也許在任何一個場合，女人首先看到的是男人，不管她是年輕的女人還是上了年紀的女人。

導演拉著阿伯走過去。

我站在後邊看著阿伯，我感到阿伯緊張得臉紅了。不知爲什麼阿伯回頭，他正好看見了我的眼神。他停了一下，有些不好意思，他想回來。

導演說：「你怎麼了，走呀。」

我對阿伯點頭，阿伯這才跟著導演繼續走。

我的腳步有些慢。我居然想躲著沈燦的目光，我彷彿又聽見她在說：「這麼低級的娛記。」她如果知道阿伯正和「這麼低級的娛記」在一起，她會怎麼想？而我會不會攪了阿伯和導演的好事？

阿伯 28

阿伯邊走邊對導演說：「能給我借五千塊錢嗎？」

導演緊張：「幹什麼？」

阿伯說：「我就是想借。」

「想給她買衣服呀？你個傻B，別這樣，女人是不可以那樣的，阿伯也不可以這樣的。」

「能借給我嗎？」

「我家裡剛裝修了，上回那部片子，別人都說我拿了多少錢，其實沒有，我沒拿那麼多，而且過了半年了，錢都花得差不多了，給你借錢，我哪兒有。」

「那我就收回《長安街》，我不讓你拍，反正我的小說擺在那兒了，你完全可以拿別人的劇本去說事，別提《長安街》。」

「你發瘋了？」

「沒有瘋，別把壓力都放在我一個人的身上，我已經給你弄了兩萬字的大綱，兩萬字呀，你卻一分錢也沒有給我，只有一個連擦屁股紙都不如的合同，沒用，可是，我需要錢，我可以賣給別人。」

導演看著他，說：「阿伯，你這個強盜。」

這時，沈燦喊他們，說：「阿伯，你們在說什麼呢，這麼高興。」

導演說：「你找她，別說五千，晚上你們上了床，五萬都有。」

阿伯說：「能借給我嗎？」

導演說：「讓我想想，你這問題提得太突然了。」

阿伯和導演他們兩個把沈燦夾在中間。

阿伯說：「沒想到沈總今天這麼漂亮。」

沈燦說：「我不是早說過嗎？在圈裡就叫我沈燦，別總不總的，我這人特隨便。」

阿伯說：「沈燦，你今天特漂亮。」

沈燦說：「喲，眞的，剛才我希望你們別叫我總什麼的，可是，你們直接叫我的名字，我還眞

不習慣，看起來，秩序是不應該隨便被改變的。」

阿伯也笑了，說：「那應該叫您什麼？」

沈燦說：「看你，『您』又出來了，不是說你吧，這樣平靜些。」

導演說：「那叫你沈董事長？」

沈燦認眞的想了想，說：「還是叫我沈姐吧，好嗎？」

兩人一起說：「好，沈姐。」

沈燦尖聲笑了起來，大家都聽到了她的笑聲，阿伯、導演和沈燦自己都因爲她的笑聲而成了大廳裡的中心。

沈燦說：「我就喜歡和你們這些搞藝術的人在一起，公司太苦了，枯燥極了，在這兒，我就是心情好，我眞恨不得天天都有這種活動，不過，今天這個電影我不喜歡，所以我沒來看，聽說是同性戀的，我這人，思想特開放，可就是接受不了同性戀。」

導演說：「你跟阿伯一樣。」

沈燦看看阿伯。

阿伯也看著沈燦。

導演說：「其實，你們眞的可以好好聊聊天，那沈總會更愉快的。」

這時，皮裏松過來，說：「沈總能不能賞光跟我和大使一起去開個小型的聚餐會？」

沈燦說：「好呀，還有誰？」

皮裏松說：「還有，今天這部電影的導演和主演。」

沈燦說：「那阿伯呢？」

皮裏松說：「他們，今天自由活動了。」

皮裏松很爲自己能說出自由活動這幾個字得意，笑了起來。

導演看著皮裏松和沈燦走了，他轉頭對阿伯說：「你這個強盜，我想了一下，那錢不能借給你，你想找哪個導演是你的事，反正我沒錢。」

阿伯說：「我是走頭無路了，才這樣的，我爲你做了事，你應該感動，你讓我寫一萬字的大綱，我寫了三萬字，你再窮，也比我富，這個大綱你反覆說了你喜歡，你可以拍出一部特別別緻的片子，你想去國際上拿獎，你已經見了嘎納的一個評委，那個葡萄牙人，這全是你告訴我的，可是，這一切，連五千塊錢都不値嗎？我有生以來，是第一次找你開口借錢，可是，你卻拒絕我，你把全部的壓力都放在我這兒，就好像我的勞動力不値錢。」

「我想過了，那錢不能借給你。」

「那好吧！我收回我的大綱和小說，你不能用他再說事，你說了事，我也不會讓你拍，我就讓這個同性戀導演拍，剛才看電影時，他一直在哭，我煩透了，不過現在，我認爲那是他有激情的表示。」

「阿伯呀！你是個強盜，讓我想想。讓我再想想。」

「可是我今天就要。我一定要在今天拿到這五千。」

麥子 29

我的身邊站著大威，我們都沒有向前走去，站在原地。他說：「我早說過，好的小說，絕不可能改成電影和電視。只要它是好的小說。」

我看著他，居然不知道他在說什麼。他還在說：「世界上有很多好的小說，在改成電影後，完了。」

我忍不住地朝阿伯那邊看過去，發現他們跟沈燦聊得很開心的樣子。大威也在看，他說：「也許只有阿伯的小說才能改成電影，像我和小軟他們的小說，沒法改，自己毀滅自己的事情不能隨便做。」

我說：「你們小說上的事，我眞的不懂，現在有兩個名字一聽，我就怕：德希達，還有福，福，福個什麼的——」

「傅柯。可是不對呀，麥子，這兩個名字對於當前的中國文學比魯迅之輩可是要重要得多，我現在每天晚上不看傅柯的書，我都睡不著。」

我笑了，說：「睡不著的時候都想什麼？」

他說：「想的不是傅柯。」

這時，我看見那個女人走了，便三步兩步地走上前。我對阿伯說走吧。

阿伯說：「我正在跟他說點事。要不，你先回去，我可能得跟導演待上一會兒。」

我沒有說話，朝大門望去，那時大威正在離開，他出門時，還朝我們這邊看了一下。

阿伯看著導演，又看看我，他感覺出了我的不高興。我想他們在一起能幹什麼呢？肯定是跟沈燦約好了晚上見，現在他們是想故意甩開我。阿伯說：「那好吧！麥子，走。」

我轉身走在前面，阿伯跟在我身後。他上來摟我的肩，卻被我拒絕。

阿伯無奈地笑著。我說：「跟他說什麼事，還瞞著我？」

阿伯說：「一點小事，關於劇本的。」

兩人剛走到了門口，突然，導演在身後喊：「阿伯，你等等。」

阿伯站住了。

我拉著他。

導演快步走過來，說：「阿伯，我們倆單獨談。」

阿伯看看我，身子卻向導演移過去。看來他是鐵了心要去找沈燦了。

我獨自走了出去。

阿伯說：「你想通了？」

導演：「你借多長時間？」

「直到《長安街》的稿費我拿上了。」

「你這是威脅，我這人一生中最討厭的就是別人威脅我，可是沒有辦法，爲了藝術，好，但是，那大綱你得再爲我改一遍。」

「改十遍也行。你等等，我去看看麥子。」

「她是你什麼人，你這麼上心？」

阿伯走了出去，發現麥子已經走了。

「你呀，這樣吧！我明天把錢給你。」

「不行，今天一定要拿到。」

「好，好，不就是五千塊錢嗎？錢是什麼，錢是王八蛋。」

「你才是王八蛋呢。」

當阿伯和導演一起在銀行拿上了五千元時，天色已經暗了。他獨自來到了家樂福超市，走在裡邊，他心情複雜，好東西很多，可是，他就是借了錢，也無法滿足心中對於物質的渴望。

他站在那兒看蛋糕，突然覺得餓了，很渴望那種蛋糕上的奶油。裡邊的女孩兒看著他這樣，說：「先生，您想買蛋糕嗎？」

阿伯點頭。

她說：「您想要個什麼樣的？」

他說：「一個最大的。」

她指著一個大的，說：「是這種嗎？」

他搖頭，說：「我想讓你們現在做，還能做嗎？」

她說：「只要你肯出錢，只要你能等，我們就能做。」

他說：「那好，多少錢？」

她說：「多大？」

他說：「直徑一米左右。」

她愣了，說：「是什麼人，你做那麼大的蛋糕？我們有一次給牟其中做過一個八十公分大的，可是聽說這個人現在已經被判了無期徒刑，當然，我不是那個意思，可是眞要那麼大嗎？」

他笑了，覺得很愉快，說：「能做嗎？」

她說：「我得問問。」

阿伯等著她，看著裡邊幾個人在議論著，過了一會兒，一個老師傅模樣的人出來了，他說：

「我們能做，需要兩個小時，不過價錢貴一些。」

「多少錢？」

對方緊張地說：「可能得八百多塊錢。」

他說：「可以。」

對方看著他，說：「這個人是個什麼人，一定是大官吧？或者是一個了不起的人物，你們是什麼公司。」

阿伯說：「是兩個小時嗎？」

對方說：「是，也可能會提前一會兒。」

他點頭，說：「給我準備二十三支蠟燭。」

阿伯交了定金，只聽對方說：「我們沒有切這種蛋糕的刀子，這蛋糕太大了，可能得自己另外去預備。」

阿伯：「你們沒有嗎？」

「沒有那麼大的。」對方說。

阿伯開始在超市裡轉著，在廚具架上，他看見了一把很適合的刀子。他拿起來在手上掂了掂，很輕，只是太長了，有點恐怖，於是放回去換成了旁邊一把稍短點的。他覺得這把刀易於攜帶，但並沒有想一個人爲什麼要去攜帶一把刀子。

他從這把刀上看見自己的倒影，他發現自己的臉很紅，眼睛裡閃著激動的光，畢竟還從來沒有給女孩買過這麼貴重的東西。

付完賬之後他把這把刀放進了自己的口袋裡。整八點時，他去看：一個讓人吃驚的大蛋糕平放在了一個特製的盒子裡，小姐和老師傅一起爲阿伯用奶油寫著字：「麥子，我愛你，生日快樂。」

然後，小姐說：「像您這樣的客人，我們可以專門爲您送到您需要的地方。」

阿伯說：「好，我告訴你地址。」

小姐又問：「買刀了嗎？」

她用關切的眼睛望著阿伯。

外面已經很黑了，路上燈光明晃晃的，月亮也在他的頭頂。阿伯又進了一個花店，他選了一個很大的花藍。出了門，阿伯邊走邊招手叫計程車。一輛夏利停在他的面前，司機說：「這麼漂亮的花？」

阿伯笑。

他坐在車裡，看著兩邊的街景，他想著麥子，心裡竟充滿感動，他說不清爲什麼，淚水竟流了出來，他似乎好像看到了淚水灑到了花上，同時，他想起了羅伯・格裡耶〔即霍格里耶（Alain Robbe-Grillet）〕的詩句：「眼淚今天落在花上，女人們卻不會看到……」

他記得當時在大學看到了這句詩時，有些不理解，眼淚並不一定要讓女人看到，更沒必要落到花上，可是幾年以後，在阿伯無比窮困時，他找人借了，或者說搶了五千塊錢，在北京的燈光下，他打開了計程車的窗戶，讓淚水灑在了花上。司機好像看到了他的表情，說：「怎麼，家裡出事了？」

阿伯說：「沒有，沒有家。」

到了樓門口，他下了車，他等著蛋糕的到來，這時，燈光刺著他的眼睛，車停了下來，三個人抬著一個大蛋糕盒，阿伯帶著他們到了公寓門口，他掏出了鑰匙，打開了門，麥子還沒有回來。

他讓別人把蛋糕放在了那天他們做愛的地毯上，然後，他把花擺在了那旁邊。

這時，他開始抽煙，並擔心著她爲什麼還不回來。他拉開了窗簾，看著外邊的花園，他想著：「麥子現在去了哪兒？」

第二十三章

阿伯 30

女人沒有看到眼淚，甚至沒有看到男人的饑餓……

阿伯仍在想念著詩句，就像是麥子那天穿著一件淺色的毛衣，她的頭髮和毛衣的下擺一起飄動，然後，麥子又戴上了一頂帽子，使她的臉很白，那種白色激起了他的性慾，他感到是自己吃了偉哥（威而鋼），並開始藥物作用，性慾使他分不清是愛、還是性，是形而下、還是形而上，也分不清她是美的，還是僅僅是庸俗的漂亮，在他看來都一樣，僅僅是一個女人，一個長著陰道的女人，她有乳房，有陰毛，還有她時時露出的肚臍眼，可是，就是這麼具體的東西才讓他感動，於是他又想起了德希達說的話：「我們迷失在自己的呼吸裡，在阿爾及利亞，在別人都在受難的時候，我們卻迷失在對於女人具體的想像裡……」

阿伯想，大師們多麼好，他們把你想說的話，甚至於不想說的話，都說出來了。他又翻起幾本理論書籍，不過，這時，他實在感到累了，就趴在了地上，他把那些蠟燭拿出來，在蛋糕的四面擺了一圈，這時，蛋糕香味四溢，他感到了饑餓，或者說饑餓像是潮水一樣地向他襲來，他躺在地上，點著了一支煙，他看著天花板，似乎麥子就在那個上邊。

他閉上眼睛，體會著自己的平靜和期待，然後，他睡著了。

麥子 30

我猜想他們今晚不是約沈燦，就是說好晚上一起去搞妓女，否則爲什麼要背著我呢？

我突然覺得自己是這麼孤單。在阿伯向導演走去時，我知道有很多無形的女人擋在我的面前。

我想要在阿伯的臉上證實一下，看他是不是會眞的跟導演柯走。我用眼睛說：爲什麼我們才接觸幾天你就要去找別的女人？他從側面感到了我焦灼的目光，然而他視而不見。

我不由得全身顫動起來，阿伯居然沒有再看我一眼。我一邊走一邊想像我和另一個男人也許就是導演柯重演地毯上的那一幕，去讓阿伯看。讓他看看我的身體是怎麼背叛他的，就像他背叛我一樣。

我決定去報社。我不太害怕再一次面對白澤。我搭了一輛出租車直接向長椿街駛去。

這個司機的眼睛長得有點斜，他說在使館區走動的女孩都是有野心的女孩。

他從反光鏡裡偷偷觀察我的表情。他的目光順著我的臉頰下去，彷彿我剛從某個外國男人的房間裡偷情出來。我朝窗外看去，落在街面上的下午的陽光恍如吹起的長簫般冷冷地懸浮在半空中。

司機閒不住，問我將要幹什麼。我告訴他我將去參加一個盛大的PARTY，一個生日RARTY，一個爲我而舉辦的生日PARTY，我的嘴唇溫柔地啓動著，不知從什麼時候開始，我發現戲弄計程車司機眞是誘發了人的想像力。我曾跟這些司機們一遍遍述說我的情人，他的長相、膚色、個頭和喜歡穿的衣服。不同的司機聽到的是我不同的情人。我一會把他說成是個富有的吸毒者，一會說是格拉祖諾夫〔即高羅凡諾夫（Nikolai Golovanov）〕式的作曲家，一會又說那是跟我一樣沒名沒錢的窮人。我還告訴他們，不管是富人還是窮人，其實他們都不愛我，他們僅僅把我看作是一個性合作者、遊戲參與者。司機們總是爲我有些不平，熱心地幫我出點子，而我只是在檢查我的故事裡是不是有什麼漏洞。不過常常我還沒有說完我就得下車了。我站在路邊，看著陽光或是燈光從高處傾瀉下來，總有做了一場春夢的感覺。

我想起在法國大使館的聚會上，阿伯說他要炸樓。於是，我告訴今天的這個司機說，待會我將要死在這個生日晚會上。你沒看到我穿的棉襖嗎？棉襖裡面不僅有絲棉，還有炸藥。

他突然說：「你帽子裡面也不僅有頭髮還有炸藥。」他說著哈哈笑了起來。他繼續說：「這也沒有什麼了不起的，連美國紐約都被炸了，還有什麼不能炸的。不過，跟我說說沒關係，你沒看到某著名演員在機場開玩笑說包裡有炸藥，機場裡的人一聽就嚇著了，把這個演員給關了起來，審查了好幾天。」

我從隨身帶的包裡掏出一管護膚油。司機居然緊張地看了我一眼。我笑了，擠出一點放在手背上，用一隻食指抹開來，空氣中立即有一股怪怪的香味。我說：「看來你還是有點害怕的。不過，我不會炸你，我會炸別人。」

他更是仔細地觀察我，好像我眞是一個不要命的人。

我一邊上樓，一邊想像我將去的眞是一個生日PARTY，是我的生日PARTY。我的生日是什麼時候？

但是我聞到了一股和鮮花與蛋糕不一樣的味道，那是很濃的臭味。我想，廁所的下水道又堵了。推開編輯部的門，聽見「符號」正在說：「加入WTO，對於中國人是好事，都全球化了嗎？你說，可是，別這麼急的搞什麼知識產權保護，讓大家都不自在。全球化我喜歡，中外文化眞正能夠交融……」

她看見我，先是愣了一下，接著問我：「麥子，你說全球化了，最重要的是幹什麼？」

我說：「馬上把廁所修好。」

她說：「錯了，最重要的事情是先找飯吃，我今天正式收到通知，我已經被白澤開除了。」「符號」的臉尖瘦尖瘦，皮膚雪白無瑕，寫的文章也好看。可她居然偷別人的文章發，被人找上門來。我早就知道她會被開除，但她自己不相信。

她又說道：「餐廳裡、魚缸裡的魚，游得那麼自得卻不知道馬上就得抓去被殺掉。麥子，我本來想讓你為我到白澤那兒去說情，可是，你知道嗎？這次編輯部開除兩個，挨著我的名字旁邊的就是你。」

阿伯 31

阿伯不知道是誰在推他，他好像是在故鄉的家裡，母親在他生病的時候用濕毛巾捂著額頭，他知道是自己在做夢，而且到了今天，母親並不能喚起他心中的委屈，那個推他的人好像還在叫他。他睜開眼，麥子站在他的面前。

他看著她。

她也在看他。

她說：「你怎麼了？發神經？今天是什麼日子，你買了這些東西。」

「你爲什麼才回來？」

「我生你的氣了，我去單位了，不，那不再是我的單位了。晚上和『符號』去吃飯，是她請我吃飯，可是到最後還是我掏錢請了她，眞讓我生氣……不過，你不是跟導演一起去向沈燦進攻了嗎？你怎麼這麼早就回來了。」

阿伯說：「我一直在等你。」

她看著蛋糕說：「你這是怎麼了？想過生日了？」

「今天不是你的生日嗎？你忘了？」

她一愣，想了半天，才說：「你是看了我的身分證了，對嗎？」

他點頭。

她笑起來，說：「那是假的，我瞞了歲數，其實我已經二十六歲了，早就不是二十三了，我在讓別人幫我重新作身分證時挑了個自己喜歡的數字，你以爲我眞是十二月二十九號嗎？」

麥子笑起來，說：「誰讓你偷看我的身分證的，對了，你哪來的錢，你不是沒有錢了嗎？這麼大的蛋糕，花了多少錢？最少也得七、八百吧？」

阿伯愣了，半天才說：「今天不是你的生日？唉，不是呀？你應該早告訴我，我還眞的以爲呢。」

她拉著他，說：「你哪來的錢？」

「是找導演借的。」

「你用借來的錢做的蛋糕買的花？」

他點頭。

她看看他又看看蛋糕，臉上出現了異樣的表情，好一會，她才說：「你今天就一直在想著這事？」

他說：「我好多天都在想著這事。」

她哭了。

他似乎一直在等著她哭，在他纏著導演借錢時就在想像麥子的眼淚。他興奮地說：「我點蠟燭去。」

她猛地抱住他不放開他。

他把她的手鬆開。然後，他用打火機點著蠟燭，火苗映紅了他的臉，他看著她，她的臉也被火苗映紅了，並且，她的身體像是被風吹得在顫抖。

她一直在哭，像是被傷透了心。

阿伯從口袋裡拿出一把亮閃閃的刀，在身上擦拭了幾把。我一把拉住他，把他手上的刀子拿去丟在一旁。我說我要一直讓蠟燭亮著，我要一直守候這蛋糕，我甚至還要躺在上面。以後我一直跟他說，我做夢的時候經常會夢到這樣大的蛋糕，比房子大，比天大，終於這再不是夢裡的蛋糕了。

我說，我抹掉眼淚說：「我剛才看著這蛋糕心裡面開始恐懼。它是那麼漂亮，那麼光采奪目，那麼令人垂涎，那麼無法想像，我覺得我有點不配，我不配得到這麼好的東西……」阿伯目不轉睛地盯著我，他用手把我重又默默流下的眼淚抹去了。

火光一直照著我。我除了流淚不知道再跟他講什麼。於是我開始講我童年裡第一次看見陌生男人雙腿的感受。

那是我母親情人的腿，他們在床的那頭，我在這一頭，醒來我第一件要做的就是看被窩裡的腳，我看見媽媽那小巧的白晰的腳勾在她的情人的腿上。媽媽不只一個情人，她帶著我睡在不同的床上，那時我不知道爸爸哪去了，有一天我問媽媽，媽媽順手給了我一個耳光，好像那是我不該問的問題。在很多公共場合，媽媽讓我管她的情人喊爸爸，我就喊爸爸，但那都是有許多人在場的時候，但是一剩下我們三個人，我的嘴巴立即閉得緊緊的，我誰也不叫，甚至連媽媽也不叫，可是我覺得自己不好的是，每當那些男人給我買了洋娃娃、買了漂亮的衣服、買了好吃的東西時，他們

問：「叫我了嗎？我就叫爸爸。」他們說聲音不夠大，再叫一遍。於是我又提高聲音喊了一遍。我不知道我爸爸哪去了。有一次媽媽領我去一個茶樓，不一會來了兩個人，一個是我爸爸，一個是我不認識的女人。爸爸問我好不好，我不說話，只是看媽媽，媽媽叫我別告訴爸爸我還管別的男人叫爸爸，她不讓我說，我當然不說了。但我知道這個是眞的爸爸，我的眼睛緊緊盯著他，我要記著他的樣子，就像記住一個仇人的樣子。爸爸是我的仇人，是他把我和我媽推到了那些不同的床上。

「阿伯，我只是這個晚上又回憶起了這些往事，我想到了每天早晨看到不同男人那毛茸茸的腿。要在平時你打死我我都不說。再說我也忘了，可是在今天，在今天這個晚上，透過這些燭光，我就想起一些事，我是幸福得受不了、暖和得受不了才講這些的，我從沒有對任何人講過，誰都沒有講過。在我上大學時我爸爸看過我幾次，他本身是一個廠的黨委書記，可是身體不好，早就退休了，說是退休，實際上是被人排擠了。我媽媽呢，在我上高中時就跟一個男人跑到了國外。不知道爲什麼，自從我媽丟下我跑到國外之後，我就不怎麼恨我爸爸了，雖然是他先有了別的女人要跟媽媽離婚的，但是他沒有給我帶來直接的具體的恐怖。我覺得我媽媽在我那麼小把我帶到不同男人的床上，這非常殘酷。也許她沒覺得這有什麼不好，從某種程度上她是想報復我爸爸吧！」

阿伯一直幫我拭著淚，黃色的光暈浮在他臉上。他輕輕地吻我，輕輕的，像飛翔的鳥兒劃過水面。那晚我們沒有切蛋糕，也沒有做愛，我們只是緊緊摟在一起。

此後我說了一句讓我終生都要後悔的話。我問：「阿伯，如果有一天，我離開你，不再跟你在一起了，你會怎麼樣？」

幾乎是在瞬間，阿伯的眼睛眨都沒眨，眼淚一下湧了出來。

我一邊看著他一邊在想，那晚跟蹤我的如果不是阿伯，而是別人，是皮裏松，或導演柯或那個說話尖刻的大威或隨便另外一個男人，我會同樣跟他們回家並與他們一夜同床？阿伯和他們之間有區別嗎？也許，在那時的我看來，他們是可以互換的。

但是阿伯就是阿伯，無人能夠替代，在那一晚甚至在此之前的許多個晚上，他藏好在某一條路上等待我的出現。此後他不止一次地講：「我早就知道《長安街》上有一個女孩，她的名字叫麥子。」

說這話的時候是來年也就是二〇〇二年初春的一個黃昏。是他突然離開我之前的晚上。我穿著一件黑色的連衣裙，裙下面是一雙塗了黑指甲的沒有穿襪子的雙腳。當阿伯這麼說時，我只盯著我的腳面，心想，在我的長安街上究竟有沒有男人眞正出現過？

第二十四章

麥子 32

「符號」介紹我去給一個公司做廣告文案，說是有一種新型隆胸材料叫「英勒爾」。我躍躍欲試。但是我和「符號」在那公司等了差不多兩小時，老闆都沒有露面。女秘書說要不改天吧，他今天在梅地亞酒店就是爲了這新型隆胸材料和俄羅斯的總代理談判，實在來不及。

和「符號」告別後，手機響了。裡面傳來導演柯的聲音。他說，我告訴你《長安街》的劇本說不定會找著投資商，我們現在想提前做一點宣傳，對於吸引投資商更有好處。我告訴他我已經不再在《娛樂週刊》了。

「那你也可以給他們打個電話嘛。稿子由我來寫，你就直接以你的名義發，你看行不行，就算是幫個忙，怎麼樣白澤不會不給你面子吧？」

我說：「我們回頭再說好不好？」

「不行，今天我請你吃飯。」

這樣我只好答應了導演。在一個餐廳裡，他一看見我就問：「你怎麼搞的，看起來臉色這樣灰，跟那天在那個聚會上好像完全不一樣。」

「那當然，那天是要見德希達的。」

「德希達是什麼東西啊，扯他的德希達的蛋吧。」

我說：「德希達其實還是一個很了不起的一個猶太裔學者，儘管在二次世界大戰時，德希達沒有像其他猶太人經受過那樣的苦難，對於同胞遭受的屠殺和蹂躪跟他都不是特別有關係，但是德希達確實是一個有良心的有同情心的學者，並且他寫的很多理論書籍我都沒有很好地看過，可是很多朋友對我說他的東西非常有意思、有價值。」

「你現在說話的口氣怎麼跟阿伯一模一樣，你說的這些話是不是阿伯說過的？」

「阿伯的確是說過，但另外的人也說過，那天可惜德希達沒有來，我倒是想零距離地去採訪一下他，對你的《長安街》我才沒有興趣呢。」

導演的臉顫抖了一下，像是在笑。他說：「我都快要吐了，這個零距離，他媽的零距離，什麼叫零距離，你跟我解釋解釋。」

「那你說什麼叫零距離。」

導演拿著筷子一邊吃著涼菜一邊說：「那你可不要生氣啊，零距離就是人們之間沒有距離，在什麼樣的情況下才沒有距離呢，對了對了，你看過日本渡邊淳一的小說《失樂園》嗎？你看了嗎？」

「我看過啊。」

「最後他們自殺的時候就叫零距離。就是男性的生殖器，麥子，你可不要生氣啊！我這人說話粗，我沒文化，我從小是撿垃圾，我爸我媽都是做豆腐的出生，所以我跟他們一樣也是個粗人。男人的生殖器放在女人的生殖器裡，然後胸對胸，臉對臉，嘴對嘴，眼睛對眼睛，鼻子對鼻子，這才叫零距離。」

我很平靜地聽著。等他說完了，我說：「你所說的零距離你可以這麼去理解，我也可以跟你一樣地去理解，那麼我跟德希達零距離也沒什麼不好的，在我的想像中他跟海明威不一樣，他比海明威要瘦弱，他比海明威要深沉，因爲他是猶太人，所以我覺得他的頭髮是灰白的，是捲曲的，而且德希達說的是法語而不是英語，德希達在講法語的時候說不定身上還有幾分法國人身上的幾分浪漫，幾分狡猾，這老頭一定是非常有趣的。」

導演說：「完了，完了，連我們的麥子都是這麼庸俗，中國曾經有一段時期，中國的知識分子女人，中國的青年知識分子女性，中國的少女知識分子們，她們全都張開了雙臂，全都叉開了大腿，她們不顧一切地朝，比如說今天是法國人、昨天是美國人或是加拿大人、英國人、澳大利亞人，朝他們奔去，可悲啊！今天是禮拜幾啊！是禮拜五吧，啊！黑色星期五，連我們的麥子都向我表達了這麼庸俗的觀點，就是麥子將向德希達奔去……」

我猛地笑了。我說：「導演，你怎麼跟罵街似的，今天總算知道你對我們是多麼地仇恨了。我們還是不說德希達吧。」

「好，不扯德希達的蛋了，還是老老實實地講一講你在《長安街》怎麼幫我。」

「那怎麼幫啊？」

「你是不是需要錢？」

「我當然需要錢。因為這是做一項生意啊。」

「這樣吧，《長安街》的贊助一到，我就給你。」

「我給你介紹另外一個記者，因為我最近身體不是太好，再加上我在北大上的MBA很快就要考試。功課也比較重。我找的另外一個記者，你不用給她太多錢，你只要給她三百塊錢，叫她想辦法給你去發上這麼一篇文章。」

「馬上就給？」

我一點頭：「是啊。」

「那個事回頭再說，但今天我有一個請求。今天這個飯錢能不能你結了賬？」

我笑了，有點氣憤的看著他。只聽他又說：「我還有最後一個問題，那就是你為什麼跟阿伯在一起？是不是他長得還得高大而我瘦小？」

我想了想說：「他能不停地跟我TALK。」

「麥子，能不停地跟你說話的人太多了，我不是也跟你說了很多話？」

「他說的話跟你說的話不太一樣。」

「就為了這一點點區別？」

「這就足夠了。」

阿伯 32

麥子把有關跟導演柯說的零距離的話跟阿伯講。麥子以為這是阿伯最感興趣的話題，不料，阿伯卻對麥子說，零距離確實有些可怕，讓男人射精是一件很累的事情，就跟囚犯整天待在監獄裡一樣地累人。

那是過完麥子「生日」後的一星期。霧氣彌漫在阿伯和麥子的身上，他們的肌膚濕潤，還有浴液的泡沫，空氣中有香味兒，他們沒有說話。

洗澡水在蕩漾，水面泛著紅光，兩個人分別在想著心事，看著色彩在水裡滾動。麥子問：「今天你好像情緒不高？」

「剛做完愛，我有些疲倦了。」

「你現在怎麼這麼愛疲倦？」

「其實射精是很累的事情。」

「那女人還有高潮呢，女人還有可能會懷孕呢？」

這時，阿伯停頓了一下說道：「可是男人一點也不輕鬆，因為他們總是要射，那是相當費體力及心力的一件事。女人懷孕流產是可怕的，可是男人射精，不停地射，也是可怕的。」

麥子不高興了，說：「這兩件事根本不能比。女人做人流，是傷害身體，是女人完全不情願的事情，可是，你們男人射精，你們找著女人去射，你們沒有情人，也會花錢去找妓女，可是，當一個女人天天跟著你們在一起時，你們又會說射精傷身體了。」

他不說話了，聽得出她是真的生氣了，這類問題他想過好幾年了，曾經與好幾個女孩兒談論過，從來沒有哪個女孩子同意這樣的觀點：「男人的射精和女人的流產一樣，是老天爺爲了平衡性愛給人類帶來的快樂所作的一次協調。」

麥子裸體坐在浴盆的水裡流淚，她顯然是認爲阿伯的話語已經傷害了她，可是她並不想更多地說什麼。

阿伯去扶她起來，也不看他。

阿伯說：「剛才那話就算我沒說。」

她說：「你不說，你也說了。男人永遠都一樣。」

他說：「你起來吧！我幫你擦身體，說不定還會激起我的性慾。」

她起身了，站在水裡，她黃色的皮膚上沾著水滴都在爭著朝下滑落，就好像天空裡突然閃出許多星光。他用浴巾把她的裸體包住，然後把她抱起來，把她的臉偎在自己的臉邊，他意識到只有在這時，她才是愉快的。

他把她從浴室一直抱著到了臥室，心想他作這種事已經很習慣了，如果人的一生中，就圍著這樣一個女人，那是多單調的事情？

麥子 33

我們躺在床上，蓋著同一個被子，我說我今天累了，不想再聽你去說什麼，我要睡了。他摸了摸我的頭：「做個好夢。」

我眼睛茫茫地盯著天花板，心想只要在這個叫阿伯的男人身邊，好夢是一定不會來的。他的眼睛太深，他的皮膚像女人那樣細膩，散發出一種小動物般的氣味，像躺臥在地毯上的夕陽的淡淡氣息。我把臉貼在上面，感受到的是暖烘烘的彈力。我無法想像他會以這樣的彈力體會另外一個女人的身體。有一段時間我曾經想像過白澤背著我和別人睡覺。我想一旦我發現，我會拿一把刀子把他的那個割下來，使他永遠無法和女人做愛，使他一輩子記得他背叛我而付出的代價。

但是這僅僅是夢想。儘管是所有女人的夢想，但是沒有人去實現。面對負心郎，母親沒有這樣做，我也不會這樣做。當我知道阿伯在外面嫖妓被關在派出所時，還是我繳了罰款金額，把他領了回來。

我的臉從他身體裡抬起來，我說：「我不打算再讀MBA了。」

「爲什麼？」

「這樣就可以不考試了。」

「你早就不該讀了。」

阿伯 33

決定了不讀MBA的麥子，裸體躺在他的身邊，

阿伯看著她在自己身邊睡著了，她長長的頭髮散落在枕上。她幾乎沒有呼吸聲，靜靜地像一個修女的臉。他覺得她的裸體眞的跟自己的肌肉和皮膚一樣，不是另一個人的，更不是一個女孩子的。他點著一支煙，他還得寫些什麼，他對她說了太多的話，他興奮了，他睡不著，他動了動身子，讓一絲絲涼爽的氣息鑽進被窩裡。於是他輕輕地歎息了一聲，開始思索問題：

「一個男人是不是每天都必須要與一個他身邊的女人做愛？如果他們還彼此相愛的話，那麼在他們的生活中能沒有做愛這樣的行爲嗎？就好比說在天安門，眞的能沒有那張毛主席的巨幅畫像嗎？好比說中國的改革開放眞的可以沒有鄧小平的名字嗎？一個男人和一個女人，他們必須要作這樣的事，他們得睡在一張床上，可是，這件事漸漸讓他覺出了乏味和疲倦。」

阿伯這樣一個窮人，一個充滿理想，卻又懷才不遇的知識分子，他睡的是妓女，吃的是土豆塊，坐的是公共汽車，喝的是自來水，穿的是地攤上的毛衣，在酒吧裡每喝一瓶酒他都會算一算，今晚上還夠坐車的錢嗎……

可是，這樣一個渾身冰涼的人，卻意外地與麥子相識，他在麥子身上獲得了溫暖，他從她的體

溫中感到了知識女孩的氣息，他總是想像並看到了她在風中向他走來，她身上的毛衣和她的長頭髮還有她的臉都在向他微笑，一個女人遠處的微笑是多麼的讓男人感動。

現在不是這樣，阿伯與麥子沒有距離，也就是零距離，他們天天睡在一個床上，他們得每天做愛，他們把話說了一遍又一遍，他們總是一起去幹些事。

第二十五章

第二天，我們走在大街上，我問：「你看見什麼了？」

「沒看見什麼。」

「那你看什麼？」

「只是隨便看看。」

「隨便看看，你看見了什麼？」

「沒有什麼。」

「沒有什麼，你爲什麼非要看。」

「那我把眼睛閉上。」

我終於被激怒了，說：「她們有的，剛才那個女的有的，我沒有嗎？」

阿伯突然臉紅了，說：「我也就是隨便看看，你用不著這樣呀！」

冬天的陽光照在他冰冷的臉上，我們一起走進了麥當勞。我找了一張桌子坐下，阿伯去買東西。我一直在默默看著他。他卻在一邊排隊，一邊看著那個短髮的女人，那女人有一個飽滿的屁股，她也看了看阿伯。

阿伯把吃的端回來時，我已經吃不下了。

「吃吧，完了你還得去找工作。」

我看著他，說：「你剛才看那個女的，她沒有注意你在看她嗎？」

他笑了，說：「你剛才在看我嗎？」

「男人們爲什麼總是這樣？」

「男人們總是怎麼樣了？」

「像你這樣。」

「我是什麼樣？」

「你想想。」

「眞是的，我還挺關心，你說，我是什麼樣的？」

「你什麼樣你還不知道？」

「你是不是對我看那個女孩兒，眞心嫉妒了？」

「我操你媽。」

他看著我，愣了半天，才說：「能說一口純正普通話的女孩眞可怕。」

我說：「吃吧。」

「你要是再這樣，我就要窒息了。」

我把手中的漢堡扔在了地上，說：「我已經被窒息了。」

我走出了麥當勞。

幾乎是半天了，阿伯都目不轉睛地看著來往行人。在他眼裡只要對方是個年輕的女孩，就會使他倍感落寞和惆悵。這種落寞和惆悵就這樣一路地落在那些女孩的臉上、胸上和屁股上，彷彿他是一個夜無歸宿的饑餓者。冬天的陽光冰涼，含著雪花一樣輕輕地飄在街道上，和我的內心一樣涼。

我在想，我怎樣才能使阿伯不去看別人？

我突然感受到母親被窩裡那一條條不同的男人的腿，這正是母親作出的無聲的反抗。想到這裡我便哭了。我爲我第一次這樣去理解母親而哭。

阿伯 34

他在街角追上了她。阿伯說：「我沒作任何事情，我沒有幹什麼呀。」

她說：「你還想幹什麼？」

「你是不是感到了厭倦？」

他有些不太明白她的意思，就說：「是哪方面？你能不能說得更清楚些？」

「那是你，爲什麼女人才剛剛開始，男人就結束了。」

她說：「你那麼聰明、智慧，還問我是哪方面？」

阿伯看著遠方，眼光迷離，他喃喃道：「女人才剛剛開始，男人就已經結束了。」

他們開始一起走著。他把一個漢堡給她，說：「吃吧，還熱。」她接過來，張開嘴開始吃。阿伯說：「女人們才剛剛開始，男人們就已經結束了。」

她把漢堡遞過去，讓他也吃一口，說：「還沒明白。」

阿伯的眼睛一亮，說：「明白了，你是不是指性高潮？」

她笑起來，在她大笑的時候，他摟著她，他們一起大步朝前方走去。

阿伯知道青春可能就是這樣的在疲倦和激情中迴繞，他也知道她之所以會這樣，就是說她已經陷了進去。他們來到了廣告公司的樓下。

她對他說：「我上去了。」

他點頭。

她說：「不知道爲什麼，今天竟然有些緊張，其實我也知道應該無所謂的，人家要我，我就給他寫廣告解說詞，人家不要我，我就去另一家，可是今天就是有些緊張。」

他說：「怪我，今天不該朝那個女孩子看，搞得你那麼不高興，現在我保證，你在上邊時，我絕不看任何從我身邊經過的女孩兒，我保證，讓你在上邊集中精力談主要的事情，好不好？」

她笑了，說：「你不看才怪呢。」

她說完，就朝裡邊走去。

麥子 35

我走進愛米克大廈，進了電梯，電梯門關上的一剎那我想自己必須再去結識一個新的男人。我又回頭看了看阿伯那張被陽光照射的疲憊的臉。我還從來沒有以第三者的角度來看阿伯。我覺得他老了，眼角處還泛出深深的皺紋。他缺乏那種戀愛中的男人的光彩，沒有紳士的西服，他雖然在牛仔棉襖裡面穿著我給他買的那件藍色的T恤衫，但是他是多麼地像冬天被霜打過的大白菜。他的鬍子沒有刮，上面寫著枯槁的年齡。他甚至連白澤都不如。想到這裡我的心隱隱作痛。也許他說的話是對的，射精也是對男人身體的一種傷害。我想起了我們的第一次見面，在皮裏松的聚會上，他的

眼睛放著光，他的臉像被農民剛開墾過的一片鬆軟的土地，在他的腦袋裡也裝著先進的馬達，不斷地從那裡發射出嶄新的辭彙。

上了七樓，秘書將我引進公司老闆的房間，另外還有三、四個人，都是女孩。爲了表示對這份工作的渴望和對未來老闆的尊重，她們手裡個個拿著個小本子。只見老闆坐在一張巨大的辦公桌旁，身子像一隻螞蟻趴在桌上，秘書給我們一一做了介紹。他點點頭，問：「你們知道世界上女性隆胸有幾種辦法？」

我驚訝地望著他，沒想到他一下就進入正題。坐在一旁的人聽了都笑了。於是有人說，有灌水的，有往裡面塹塑膠的，有用自體脂肪的，還有就是不用墊，採取中醫按摩。

這時老闆一擺手，說：「錯，這些都過時了，現在有一種新型材料能把我們的女性徹底解放出來，那就是『英勒爾』。知道『英勒爾』嗎？它不用開刀，只要輕輕打一針就能大起來。」

他用了「大」這個詞。他又說：「不過我們自己的階級姐妹就不要試了。」

大家都笑起來。

「我們正在策劃這方面的廣告詞，你們有沒有好的創意？給你們每人五分鐘的時間。」

稍思索了兩分鐘，我首先說道：

「從小我就想長大，

可是總也長不大，

直到有一天我遇到了『英勒爾』，

它無痛無痕，

好像兩隻白鴿，

飛進了我的心房。」

沒想到老闆拍案而起，在桌旁走來走去。他說：「好，太好了，白鴿這個意象太好了。這樣我的畫面就處理成一個女孩在大海邊，天空飛翔著很多鳥……」

我鬆了一口氣，老闆長得不高，也不胖。他那稀疏的夾著斑白發髮的頭髮被髮膠噴得亮亮的，他的臉好像因爲睡眠不足而有些浮腫。聽口音像是山東人。我回想起一年前在跟白澤見面的那個下午，我們沒有說太多的話。當天晚上我們便在他辦公室的地毯上做愛。

阿伯 35

阿伯開始抽煙，他看著路邊的車流，似乎覺得裡邊的麥子正站在樓內的某個窗戶在看著他，他得顯得精神一些，並且，任何女人走過，他都不能回頭，最多只能用餘光掃她們一下。

他就這樣，來回地走動著，今年的冬天是暖冬，氣溫眞是舒服極了，感覺跟春天一樣，好像是暖流不斷地從大地上吹來。

阿伯突然有些傷感，他一時說不清自己爲什麼傷感，反正他這時就是有些傷感。

他知道自己不是為了麥子而傷感，他是莫名其妙，是青春對於春天的恐懼，他突然意識到「青春對於春天的恐懼」這話不是出自於自己的頭腦，而出自於德希達的一篇散文，裡邊的意思好像是他們這些人從很年輕的時候就不知道自己是猶太人還是法國人，他們說著法語，卻不知道法國和阿爾及利亞對於他們這些失卻根系的人來說，究竟意味著什麼。那麼他，阿伯是不是也跟德希達差不多呢？他不用去思考自己是不是眞的為民族作些什麼，不用像德希達一樣，看著自己的同胞在受難，卻又幫不上忙，甚至於他還不用分析自己的內心是不是眞的很可怕——當其他猶太人在掙扎時，自己內心深處究竟有沒有眞正的同情心，對了，是憐憫、慈悲，對於反人文的仇恨，所有這一切他都有嗎？德希達是矛盾的，阿伯認為自己也是矛盾的：他渴望金錢，他想成為一個別人注目的人，可是，他默默無聞，是隻螞蟻，他認為自己無需像德希達那樣，他只要對自己充滿悲憫，就已經具有大慈悲了。

她在上邊正幹什麼？她會因為工作，會因為一個職位和一個月幾千元的薪水就跟那個他未來的上司眉目傳情嗎？眉飛色舞，眉來眼去……

也許那個男人的辦公室裡有暗道，就像現在一些電視劇裡演的一樣，他現在，此時此刻正帶著她，從暗道裡走進一個臥室，裡邊有一張大床，床上有白色的羊毛，他讓她躺下，然後，為她脫衣服，也許她會說：「讓我自己脫吧，就像跟自己的那天晚上一樣。」

阿伯想到這兒，心裡隱約疼痛起來。

這時，有人叫他，一看，是麥子，她有些興奮，說：「阿伯，這兒有門，他們對我有興趣，我今天就可以上班了，他們正在策劃一條廣告詞，我幫他們想了幾句，那個老闆一聽就高興了，這個人挺好對付的，我專門下來跟你說一下，你先回去，好嗎？在家等我，我完事之後，就回去。」

阿伯點頭。

「你好像不太高興？」

「我剛才想起了德希達了。」

「他不是早都回法國了嗎？」

「就算他已經回法國了，我也還是想起了他。」

「德希達能給咱們發工資嗎？」

他笑了，說：「我還想起了一些事。」

她說：「別煩我了，你先走吧，我得上去了，那老闆在等我。」

他說：「我就是想起了這個老闆。」

她說：「什麼？怎麼了？」

他說：「我幻覺裡他有個暗道，能通一間臥室，他把你帶到裡邊，他想讓你全脫光。」

她笑了，說：「你編的，對吧？編的。」

他認眞地說：「眞的，我沒有編，你叫我之前，我正爲這個事心疼得要命。」

她的眼光柔和了，她想了想說：「這麼說來，你對我是眞心的，洗澡的時候，我從你的眼神裡看到了你對我的厭倦，當時我在想，怎麼男人這麼快就來了，你才開始，他就結束了……」

麥子說著轉身開始朝樓上走，她在進門的剎那，對他招招手。

阿伯獨自一人走著路，他朝樓上望去，似乎每一個窗戶裡，都有一個男人跟一個女人在做愛。

女人是麥子，男人是老闆。

女人的面容清晰，男人的面容模糊。

阿伯回到了家裡，看著眼前的一切，他覺得這房子如果永遠是他和麥子的多好，可惜是租來的，而且是那個叫白澤的人租的，還有多久？他數著手指算了算，還有三個月零六天，看起來好日子永遠是短暫的；好房子呢，永遠是別人的。

他看著麥子的照片，她正笑著，清純、可愛、明亮、陽光、星星、雪花……這些有形的東西都朝他湧過來，只要不與她在一起，她就可愛。

可是，她現在正在幹什麼？他對她一點把握也沒有。

阿伯想起早上她說的話：「可是，你們男人射精，你們找著女人去射，你們沒有情人，也會去找妓女，可是，當一個女人天天跟著你們在一起時，你們又會說射精傷身體了。」

他覺得她眞聰明，她說得眞是很對，男人們就是這樣的。他再次把目光集中在她的臉上，對她說：「你的確跟一般的妓女不一樣，因爲，你能把自己體會的東西，以規範的句子表達出來。」

阿伯覺得自己待在屋裡有些難受了，他不知道該作些什麼，於是他給麥子打電話，她的手機竟是不在服務區。阿伯的心裡一下子變得空了，他坐在沙發上，睡著了。

阿伯醒來時，她仍然沒有回來，他再次給她打電話，還是沒有人接，他打了多次，先是說不在服務區，又說對方已關機。

阿伯對她的懷疑開始在內心起伏不寧，他連續抽了幾根煙，也沒有使內心變得平靜，他穿上衣服，想去找她。

在電梯裡，他看見了一張貼著的紙條：廣大業主聯合起來，與開發商作鬥爭，務必於本週五下午兩點在樓下大堂集合，選舉新的業主委員會。

阿伯出了電梯，來到了涼爽的夜色中，他想去那家公司去找她，可是，當他坐上了公共汽車後，才想，自己眞傻，怎麼可能這麼晚了她還在那兒，肯定是上哪兒吃飯去了。

阿伯隨便在一個站頭下了車，毫無目的地走著，猛地，他眼睛一亮，發現這是西四，不遠處那排髮廊燈光閃閃朝他招手。這是近兩年來，他常來的地方。每一個髮廊裡都有幾個女孩子，她們來自東北，四川等地，阿伯總是花一點錢，跟她們去某一個居民樓裡。做完之後，阿伯渾身冰冷地獨自離開。這種生活會使阿伯心裡對自己充滿厭倦，這並不是說他對找妓女有什麼道德方面的禁忌，而是他從她們那兒獲得不了滿足。

青年知識分子阿伯喜歡與有智慧的女孩兒交流，他喜歡以知識分子的方式去勾引一個女人，而不是以商人的方式，我付錢，你躺下，那會使他內心寒冷，沒有交流的性關係是解決不了自身問題的，阿伯從來都是這麼認為。他找妓女是出於無奈，是因為他身邊的知識女孩兒都去找大商人了，而他，只能找妓女。與麥子認識以後，他曾在內心對自己說過：絕不再來這兒。

第二十六章

阿伯 36

眼前，阿伯對那片紅燈充滿嚮往。他快速朝那兒走去。一切和過去一樣，樹旁停了兩輛麵包車，裡邊坐著幾個人，阿伯朝他們看看，他們正懶散地抽著煙，根本沒有看他，使他以為他們跟自己一樣，也是嫖客。

阿伯想起了一個挺溫柔的女孩兒，好像在夢都，他進了夢都。裡邊的老闆似乎有些緊張，對他說那個女孩子已經離開了。他看了一個更小的。女老闆說：「她今天不舒服，要不你去別家的店吧。」阿伯不高興了，說：「你們怎麼這麼不講交情？我才幾個月不來，你就不認識我了。」女老闆不理他。阿伯氣憤了。女老闆無奈，只好點頭。阿伯跟她說好了價錢，然後跟著她朝後邊的居民樓走去。

進了樓門，上了三樓，進了房間。

兩人剛脫了衣服，就聽外邊響起了砸門聲。

那個女孩兒去開門，衝進來了三個男人，阿伯一眼便認出了，這是坐在車子裡邊的人，他們高聲叫著：「員警。穿上衣服，跟我們走。」

阿伯眼前一片黑，感到完了，他知道要罰錢，可是他身上只有二百元錢了。

員警說舉起手來。

阿伯舉起了手。

他被押著下了樓，上了那輛麵包，遠遠看著那個女老闆，她正同情地望著他，才想起來剛才她在保護自己，可是自己還說她不講交情，阿伯覺得錯怪她了，他慚愧無比。

他被拉到了派出所。員警審問了他一會兒之後，說：「罰錢，五千元。」

阿伯的頭都發昏了，他說：「我沒有錢，我身上只有二百元錢。」

員警說：「那讓你父母送錢來。」

他說：「他們在外地。」

員警說：「那讓你單位送來。」

他說：「我沒有單位。」

員警：「你是幹什麼的？」

他說：「作家。自己寫作養活自己。」

員警都笑，說：「作家？那可是寫字的人，看你像個畫畫兒的，不像寫字的，寫字的人都有學問，不來這種地方，你可好，你說，在北京你還有什麼親人？」

阿伯這時突然想起了麥子。

他的心在顫抖，他不能在這時去找她，她能說什麼？她看著他，會對他作出什麼表情？

他蹲在了地上，低下了頭。

麥子 36

老闆要做一個關於「英勒爾」的電視片。內容是一對姐妹因爲乳房大小不一樣從而導致各自的愛情命運不一樣。妹妹因爲身體瘦弱，而遭到男朋友的拋棄，一天她在房間裡傷心哭泣，被姐姐看到了，姐姐知道眞相後，悄悄告訴她一個秘密，她說她前天做了隆胸手術，在兩個乳房裡注射了「英勒爾」，她男朋友根本就看不出來，還以爲她是每天跑步跑出來的。這就是整個劇情。

我把這個腳本很快就寫了出來，老闆本身就是搞新聞的，他在我所做的腳本上面細心地潤色和修改。他的身影投射在澄亮的桌子裡面，旁邊是我的模糊的影子。我不僅想起阿伯剛跟我說過的在這個老闆的房間裡有一個暗道，暗道裡面有一間臥室，他把我的衣服全部脫光。他在說這話裡眼裡面充滿了嫉妒和憂傷，竟好像這是眞的一樣。想到這我忍不住笑起來。跟這個老闆？那眞是太可笑了，別說是脫光衣服，即使是摸摸手也是不可能的。阿伯怎麼會那麼想，難道我麥子像是髮廊裡的那些女孩嗎？

老闆驚訝地發現我正對著他笑，便看了看我，問：「什麼事情會讓你感到這麼可笑？」

我慌忙收住笑意，便回到「英勒爾」的話題上來。我問：「男人是不是很喜歡女人『大』？」

他說：「你不知道嗎？你的男朋友沒有告訴你嗎？」

我說：「男人和男人是不一樣的。」

「可是爲什麼非要在乎男人的想法呢？」

「如果不在乎，你的『英勒爾』生意是做不成的。其實我的男朋友今天一直盯著別的女孩看。」

老闆笑了，看了我一眼又低下頭修改文章。我環顧著他的辦公室，這是一個長形的房間，這張桌子占了二分之一的空間，在那頭是一個幾乎貼在牆上的「投影」，裡面正無聲地播放著醫生給患者施行「英勒爾」的手術過程：那是個哺過乳的女人，乳房聳拉著，像兩隻曬乾了的茄子，當她站立著面對鏡頭時，老闆無意當中也看到了這個畫面，他笑了，說太可怕了。

他對這個劇本的要求居然那麼高，一直到晚間夜燈升起他才從桌子跟前抬起頭來。女秘書拿過稿子準備輸進電腦裡面。他問：「『符號』來了嗎？來了就一起吃飯。」

他跟「符號」並不熟，透過那位女秘書的推介，他認爲由我和「符號」演那一對姐妹最爲合適。我演姐姐，她演妹妹。

「符號」在席間卻是沉默無語。大家都說她很老沉，比較適合演姐姐。「符號」卻在大口地喝

酒。當我們和老闆彼此說話很隨意時，「符號」說：「我的命運眞是太悲慘了。」

老闆說：「那麼讓我們爲『符號』的悲慘命運而乾杯。」

「符號」說：「我們女人是因爲男人才這麼悲慘的。」

老闆說：「這就更應該感謝『英勒爾』，它使我們都各取所需，皆大歡喜。」

他們像對暗號地這麼說著，使桌上的人聽得莫名其妙。這時「符號」對我說：「你不是看過西蒙．波娃的《第二性》嗎？她怎麼說來的？『女人不是天生是造成的』就是說被一些男人造成的。」

老闆說：「我的解說詞裡可沒有這樣的話，妹妹得要不斷地對姐姐說：『我不夠大，不夠大，所以男朋友離開了我。』『符號』，你沒有交男朋友嗎？」

「符號」說：「沒有。」

老闆說：「那你還不能叫做女人。」

「符號」問：「眞正的女人是什麼樣？」

老闆說：「一種軟體動物，那是在眞正接觸了男性之後，無論是生理上還是思想上。就像在一些女性雜誌上的照片一樣，我覺得她們那樣的形象更爲可愛一點，全身都有挑逗的神情，你說吧，爲什麼男人會去夜總會找小姐，從她們的眼神裡我知道自己是一個男人。」

「符號」說：「你經常找小姐嗎？你愛人知道你找小姐嗎？」

老闆說：「我不知道她知不知道，但是她肯定是一個現代太太，一個很前衛的太太。」

大家都笑了。

老闆繼續說：「因爲她經常在我的包裡塞一包避孕套。她讓我跟別的女人必須隔著一層。」

當我回到房間時，已經很晚了。阿伯不在。我給他的手機打電話，他沒有接。他居然不接。這使我生氣。於是我又打一遍，還是沒有人接。

阿伯 37

員警望著蹲在地上的阿伯，說：「怎麼了？沒有錢？」

阿伯難過地不知道說什麼好，他似乎看到了麥子的眼淚，還有她失望的臉，她對他無話可說。

這時，阿伯的手機響了，他看著員警，詢問自己能不能接電話。

員警說：「接吧。」

阿伯一看，是導演的，他立即接聽，說：「導演嗎？我是阿伯，你能不能借我點錢？我今天眞的是有急用。」

導演說：「你瘋了嗎？還是你眞是個敲詐者？前些天我不是剛給你借了錢嗎？你給我的修改大綱還沒有做呢，現在你又要幹什麼？」

「我眞的有急用。」

「多少？」

「五千。」

「我操他媽你媽。你少來勁，你把修改後的大綱給我，明天我就要看，現在又有了新的投資人，這人管著沈燦吶。」

「我眞的需要錢。」

「那你就找你媽去借吧。」

導演關了電話。阿伯看著員警。

員警說：「如果你沒有錢，可能就得拒留你了。」

阿伯說：「等等，讓我想想。」

員警接著阿伯進了後院，一個小屋子，員警說：「你今天晚上就委屈一下了，待在這兒吧！好好想想自己作過的事。」

員警說完，把他鎖在裡邊，自己走了。

夜裡，阿伯的手機不停地在響著，他看著手機，全是麥子在打，那聲音刺著他的心臟，他聽著手機，看著號碼，終於，他下決心了，把手機調到了無聲上。他好像能看到她在尋找自己時的樣子。可是他不敢接，他似乎能感覺到她的氣息，她頭髮擦著他臉時的清涼，他突然覺得很傷心，他頭一次感到自己有些對不起麥子，他想哭，卻沒有眼淚。

漸漸地，他的手機平靜下來了，那就是說她已經累了、昏了、絕望了、睡著了。

阿伯獨自在黑夜裡喃喃道：「我對不起你。」

天亮了，這屋裡沒有陽光，他是透過牆壁的色彩感受到天已經亮了。牆上的報紙還是賓拉登和九一一的事，這是什麼地方？阿伯的心裡突然意識到了自己是在派出所裡，他感到自己的心裡沉重起來。

門開了，員警進來，說：「還湊不出錢來嗎？想不出一個能幫你的人？還作家呢，眞是個流浪漢，看來你得去另一個地方了，拒留十五天再說吧。」

阿伯心想，也許他還是在嚇自己，也許眞的覺著沒有油水了，他就會放了自己的。

這時，員警已經開始打電話，說：「小張，把車開來吧，這傢伙窮，沒有錢，關他一個月再說，讓他跟那些人一起去挖一個月的沙子再說，行嗎？」

阿伯一聽，急了，說：「你們爲什麼要讓我去挖沙子？你們這就不對。」

員警笑了，說：「看你說話，倒是像個知識分子，可是，你嫖妓就對了嗎？你媽沒有教育過你嗎？嫖妓是不對的，你們老師沒給你說嗎？你不懂法嗎？」

阿伯說：「我哪也不去，我就在這兒，你們沒有權力對我這樣。」

員警說：「這樣吧，桌子下邊有幾包速食麵，你去那兒接點開水，先泡了吃了，咱們走，這不是我要這樣，說實在的，對你這樣的人，我聽說你是個作家，已經挺客氣了。」

阿伯顯得比任何時候都無可奈何，他想了想，說：「知道嗎？前年播過的那個專題《警魂》，就是我寫的，看在這事的面子上，您就放了我吧！」

員警看著他，過了半天，才說：「你就是寫了天魂，也不行。」

阿伯癱軟地坐在了地上。

員警把門一鎖，又走了。

阿伯繼續待在黑暗裡，過了一個小時，他突然覺得自己如果再不出去，那就要瘋了，眞的要瘋了。

他開始大喊：「讓我出去，民警同志，我錯了，讓我出去吧！我求你們了，我知道我是一個敗類，我不是人，你們放我出去吧！」

一會兒，門又開了，進來兩個民警，說：「走，送你去分局，然後去大興。」

阿伯兩眼發直地看著他們，說：「你們眞的讓我走？」

員警說：「走，沒什麼好說的了。」

阿伯說：「那讓我想想辦法，找找錢，成嗎？」

員警說：「別提錢，提錢我就生氣，你以爲你這個罪，拿點錢就行嗎？剛才是我們所的事，現在報到局裡了，你就是拿錢也沒用了。」

阿伯頭上的汗一下就冒了出來，他眼前發昏，掙扎著說：「別這樣對我，我不想去挖沙子，我錯了，我讓我女朋友想辦法拿錢來，好嗎？」

員警說：「不行，現在誰也不行。」

阿伯說：「麻煩你們跟局裡說說，我眞的寫過《警魂》，沒有騙你們，現在市局的林哥，那是我的朋友，你們不信，就給他打電話。」

員警說：「我們不認識市局的林哥，你說，你能籌來錢嗎？」

阿伯說：「讓我試試。」

員警說：「好，你自己打電話，我們先出去，我知道，對女朋友開這種口不好說，但是不好說也要說。」

阿伯獨自一人時，他開始打電話。手機裡邊出現了麥子的聲音：「是你嗎？阿伯，眞的是你嗎？你還活著，你在哪兒，你幹什麼去了？」

阿伯說：「帶五千塊錢，來救我吧，我在派出所。」

麥子大驚：「爲什麼在那兒？」

他說：「我，我，我昨天去一個髮廊時，被抓了。」

麥子：「在哪兒？髮廊？你去那兒幹什麼？」

阿伯：「你就別問了，你能來嗎？」

麥子在電話裡哭了，說：「你爲什麼要那樣兒，你不是答應我了嗎？你不是說過嗎，在此期間，不再去找妓女嗎？」

阿伯說不出話。

麥子與他在電話裡沉默著，過了半天，麥子才說：「你等著我，我去想辦法，我去找錢，好嗎？你等著，我跟他們說，我肯定能找來錢的，好嗎？不管你幹了什麼，你都別失望，你等著，我立即想辦法。」

阿伯還是說不出話，電話斷了。

第二十七章

麥子 37

我沒有猶豫直接闖到了白澤的公司內。下了出租我忽然記起我沒有化妝，甚至連臉都沒有洗，我的頭髮也是零亂的。

女秘書看到我愣了一下，但很快微笑著迎上來。她臉上細膩的皮膚像牛奶一樣，她的身體裡也散發著香水的味道，她說好久沒有看到你了，最近不在北京嗎？

說完便細細地觀察我，那眼神有點怪異，彷彿她知道我與白澤分了手。我含糊地點著頭，心裡猶豫是不是先進洗手間去洗個臉然後再塗上口紅？但是她已幫我把白澤的門打開了。

屋裡陽光燦爛，細小的灰塵似乎在嗡嗡地叫著，所有物體都像是活的生物散發出新鮮的氣息。我又看到了地上那張棕色的厚厚的地毯。

正在埋頭辦公的白澤突然抬起頭，他看到是我照例顯出吃驚的樣子。女秘書在身後悄悄關起門。我走過去逆光面對他說：「我來找你了，我今天連妝也沒有來得及化。我今天不知怎麼了，我特別想見你。」

「特別想見我？」

「我連妝都沒有化，你可以看出我現在的狀況了吧？」

「可是你有必要連妝也不化就出來見人嗎？出什麼事了？」

「我今天特別想跟你在一起，上午或中午就想跟你單獨在一起，我想跟你好好聊聊。」

他笑了。

「跟我聊聊？」

「我現在就想跟你在一起。」

「那是不可能的。我今天上午中午甚至是下午都有安排了，而且都是重要的事情。」

他又低下頭去，看著手中的一頁文件。

我低下頭哭了。

「你今天是怎麼了？」

白澤從臺子上取下一張紙巾站起身來遞給我。

「你沒有化妝好像眞的沒有平常好看，而且也有點老了，怎麼才兩、三個月不見就變成這樣？」

我依然低著頭。

「好了，你不要哭了，我今天的的確確有事，我不願意在我的辦公時間受到打擾。」

「你……難道你一點也不想聽我說說我爲什麼會這樣？」

「你跟我在一起這麼長時間，儘管你和有的女人不一樣，不怎麼情緒化，但女人都是那麼情緒化的。我也不知道在你身邊發生的是大事還是小事，是不是你父母出什麼事了？」

「不是他們。」

「是那個男人？」

我抬起頭看著他的眼睛說：「你能不能給我一些錢？我現在急需五千塊。」

「你是爲這事來的？」

我不說話。

他打開抽屜，在裡面翻著。

「我還以爲你眞的要跟我在一起。不過五千塊我還確實沒有，這不是個小數，這樣吧！我這裡有一千塊錢，你拿去湊個數。我也不要你還，算了。」

我站起來說：「我眞是希望你跟你的車號一樣就死死死死（九四四四）。」

曾經在他辦公室的地毯上，我像一隻被剝了毛的雞渾身精光。白澤坐在我身邊，他說：「沒想到我們能在一起，今天那麼多來求職的，一看見你的表情是那麼委屈，還有點膽怯，這使我一瞬間想起了我在義大利時遇到的一個女孩。她是從臺灣去的，父親是一個做鞋的商人。我跟她是在羅馬的一個會議上見到的，我請她吃飯，她去了，這表示她願意接受我。可是待我把她帶到我的房間裡，她臉上的表情也是那麼委屈，委屈裡還有一點倨傲。但是卻又那麼濕潤。我突然覺得女人眞是不可思議的動物。尼采說，對待女人要手裡拿著一根鞭子，其實女人是一種動物成了精。我在跟她們交媾時像是在跟魚交媾、跟蛇交媾、跟一隻狐狸交媾，總之是那種滑的動物，一不小心地滑進去，滑進去就出不來……」

白澤說著，縮了縮肩膀，搖晃似的笑了起來，他的手指細細地勾著我，緩緩地進去緩緩地出來。在和他認識的當天，我就是這樣水位上漲，在奔流著，在透明的河水裡，我突然覺得對男人的渴望也是這樣漫漫滋生出來，變成一場又一場的大水，無休無止……

他說：「你不要再在北大的宿舍裡待了，我給你租一間房子。你還應該戴一頂帽子，必須有什麼東西罩住你，你要在什麼時候都應該想起那就是我。」

第二十八章

阿伯 38

晚上，門開了，麥子站在阿伯的面前。

阿伯也看著她。

員警站在遠處，說：「走吧，以後要注意了。」

麥子突然轉了身，朝外走去。

阿伯跟在她的身後，當出了派出所大門時，他幾乎摔倒了，但是他穩住了自己，可是，就在那個時候，麥子眞的摔倒在地。

阿伯衝上前去，把她摟在自己的懷裡。

她閉著眼睛。

阿伯看著她，突然，他意識到自己是那麼對不起眼前的這個女孩兒。她仍是閉著眼睛，在夜裡的街燈下，她的臉寧靜、潔白，充滿了疑問。

阿伯喊：「計程車。」

一輛計程車停在了他們面前。阿伯抱著麥子上了車。

路上，她沒有說一句話。

下了車，麥子又是很快地走著，阿伯拉她幾次，她都甩開了他的手。

當他們進了屋子時，阿伯猶豫著是不是要走進去。

她不理他，自己進了屋子，頭一次沒有換鞋。阿伯看著她，判斷著自己是不是進去。

她沒有反應，只是自己坐在沙發上，點著了一支煙，獨自抽著。

他聲音微弱地說：「要不，你休息吧，我走了，那錢，我會想辦法還你的。」

說完，他轉身走了。她沒有起身，任他轉身，到了電梯間，開了電梯，走了下去。

阿伯來到了外邊，他朝社區的門口走著。

這時，突然後邊有了很急的腳步聲。

阿伯一回頭，麥子已經站在了他的面前。他還沒有反應過來，她已經猛地一巴掌打在了他的臉上。阿伯被打得愣了，他看著她。

她說：「你說話不算數。」

「你去哪兒？」

「不知道，先去火車站睡一晚上，明天再說。」

阿伯感到無地自容，他低下了頭。

「走，跟我回家。」

他看著她，說：「你還讓我回去？」

她沒有看他，低下了頭。

他的眼睛濕了。

麥子 38

夜深了，房間裡一片漆黑。我躺在床上，阿伯躺在外間的沙發上。他究竟在想什麼我無從得知。而他也許永遠都不明白我是從哪裡搞來的五千塊錢。

離開白澤之後，我一個人徘徊在大街上，對饑餓與寒冷毫無知覺。「符號」打來電話，她說：「不是約好了，今天去演那個讓女人充滿恥辱的電視劇的嗎？我演妹妹，你演姐姐。我上午九點就到了，一直等你，快來吧。」

我說：「『符號』，你能不能給我借一些錢，我會很快還你的。」

「符號」說：「多少？」

我說：「五千，不，四千。」

「符號」：「昨晚沒聽你提起過，今天怎麼突然缺錢了？」

我說：「你也別問了，你有沒有？你放心好了，我肯定會還的。」

「符號」說：「你就是爲這個不來上班？」

我說：「『符號』，我求求你，你別問那麼多了，我現在需要這筆錢，你能不能借我？」

只聽「符號」平靜地說：「麥子，平常時我看你挺聰明的，怎麼今天突然犯這種糊塗？借錢這種事你只能是找男人，跟男人去借，找我幹嘛呢？我們女人之間會存在錢的關係嗎？」

我關了手機，突然爲自己感到慚愧，我怎麼會去向不需要我的女人借錢？雖然她是女權主義者，但是她也不會借錢給我，她要我向男人借。向哪個男人借呢？

那時我還沒有想起我的父親。因爲在我看來，他不是男人，只是一個對我的生活存在著障礙的人。我又給一些不著邊際的人打電話，只是號碼只撥了一半就停住了。這時在一根電線桿上我無竟中看到一張關於老年保險的宣傳單，一個老者穿著一件大紅毛衣跳健美操，我心想，這個人倒是有點像我的父親。

我心頭一亮，加速了腳上的步伐。他肯定會給我錢的。

當我終於摸索到父親住的居民樓時，太陽已經西斜了。我感到我的腿有些軟，忽然想起這一整天還沒有吃飯呢。

父親不在，是那個女人開了門。她看著我，以緊張和探索的目光看著我。她彷彿知道我只有走投無路了才會踏入這個門。因而當我問父親什麼時候回來時，她的目光更加緊張了。

我坐在已經舊了的沙發上有些不太自然，她對我說這個沙發是三年前我跟你爸爸一起去買的，這個房子裡面所有的傢俱只有這對沙發你爸爸聽過我的意見。她說男人永遠比女人固執，女人永遠

比男人更加注意時尚。我奇怪地望著她，一個老人怎麼可以注意到「時尚」這個辭彙呢，這樣的辭彙應該是比她年輕許多的女人才應該去注意的。

她看出了我眼裡的東西，便說：「女人眞的比男人更加注意時尚，你爸爸連普通話都不願學，你爸爸當年說著一口家鄉話，而我當年就能說普通話，我教他普通話，我是悄悄地教他，我們永遠也見不了陽光，我們像深坑裡的兩隻老鼠似的，但是有一隻老鼠會說普通話，它就希望另一個也去說普通話，但是你爸爸就是不願去學，他還爲了這事跟我發飆。」

我又看了看身下的這個沙發。儘管這個女人她剛才用了「時尚」這個詞，但是這個沙發卻那麼地不時尚，並且簡直是對「時尚」的一種污蔑。這時候我又去注意這個女人的穿著和打扮，這才發現她也一樣地不時尚。「時尚」這個詞於是在她那裡成了笑話。

但是我想我今天不是來跟她探討時尚的。我坐在那再次問爸爸什麼時候回來。她說去洗澡了。「去哪洗澡了？」「離這附近不遠，你爸爸覺得在那兒蒸一蒸然後有一個人可以爲他搓一搓背，他覺得這樣舒服，他現在幾乎每週都去一次，今天你來得不巧，你也沒先打個電話。」

「他什麼時候回來？」

「最多還有一個小時吧。」

我說我很著急。女人就說她去找他。我說好。這個女人起身走到門口又問：「能告訴我究竟是什麼事情使你那麼著急嗎？」

我說：「我需要五千塊錢。」

女人的臉突然從緊張變得平和，放鬆了。她又問：「能告訴我爲什麼要這五千塊嗎？」

「不可以。」

女人說：「我知道你爸爸的存款放在什麼地方，我帶你去取好嗎？」

在這一剎那，我突然對這個女人有了好感。但是同時又很清楚地意識到這是爸爸存的錢，她即使爲了討好我，把這筆錢拿出來也不能說明她就是個多麼好的女人。但是父親的錢一定會花在她的身上的，她肯拿出來眞的讓我意外。爲了使她不反悔，我說：「我們現在就可以走嗎？」

女人說：「我們現在就走。」

取了錢，女人說：「我剛買了螃蟹，能回去跟你爸爸一塊去吃一頓飯嗎？他現在每天所談的話題已經不是別的話題了，你爸爸曾經對很多話題感興趣過，比如說對於江青是一個什麼樣的女人，比如說對於南斯拉夫在鐵托（即狄托（Josip Broz TITO）總統）的領導下是一個什麼國家，與南斯拉夫在鐵托死後的改革，以及今天的科索沃對於經濟的改革與對於銀行的利息及對於股票，你爸爸都曾經感興趣過，但是我發現他現在光談你，對所有的事情他都不談了。他就希望你找個好男人去結婚。」

我猶豫著。她說：「你吃這頓飯最多也就需要花半個小時，你爸爸最多花十多分鐘以後就該回來了。」

女人做好了螃蟹。當我拿起第一個螃蟹時，父親回來了。可是當他得知了五千塊錢的事情以後，他竟然對我和那個女人大發雷霆。他說：「爲什麼不等我回來？」

我把手中的螃蟹狠狠地扔到了地上，轉身就走。在出門的時候，我猶豫著究竟這五千塊錢留不留下，但是一瞬間，當我意識到阿伯還在派出所時，便毅然決然地摸了摸這五千塊錢，出了門。

父親在後面追了出來，我突然向前跑起來。父親在後面追，我不知道是哪來的勁拚命地跑著。街上的人紛紛朝我看來。

可是當我以爲遠遠地把父親甩在身後時發現父親竟然是在離我十米的地方仍然跑著。這使我聽不見風聲，也聽不見喘氣聲，只聽見一種憤怒和委屈的聲音。我一邊跑一邊掉下淚來，覺得世上一個親人也沒有了。

這時候我回頭看，父親卻在離我二百米的地方摔倒了。我停下身，猶豫著，究竟是往前面繼續跑，還是回去扶他一把？遠遠望去，父親臥在那裡像一條蜈蚣，一隻死狗，又像一條蹦到了岸上的離開了水的魚，只撲息撲息地呼氣。我的心裡突然激起了巨大的傷心，在這一刻我愛父親，恨阿伯。於是我朝父親拚命地跑過去。

在我將挨上父親的那一剎那，父親的頭突然抬了起來。我看見了他眼睛裡的淚水。他說：「你回來幹什麼？我追了你那麼半天，就是想問問清楚你發生了什麼事情，好讓爸爸跟你一起想辦法……你居然看見我什麼話也不說就往外跑。」

我坐在父親對面開始低頭哀哭。這是我第一次在父親面前哭。

那個女人也趕來了，她讓父親的身子靠在自己懷裡一邊用手擦著父親臉上的泥土一邊輕聲責怪著他。

我看著這個女人和父親，突然意識到一個情人對一個男人即使是老男人有多麼重要，婚外情是多麼地不可思議，而自己曾爲了母親的眼淚要用硫酸去潑這個女人的想法又是多麼地簡單。

第二十九章

阿伯 39

阿伯不相信麥子竟能這麼快就原諒自己，他獨自一人的時候常想：當女人們發現與自己有肌膚之親的男人與別的女人有了某種關係之後，她們會怎麼想？也許這個男人有了一個知識女性的新情人，也許這個男人是去與妓女做愛，阿伯弄不明白，女人們會對哪種情況更生氣。她們究竟是怎麼看這一切的？女人受不了前者——知識女性情人呢？還是後者——一個妓女？

阿伯有的時候會悄悄地盯著麥子看，想知道她是不是眞的會無所謂，有時當她開心地笑起來時，他也會分析她的笑是眞的？還是假的？她是不是會在某一個晚上以某種方式報復自己？於是阿伯有時會想，她如果報復自己的話，她會採取哪種方式？是給他下毒藥？還是趁他睡著了，就把他的生殖器給割下來？

他知道自己的這些想法都過了，麥子不是這樣的女孩。在派出所裡給她打電話的一剎那他聽到麥子在電話那頭哭泣，然後說阿伯，你等著，我會幫你找錢。雖然五千塊錢不多，但他知道要馬上借到是有一定難度的。但他相信麥子一定會很快拿著錢來到派出所把他救出去。他當時想，她也許是找了白澤，從白澤那裡拿了錢，她肯定又跟他睡覺了。當麥子把他救出來時他不敢把這樣的疑惑跟她說。但是麥子主動說：「是從我爸爸那裡要的，我本來一輩子都不再理他，可是一想到那天我爸爸爲了我跌倒在路上滿臉都是泥巴的樣子時，我就想去自殺。」

麥子是含著眼淚說這些話的。阿伯聽出她是想讓他去自殺，在意識裡折磨一下自己，使他產生懺悔。這對於阿伯來說，就好像一個偷了東西的老人，總是把這個東西跟未來的骨灰盒或者棺材聯繫在一起一樣。一天他們走到馬路上，汽車不斷地呼嘯，每一次鳴叫都使阿伯心驚膽戰。他抓住麥子的手，說：「你要我怎樣呢？眞的要我去死嗎？我已經知道了自己的罪，這對於中國的知識分子來講，已經是懺悔了。」

麥子的眼淚立即盈了出來，她摔掉阿伯的手，摘下眼鏡說：「你是中國的知識分子嗎？中國有知識分子嗎？」

「那就算中國沒有知識分子，可是我身爲一個男人卻作了錯事，感到了害怕，我知道這給你帶來了痛苦，我內疚，我恨自己，想處罰自己卻不知道怎樣才好，我也想一頭撞在汽車上……」

這時，一輛車緊挨著他們身邊開過去，一陣尾風吹在他們身上，他們倆都對著汽車罵起來。盈在麥子裡的眼淚落下來。阿伯說：「我這樣算不算懺悔呢？對於一個從小沒有受宗教薰陶的中國年輕知識分子而言，什麼才是懺悔？」

他又用了「中國知識分子」這個詞。麥子用手抹去眼淚剛要說什麼，阿伯繼續說：「我不是談理論，而是談懺悔的行爲。」

麥子重新戴上眼鏡。她透過鏡片凝視著阿伯，說：「你根本就沒有意識到自己的罪行，還談什麼懺悔行爲？其實你只是後悔那天去的不巧，你被人抓住了，你不得不讓我知道，你所恨的只是自己的運氣。其實像你這樣時不時就往妓院跑的男人不是運氣差，而是太骯髒了。」

阿伯怔怔地望著麥子，沒有想到麥子竟脫口用了「骯髒」這個詞。

他從這天晚上起，就作出了選擇，他不去床上睡，也不在晚上當她脫了衣服之後去碰她。

他害怕，當自己的手挨上了她的肉體之後，她會平靜地對他說：「你讓我噁心。」

有一天早晨她趿著拖鞋用毛巾擦客廳裡那塊地毯，她抬起頭對躺在沙發上的他說：「在跟那個發浪女在一起時你有沒有戴套？你要不要我現在就給你一包那玩意放在你的口袋裡？」

說這話時她的眼睛看著他，那雙眸子是那麼冷酷，像飄在陰間的月亮，已沒有了人氣。他把眼睛避開了，心裡又一次想，她的雙眼是那麼明亮，那麼大，卻是個近視眼，讀書讀太多了？

他沒有說話，於是就想離開這間屋子。可是他拿不准主意，他是不是該一走了之，因爲他擔心自己眞的走了，她會害怕、會孤獨，她會對他說：「你以爲你眞的走了，我就會好受嗎？你以爲當我體驗這種失敗的時候，會心情更好受嗎？你這個沒有感覺的、愚蠢的人，還跟我說起德希達呢。」

事實上他發現她每天都回來得很晚，她在脫衣服的時候也有些避著他。過去，她每次撒尿，都不關門，可是現在她關門，並且她跟他說話的時候幾乎不看她的眼睛，她每天晚上回來的時候，都對他笑笑，說一些單位的情況，但是她絕不放鬆地在他面前露出自己的裸體。她過去穿睡衣時，經常不穿內褲，她曾說她喜歡自己這種樣子，並能激起他的情慾，可是現在不再開這種玩笑。

阿伯想跟她談談，他想了一千次該對她怎麼說：「我知道我完了，可是，你應該把你內心最眞實的感覺告訴我，你究竟希望我們怎麼樣，是希望我走，還是讓我留下來。我在這兒很緊張，這幾天來我受夠了，我知道我應該受到更嚴重的懲罰，但是，我想走了，我離開你，我會很痛苦，眞的，我離開你不輕鬆，我捨不得這兒的一切，可是讓我走吧！讓我離開我的依戀，這就算是對我的懲罰，好嗎？」

阿伯對她說不來這話，他只是看著她，當她進了衛生間裡洗澡時，他從不過去。經常是在剎那間，阿伯進入一種撕心裂肺的狀態，他覺得他很快就會失去麥子。每每這時，他的眼淚湧上來，他想，就爲了髮廊裡的那些女人而以失去麥子爲代價，這樣的損失確實太大了。

夜裡，她在裡邊睡了。

黑夜是這樣難熬，我不知道他在外面幹什麼。有時候我去衛生間，看見他還坐在沙發上抽煙，客廳裡全是他的煙味。有時我看見他站在窗前，看著樓下的花園，那兒的燈光暗淡。他呆呆地看著，他那獨特的影像投射在地毯上。我似乎能聽到他的呼吸，那種味道讓我厭惡。

我很想聽他說說那天去髮廊的全過程，那是一個什麼樣的房間，在那張床上是不是也有乾淨的散發出陽光氣息的床單？而那個女孩是什麼樣的？長頭髮？短頭髮？有多大年紀？他看見她是不是著急的把她的衣服脫掉？每次想到這裡，我的心都揪起來了，我一次一次地想像著阿伯看到那個女孩時眼裡露出的貪婪，這證明他對我確實是厭倦了。他把那個女孩的衣服脫光並著急地讓那膨脹的陽物塞進去，他甚至都來不及戴套，直接插了進去。他肯定沒有戴套。他進入她的身體，心裡像吃了糖一樣地甜蜜，彷彿那才是他眞正的家。他是不是經常找她們？多少次了？我仔細回想著他每一次跟我分開的時日。有時他說他找導演去了，有時他說他一個人出去逛逛，這些都是藉口？

那麼他和她們在一起他還會不會覺得射精是一樁累人的事呢？

我無法入眠，我覺得自己太沒用了，在他想走的時候我居然還把他叫回來。我還能跟他在一個屋子裡共同生活。我怎麼能再跟他生活在一起？不行，我得要走，我要在天亮時離開這所屋子不再回來。

我有兩次早上臨出發時想好了，我將離開阿伯，我早上出去了，晚上就不回來。有一次我找到了爸爸的那所房子。窗戶上隱現他和那個女人的身影。我想，只消敲一敲那扇門，他們就會熱切地把我融進去。在我的童年我是多麼希望能擁有一扇窗戶，我無數次地希望父親身邊的那個女人是母親，而母親床上的腿都是父親的腿。我也無數次想像在他們面前我把頭勇敢地撞在牆壁上，以免他們爲我的問題再一次發生爭執。他們都不要我，母親有足夠的理由推給父親，而父親卻說女兒必須得跟著自己的母親。

我離開了父親的窗子，我長大了，我必須得有一個男人。這個男人不應該是別人而是阿伯。可是他去找了髮廊小姐。

究竟是哪個髮廊小姐？我突發奇想地朝西四方向走去。我聽派出所的人說過他是在那被抓著的。但那是什麼名字的髮廊呢，我不知道了，當初我實在是沒有勇氣來打聽他被抓的過程。

那兒有一條街全都是美容美髮的，燈光使行走的人影橫七豎八地印在或大或小的門面上，人們漠然地走著，絲毫不注意街邊的貧富懸殊，有的店燈火輝煌，裝修豪華，而有的只有一盞日光燈管發出魚眼睛一樣的灰暗的光。我躊躇著，想，阿伯是個窮人，即使有錢也捨不得爲自己花，他一定不會去找那種豪華的，他甚至連看也不看一眼就去找那種便宜的理髮館。

我隨便走進了一家門臉較小的名叫「夢都」的店，椅子上坐著幾個理髮和修面的男人。一個瘦高個女孩友好地迎過來。我說我要洗頭。

她把我帶到一個靠門邊的空椅子上，我看到裡面一個幽長的過道。於是看准那兒的一個空位便逕自坐在了那裡。小姐順從地走過來，在我身上圍了一件綠色的塑膠布。我稍稍斜過身子，望著鏡子，從這個角度剛好可以看見門外的行人。我想，那些行人裡也有可能出現阿伯的身影。我們有好些天不做愛了，他也不敢有任何表示，這對他年輕的身體來說，受得了嗎？

我長久地盯著路邊，漸漸地我的眼睛望得酸了，又看看給我洗頭的女孩。她很小，大約十八歲，她沒有怎麼化妝，紋過的細彎的眉毛吊在兩邊額頭上。她不說話，也不笑，只是兩手又輕又柔，一邊洗，一邊尋找著頭髮裡的穴位，按摩。這樣的女孩有可能是小姐嗎？如果是小姐，別人要怎樣才能知道呢？我再次把目光落在那對細得要斷的眉毛上，幾乎是斷了，可是隱約在繼續，細得恍如吊在風裡的蜘蛛，彎得彷彿一把無形的鐵鉤，在「鉤」男人。心想把自己的眉毛畫成這樣，難道不是在向男人做暗示嗎？

這時從門外進來幾個男人，他們一直走到裡面在女孩的身邊停下來。女孩望著他們，裡面其中一個男人問：「有小姐沒有？」

女孩「噢」了一聲，用毛巾擦了擦手上的泡沫，帶著他們一起往深處走去。那兒隱約亮著燈光。其他座位上的人都跟我一樣伸長了脖子朝深處看去。

很快那個女孩又回來了，和先前一樣在我頭上輕輕按摩著，然後在鏡子裡看著我問：「可以了嗎？」

我付完帳離去，卻又不甘心就這樣回去，我決心等阿伯，不知怎麼我心裡認定他肯定是要來的，在這樣一個冷清寂寞的晚上，他能沒有女人而情願一個人待在房間裡？我慢慢地走，走完這條街的幾個酒吧，裡面又吵又鬧，我想阿伯是不會到這來的。接著我又轉頭往回走。這卻引起了一些人的注意，有男人直接上來問：「你要多少錢？」

我一邊向他翻著白眼一邊環顧四周。夜風吹在身上使我禁不住抱緊身子。於是我又重新踏進那家理髮店，剛才的女孩吃驚地盯著我。坐在兩旁椅子上的人已經重新換了一波新的，這使我感到放鬆，於是我低聲問她：「有小姐嗎？」

阿伯 40

前一天深夜，他躺在沙發上，不知道她在裡邊是不是已經睡著了，他覺得自己的陽具堅挺起來，他比以往任何時候都想與她做愛，他想像著自己從上邊，從後邊，以及從各種不同的角度操她的情景。

借著月光，阿伯起身，他悄悄走到了通往臥室的門口，輕輕地推開門，他看著她，就這樣，他長達兩個小時地看著她，猶豫著自己是不是能伏在她的床上，與她溫暖的擁抱，然後放進去，然後就永遠地與她吸在一起……

終於，他退了回來。

他躺在沙發上，開始手淫，他幻想著與她在一起的情景，他同時想：「你眞是一個賤人，當她深愛著你時，你卻老是幻想另外的人，你對她感到疲憊了，你開始厭倦她的身體了，可是，當發生了這一切，你渴望她，卻害怕自己因被拒絕而受傷，你眞是一個混蛋呀——」

他加快了自己手淫的速度，當射精的一剎那，阿伯清醒地意識到眼淚是跟精液一起溢出來的。

第二天下午，阿伯把屋子收拾乾淨之後，他又一次地跪在地上，用一塊大布擦拭木質地板，當他覺得上邊已經沒有灰時，他擦著汗，並起身把她的照片擺得整齊一些，他想這就算是自己的懺悔吧，他沒有辦法對一個照片談原罪，他只能把她的照片擺得像是儀式一樣地端正，他把鑰匙留在了一進門的台前，上邊放著一封短信：

「麥子，我走了。離開你我傷心、傷感，但是，我知道，我只有走了。你不能想像沒有你我是多麼痛苦，但是我應該受到這種懲罰，我走了，我什麼都說不出來了。」

阿伯關上了門。

下電梯時，他看見了又是一張讓業主團結起來，與開發商鬥爭的通知。不知爲什麼，他竟把通知撕下來，扔在了電梯間的雜物筒裡。

阿伯走在了大街上，那時正是黃昏，他想起了一些在童年時聽過的關於夕陽和離別的老歌，他加快了腳步。

我說我在幫我那從外地來的朋友找，她疑惑地盯著我，但同時又怯生生地不聲不響地把我往那神秘的深處領去。走了不多一會，拐了一個彎，她輕輕地推開一扇門。我想阿伯難道就是經常出沒在這樣的地方嗎？就不談裡面的人，光是這樣不透氣的過道都已經讓人想吐了，彷彿那空氣還是多少年前被許多老人咳嗽過的，一直未被換過，兩邊的牆壁上沾滿了黑黑的污穢。腳下的水泥地雖也光滑卻有一種公共廁所的感覺。

門無聲地開了，有十幾個女孩坐在兩邊的椅子上，屋子中間還站著一些正討價還價的男人。女孩們望著我，臉上出現不解的神情，領路的女孩說了一句四川土話，她們馬上平靜了。

這些女孩穿得倒不是花枝展招的，前胸也不是露得很多，但她們都不是規規矩矩、老老實實地坐在椅子上，而是互相倚靠著，有的把腿翹得高高的，把裙子裡面的內衣大方地露出來。我看著，心想，阿伯究竟是把哪一個抱在懷裡的呢？一個男人伸手在一個長有一雙大眼睛的女孩胸前掂了掂，問你下面長得是大還是小？女孩們全都嘻嘻哈哈地笑了。被問的那個一邊笑一邊說，遇見大的它就大遇見小的它就小。幾個男人也都笑了。

我也笑了。她們是那麼地平常，甚至也沒有幾個是長得漂亮的，也許稍為好看點的都已經被帶走了。現在已經是深夜了，這些挑剩的女孩一點也不擔心今晚會沒有客人。

我重新回到街頭，仍然以僥倖的心理希望能碰上阿伯，那樣我會抓他個正著，看他還是不是在說，他已經為自己的行為深深地懺悔了。但是我沒有遇見阿伯，我想阿伯肯定是在房間裡等我。

當我遠遠地看著樓上那個房間的燈光所在時，我居然有些急切地向那兒走去。

阿伯沒有在，在桌上有他留下的紙條。

麥子 41

我一遍遍讀著那紙條，慘白的燈光使一個個字都透出無畏的精神，尤其是「我走了」這三個字。他的字很漂亮，每一根線條竟像是被秋風吹起的樹影，飄遊在馬路上，也像是他熱切並有些躊躇的眼神。他的字是屬於楷體還是行書呢？是誰教他把字應該寫成這個樣子？我忍不住把嘴唇貼在上面，使它濕潤，一張白紙漸漸黃起來。我忘了裡面所說的內容，猶如一個尼姑忘卻了祈禱一樣。

客廳收拾得很乾淨，只是沐浴在蒼白的日光燈下有點荒涼，恍如一個空而大的馬廄。挨著沙發的茶几上，是一個擦得透亮的煙灰缸，裡面什麼痕跡也沒有。我又來到洗手間，裡面同樣也擦洗過了，甚至連臺子上早上被我弄得亂七八糟的化妝品此刻也都各就各位。我對著牆上的化妝鏡，直勾勾地凝望著，嘴角露出莫名的微笑：這幾個月以來是不是做了一場夢？

我拿起一瓶卸妝油，將滴在手心上的幾滴抹到臉上去，胭脂和口紅混合在一起，又抽出一張柔軟的紙巾將這些抹去。望著鏡中眞實的自己，想著是不是一個人過要好一些呢？

我打開水龍頭，水蒸氣很快彌漫了空間。浴盆裡的水漸漸地滿了。我脫了衣服把身子浸進去，一種舒暢的感覺像水一樣地包裡著我。有一剎那，我覺得外面有開門的聲音，便猛地站起來，用浴巾裹住自己，赤著腳走進客廳。那裡卻寂靜一片。

我又水淋淋地躺在那張沙發上，在緊挨著沙發的長椅上有阿伯新買來的工藝飾品，那是幾個用布做成的笑嘻嘻的小老頭。他是昨天買來的還是前天買來的？這些天客廳裡不斷出現一些小玩藝兒。他是想以此引起我的注意從而讓我知道他正在彌補著什麼嗎？

我又看了看被我打濕又逐漸乾了的那張紙條，順手關了燈，入夜澄明的天空，月光皎潔如同白晝。我望著窗外想，阿伯他去了哪裡呢？又回到了那個大雜院嗎？

第三十章

阿伯 41

大雜院裡還是那樣。老太太對阿伯說：「好幾個月沒看見你，好像胖了。」

阿伯只是笑笑，進了屋。他躺在床上，抽煙，看著煙霧繞來繞去。

天黑了，阿伯獨自鎖上門走了出去。他想去西四的髮廊隨便找一個女孩把她摟在懷裡。他到了那條街上，徘徊了一會，想想，他來到了酒吧。

裡邊已經很熱鬧，有一個搖滾樂隊正在唱著：「操你媽，操你媽。」

阿伯坐下，要了酒，喝起來。

他意識到自己一個人有某種輕鬆感，就好像是洗了一個冰水澡，自由而孤寂，可是每當想到麥子，他的心就會突然一沉。

今天沒有碰到熟人，好像才兩個月的時間，這個酒吧裡的人又換了，那些跟他一起玩的人才兩個月的時間就都老了，來的都是新面孔，大家一起跟著樂隊唱著：「操你媽，操你媽。」

男男女女的都很興奮，只有阿伯想著另一個女人，感到從未有過的恐慌和憂鬱。

樂隊唱完了，全場歡呼。要求再來一遍，說：「這新歌眞好。」

樂隊主唱說：「你們還要讓我唱什麼？」

大家齊聲說：「操你媽——」

主唱笑了，說：「如果我不唱呢？」

大家說：「不行，不行。」

主唱又說：「那我就只好再來一次什麼——」

男男女女都大聲笑著，高叫：「操你媽——」

樂聲又起，重金屬加火炮齊奏著，一片喧騰，阿伯感到自己的耳朵有些受不了，他想起了朋友對他說過的話：如果你的耳朵受不了這種音樂了，那就說明你這個人有些老了。

阿伯不承認自己老了，他覺得自己還年輕，也能跟著他們一起「操你媽」。

漸漸地他喝多了，頭開始暈了，那時正在放著一首柔情的歌，阿伯聽著歌詞隱約傳來：

我沒跟著你，我沒有跟著你，

我只是在想你的時候才跟著你，你不該有壓力……

阿伯想，這個唱歌的女人是誰？是WHITENE KENT？還是GIP？他想不起來了，突然，他渴望嘔吐，就忍不住地朝洗手間跑，可是門口排起了長隊，他知道大家都是排著隊等待嘔吐的。他拼命忍著，等待著。

這時，前邊的那個排隊的男人回頭看他，阿伯一看，竟是作家大威，阿伯這下忍不住了，一下子吐了出來，全吐在了大威的身上，那大威也不示弱，也全吐在了阿伯身上。

兩人抱著，打著，走了出去。

兩人不再說什麼話，只是在酒吧門外打滾。

引來了許多圍觀的人，他們大叫：「出拳呀，打呀，打呀。」

有人說：「快，報一一〇。」

大威說：「好了，別人報一一〇了。」

兩人起身，互相看了對方一下，一個朝北，一個朝南，各自走了。

阿伯感到舒服了，回到了房間裡，老太太開了燈，又跑出來了，說：「你身上什麼味呀？」

阿伯沒有跟她說話，只是自己進了屋。脫了衣服，就睡在了床上。

突然，有人在外邊砸門，阿伯從夢中驚醒，發現陽光已經很刺眼了。他看見門外有一個身影，本能地認為這肯定是麥子，於是赤腳跳下床，在開門之前他理了理頭髮，讓它們往後順一些，別刺在頭上。

這時外邊人喊：「阿伯，開門，有急事。」

阿伯聽出來了，是導演。

阿伯開了門。

導演進來了，說：「眞是的，一股酒味。快！」

阿伯回到床上鑽進被窩裡。

導演大叫著說：「今天中午有好事，知道嗎？沈燦讓她老公跟咱們見面，他可是眞正的老闆。」

阿伯說：「不去，我不去。」

導演說：「那不行，你不去，今天就還錢。」

阿伯從被窩裡探出頭，並坐起身來。他身上只穿了一件夏天的小背心。導演忽然用一種特別的眼光凝視著他，心裡在想，這個曾為麥子發了狂的男人今天卻如此落魄是不是他們分手了？不知為什麼導演心裡有著說不出的輕鬆。只聽阿伯說：「為什麼一定要跟他們混，他們就眞的肯出錢？」

導演說：「今天誰還會投錢拍電影呀，只有他們了，有了錢，你可以住進劇組，不必住這樣的爛房子，也不用到麥子那裡蹭。」

最後一句話使阿伯臉紅，他想伸手給導演一個巴掌，但還是忍住了。

是一個廣東餐廳，裡邊人很多。

阿伯一進那個叫中山堂的包房裡，就看到大威也在裡邊。

沈燦正高興地與大威說著。阿伯看著沈燦，他不得不承認她是個繪畫大師，她用筆和口紅使自己的臉像一個奇異的花卉，又彷彿一張彩色的蜘蛛網向阿伯撲來。他心裡忽然有一種慌張。

沈燦抬頭對導演和阿伯說：「我就喜歡和你們在一起，可是，眞是沒有時間，來來。」

她還說：「咱們現吃，不能等陳左，他還事多著吶，可是他答應了，今天一定會來。」

阿伯跟他們一起吃著。他與大威互相對視了幾次，終於大威說：「麥子呢？」

阿伯說：「不知道。」

大威說：「你不知道？她不是天天跟你在一起嗎？今天怎麼分開了？」

沈燦也看著阿伯。她似乎不知道麥子是誰，她在等著阿伯回答。

阿伯支吾著說：「反正我們分開了。」

大威笑，說：「爲什麼？」

阿伯猛地抬起頭來，兩隻眼睛瞪著大威：「我們不提她，行嗎？」

沈燦說：「說說你們的事。」

導演說：「其實很簡單。麥子怎麼可能跟我們沈燦比，一個那麼高貴，一個那麼，那麼……」

導演看看阿伯，說：「一個那麼單薄。」

沈燦哈哈大笑，這時，她的手機響了。她用食指和姆指拉開身邊那只紅色的包，把手探進去。

她拿出手機，並出了包間。

大威對阿伯說：「我知道，你對不起人家麥子。」

導演給大威使眼色，說：「別提她了，好嗎？」

大威說：「阿伯，你這個人，總的說來，不懂得尊重女人。」

阿伯笑了笑，說：「導演，今天叫他來幹什麼？是不是他也成了《長安街》的編劇了？」

導演說：「對，讓你猜著了，大威的很多想法，我覺得可用。」

阿伯說：「我的小說不能讓這個傻子改。」

導演說：「我已經買了你的版權，那五千塊錢也不能白給你。」

阿伯說：「大威不是說，好作家絕不搞電影嗎？」

導演說：「那是一般的電影，不是咱們的《長安街》。」

大威說：「我現在還堅持，好作家不弄電影，可是，我突然認爲我已經不是什麼好作家了。你想，我能跟你阿伯在一張桌子上吃飯，我能是什麼好作家。」

阿伯笑起來，說：「還說我攻擊性強，你看，只要桌上沒有女人，你的攻擊性比我強多了。」

這時，沈燦進來了，說：「今天對不起大家，本來陳左說他要來，可是，他又被證監會叫去了。上市公司，事太多，其實，他們不該對我們的財務情況管那麼多，我只要是想辦法弄來錢，不讓你股民吃虧就行，爲什麼這麼多事，好了，不說那些煩心事了，明天你們上我的公司來，或者是你們選出一個代表去跟陳左談。今天吃完水果，都別走，跟我一起，上我家去。」

沈燦說完，跟大家一起碰杯，喝了一大杯紅葡萄酒。至於明天的人選，導演和大威都看著阿伯。

沈燦的臉紅了。

導演說：「你眞顯得年輕。」

大威也說：「他說得對，你的青春是從心裡再生長出來的。」

沈燦興奮地說：「我就是這樣，從大學的時候起，我就喜歡跟男生在一起，我討厭女生，有一次，我眞心地對我母親哭著，說：『爲什麼把我生成了一個女孩兒？』我媽說這沒得選擇。我說：『沒有辦法，你們就不要生我呀，我寧願不來到這個世界，也不當女生。』可是，以後，我長大了，特別是上了大學之後，我發現男生們都在注意我。他們對你很好，有時他們在下雨的時候會給你帶來傘；下雪的時候，他們會給你送來一瓶開水；他們能用智慧的語言跟你說些你想不通的事；這時我就想，下輩子還要作女人。」

阿伯聽著，點頭。

導演說：「我覺得最後這句話，應該記一下，你們兩個編劇應該記一下，這可以作爲《長安街》的臺詞——下輩子還作女人。」

大威也說：「想不到沈姐天天在商海裡作事，經歷很多與文化無關的事，卻還這麼深刻、智慧。」

沈燦說：「我知道，你們想要錢，想拍電影，就拼命說些讓我高興的話，但是，我告訴你們，我愛聽。」

麥子 42

第二天在那個廣告公司我和「符號」已是最後一次拍攝了。就在老闆初次見我的辦公室裡搭起一個攝影棚。那裡有一張床，「符號」在那裡哭泣。我打開門走進去，「符號」立即擦去眼淚，然後憂鬱地看著我。我坐在床沿握著她的手告訴她「英勒爾」可以讓女人挺胸做人。可是每次當我說到這裡「符號」都會笑得渾身上下在顫動。

後來只好把這一句臺詞改爲「英勒爾」讓男人對女人「無法把握」，這才使「符號」勉勉強強過了關。

終於拍攝完畢，回到辦公室。我們是策劃部，共有四個人，但平時上班的只有我跟「符號」。裡面面積很小，只有十平米，我和「符號」坐對面。她的背後就是門，門口不斷有人走來走去。「符號」斜坐在椅子上，問：「如果你的上司不經意地摸了一下你的屁股對你性騷擾，你會怎麼辦？」

「你是說白澤？」

「不是。我就是問你，上司不經意地摸了一下你的屁股對你性騷擾，你會怎麼辦？」

我奇怪「符號」問這樣的問題，於是說：「有人對你性騷擾嗎？你是說我們老闆嗎？」

「符號」急了，她說：「我在問你，看你的態度。」

我說我會當作不知道，讓這事不經意地過去，然後每次見到他時離他遠些。當然我會在心裡很蔑視他。

「符號」說：「在心裡蔑視有什麼用？你錯了，現代女孩或者前衛女孩的表現方式是立即打他一耳光。」

「我問什麼叫現代女孩或者叫前衛女孩？」

「把心裡的蔑視表現出來，付諸於行動，而不是什麼都在容忍。」

「可是，那被開除怎麼辦？要知道找工作是很難的，即使現在的機會多了，但是一切又要重新做起。」

「符號」堅定地說：「被開除也得這麼做。你不是看過西蒙・波娃的《第二性》嗎？最近還有一個法國女人又出了《第一性》（編按：即海倫・費雪（Helen Fisher）所著之《第一性——女人的天賦正在改變世界》（*The First Sex: The Natural Talents of Women and How They Are Changing the World*）」。
你看過嗎？」

我說沒有：「我有很久不去書店了。」

「符號」說：「看起來你最近在北大讀MBA讀壞了，你以爲在這個世界僅僅靠經濟？說到底這是一個人的社會。因此人文精神比任何東西都重要。」

我看了看「符號」，說：「我怎麼覺得你像一個男人在講話？你坐在那，一點女性特徵都沒有，我看你眞的需要在乳房上打一針『英勒爾』。」

「符號」大聲笑起來。她的笑聲是那麼尖利，像是玻璃突然碎了。她站起來挺著胸部說：「可是男人們都說我非常性感，老闆也說我是個很有吸引力的女孩，北大一個專門講文藝理論的教授就想拋妻棄子跟我結婚。這個人你肯定認識，本來是社科院的，剛剛調進北大。」

我說：「我已經不在北大讀MBA了。」

她睜大了眼睛：「眞的？」

我說：「是眞的，已經很長時間了。」

「那你在幹什麼？」

「你不是都看見了？每天都在這上班。」

「那你最近出了什麼事？前些天裡爲什麼還急需五千塊錢？」

猶豫了一下，我說我在談戀愛，跟一個叫阿伯的男人在戀愛。「符號」吃驚了，她重又坐回椅子上，問：「阿伯？誰是阿伯？」

我開始跟她講阿伯。我很想跟她講阿伯。我說他個子很高，有一雙類似女人那樣的大眼睛，我喜歡這種眼睛，是因爲它顯得很陰性，讓我一看就能看得進去，整個人都能走進去，甚至是掉進去。裡面那種無形的強大的吸力，讓我害怕，我是怕有一天我再進不去了……可是他又很窮……

「可是他憑什麼要跟你借五千塊錢？他不是知道你是個女人嗎？」

「他知道我很愛他，當然他也很愛我。前些天他去找妓女被派出所抓住了，要罰款五千塊。那天跟你借錢就是爲了這件事，我怎麼能眼看著他被人抓去篩沙子？那樣的話他太可憐了。但是他出來之後我覺得應該分手，然後就這樣又分手了。他給我留下了紙條。不過他走了之後我更難過，心裡所遭受的打擊好像更強烈。」

聽到這裡，「符號」已驚歎不已。她說：「那當然要跟他分開，他不離開你，你也得離開他，你想想他居然去找一個妓女，他多髒啊，他又愛你可是他又去找妓女。我最恨這樣的男人了。」

「我也覺得他髒，我也恨他，可是跟他在一起每次舔著他的陽具我就覺得特別幸福。如果是我，我會把他那個割下來的。那裡的油脂特別豐富，可以留著擦皮鞋，經這個擦過的皮鞋光可照人，一個月都不用再去擦。」

我笑了，我說如果按你這個說法這世界上的男人全都成太監了。

「那是他們罪有應得。」

「可是連享利米勒都說過，一個人身上長著兩個生殖器，一個是平常用，一個是假日用身的。我也想了很多，想重新去找白澤，如果他發現我是眞心的，他一定會跟我重歸於好。可是我做不到，的確，那些妓女太髒了，阿伯也太髒了，每次想到這我渾身都在打顫。但是阿伯一走，我整個晚上沒法過。在他躺過的那張沙發上……你知道我在幹什麼嗎？」

「符號」思索地看著我。我說是那件事。

「什麼事？」

我說我把他留給我的紙條貼在我那裡，我覺得那樣好舒服。

「符號」想笑，於是就笑了。她說：「我在一個法國人寫的小說那裡看到一個男人把自己情人的月經紙放在口袋裡，現在你把他寫了字的紙條貼在你陰道上，這眞有點異曲同工。不過，麥子，從你的談話中，我發現你完了，你更應該看看最近的新書《第一性》了。你首先應該從心理上去解放自己，然後從性上釋放自己，我們也是可以換不同的男人的，不要總讓男人覺得我們女人是性工具，《第一性》裡就說……」

「符號」站起來，像要跟我表演似的，她兩手急急地比劃著。但是因爲想著阿伯，我哭了。

「符號」生氣地說：「你得看《第一性》啊……」

這時從門外閃進一個人，是老闆。他問「符號」說：「什麼第一性啊！誰是第一性？」

說。」

老闆便順手輕輕摸了一下「符號」的屁股。他說：「剛才我看了你們倆人的廣告片，你們的對話就怎麼那麼生硬呢？什麼讓男人『難以掌握』啊，太繞口了，廣告詞可以這麼寫，但不可以這麼說。」

「符號」不回答。

老闆看了看我，又用手拍了拍「符號」的屁股。我又悄悄笑了，只見「符號」的臉紅一陣白一陣，突然她抬起手來往老闆臉上煽了一個耳光。老闆愣了，他對「符號」說：「你知道你這巴掌是打在誰的臉上嗎？」

「符號」不說話，開始在辦公臺上收拾自己的東西，一副要走的樣子。老闆愣在那裡，一時不知道眼前發生了什麼事。但是他馬上問「符號」要幹什麼？說著上前按住「符號」的一隻手，他說：『符號』，你可以用你的另一隻手來打我，但是不要走，平時我跟女孩們開玩笑開慣了，實際上我沒有別的意思，所以請你原諒我，你跟麥子的廣告片還要改，沒有你不行。」

「符號」停下整理桌子的手，只聽老闆又說道：「我希望你們在我的公司一直待下去，永遠，真的。我剛剛還跟有關部門打招呼給你們上保險。我正在向新聞出版署申請一個版號搞報紙，還搞正式的記者證，這個公司會越做越大的，眞的。」

末了他又說：「我可以作你們在這個商業大潮中的保護神。在這個公司裡有我一口吃的就有一口你們吃的。」

第三十一章

阿伯 42

他們四個人坐著沈燦的車，走在長安街上。

沈燦沒有用司機，親自開著車，阿伯坐在她身邊的副座上。兩旁風吹日落，人群在移動，他們穿著花色的衣服，像是色塊在跳動。

阿伯突然看見了一個熟悉的身影，那是麥子，她正獨自走在長安街上。正是那天，她打完胎阿伯陪著她一起走過的路上。

麥子走著，看著前方，她的臉顯得有些灰，跟四面的色彩不協調。阿伯以爲自己看錯了，他更仔細地看著，是她，她在走著。阿伯向後看去，發現導演和大威都沒有看見麥子。

只聽沈燦說：「陳左從來不回家，他把外邊當做家，不光是對我、對別的女人也絲毫沒有興趣。這在公司裡已經成了大家都知道的事，我也無所謂，跟你們說這事，是想，待會兒你們到我家，別太客氣。」

沈燦的話說完，幾個人立即顯得有些不自在，導演說：「當然，我們從來沒有把沈總當外人看。」

沈燦說：「看，還不當外人呢，又來了，不是說了嗎？不要叫沈總，叫我的名字，或叫沈姐。」

大威說：「沈姐，我們眞的沒有拿你當外人，從來沒有，第一次見你，我就在想，這是誰？說是大老闆，可是卻那麼書香，那麼有文化感，說實在的，那麼Ш，不知道爲什麼，確實讓我感到你是我們的一個老朋友。」

沈燦笑了，她加快了開車的速度。

電梯裡，四個人都沒有說話，從電梯牆壁的反光中，阿伯的目光偶爾跟沈燦碰到了一起，他又一次感到一種慌張。他已經不明白是眞的對她有種畏懼還是內心在渴望著什麼。

沈燦看著他說：「你來過嗎？」

阿伯愣了，上回他來過，可是沈燦竟忘了，而且上回他來時，她只顧自己洗澡，打電話，把他阿伯忘得乾乾淨淨，就像從沒有這麼一個人，從沒有過那樣的一天，一個晚上。她是一個什麼樣的女人？是不是有錢的女人都這麼愛忘事？

進了沈燦家，阿伯注意到那大威又一次不會走路了，就跟上回來一樣。

「窮人，不管他是讀什麼書的，只要他是窮人，那麼進了富人家，他就永遠不會走路，否則，那窮人，到富人來幹什麼？」

阿伯暗笑著，他覺得這回能觀察大威，感覺要好多了。

沈燦像是陽光一樣地對他們說：「小夥子們、牛仔們、搖滾者們……我眞是不知道該怎麼稱你呼你們才好，你們知道我今天爲什麼要讓你們來嗎？」

三個人互相看看，說：「就是來跟沈姐聊聊天。」

聊天？沈燦笑起來，說：「聊天？那好，待會兒咱們好好聊天。我現在想先洗澡，你們想喝什麼，自己隨便。」

導演說：「好的，沈姐，你隨便，我先給他們倒酒。」

阿伯說：「我不喝了，我剛才喝多了。」

沈燦說：「不行，得喝，我這兒的酒都是你愛喝的。」

大威笑起來，說：「沈姐這兒，讓我想起了殖民時期的上海，我想像中的殖民者，他們作爲統治者就是這樣生活的，華麗，誇張，軟軟綿綿……充滿慵散的情緒，有些像是冬日午後的陽光。」

換了拖鞋的沈燦邊上樓梯，邊扭著自己的臀部，她的背影消失在樓梯的盡頭。

導演看著阿伯，說：「看著她的屁股，我都快射了。」

牆上沈燦和陳左的合影又一次映入阿伯的眼簾，導演和大威也都看得出了神，他們第一次看見陳左的模樣，沒有想到陳左長得竟是這樣的英俊。

阿伯這時臉開始紅了，說：「今天，今天我特別不想來，你不該叫我。」

大威說：「最瞧不起阿伯這種人，都這樣了，還裝什麼孫子？要不，你現在就走，我們兩個繼續在這兒。」

阿伯猶豫著，當他看到大威笑著在看著自己時，突然，他起身，去門廳換鞋。

導演到了他身邊，狠狠拍拍他的背，說：「你想怎麼樣？」

「我不想怎麼樣，只是想回家睡覺。」

「家？你個窮鬼，北京哪兒是你的家？」

阿伯一愣，說：「反正我現在回去睡覺。」

導演：「你是想壞我們大家的好事？」

阿伯：「我走了，留下你們在這兒，好事更完美。」

導演：「胡扯，你沒有發現，那女人更喜歡你了？」

阿伯：「沒有，再說，我跟她沒有關係，你知道，我心裡很難受。」

導演：「別這樣，你現在出去可能失去了你一生的好運氣，這個女人能讓咱們變化，你可能在北京會有一個家，而我，能拍出一部好電影，上國際上拿獎。」

可是，我不知道，她會不會投錢給咱們。

導演：「那她不會這樣跟咱們在一起，她是一個有身分的女人，她在我們面前表現得這麼隨便，難道眞是她神經有毛病嗎？」

「可是，我心裡特別難受。」

「不對，在寒風裡，沒有家，沒吃飽，看著別人家的燈光亮著，想像著別人家的溫暖和裝修過的

客廳，那才叫眞難受呢，好了，別這樣，咱們回去。」

他們回到了客廳。

大威剛換了一張CD，正在聽一首GIP的歌，他說：「想不到，沈姐竟也聽這樣的唱片。」

導演說：「她是一個特聰明的女人，她願意跟咱們在一起，首先是因爲我們的確很優秀，大威，咱們一定得自信，她對咱們很好，你得稍微從容一些。」

大威：「我怎麼不從容了？我非常從容。」

阿伯說：「可是，剛才你進屋裡時，連路都不會走了。」

導演笑，說：「阿伯，你不也是一樣嗎？這就是你們兩個窮人，又是寫字的，沒有自己裝修過的家，必然要表現出來的東西。」

樓上的水聲傳下來，聽見沈燦在上邊喊：「你們自己喝東西，別著急，好嗎？對了，你們還可以看片子。」

阿伯又喝了一杯威士忌，他的目光重又落在了牆上陳左的那張臉上，心裡說了句：「狗日的。」

（編按：畜生意）

大威突然把聲音放低，說：「對了，導演，如果這次事成了，你能給我多少錢？我又寫劇本，又陪著你們玩，咱們還從來沒有具體談過呢？」

導演：「可是現在也不是談這事的時候。」

大威說：「那不行，她不是在洗嗎？等她下來時，還不知道要多長時間吶。」

阿伯說：「導演，你可以跟大威談，我也想聽聽。」

大威：「不過，我拿多少，跟你無關，這是我跟他之間的事，我做人有我的方式。」

導演：「求你了，大威，你不是搗亂嗎？」

大威說：「不，沒有，多少？」

導演說：「今天，我不能談，因爲結果還沒有出來呢。」

阿伯笑起來，說：「導演，我看連導演也換他算了。」

大威說：「你說，得多少錢？」

這時，沈燦突然笑起來，大家被嚇了一跳。

三個人同時朝上望去，沈燦正站在樓梯的上邊，她穿一件很透明的白色睡衣，臉色紅潤。

「你們都上來，參觀一下，好嗎？」沈燦說。

三個人互相看看。

阿伯覺得自己嗓子發緊，他看看大威，發現他的手又不知道該擱在哪兒好了。沈燦已經回頭朝裡邊走去。

三個人小心地開始上樓梯。

二樓上還是那麼大，超出他們的想像，他們判斷著應該朝哪邊走時，沈燦的聲音似乎從最東邊的一個開著大門的房間裡傳來。

阿伯與導演和大威三個人朝那間屋子走過去，當他們走到門口，朝裡邊看時，驀地，三個人都驚呆了：「屋內有很暗的燈光，像是深夜一樣的調子，沈燦全身裸體地躺在床上，有一縷射燈的光直直地照在她的肚腹上。」

他們愣在那兒。

沈燦甩著長髮，微笑著看他們，就像天使一樣。

導演也慌了，他看著她，半天不敢朝前走一步。

阿伯和大威更是不知所措。

沈燦說：「來，上我這兒來。」

導演開始朝前走，阿伯和大威跟著，當他們走到了沈燦的跟前時，她說：「本來我不想這樣，但也無所謂，對嗎？我已經四十多歲了，也不想顧忌那麼多。不過我雖然四十多歲，知道嗎？我有任何女人都沒有的好皮膚。」

阿伯看著她，覺得她說得對，她的皮膚完美，她的乳房和腿都是一流的。可是，他覺得眼前的一切很不真實，就像是在影片裡的場景一樣，如果去對另一個人講述，對方只要是正常，就無法相信這樣的話語。

阿伯下意識地看了看導演和大威的身體，發現他們的那個部位都頂得很高了。而且，他們兩個

人的臉也都顯得很紅，就像發燒了一樣。

沈燦說：「來吧，就像你們看過的所有色情片一樣，我只是需要你們能讓我今天忘了那些討厭的事情。」

這時，她的手機響了。

她開始接聽，說：「是你呀。」

沈燦笑起來，說：「沒有，我在外地，我今天有事，可能回不了北京了，你呢，在幹什麼？在看戲？什麼戲？好呀。」

導演和阿伯三人在一旁聽著她打電話。她的笑聲時時地讓他們心裡發緊。

然後，沈燦看看他們，示意他們坐到自己身邊的床沿，她一邊講著電話，一邊看著他們三個男人的每一雙眼睛，她用自己的目光與他們對話。

阿伯覺得自己從小到大都沒有這樣衝動過，於是，他開始在沒有導演的安排時，就輕輕上前撫摸她的腿了。

沈燦關了電話，讚許地看著阿伯，然後閉上了自己的眼睛。

導演似乎覺得自己落後了，他抓住了沈燦的一隻手。

只有大威，他似乎還在猶豫，他不愉快的是阿伯竟然成了一個領袖，是他們今天的第一個走向雷電的人，他成了英雄，而此刻自己無論怎麼做，都缺乏想像力，只是一個跟風者，大威站在他們身邊，看著沈燦的軀體，說：「我是不是在夢裡？」

沈燦睜開眼，說：「我難受，你能先來嗎？」

大威的臉紅了，他猶豫著看看另外兩個男人，說：「你們能先出去嗎？」

導演說：「別緊張，我們先出去。」

沈燦說：「不行，你們在身邊，你們都有自己的事。」

大威還有猶豫著。

沈燦突然有些不高興的說：「要是你再這樣，你就先出去吧。」

大威的臉紅了，他開始走上前，脫下了短褲，猶豫著，進入了沈燦，然而，大威似乎還沒有動作，就忍不住地叫了起來。

沈燦有些失望地看著他，說：「你就這麼害怕？」

大威說：「不，我是太激動了。」

接下來，就是阿伯，他看著正拉起沈燦一隻手的大威，開始進入沈燦。

沈燦說：「你先等等，你是中國人嗎？你長得眞大，告訴我，你是多大就這麼大的？」

阿伯臉上出汗了，說：「上初中時，我們在廁所裡比，看誰的大，我比那些上了高中的都大，所以我當時在學校裡出了名。」

阿伯說著，進入了沈燦，他開始動作，他閉上了眼睛，恰恰在這時，麥子的臉出現在了他的眼

前，他愣了，睜開眼，看著屋內的燈光，知道麥子沒有在這兒，沈燦正看著自己。

阿伯好像受到了驚嚇，突然，渾身都軟了。

沈燦說：「你怎麼了？」

阿伯搖頭。

沈燦：「你軟了？」

阿伯說：「不光是那兒，渾身好像都軟了。」

導演過來，說：「沈姐，我怕你的身體受不了，還怕陳總會回來。」

沈燦說：「他們都不行，只有你了。」

導演上前，剛脫了褲子，就開始射起來。

沈燦難過而失望地閉上了眼睛，說：「看你們三個都是一米八的個子，好，好，不說了，阿伯就你沒洩，你來吧，好嗎？」

阿伯說：「我，我可能不行。」

沈燦起身，說：「我幫你，你們都出去吧。」

導演跟大威不情願地朝外走去。

沈燦開始幫助阿伯，可是過了很久，阿伯也不能如願。

沈燦說：「為什麼？」

阿伯說：「原諒我，沈總，我的確硬不起來。」

沈燦又說：「爲什麼？」

阿伯說：「不知道。」

她說：「我知道，你心裡有另一個女人，你有障礙？你是不是在想那個叫麥子的？」

阿伯看著她，說：「我提褲子了？」

沈燦說：「出去吧，我想安靜一會兒。」

門外的導演和大威正在抽煙，他們期待地看著阿伯。

阿伯看著導演，說：「我努力了，卻失敗了。」

導演說：「完了，《長安街》完了。」

阿伯獨自走在長安街上，他感到冷了，他希望能再次見到麥子。他已經知道爲什麼麥子會出現在這裡。她一定是想他了。他看著黃昏裡的天空，心中有種恍惚的悲哀，他走著路，看著遠方，覺得今天是不可思議的一天。

他回到了那個大雜院裡，當進了大門，朝裡走時，他看見了那個老太太。

老太太沒有跟他說話，只是眼神有些神秘。

阿伯警覺起來，意識到可能出了什麼事，要不老太太不會這樣的眼神。他轉過彎，心中因無奈而空茫，可是當他朝自己的門前看過去時，似乎世界一片明亮——在門前的石臺階上坐著一個人，

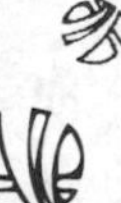

她就是麥子。

麥子沒有看他，她只是望著西邊，望著有夕陽的方向在思索著什麼，臉上的眼鏡閃著光芒。可是她又像是一個雙目失明的人，看不見阿伯正在朝她走去。阿伯想：「她不是明明戴著眼鏡嗎？」

他走到了她的身邊。

她仍是不看他。

他默默地坐在了她的身邊，想說什麼，卻難過得說不出什麼話。

她終於回頭了，看著他，半天才說：「走，回家。」

麥子 43

好像有一百年沒見到了阿伯似的，在他不注意時我緊緊盯著他。他的側臉在夕陽的照射下發出病態的光澤，他瘦了，更蒼白了，他的胸脯已不像以前那麼寬大。他垂下眼簾以躲避我的直視。

他開了他的門，我猶豫著走進去，坐在床邊。我問你昨晚就是在這裡睡的？他愣了一下，似乎我的話語藏著什麼。我的臉紅了。這時我看見放在床頭上的一根長笛。於是拿起來把玩著，說：「我從來不知道你吹長笛是什麼樣子。」

阿伯拿起它在手上試了試。我說：「把它帶走吧！帶到我們的房間，你可以天天看它，還可以在你心情好的時候吹它。」

阿伯用手把垂在額上的頭髮往後一撩，開始吹起長笛來。空中馬上旋起一股顫顫抖抖的微風。他低著頭的樣子以及他的嗚叫很像一隻受傷的野狗。我不知道他爲什麼會這麼憂傷。

末了，阿伯把那根長笛又輕輕放回了枕邊。那裡同時還有兩本書，一本是德希達，一本是傅柯。

我望著這間靜悄悄的屋子，說：「你一不高興還能回到這裡來，讓長笛、讓德希達來陪伴你，你是不是爲自己想到了退路？你動不動就離開我。」

一時間我的眼淚下來了。我說：「你不愛我，你如果愛我，你根本不會一個人悄悄走掉。」

他把我摟在懷裡，說：「我也可以給你一把鑰匙，如果有一天你看不見我了，你可以到這裡來找我。」

「眞的？」

「眞的。」

「在這個世界上我們是不是永遠在一起？」

「是。」

「即使你有一天離開我了，我也能找著你對不對？」

我抬起頭，他取下我的眼鏡，用手抹去我臉上的淚。他說：「麥子，你戴眼鏡的樣子叫我害怕。」

我破涕爲笑。

「可我是近視眼，我必須戴眼鏡。」

「你可以戴隱形眼鏡啊！」

「我戴不慣。」

「那就算是爲我戴。」

阿伯鎖了門摟著我開始往白澤租的房子走去。我們不打算搭任何車輛，只想一步步走回去。我們一共走了三個多小時，途經無數個眼鏡店，試帶了無數副隱形鏡片。但是一戴進去，裡面就癢癢的，刺激著淚腺。阿伯大聲跟我爭吵：「爲什麼就沒有適合的？」

我說明天我們再出來買吧！我們去西單或者王府井，那裡的眼鏡店都是大店，說不定能有一副是合適我的，就像你合適我一樣。

我笑了。可他卻說：「明天我要去談投資的事情。」

「又要見沈燦？」

「不是，是她的丈夫陳左。」

我沉默了，我不知道他是不是眞的見她的丈夫。我不能把我的疑問說出來，於是沉默地看著西邊將盡的夕陽。但是阿伯卻感受到了，他讀懂了我內心的陰鬱。於是他像發誓那樣地說：「我明天是眞的去見陳左，要不，明天我們一起去。」

回到公寓後，一件意想不到的事情發生了。門外響起急速的敲門聲。我和阿伯把剛剛脫下的衣服又重新穿上。我打開門驚奇地看到來者竟然是「符號」。

她說她是來看看我的，怕我一個人想不開，她看到了我身後的阿伯，說：「可是沒想到你這麼快就和他和好了。」

她走過去站在他的面前，問：「你就是阿伯嗎？」

阿伯說是，又轉頭看看我。我說這是「符號」。

「符號」突然朝他臉上搧了一巴掌。

阿伯驚呆了，但他馬上穩住自己，問：「你爲什麼要打我？」

「符號」說：「因爲你找了妓女。」

「我找妓女沒給她們錢嗎？我給了，所以你爲什麼要打我？」

「因爲你跟麥子在一起，所以不能跟妓女在一起，儘管給了她們錢。我來幫麥子出一口氣。」

「那也應該由麥子來打我。」

「我是在代表我們女人打你們男人一耳光。」

說著「符號」轉身往外走。

這時阿伯說：「等等。」

「符號」回過頭來，阿伯伸出手在她臉上抽了一耳光。他說：「我代表我自己來打你這個耳光。」

因爲你不該打我。」

我上前抱怨著阿伯。而「符號」看也沒看我捂住臉跑了。我追下去，「符號」卻已上了一輛計程車。

我回來關上門對阿伯說：「不過，今天她已經打了兩個男人了，前面是一個男人，後面也是一個男人，可是她絕沒想到自己也挨了一個耳光。」

說完我忍不住地笑起來，心裡想著不知明天要怎樣安慰「符號」才好。

阿伯 43

當阿伯和麥子重新赤裸著躺在床上時，麥子對阿伯說：「像『符號』這樣的知識女孩確實和別的女孩不一樣。」

阿伯向她轉過臉，問有什麼不一樣？

麥子說：「當一個女人有了種種思想、有了錯綜複雜的情緒的時候，這個女人臉上才會煥發光彩，這個女人就會顯示出智慧，就會有魅力。」

阿伯對麥子的這番話卻是那麼反感。他激動了，或者是激怒了。他說：「你永遠記著男人和女人思考問題所用的東西是不一樣的，你以爲是用頭腦，你一定是講頭腦，你還會對我說是用心靈。但是我覺得你不應該這麼說，這麼說是愚蠢的。」

這時候阿伯把手伸到麥子的下體上，說：「男人是用他們的陽具思考問題，而女人應該用這個去思考問題。所以男人和女人思考的方式不一樣。而你以為你讀了MBA，你以為你讀了德希達，你以為你喜歡上了博爾赫斯，你以為你對錢鐘書和洛奇之間有了比較，你就可以用陰部以外的方式去思考問題嗎？」

麥子說：「那我們讀的這些書究竟有沒有用呢？」

「你們讀這些書是讓你們更加清楚地知道，男人思考問題用他們身上所長的這個，那是因為男人經常是他身體的俘虜，他身體的奴隸。要不在你們所說的男權社會中女人怎麼會有吃的？男人除了在這個地方需要女人以外，他打麻將、玩橋牌、打網球、喝酒、下棋、去開很重要的會議的時候，難道說就眞的需要女人嗎？他不需要。」

阿伯說著又用手拍了拍麥子的手，把它拉到自己的陽具上，說：「只有這個東西硬的時候才會想到女人，他才會突然對女人溫情。而且這兩種智慧能夠互相彌補能夠互相依存。然而你們這些自以為是的知識女孩，經常犯這種錯誤，竟然覺得女人長著和男人一樣的東西了。」

阿伯說著笑起來。他看見麥子已經閉上了眼睛。這時阿伯又把手放在麥子的陰部上說：「女人們經常以為她們這個東西不決定她們的思考，你想怎麼可能，我們今天就坐飛機去問問德希達，或者去問問傅柯，或者去問問亞里斯多德，或者去問問西蒙波娃，去看看我說的這話重不重要。」

麥子在這時候突然睜開眼睛，說了一句讓阿伯永生難忘的話，阿伯在那個時候無論如何都沒有想到自己以爲在精神上被摧毀的麥子竟然會說這樣的話。麥子說：「你這樣摸著我我感到很舒服，你就應該這樣輕輕地摸，你每次輕重都不是掌握得很好，今天你的輕重掌握得很好。」

麥子她在以後的光輝歲月裡無論如何都認爲自己所說的這樣一句話是智慧的語言。因爲碰著了像阿伯這樣的男人。

第三部

第三十二章

阿伯 44

先是經過一個約有四百平米的開放型辦公室，員工們蝸牛似的縮在自己的格裡工作著。大約走了三分鐘，引路的女秘書幫他們推開一扇亮閃閃的大門。

陳左坐在那兒，沒有起身。

阿伯立即想到了他和沈燦的那張合影。他和照片上相差不大。他心想，他不起身是極其正常的，他是大人物，是一個成功房地產商，他還是著名的贊助人，也就是說，他有可能是一個窮孩子的聖誕樹，確切地說，應該是一個耶誕節，或者是一個聖誕老人，也許是一部窮人的聖經？

陳左不僅沒有起身，甚至連笑也沒有笑。在他的前方是桌子上放著的紅茶和白色的杯子，在他的後方，是綠色的植物和大理石的牆壁。

阿伯在那一刻與麥子一起，一前一後地朝陳左的方向走去時，他注意到在陳左身邊的沈燦，穿著蛾黃色的套裙，看起來有領袖的丰采。她一看見阿伯就笑著走上前，她的笑在今天對於阿伯來

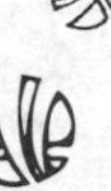

說，是一種天意的恩寵和依靠。但是沈燦很快看見了旁邊的麥子。

阿伯走著，他的腳步又開始不穩，他想儘可能地作出輕鬆和瀟灑的舉止，可是他此刻甚至緊張到覺得地是不平的，儘管那像是五星級酒店的地面。

一直到了他們跟前。陳左依舊沒有站起來，他坐在那兒，似乎在不經意地看著斜放在他對面的一張紙。

就是那張白紙，讓阿伯的心抽動起來，因爲那是《長安街》的預算。當時，阿伯不知道身後的麥子在想著什麼，他也看不見她的表情。以後的麥子對阿伯說，她當時一點也不緊張，她對於類似像陳左這樣的人，從來不抱任何希望，因爲她懂，在你阿伯只花一百多塊錢，就能跟一個妓女去睡覺的時代，這個時代是不是能稱作爲打炮時代？在這樣的一個時代，一個女人想透過自己的資色去吸引那些特別有錢的，而且是眞有錢的男人，是不可能的。所以，她說她不緊張，眞正的無產者是無所畏懼的，那一刻她心裡想的是沈燦。

阿伯卻不同意她的表述，他認爲她在說假話，因爲他不信任女人，特別是一個像麥子這樣的女性知識分子會忘了自己的女人性別身分，而去與男人打交道，她們會不利用自己的性別特點？這是騙鬼的話，阿伯絕不會信的。

然而，在當時，那一張白紙卻讓他喘不過氣來，那是他在頭一天晚上與導演商量了幾個小時之後，由阿伯交給沈燦的。導演當時說：「看起來，她更喜歡你，唉！如果有一天，翻開中國電影

史，人們發現，《長安街》投資竟是靠男人賣淫得來，那我們的後人，特別是那些正在跟著導師讀著博士後的人會怎麼說呢？」

當阿伯走到了那張桌子時，沒有想到陳左會突然站起身來，這使阿伯以爲他會打自己，而被嚇了一跳。

陳左伸出手來，說：「我喜歡《長安街》這個名字，但是，不喜歡這個故事。」

阿伯與陳左握手時想，無論如何陳左在當時都沒有看麥子一眼，他想不到這個男人竟在以後的日子裡，把他和麥子推向了絕境。

陳左改變了他和麥子的一生。

阿伯以後，無數次地回憶起那天的細節，他無論如何也想不到，或者說他從來也沒有發現陳左那天眞正注意的人是她——麥子，而不是他——有才的阿伯。而當時的阿伯想，今天沈燦看到了自己的女朋友會不會不高興？但他不太敢看沈燦。

陳左也沒有怎麼看麥子，他只是與阿伯說著那個長安街的故事。阿伯想，看起來他是眞的看了，而不是假看了，因爲，《長安街》的故事從某種意義上來說，是不太具有可讀性的，也許導演看中的也恰恰是在這點上。然而，陳左讀得進裡邊的細節，他甚至於連男主人公去那個富有人家的別墅時，爲了使自己體面一點，竟在下了計程車後，慌亂地擦了擦他那不太髒的皮鞋……陳左連這樣的細節都能注意到，可見他是一個偉大的人。

阿伯當時想，能注意到細節的富豪是偉大的人，可是他卻從沒有去想眞正的富豪都能注意到所有的細節。

所以，阿伯並不知道陳左已經在注意麥子了，他的眼睛看著別處，但是，他卻把麥子看得清清楚楚，他說：「你們喝什麼？」

阿伯不知道自己是怎麼了，在一個男人和一個女人面前，就連這樣的問話都能讓自己緊張得臉紅起來，要喝什麼？

他一時不知道自己該喝什麼。

還是沈燦說：「這兒的咖啡好，還是喝咖啡吧。」

然後，沈燦又問麥子想喝什麼？這是她第一次看麥子，臉上的表情是微笑著的。

麥子愣了一下，她沒有看沈燦而是望著前方的某一點說：「喝義大利咖啡。」不知道是因爲什麼原因，麥子說要喝義大利咖啡，這使阿伯很爲她這樣說而不好意思。

這是因爲什麼呢？阿伯問自己，他想來想去，覺得還是因爲麥子不自然，她是想以個性，來掩飾自己在這種地方的無知與侷促還是她在和沈燦對抗著？他注意到麥子的臉一直是紅著的。

沈燦在看著阿伯的時候，又非常自然地微笑了，好像已經從剛才冷不防的打擊中恢復了過來，她沒有想到阿伯是帶著女朋友來的。這使阿伯的心情稍稍好了一些。他一邊攪著咖啡一邊想，從沈燦的表現看來，她似乎覺得那天什麼事也沒有發生，或者說，也許是他阿伯的記憶出了毛病，他把自己的一個春夢給當成現實中眞的發生了的事了。本來嘛，他們三個男人，導演和大威，還有他阿伯，可能去她家，看著她裸體地躺在床上，並且渴望他們三個人一起上她嗎？

他們三個人的運氣也太好了，他們不配有這種運氣。

沈燦說：「上邊的泡沫不要過份地去攪，留著那泡沫，你會更有感覺。」

阿伯聽從了她的勸告，停下來，沒有再攪，但是「感覺」這個詞又讓他倒胃口，從八〇年代以來所謂的文明女人用「感覺」畫了一幅幅不倫不類的畫。他注意到麥子要的義大利咖啡也是要的一種「感覺」。那只是一隻小小的杯子，裡面也沒有泡沫，清亮得可以照見人。麥子端起來輕輕喝了一口，當她把杯子放下時，似乎沒有再注意咖啡，她只是在聽著彌漫於大廳裡的音樂，她似乎聽得很專注。

沈燦突然說：「你就是阿伯的女朋友嗎？你還這麼小，聽說你是一個記者？你還為張藝謀他們寫過文章？能給我一張名片嗎？」

麥子把自己的新名片掏出了兩張，一張給了沈燦，一張給了陳左。

阿伯當時不知道，就是這張名片，使陳左以後可以輕鬆地與麥子聯繫，並在適當的時候與她談論藝術與文學問題。

離我坐的四、五尺遠有一盆盛開的黃色迎春花。陽光從陳左的側面斜斜地照過來，使他的身影剛好覆蓋住那盆花。我盯著那黃色的花葉，想，我今天就是想讓沈燦知道我是阿伯的女朋友。

我二十六歲，比沈燦年輕，我來是讓她看看我怎麼年輕了。青春是錢買不來的，青春是守候在樹枝上的鳥，不斷會有男人停留。我穿著一件白色的圓領毛衣，只露出我長長的頸。而沈燦的那件黃色毛衣領口開得很深，隱約看見那乳房。她的臉油光光的，一看就知道擦的是幾千塊錢一瓶的從美國進口的油。

陳左並不是坐在沙發上，而像是無奈地陷進一片泥沼裡。他正在抽煙。透過煙霧我發現這是個英俊的男人，我沒想到一個商人，尤其是一個成功的商人，也可以長得如此標緻。我不禁望過去，卻和沈燦的臉碰在一起。

我慌張地避開去，她發現我正在瞄她的男人。我又看見了那晚在法國大使館的聚會上她那嘲諷的笑了。當她問「你是阿伯的女朋友嗎」這句話時，我聽出她是要把我的身分說給陳左聽，她要讓陳左知道我是阿伯的女朋友。當她說到「你還給張藝謀他們寫過文章」時，我確切地知道她已認出我正是在那個聚會上的「低級的娛記」。她雖然帶著微笑，但那只是她臉上的亮晃晃的油光，是假的。她的眼神明確告訴我「張藝謀他們」是垃圾，給「張藝謀他們」寫文章的人也自然是垃圾中的垃圾了。

陳左盯著我遞給他的名片，問：「你們為什麼要寫這樣的一個故事，並且叫它《長安街》？」

我剛要張口，只聽阿伯說：「我主要想表現某一類人，他們的狀態。」

「某一類人？哪一類人？」

「我們這樣的人。」

「你們？你認爲你們是什麼人？」

陳左抬起頭，看看我又看看阿伯。我想一個長得如此標緻的男人，又有金錢，又有智慧，這樣的男人還是人嗎？旁邊的沈燦已經拿起放在桌上的那張計畫書，在看。

阿伯回答陳左的聲音顯然小了一點。

「我們？我們……我們是一種被邊緣化了的人吧！」

「被邊緣化？你們曾經是這個世界的中心嗎？」

阿伯臉紅了，的確，他們從沒有當過這個世界的中心，那麼這個所謂邊緣化是怎麼來的呢？

我看著阿伯，發現他在思索。此刻緊張的阿伯與陳左相比，既沒有智慧，也沒有誠實。一個老是想從別人口袋裡把錢掏出來放進自己口袋的人，是不可能誠實而聰明的。

想到這裡，我開始可憐阿伯。

阿伯說：「我們這一批人，從來沒有當過中心，可是曾經有過這樣的時候，一批文人成了中心，他們被大眾所認識，他們被權力注意，他們得到的利益超過其他人。」

陳左笑起來，說：「那是他們自己的感覺，其實就是在那時候，他們也不是中心，對於中國社會來說，其他都不是中心。什麼是中心？你只看看他們辦公的房子在哪兒就知道了。天安門在哪兒？天安門是幹什麼的？長安街？長安街兩邊都是些什麼單位？他們爲什麼能在長安街？」

我又轉頭看阿伯，他的臉上明顯地冒出熱氣，他的目光有些膽怯，似乎後悔自己隨便地用了「邊緣化」這種他幾乎從來沒有想清楚，並且也不是眞喜歡的辭彙。我想，他那麼敏銳的人怎麼一開始就以爲這個陳左也跟任何他所熟悉的知識分子一樣呢，他們張開嘴就胡說，他們可以在不會任何樂器的情況下，就說音樂裡有高潮、有色彩，並且能毫不知道羞恥地去分析某一部作品的曲式結構。他們可以說很多詞，而不能像是陳左一樣，在一個高貴的場所裡，很放鬆地去說說某一個被用濫了的辭彙的意義。

眞的，我也從沒有仔細想過，爲什麼人人都在說自己是被邊緣化了的？唉！中國知識分子的起點眞低，他們總是因爲自己沒有吃過好東西，就說自己曾經什麼都吃過，或者說世界上根本就沒有好吃的東西。

就在這時陳左看了我一眼，目光裡充滿著勝利者的喜悅。我接住他的目光，微微笑了。

女人活著的意義就是和這樣的目光碰撞。我想。但是陳左很快就避開了。

在一旁的沈燦目睹了這一瞬間。

阿伯已經有很長時間沒有去注意麥子了。

她在想什麼呢？在這樣一個陳左面前，當他阿伯反覆地思索著，知識分子們爲什麼那麼喜歡使用自己沒有太想清楚的辭彙時，她們，她們這些女人，其中包括沈燦，更包括麥子，她們那時在想什麼？以後麥子說：「我們在比著誰漂亮，誰更吸引男人。」

阿伯感覺著與陳左之間的關係，他被一些大問題所包圍著，沈燦說過什麼話，他忘了。麥子是不是說過話，他也忘了。

他的眼前只有陳左，以及他智慧的語言和從容的風度。

「《長安街》的故事可能要變化，投資的事，我會跟董事局的其他人商量一下，聽聽他們的意見。」

這是陳左在那天跟阿伯說的最後的話。

阿伯跟麥子重新走到了大街上時，他感到無比的輕鬆，麥子似乎無意地在哼著一首他沒有聽過的新歌。

他問：「你覺得陳左怎麼樣？」

「沒什麼感覺。」她回答道。

「沒什麼感覺？」他吃驚於她故作輕鬆的口氣。

她繼續走，沒有理他。

他說：「我發現他很了不起。知道嗎？為什麼我覺得中國的經濟還有希望？就是因為有一批他們這樣的人，成了CEO，成了領導者。」

她沒有看他，只是說：「沈燦對我一點也不友好，不知道她在想什麼，你跟她說過什麼嗎？她的表情有些怪怪的。」

他愣了一下，不好意思看她，說：「她不怪，我今天也沒有心思注意她，我的神經在為陳左而緊張。」

「你覺得沈燦這樣的女人有魅力嗎？」

「不清楚，可能有點吧，你覺得呢？」

「我在問你。」

「我說不好。」

「可是，我覺得這個女人，從一開始，在那個法國大使館的聚會上她就對我懷著仇恨。她恨誰？她恨我嗎？她為什麼要恨我？所以我今天拚著命地要跟你來是想讓她知道你是我的男朋友。」阿伯說你為什麼要讓她知道你是我的女朋友呢？

「她不是喜歡你嗎？導演都是這麼說的。我覺得你和她的關係也確實有一種不可言傳的東西。」

阿伯說：「我都把你帶去了，你還有什麼『不可言傳』呢？我在他們的眼中，沒有任何價值，只是導演說，沈燦對我的印象更好些，他讓我來跟陳左談，是沈燦點的我，我不知道是什麼原因，我這樣說，你信嗎？」

麥子看著阿伯的眼睛，半天才說：「信吧，不過沈燦那女人……爲什麼看見我之後會發愣呢？」話沒說完麥子就又笑了，她的笑聲宛如春風拂弄著阿伯的臉，那笑裡充滿著對自己的自信以及對一個比自己大了許多的女人的深深的蔑視。

第三十三章

阿伯在三天之後見導演。他對導演說：「不知道陳左會不會給錢，反正那天該說的，我已經說了。他也能聽進去。」

導演問他那天晚上怎麼也不接電話？「我瘋了似的找你，差點去報了案。你應該事後就告訴我情況，我跟大威在一起喝酒。等著你的電話，可是你卻像忘了這事，你完事之後幹什麼了？」

阿伯想了想說：「那天晚上麥子突然發現自己的手機丟了，兩個人一直在雪地上找。沒找著，後來回到家裡，很多天了，她不想接受我，可是那天晚上，她願意跟我做愛。」

導演聽說這話，高興了。他說：「那說明你跟陳左談得有戲，女人都是實際的，我說的對嗎？」

阿伯反駁說跟那個沒關係，這只是我們之間的感覺而已。

導演說：「那陳左在那之後，給你打電話了嗎？你把我的聯繫方式也留給他了嗎？唉！這三天，我天天度日如年，晚上覺也睡不著，眼見著又到一月份了，春天都來了，我們的錢卻遲遲不見。」

阿伯說：「這樣吧，現在我給陳左打電話，或者你打。」

導演說：「你打吧，你跟他直接地談過。」

阿伯開始撥號。導演眼巴巴地望著他的手機。

阿伯一直聽著電話，可是陳左一直不接。

導演急了，說：「再打。」

阿伯又打。

導演終於忍不住了，說：「來，我打。」

阿伯把電話給他。

導演也反覆地撥著，可是陳左的手機就是沒有人接，導演說：「他是不是出事了？」

阿伯說：「咱們給沈燦打。」

他們開始給沈燦打，沈燦的手機竟然沒有開。

導演說：「唉！你算是知道了，在中國當一個導演，有多難，跟他媽的從鄉下來的那些民工沒什麼任何區別。」

阿伯回到他與麥子的小屋時，已經是晚上了。在這一整天裡，他被導演折磨著，心裡只有一個陳左。他爲什麼不接電話呢？他是根本不願意跟他再接觸了嗎，哪怕僅僅是通一個電話？當他進電梯時，他想，這輩子與陳左可能不會有任何關係了，那天陳左跟他也不過是逢場作戲。他爲什麼要做戲？他逢了什麼場？他是爲了給沈燦一點面子？阿伯想了想應該是後者。因爲沈燦是他的老婆，她在他們公司也是重要人物，她不怕他，她只拿他當自己的老公看，一個女人只要是與一個男人上了床，那這個男人就毫無尊嚴可言，就算這個人是聯合國主席也不行，更不要說他就是個董事長了。可是阿伯馬上又揪起心來，本來好不容易抓住沈燦，而他卻把麥子帶去，這讓沈燦對他徹底失望了。

麥子坐在沙發上等他，她沒有開電視，只是坐在那兒。桌上留下了她沒吃完的飯，一個漢堡和兩個小炸雞翅。她說：「我一直在等你，你的手機沒有開。」

阿伯說：「沒有錢了，你也知道。」

「我給導演也打了，他也不開。」

「可能他也沒有錢了吧。」

「可是有陣子，你的手機開了，是占線的忙音。」

「我累了，別扯這些蛋了，行嗎？」

「扯蛋？你才扯蛋呢，我今天很早就回來了，我等著你，想讓你跟我一起去超市，買一點洗滌用品，可是，你不回來，哪怕是你給我打一個電話呢？」

他說：「好了，不說了，行嗎？」

麥子不說話，一會她笑著把頭仰向阿伯，問：「你猜，我今天有什麼了？」

阿伯說：「什麼？」

她說：「你猜呀。」

阿伯實在是有點厭煩，便說：「我累，不想猜了。」她突然從口袋裡拿出一個新手機，說：「我買新手機了。」

他一愣，說：「挺不錯的，你今天買的？誰這麼好？」

她說：「我把我們準備買隱形眼鏡的錢花在這上面了。」

阿伯拿過手機看了看，說：「我眞希望你能戴著隱形眼鏡。我打聽過了，說是最好的要好幾千呢，價錢低的都不好，看來只有好幾千的你的眼睛才不會發炎。可是你又用來買這手機了。」

她說：「我下午，就是用這新手機給你打電話的，我一買上就開始給你打了。爲什麼有一會兒，你的手機正在占線，你是在給誰打電話？」

他說：「那可能是我們正在給陳左打電話。」

麥子聽了之後，竟然一時沉默了一下。「陳左」這兩個字使她的眼神在某一時刻有些閃動。阿伯沒有注意到這個眼神，但是他也是一個敏感的男人，他聽她一時沒有要吵架的意思，就開始注意地看她。她變得溫順了一些，說：「吃飯了嗎？」

他說導演請了一頓麵條，沒有吃飽。

「給你留著雞翅和漢堡呢。」

他仍在想著她態度的變化，一場欲來的暴風雨爲什麼會突然停了，今天沒繼續吵架的原因是什麼？他開始觀察麥子。

她說：「我也累了，今天我們早點睡吧，我現在的這個公司，天天都是讓我作豐胸廣告的文字創意，煩死我了，老闆剛一說『英勒爾』是女人解放的又一標誌，『符號』馬上頂過去，說這是束縛女人的又一個裹腳布。『符號』整天在嘲笑別人，桌子上什麼都不放，不是《第一性》就是《第二性》。你看今天本來說好是她請我去麥當勞，可是她掏錢掏得那麼慢。只好我又付了。」

阿伯點頭說：「我看你們女人與女人之間的事情都沒處理好還要跟男人扯蛋，眞是太可笑。」

麥子聽他這樣說便說你才扯蛋呢，說著她進了洗手間。

阿伯開始抽煙，麥子洗澡的聲音從裡邊傳出來。想像著待會兒要與她做愛，他的心裡好受了一些。他打開了電視，裡邊正放著音樂會，奏的是德沃夏克（編按：即安東尼亞．德弗札克（Antonin

Dvorak 1841—1904）」的大提琴，那拉琴的好像是個中國人，正好是阿伯喜歡的二樂章，阿伯聽著，感到自己手裡的煙味眞舒服，音樂使香煙變得美好起來。

這時，麥子的手機突然響了起來。

阿伯沒有理會，他仍在聽著大提琴與樂隊的協奏。

可是，那手機不停地響，麥子洗澡的水聲很大，她顯然沒有聽到。阿伯仍是不理那手機。終於，那手機停了。

阿伯再次聽清楚了大提琴，他發現這個中國人拉得眞好，他想，他不是馬友友，他是誰呢？這個臉他從來沒有見過。

這時，手機又響了。

阿伯上前拿起手機，接聽了。

裡邊是一個男人的聲音，說：「是麥子嗎？你好。」

這個男人的聲音如此熟悉，阿伯心裡一愣。他沒有說話，只是聽著。對方說：「喂，是麥子吧，你那裡的信號不好嗎？我想聽聽這新手機的感覺怎麼樣？你怎麼了？今天回到家也不給我打個電話？」

阿伯仍是不吭氣，他猶豫著，甚至有些後悔今天怎麼就接了她的電話，顯然，這個新手機是這個男人給她買的，而且，她接受了，她撒謊了。

那邊掛斷了，然後又開始打。

阿伯看著上邊的號碼，覺得眞熟悉，突然，他想起來了，是陳左的號碼。是今天下午他跟導演撥了很多遍的號碼。

阿伯感到有些暈，他不能肯定發生了什麼事，但是他知道，一定有事發生了。

這時，麥子穿著睡衣走了過來，她聽見了電話聲，很快地走了過來，從阿伯手裡拿過手機，接聽著，臉上現出緊張的神色。她支支吾吾地小聲說著些什麼，並且慢慢地把背轉向阿伯。

她放下電話後，他問：「是誰？」

她說：「陳左。」

他關了電視，房間裡一下寂靜下來。他說：「他這麼晚了，爲什麼還會給你打電話？」

「我不知道，這應該問你，你是男人。」

「你的手機是他買的嗎？」

她臉紅了，猶豫了一下，才說：「是他買的。」

「他爲什麼要給你買手機。」

「我不知道，他想買，我需要，那筆買眼鏡的錢還在。你不是喜歡我戴隱形眼鏡嗎？」

「想聽聽我的解釋嗎？因爲我是男人，我知道男人。」

她看著他，沒有說話，只是看著他。

他突然大聲說：「我們今天下午，給他打了那麼多電話，他都不接，現在，這麼晚了，他卻給你打電話，還給你買了電話，你說，這是爲什麼？」

她說：「你是一個有經歷的男人，應該知道一些道理，可是，我告訴你，我跟他沒有任何事。」

他說：「那你剛才臉紅什麼？」

她說：「我不知道，其實，我眞是不應該臉紅的，我卻紅了，這又說明什麼呢？你想說明什麼嗎？」

阿伯明白，有的時候人臉紅，是沒有非常明確道理的，可是，眼前麥子的臉紅了，卻讓他心裡無比地難受，理論上的懂得跟你對一個女人的懷疑，是永遠不能相比的。

麥子打開電視，開始看起來。

阿伯說：「我想跟你繼續說這件事。」

她說：「這件事沒有什麼好說的。」

他關了電視，她卻又打開。他再關，她再次打開。終於，兩個人衝突的眼神對視在一起。他慢慢地站起來，走到她跟前，說：「他是怎麼給你買的手機？」

「昨天他給我單位打了電話，問我手機爲什麼不開，我說剛剛丟了，他說他讓他的秘書先給我買一個送過來，就這麼回事。」

「你沒跟他見面？」

「見了面又怎麼樣呢?不是你想像的那樣。你一定還記得當初我們即使共寢一床也沒有發生什麼事。」

「但是,你心裡已經朝那個方向去了,也許,你還沒有跟他發生……」

「你不要把話說得這麼難聽。」

「你也許已經跟他有過那種關係了,所以你才要他的手機。」

「你隨便想吧,那是你的權力。」

「你說,你究竟跟他是什麼關係?」

「你可以充分地想像。」

阿伯走得離她更近一些,這使麥子有些害怕他,便朝沙發的另一個角落挪了一下身子,他卻又靠近了她一些。

她不看他,仍看著那開著的電視。

他說:「他是不是這樣搞你的?先是把你上邊的衣服扣子解開?」

她說:「你可以這樣想。」

他說:「然後,他把你的外褲與裡邊穿著的三角褲衩一起脫下來,你的肚皮和陰毛都呈現在了他的眼前?」

她說:「你有些下流。」

他說：「你不是說讓我充分想像嗎？我繼續想。他開始把手放在你的屁股上，朝裡邊伸，你開始說自己還沒洗澡，對嗎？你這個婊子。」

她突然起身，朝他一頭衝撞過去，說：「你才是個婊子呢，沈燦不是都搞過你了嗎？」

阿伯拉住了她。

她開始拼著命的打他。

他把她推開，她卻又衝了過來。

她說：「知道嗎？我就是一個婊子，我從小生下來，就是一個婊子，你為什麼才知道？」

一時間，他被她的氣勢壓得有些恐懼了，她看他的眼神讓他想起了在絕望中掙扎的貓。他突然感到自己太過份了，而且，自己的確有些下流，自己可以打她，可以不對她說那些話，然而，他說了。他不該說，他應該打她一下。阿伯想，自己是語言上的大師，卻不善於用手去打一個女人。他想後退，他想躲開她，今天鬧得已經很可以了，能夠使一個像麥子這樣的女人歇斯底里，戲已經很足了。

只是在阿伯的心裡為麥子的最後那句話顫抖：「沈燦不是搞過你了嗎？」在這句話裡她讓「沈燦」當了主語。這使他感到從未有過的屈辱。

阿伯想也許她僅僅是說著玩的吧？她怎麼會知道我跟沈燦的關係呢？

恰在這時，那個手機再次映入了阿伯的眼簾，怒火重新在他心中升起，他衝上前去，抓起了那個手機，狠狠地把它扔在了地上。

手機竟然沒有碎，它彈起來，在地板上跳舞，來來去去地盪了好多下，最後完整地落在了他們兩人曾經演戲做愛的地毯上。

它的品質真好，就在那時，手機再次響了起來。他沒有動，只是坐在那兒抽煙。她也沒有動，讓手機響著，直到幾分鐘以後，對方不再打了。

夜深了，麥子已經在裡屋躺下了。

阿伯坐在外邊的沙發上抽煙，漸漸地他被疲倦擊垮了，他睡著了，但即使是睡著了，似乎一個懸念仍在折磨著他，那個很晚了給她打電話的人是誰？是個男人嗎？是女人他會輕鬆一下，如果是個男人，那他仍會受不了的，任何一個男人，無一例外，甚至包括她的父親。

他的夢中開始出現一個女孩子的形象，那就是麥子，直到幾個月以後，他們眞正地分開了，只要阿伯睡著，麥子就以那種形象出現。

那天晚上，阿伯被某種力量提醒，他們對他說：「你肯定要與麥子分開，儘管，你可能才開始嫉妒，你可以對別人說你才開始愛她，可是，你將跟她離開……」

阿伯在夢裡哭了。

第三十四章

麥子 45

窗外的月光灑進來，我回想著就在今天下午，陳左給我打電話時我感到太突然了，我沒有準備，我身上的衣服還只是工作套服。我也沒有帶化妝品。他聽出我的遲疑，於是不容分說地問你在哪裡我已經上路了。

正在看書的「符號」興奮不已，她說：「你應該讓他給你買一輛車，這樣你上下班容易一些。最起碼也要讓他給你買幾身高檔的服裝，那雖然沒有多少錢，但自己買捨不得。他是大老闆，你要好好把握啊……」

在「愛米克」大廈下面，他從一輛長長的澄亮無比的黑色轎車裡走出來。他穿著一件花格的毛衣，頭髮在腦後分開，梳得整整齊齊，有點像花花公子。不過使我滿意的是他戴了一副太陽墨鏡。我看不見他的眼睛。我想即使自己化了妝他也不會看出來的。

他把我帶到一個郊外的高爾夫球場打高爾夫，可我穿的是工作套裙。他就想在會館裡面爲我買一套運動服，看我執意不肯只得罷休。我說我也不會打，就在一旁看你打吧，這樣挺好的。

他打得不好。這時在他前面的姑娘回過頭來看他打了一個歪球後就捂著嘴笑了，陳左也笑了。

她對他說看來你已經有兩年沒有摸桿了。陳左點點頭說是的。

那女孩長得很高挑，皮膚白晰，一身粉色運動服使她嬌羞可愛。她又安慰著對陳左說多練幾球就會好的。陳左看了她一眼微笑著，但沒有說話。那女孩怔怔地盯著陳左，又飛快地看了我一眼，然後回到自己的位置，低頭撥動著放在手上的黃色小球。過去我曾跟白澤一起練過高爾夫，在球場也經常看到形單影隻的女孩靠一根杆來「釣」男人。我望著陳左，心想，在他心目中，我與這樣的女孩有什麼區別呢？

陳左勸我試著打兩球，他走到我跟前給我做示範。他說身子一定要正，發球時是什麼姿勢，球飛出去時還仍然是什麼姿勢，球桿和球要形成一個適當的弧度，你自己慢慢體會。他又幾乎是挨著我的耳朵說：「算了，我也只是略知一二，如果你不喜歡，我們就不打了。」我明顯地聞到他口中發出的氣息，我盯著那小小的圓形的嘴巴，心想這嘴巴到底被多少個女人親過了呢？

我握住球桿，望著地上的小黃球。我是可以打的，也許能比陳左打得好，但是會不會讓陳左不高興呢？對於他們來說，一個對高爾夫球熟悉的女孩絕對是個有經歷的女孩。

我又把球桿還給了他。

返回的時候，車子經過一片林木蔥蘢的荒野，兩人都沒有說話。他穩穩地開著車，精巧的嘴巴緊緊閉著。這時，他的手機響了，他沒有接，看也沒看，任那鈴聲一次又一次衝破這寂靜。我望著窗外，心裡知道，他不接電話似乎那空洞的鈴聲為我們之間建成了一坐橋樑，似乎順著這橋我們可以找到對方，似乎那沒有用言語講出的話明明白白的寫在了橋上。當時我壓根也沒想到這正是阿伯打來的。

「符號」說你千萬別把這些告訴阿伯，除非你要離開阿伯。我說怎麼就不可以呢？我沒有想著要跟陳左怎麼樣。「符號」又問你眞的是這樣認爲的嗎？我說是的，當然是的。「符號」說騙人，你就不怕阿伯知道？

我說我從阿伯那學來了一個新名詞叫「打炮時代」。在這樣一個打炮時代，我和別的女人又有什麼不一樣呢？

我和「符號」說這話時剛好站在一個十字路口。路邊上是一張鞏俐正爲歐萊雅化妝品做的巨幅廣告。鞏俐笑著。我從來都覺得鞏俐的笑是最無中生有的笑。

「符號」說：「女人眞的是不值錢的嗎？你就看看鞏俐吧，如果女人是不值錢的，爲什麼有這麼多的女人成爲名星呢？爲什麼她們就能買幾百萬的別墅呢？」

「那得要一個女人和一個男人之間的關係對了路才行。」

「你怎麼會覺得你跟陳左的關係就不對路呢？我知道你跟阿伯是不對路的，但你跟陳左是有希望對路的。」

「什麼希望？」

「有了希望，你就是有價值的女人，否則在這個世界上，女人和女人就沒有區別了，可是女人和女人是有區別的，你我都是知識女孩，肯定和夜總會的不一樣。」

「西蒙．波娃這樣說了嗎？」

「符號」笑了，她說：「西蒙．波娃說一個女人在跟一個男人做愛時，不光是女人舔男人，男人也要舔女人，長時間地舔，因爲荷爾蒙在雙方生殖器上佈滿的一樣多。」

麥子 46

第二天陳左約我去逛商場。我早早搭車到了燕莎門口。我左右看看，沒發現陳左，便站到稍偏僻的地方等著。

我沉思地站著，寬闊的街道上靜悄悄的，路的那頭走來一個像阿伯的男人，我本能地朝商城門口退去，但又一想那個男人只不過是像而已，我爲什麼要那麼害怕呢？

我向裡面走去。不料卻碰上了陳左。

只見陳左浮現出明亮的笑容。我向身後看去，透過厚厚的玻璃門，我發現那個男人確實不是阿伯。

陳左帶著我走上二樓電梯，我忽而想起那次跟阿伯逛商場的情景。也是在這樣的電梯上我伸開兩臂作出飛翔狀，可是我當時沒有想到身邊的阿伯緊張得連話也不說了，汗珠顆顆地流著，他以爲我要他爲我買衣服。而此刻的陳左會緊張嗎？我轉頭看他，他正低頭撥著手機號。在我們周圍是無

數的人，我又一次想，不僅女人與女人有區別，男人與男人也是不一樣的。

空中響起了小提琴的聲音，我突然有些陶醉，那音色好像一個慈祥的婦女穿著白色的聖衣向我走來，一個富有同情心並且也有自己的彷徨和苦惱的女人，也知道在她的前方沒有多少希望。

陳左還在打電話。我在他前面走著，感到頭頂上打來的光和貨架上的衣物都是那麼華貴。在一個賣包的跟前，我隨便在一款紅色的包的面前停下來，樣式很別緻，我望著，伸出手去摸了摸，感覺像摸在一塊絲綢上。但是包帶子做得太短了。不能挎肩上，即使是提在手上這帶子可能都有些短。

可是當我把包拿下來在手上隨便一提，對著鏡子一照，突然覺得自己由於有了這個包的襯托而光彩照人。在一旁的服務小姐笑了，說你這樣子眞是高貴。這時，我低頭看了一下價錢，竟然是三千八百塊。服務小姐說現在我們正在打八折，打完折之後這個包是三千零四十元。

我笑了笑，把包放下，說行，我們再轉轉。在身後一直打著手機的陳左卻關了手機，說：「轉什麼，小姐，你給我開個票吧，重新拿個包出來。」

我望著陳左，一剎那間我突然變得很猶豫，也突然變得很興奮，我的臉甚至於變得有些微微發紅，旁邊的鏡子也使我明顯地知道自己的臉紅了。此時此刻我是那麼矛盾，我一時都不知道自己得說些什麼。我低下頭，沉默著，心裡想要是我跟陳左說太貴了，想裝成一個非常賢良的女孩，就是怕花男人身上的錢，那麼我這樣去表現自己的後果是什麼呢，也可能讓陳左認爲我不值錢，可是毫無所謂地去把這個包就接收下來，似乎也覺得這樣不妥，可是該怎麼辦呢？

陳左和那位服務小姐發生了爭執，陳左說：「你幫我去繳錢啊，你們到現在怎麼連這個服務都沒有啊，你去，你去，你去，你去繳錢。」

說著從口袋裡掏出一張卡，小姐說：「我們現在這只有我一個人。」陳左說：「你去。」而且陳左的聲音提高了八度，引起了周圍的人都往這邊看。小姐有些害怕了，她訥訥地走上前，拿著卡去了。這時陳左突然變得沉默了起來。望著他，我突然覺得自己有話說了，於是我對他說：「你不要生氣，特別是為給我買這樣一個包要讓你生氣的話我覺得特別不值得，算了，也不要這個包了，我去把你的卡拿回來。」

陳左一擺手說買了就買了。

過了十多分鐘，服務員回來了，把包包好遞給了我。我們倆又朝前面走了。一會，我說：「走吧，出去吧。」陳左說：「去哪呀，我還沒有逛夠呢，我們繼續走一走。」

這時候到了買鞋的跟前，我看見了「SPATY」的鞋，我曾多次渴望著這樣一雙西班牙製造的鞋。我的眼睛朝那望著，但是腳步沒有停留。陳左卻突然把我的肩摟住說：「別著急，那雙鞋你試試。」

我說：「你怎麼會知道我喜歡這個牌子？」

陳左說：「我不知道，只是我喜歡這個牌子。」

我順從地坐在那裡試鞋，這是一雙棕色的鞋，很柔軟。可是我穿的襪子是男式的，一露出來，我和陳左共同意識到了這個問題。我難堪地低下頭，今早我沒有找到自己的襪子就胡亂地隨便穿了一雙阿伯的。我連忙脫下阿伯的襪子，光著腳試穿那雙新鞋。

「挺好，你穿這鞋不錯，看起來難怪女人都喜歡這個牌子，怪不得這個品牌能夠挺得住呢，好品牌就是好品牌，我現在經常對我公司的人說我們一定要有一個非常好的名牌形象，現在中國加入世貿了，很顯然中國在國際化，什麼叫做國際化，就是要不斷地讓外國人買中國的東西，比如說我開發的『豪帝景園』，我的一期和二期賣得非常好，外國人喜歡這個品牌，他們之所以喜歡這個品牌是由於我那裡既清靜同時又離外國人常出沒的酒吧街及使館非常近，所以當時我選的這個地方選對了，我樹立了這「豪帝景園」這個品牌也樹立得對，這個SPATY也是一樣……你穿著，不要脫，不要脫……」

他轉頭對立在一旁的服務小姐說，你把她這雙鞋包起來。這時我才來得及看了一下那雙鞋的價錢，是二千八百五。小姐俐落地把一雙鞋往塑膠口袋裡裝。我抬起頭問：「你們這打折嗎？」

小姐說：「對不起，我們這兒鞋是不打折的。」

我光著腳穿上了新鞋跟陳左一起朝前走著，包裡塞著阿伯的襪子。回想著剛才他看到這雙襪子的神情，覺得身體發熱，腰帶內側恍如充滿了夏天的溫度，全身彷彿被一種不快的東西緊緊地束縛住了。這時，陳左突然說：「我餓了，能陪著我去吃飯嗎？」

外面天都黑了。我們並肩走著，來到旁邊的凱賓斯基飯店。我的眼睛朝四周看去，生怕會看到阿伯。

「你餓嗎？」陳左問。

我說：「不餓。」

「那就不要吃大餐了。」

我們就在咖啡屋裡，陳左點了沙拉、漢堡，幫我叫了杯咖啡，要了一份牛肉湯和麵包。這時候陳左說：「現在說一說你吧。」

我故作輕鬆地說：「我倒是喜歡聽你說一些事，你對於品牌的認識，你的這種感覺，我覺得就是在中國的企業家裡面，我身爲一個記者經常採訪，經常有這樣一種感覺，中國人好像最缺少的是一種品牌意識，中國企業家們他們好像由於沒有品牌意識，所以他們往往缺少的是一種長久地去做一件事情的理念，和一種信念，因此在誠與信這方面都很缺乏。」

陳左一笑，眼睛盯著我看了一會，然後說：「不管你說這話是從報紙上看來的還是老師教來的我都覺得吃驚，從你麥子的眼神和嘴裡面說出這樣一些辭彙使我覺得有些異樣。」

我說：「當然啊，我一直在讀MBA啊，我現在雖然停了學在當專職記者，我以後也希望能有機會在一家公司獨當一面，去做一些我自己的事情。」

「那你最喜歡做的事情是什麼？」

「我想當個領導。」

「你想領導誰？」

我稍爲停頓一下，說：「我想領導你。」

沒想到的是陳左哈哈地笑了。於是我更來勁地說：「領導一批像你這樣的人。」

「那你不成了江澤民了嗎？」

我笑了。跟著，他也笑了一會兒。這時他的電話響了，只聽陳左說我在外面有事。電話裡問什麼事？我開會呢。什麼會？你說什麼會？好了好了，你要有事你先辦，你要沒事你先睡。

我在心裡面想這肯定是沈燦。他打完電話，兩人都稍爲沉默了一下。我對陳左說：「要不，你先回去吧。你家裡人會著急的。」

陳左說：「那我先送送你。」我說不用。

陳左抬起頭對站在一邊的小姐說：「結帳。」

結帳以後，我和陳左一起從凱賓斯基的大堂裡走出來時，陳左說這個店辦得挺有品質的，但是聽說也虧損，不知道爲什麼，中國的事情眞是麻煩。

出了門以後，陳左再次問：「那我就眞的不送你了？」

我說：「你趕快回家吧。」

然後這時陳左看著我，突然問：「你爲什麼不戴隱形眼鏡？」

我說我戴不慣。

「那我托朋友幫你從美國買一副回來。」

他還想說什麼，又止住了。

我向他招招手，然後獨自在大街上走了很久。

阿伯 47

晚上回去以後又吵架了。阿伯依然是那麼狂躁。然而麥子還是巧妙地把陳左買的包和鞋沒讓阿伯發覺。當阿伯深睡後，她想，我為什麼要和陳左在一起？是想報復沈燦還是要讓阿伯嫉妒，還是想先為自己設一圈保護網？以後的幾天裡，陳左沒再約他。

一個早上，麥子突然對阿伯說：「我懷孕了。」

阿伯說：「是嗎？」

她以為阿伯沒聽清楚，就又說：「我懷孕了。」

阿伯顯得有些緊張地看著她，說：「你又懷孕了？」

麥子意識到了他的這種表情和話裡的含義，他說了「又」。麥子突然地哭了。她沒有哭出聲來，像所有那些因為懷孕，而又得不到男人肯定的關懷時那樣，麥子哭得無聲無息。

阿伯壓抑住自己對麥子的厭煩，他緊張而又堅強地去安慰麥子，他說：「那你就好好休息，然

後我們再作出一個決定。」

「你要作什麼決定?」

「不是我作決定,而是我們需要共同作出一個決定。」

「你是不是想殺死這個孩子?」

阿伯猶豫著看她,說:「我還什麼都沒有說呢,你就又哭,又使用這樣的詞。」

「我看到了你的眼神,那裡的光讓我恐懼,是一個殺人犯的眼神。」

阿伯想開玩笑,他說:「本來是一件小事,可是你卻這樣,眞是的,女人們不該讀那麼些書,知識越多越反動。」

阿伯本來說到這兒,就停下,然後自己笑笑,然後儘可能地把話題朝另外的方向引去,那也許他就成功了。可是阿伯愚蠢透了,他看麥子不說話,就看著她,甚至於忘了應該故意自我解圍地笑笑,就又說起來:「唉!本來事情是一樣的,一個知識女性所作的就是給男人更多的壓力,讓男人更沒法心情好點,你說,女人讀書太多是不是一種世界的災難?」

「我覺得你一點也不幽默,而且,你是一個無賴。」

她說著,眼睛一直看著阿伯。

阿伯避開她的眼神,他不願意看她,他的眼睛裡似乎在說著更多的東西。

麥子說:「那是你的孩子,他在我的肚子裡。」

阿伯看看她，又很快地把目光移走了。

麥子於是斷定自己的想法，她堅持地說：「聽見了嗎？他是你的孩子，從我們在一起之後，我沒有跟任何男人睡，除了你之外。」

阿伯說：「其實你用不著跟我說這些。」

麥子的臉紅了，她不擦淚水，任它們流個不停，說：「你是說，是誰的都無所謂是嗎？」

阿伯開始抽煙，過了半天，才說：「多少天了？」

她不回答他，只是自己起身，進了洗手間洗臉，然後，她不再跟阿伯說話，自己出去了。

阿伯僅僅是坐在那兒，沒有起身。然後，他站在窗前，等著她的出現。

麥子終於出現在社區的路上，她穿過花園，朝大街走去。那時，陽光灑在她的屁股上，她的身材美得沒有辦法，簡直不像是一個懷孕了的，骯髒的女人。

眞的，阿伯從來就是這麼看的，懷孕的女人是醜惡而骯髒的。

阿伯終於有藉口離開麥子而進了劇組，那曾是他的理想，在導演的描述下，劇組是一個能洗熱水澡的地方，還是一個花別人的錢喝酒吃飯的地方。現在對於阿伯來說，最大的吸引力就是不跟麥子在一起，並能繼續每天洗熱水澡。可惜這個劇組並不是《長安街》而是另一部片子《北京往事》，

阿伯聽見這個名字時，就快吐了，說：「我都快吐了，怎麼能這麼不要臉的抄別人美國的名字？」

導演說：「你究竟來不來？你的酬金是八千塊，你都快到大街上要飯了，來吧，管他呢，反正

這片子有人投資，不像你那個長安街，咱們幾個都成了男妓了，沈燦的錢也永遠來不了。」

阿伯就是那天進了劇組，他臨走時，給麥子留下了紙條，說：「我去劇組了，這次是爲了掙八千塊錢。我這幾天可能不見你，因爲你也未必想見我。我想仔細地思考一下咱們之間的關係。你注意身體，按照時間算，你得過些天，才能做手術，到時我陪你去。」

麥子看到這張紙條時已經是晚上了，她剛下班回來，包裡還揣著阿伯喜歡吃的麥當勞裡的雞翅。她望著紙條發了一會愣，想起上次他也是以這樣的方式不辭而別。阿伯知道，如果是當面說那免不了要吵架，而且還不一定能走成。

麥子再次覺得阿伯的字眞是好看，像陰溝裡的水憂鬱地流淌。她想，他肯定是在童年時練就了這樣的筆法，也許就在那時決定了他對女人的看法。他認爲男人就是把一個女孩操了之後揚長而去，而不是跟她一起探討她的身體疼不疼的事情。麥子忽然看到在茶几上放著阿伯過去從商店買回來的飾物，那幾個布質的小老頭笑容如昔。她一伸手把它們統統摔在地毯上，她很希望能聽到「嘎」地一聲脆響，但是它們只是在地毯上沉悶地蹦了幾下。

倒是手機尖銳地響了起來。那是陳左。陳左說：「明天正好有時間，晚上我們一起去吃飯。」

麥子歡快地答應著。

但是當麥子關了手機，當渾沌的寂靜向麥子沉沉壓來時，麥子的眼淚流了下來。她想給阿伯打個電話，可是忍了忍，拿起電話的手又放了下來。

在中國大飯店，我又一次看見了陳左。我不禁想，也許只有在這個時候，對我來說他是男人，對他來說我是女人。我們之間是有兩性差別的，而不是像我和阿伯，一旦相愛進入肉體就不是男人或女人了，而是兩塊相同的物質的重疊。

陳左拿著菜單點菜。末了他問：「你在想什麼？」

我說我想起了童年。

陳左看著我，臉上浮在微笑。不知是不是每個女人在跟男人初次認識時都會從自己的童年講起。我說我出生在浙江，我父母都是知識分子。說到這時我自然而然地撒了謊，我沒有說在童年時父親是如何跟另一個女人在遙遠的北京過日子，母親則把我帶到一張張不同的男人床上的事情。我只是跟他說他們在我童年時是如何地呵護我。說著說著，我就哭了。

陳左聽得很仔細，也很愉快，尤其是當我流淚時他說我這樣子眞是傻，對一個人來講，能有這樣的童年那是多麼幸福啊。

我剛要說什麼，手機響了。是阿伯打來的。他說我突然想你了，於是早早就回到了房間，但是你不在。我說我在外面有事，好嗎？回去可能比較晚。不知道。好嗎？知道了。

陳左又看了看我，說：「剛才打電話的是你男朋友嗎？」然後他笑了，開始抽煙。我說是。

「看得出你很愛他很喜歡他是嗎？」

「是的。」

我暗想，一個女人如果對自己的男朋友表示出不恭敬、不喜歡，那麼他身邊的這個男人就會沒有任何危機感。我不能讓他沒有危機感。因此我幾乎是不加思索地說我挺喜歡他的。

陳左稍微愣了一下，他問：「他們現在這個電影情況怎麼樣了？」

我說：「好像不是太好。」

「最近我顧不上，什麼時候要是有時間的話倒也可以和他們見見面。不過現在你跟我說說他吧。」

陳左饒有興趣地掐掉手中的煙，等待我的下文。

我沉吟了一下說道：「他是有才華的非常喜歡表現自己的男人，但是這個男人沒有什麼道德感也沒有什麼責任感，當你跟他在一起的時候，有時候你會很愉快，會忘了很多事情，可當你在想另外一些事情時，你會覺得很悲哀……」

我止住話頭不說了。我知道在這時候不能把金錢以及對於未來的擔憂說得那麼具體，而且這樣說，對自己跟陳左的關係也不好。但是陳左似乎顯得仍有興趣，他問：「那你們現在還住在一起嗎？」

我又猶豫了一下，搖了搖頭說：「沒有，我們沒有住在一起。」

「我明白了。不過，你說你的男朋友是個有才能的，他的才能表現在什麼地方？他以前寫過什麼作品嗎？」

「他就寫過一部小說名字叫《長安街》。國內出版的數量很少，不過被譯成法文版和英國的英文版，現在有第七代導演想把他拍成電影，可是他們沒有錢。」

「是啊，青春總是跟才能在一起的。我想起了我的青春，那時候我覺得我也挺有才能的。可是當時我不知道我身上有那麼多才能，青春很快就過去了以後，到今天我回想起我的年輕時代突然發現我那時候怎麼沒有充分地展現我的才能呢。」

說到這裡陳左笑了。

我說：「你已經充分展示了，你是這麼成功的男人，而且你還這麼年輕，長得漂亮。」

「我還要再喝點酒，我眞愉快，還有點累。」

他的臉色確實有些灰暗。這灰暗幾乎在一瞬間像一片烏雲飄過來。他又要了一杯酒，然後喝一口，說：「我很想離婚，把沈燦弄到加拿大去定居。」他說到這，又突然一下子站起來說：「我……稍爲等等，我要去趟洗手間。」

陳左去洗手間了。我端坐著，回味著他剛才的話。他要離婚把沈燦弄到加拿大去？

我想給阿伯回個電話，告訴他我馬上就回去，卻又怕陳左突然出現。但是左等不來右等不來，都快半個小時了。我著急了，這時候我跑到了男洗手間，先在門口小聲叫了幾聲，但是沒有動靜。

難不成他跑了，把一大堆帳單讓我去結？我開始大聲叫，還是沒有動靜，這時候看著裡面靜靜的，沒有人出來也沒有人進去，便壯了膽子一下子推開門。

卻看見陳左倒在地上，口吐白沫，我衝過去搖他推他，他不應。我很快找來紙巾幫他把身上那些污穢的東西擦乾淨。在這時突然有一個男人進來，一看見我，轉身又跑了出去，過了一會他又進來。他說：「這分明是男廁所，你一個女的怎麼會跑到這來？」話沒說完他低頭看見了躺在地上的男人。

我說：「我求你了，我的朋友得了心臟病，能不能麻煩你幫我把他給抬出去。」

飯店裡保安也來了。一路上好多人在看。當把他抬出去以後放在計程車上時，陳左睜開了眼睛。我說我要把你送醫院。

他說不去醫院，回辦公室。

他居然恢復了過來，到了辦公室，他說：「你先在客廳裡待著，千萬不要走，你等著。」

說著陳左進了客廳裡面的一個房間。我一直等著，也不知道等到了什麼時候，我生怕他又像剛才那樣倒在地上。他究竟是得的什麼病呢？我剛站起身猶豫著想往裡走，陳左卻從裡面出來了，而且容光煥發。

「謝謝你，我眞不知道應該怎麼感謝你。我今天確實難受，我有心臟病。」

「你不該喝那麼多酒。」

「可是和你在一起，無論是談話還是吃一頓飯我都非常的愉快也非常的放鬆，所以我覺得你是難得的。」

我笑了，說：「在這個世界上像我這樣的女孩太多了，你跟她們在一起也會很愉快的。」

他歪著頭想了想，說：「你可能說得是對的，可是誰讓上帝就那麼以平常的方式讓我跟你在一起聊天呢？所以我太感激你了。」

我低著頭看著我和他在澄亮的地面上反射出的倒影，說：「我也該回去了。」

我往外走。他一下伸手撫住我的肩。這使我嚇一跳。門開著，看得見外面空蕩蕩的辦公室，黑黝黝的。這時只聽他說：「麥子，現在才十二點不到，我帶你去一個地方吧，你知道什麼是『九重天』嗎？」

我突然感到害怕起來。

「『九重天』？不！不行，下次吧！」

我結結巴巴起來，我想阿伯一定是在家裡等急了。

這一次我沒有跟他去「九重天」。

阿伯 48

阿伯當的是副導演，劇中有一個場景，是那個女主角（她是飄在北京的外鄉人）那天想洗個澡然後去見導演，可是她住在大雜院裡，沒有熱水，她不得不燒一大桶水，在搬動那桶燒得很燙的水時，她不小心摔倒了，那水燙著她，她於是陷入絕望……

就是這桶水，阿伯身爲副導演，也跟著大家一起抬著，然後由那個女演員來演，她還得一件件地伴著音樂緩慢地脫衣服。

悲劇發生了，阿伯與他們正一起抬著，前邊的一個人摔倒了，燙水灑在了阿伯的腿上，本來劇中的情節，卻發生在了阿伯身上，把那個正要演這場戲的女演員，樂得忍不住地笑了半天，她還說：「我實在忍不住，憋死我了，唉呀！可笑，我實在忍不住，你們千萬別怪我。」

阿伯那時已經疼得倒在了地上，他把鞋子脫了，褲腿拉開，發現已經起了很多白色的大泡。醫生很快地來了，他們開始爲阿伯抱紮。導演說：「你呀！也不小心點，本來讓你幫忙，你就給我添亂子。」

阿伯疼得咧著嘴，對著導演罵了一句。

導演笑了，說：「這傢伙，還能罵人，就說明問題不大。阿伯，起來，快，今天得拍好幾條呢，好嗎？」

阿伯疼得站起身，又開始讓大家現燒一桶水，他的動作明顯慢了。

導演說：「阿伯，得快點呀，除了水以外，那燈，我覺得他們布的燈光有問題，對了，還有，把沙發和櫃子再換回來，我覺得還是剛開始那樣擺法有意思些。」

阿伯的腿有些瘸了，他又開始讓其他幾個人幫著他一起調整傢俱。

導演說：「對了，阿伯，還有，你呀，待會兒給我去把那些贊助的速食麵取回來，昨天他們談好了。」

阿伯說：「操你個媽的，你明明知道我腿燙了，還這樣，你還算個人嗎？你就是把我的雞巴變成一條好腿，我也忙不過來。」

導演說：「別跟我說這個，快去。」

阿伯朝地上一坐，說：「你過來，看看我的腿。」

導演走過來，仔細地看了看阿伯的腿，說：「唉！算哥們對不起你。這樣吧，哥們把那錢提前給你，你拿上錢，回去休息吧。」

阿伯說：「全付給我？」

導演說：「要不爲什麼是哥們的呢？」

阿伯樂了，說：「那你再給我八千，把我這條腿也燙了吧。」

阿伯與導演緊緊擁抱，兩人都覺得這也許就是男人之間的友誼。

阿伯說：「我該怎麼感謝你？」

導演說：「你哭一下，讓我看看。」

阿伯就開始拼命擠淚水，漸漸地他的眼睛濕了，導演看著，說：「你回家吧！不過，阿伯，這

得扣除那次你跟我借的五千塊錢，你是不是都忘了？我可一直記著。」

阿伯先是回大雜院住了幾天，他沒有給麥子打電話。等他覺得腿好些了，就還是去了公寓，他對自己說你應該給麥子送錢去，就搭車到了公寓。出了電梯口，阿伯的腳步放慢了，在進門時，他掏出了鑰匙，但是他還是先敲了敲門。沒人。他只好自己打開門。

他給麥子打了好幾次電話。開始時電話還有人接，麥子支支吾吾地說在外面有事。這麼晚了，她在外面能有什麼事呢？阿伯等著，不知不覺在沙發上睡著了。

第三十五章

阿伯 49

阿伯一直睡到了第二天中午，他一睜開眼睛就被麥子嚇了一跳。麥子正盯著他。他問：「你什麼時候回來的？」

麥子說：「你回來幹什麼？」

阿伯一激動，說：「麥子，我掙上錢了，我在劇組掙了八千多塊錢，不，還了五千，現在還剩三千，這樣可以買那高級的眼鏡了吧？」

「可是，我已經決定過幾天要動手術了，那孩子已經無所謂了。我也不要你的眼鏡。你把這錢留著自己用吧。」

阿伯愣了，說：「你非常恨我，是嗎？可是，我沒有辦法，我養不活這個孩子，再說，咱們還這麼年輕就要生孩子？咱們不幹別的了？」

「問題不在於你是不是想要這個孩子，而是你對我不關心了。你想想你出去已經有十多天了，你給我來過一個電話嗎？」

「我承認，天天在一起，包括女人懷孕這都會讓我煩燥不安，可是，當我幾天不見你，我就想你，當我不跟你在一起的時候，我一想起你懷著我的孩子，我就心疼你，就想回來陪著你。我知道，三千塊很少，但是，我就想都給你，讓你笑一下。」

「你可以覺得我這個人很髒，可是，你不能認爲我掙的錢也髒。」

阿伯一口氣說了那麼多，說得臉上的肌肉直打顫。麥子在那一刻竟顯得有些感動，她猶豫了一下，對阿伯說：「我沒有認爲你的錢髒。不過現在，我得去上班，我晚上可能回來得還比較晚。」

麥子怕陳左會在她下了班之後在「愛米克」大廈接她去一個地方。那是什麼地方呢？她無法想像在這個世界上還有什麼是能夠稱爲「九重天」的地方。

晚上，阿伯自己在屋裡，抽了很多煙，他一直等著麥子回來，可是麥子一直沒有消息。當阿伯睡了一覺醒來時，已經十一點了，還不見麥子，這情景跟昨天一樣，於是心裡升起一陣無名的惱火。這時，導演來了電話說：「阿伯，你在哪兒？能來嗎？我在酒吧，你來陪陪我吧。」

阿伯下了樓，搭車就去了酒吧。導演已經喝多了，起身迎阿伯時都有些搖晃。

導演跟他在一起又喝了些酒，聽阿伯說了很多關於麥子之後，突然生氣地對阿伯說：「沈燦對你那麼好你卻整天想麥子，你知道吧，現在跟她在一起的是大威，你已經喪失機會了。而大威才不管我們的《長安街》呢。」

阿伯在驚愕之餘只聽導演又說：「像麥子這樣的女孩我是看透了，只要是哪個有錢的看上她，她馬上就會把褲子脫下來。其實我也想脫她的褲子，看看她那長得什麼樣……」

阿伯的臉漲紅了，伸出手就是朝導演臉上一拳。

導演一下癱在了地上，又說：「當初她採訪我時，我就想把她搞了，搞了就根本沒你的事。像這種女人……」

阿伯走到了他跟前。導演住了嘴，仍然躺在地上。阿伯把他拉起來。導演說：「我剛才在胡說呢，阿伯，其實，我現在是想要個女人，真的，我很難受，我太難受了……」

阿伯想了想說：「走，我們去雪雲小屋。」

兩人搭車來到了那個髮廊，阿伯說：「我請客，你挑吧。」

在阿伯以後的記憶裡，那天晚上他請導演嫖妓，他們兩個共同挑選了一個很小的皮膚很白的女孩子，導演說：「阿伯，謝謝。」

阿伯說：「不用謝。」

導演在射精時，突然淚流滿面，說：「知道我爲什麼要謝謝你嗎？我今天晚上如果不操這個妓女的話，那我就會去操那個女主角，她天天等著要跟我睡覺，如果你跟那個臭婊子睡了，那這個片子的品質就完蛋了，阿伯，你挽救了藝術，挽救了中國的電影呀！」

阿伯那時趴在妓女身邊睡著了。

阿伯醒來感到自己喝得太多，頭很疼，那時導演已經走了。妓女對阿伯說：「大哥，你給我錢吧。你那個朋友是不是吃了藥，他眞厲害，折磨了我整整兩個小時。」

阿伯給了她錢，想了想，又多給了她五十，說：「多給你一些。」阿伯說完，出了門。

第三十六章

麥子 48

和「符號」的電視片沒有拍完，老闆說已不用再拍了，廣告詞也不用寫了。這個廣告沒有拿下來已被別人搶走了。老闆的臉幾乎是哭喪著。加上其他幾筆生意的失敗，公司將面臨倒閉。「符號」說：「你還記得上次他說的話嗎？他說在這個商業大潮中他可以保護我們，眞可笑，誰能保護得了

誰呢？」她又說：「別跟阿伯折騰了，趕緊找陳左吧，到時說不定我還能沾點光。」於是她煽動著我給陳左打電話。

陳左接了，說晚上吃飯然後去「九重天」。

我問「符號」能不能猜出「九重天」是什麼地方。「符號」猜不出來。她說你千萬不能輕易去「九重天」。從她的臉色來看，那好像確實是與恐怖或者是色情有關的地方。

在「愛米克」大廈門口，和「符號」分了手，剛要上一輛計程車，一個女人穿著淡灰色的呢大衣急急從路對面走過來。我一看是沈燦，便慌張起來。

她說她有話要跟我說。她甚至連笑都沒有笑。

我不知道出了什麼事，難道她知道我今天跟陳左有約？

我隨她在對面的一個咖啡店就坐。只見她把外衣脫下來掛在椅背上，裡面是那件我見過的領口很低的黑毛衣。

小姐送來了兩杯咖啡，她一邊攪拌一邊直視著我。我問她有什麼事。她卻看了看我身上穿的衣服，悠悠地說：「你還記得我們第一次見面嗎？那天在法國大使館的聚會上，你的表現很輕佻，你穿的衣服也是輕佻的。你那天穿的是一件短袖，對吧？」

「短袖怎麼了？」

「是從地攤上買來的，對不對？要不就是三流、四流比較低檔的服裝店裡買來的。我說得沒錯吧？車工粗糙，顏色低劣，方方面面都讓人難以忍受。」

我想了想，問：「你今天來找我是跟我探討我穿的衣服？我的時間有限，我另外有事。」

「可你自己穿著那短袖還很驕傲，你走過來時別人都說你是娛記。我現在算是知道了，對，沒錯，娛樂的娛，妓女的妓。」

我注意到她攪著咖啡的手，手背上的皮膚已經很粗糙。我說：「那我也可以這麼稱呼你，老妓，老人的老，妓女的妓。」

立即，就像是有一顆炸彈似的在她的胸口炸開，她猛地高聲地發出非常爽朗的、明快的笑聲。在她的笑聲中，我的臉燒了起來，似乎看見自己的臉像一隻煮開的蝦一下微微脹紅著。她說：「我看你還挺靈巧的，其實你形容我還可以換兩個字，叫老雞，老人的老，母雞的雞。」

說完她又自己高聲地笑了起來。周圍的人都在朝她看。我一時不知所措。只聽她又說：「這樣的著裝怎麼能見德希達呢？幸好他沒來。開始我以為你跟我一樣是衝著那個叫德希達的人去的。」

我說：「沒錯，我就是衝著德希達去的。」

「那麼你也知道他是誰？其實在那天，在接到德希達去大使館通知之前，我幾乎對他是一無所知的。」

我端起咖啡喝了一口，說：「這點我和你還略為有點不同，我知道德希達是一個法國人，是一個學者，是一個結構主義的大師。」

想不到她卻又笑了。她說：「你又說錯了，他是一個解構主義的大師，關於這點，我特地問過皮裏松，也問過導演，也問過阿伯，他不是結構的結，是解放軍的解，你懂嗎？」

我的臉再次紅起來。心裡想，的確，德希達所寫過的文章我一篇也沒有看，跟阿伯剛交往的時候，阿伯幾乎天天說著德希達，自己當時也想把阿伯放在床頭的德希達所寫的書翻開，一頁一頁看，可是以後漸漸發現晚上只要睡不著，就看一看德希達，這樣，肯定就很快睡著了，而且睡得比以往任何時候都快。

但是沈燦今天來找我究竟是幹什麼呢？是爲了侮辱我還是跟我要談別的什麼事情？這時她說：「今天我是來跟你談一個條件或者說我們倆做一個交易。不過，我們先不要說具體地幹什麼，我想告訴你，做這件事情我給你付的報酬是人民幣五百塊錢。」

我眼睛裡的亮光閃了一下很快又滅了。我說：「做交易？我不會跟你做任何交易的。」

「是嗎？爲什麼？」

「不爲什麼。」

「難道你一點也不想聽我要跟你做成一筆什麼交易嗎？」

「我不想知道。」

「那麼好吧，我告訴你，既然你不願意聽，那麼我們倆也不要再做這筆交易了。你現在跟阿伯還在一起嗎？我聽說你的肚子裡還懷著他的孩子。」

「這一切跟你無關。」

「當然跟我無關，但是阿伯的這個孩子，你是打算把他生下來還是去醫院人流掉？」

「這也與你無關。」

「好，我同意，的確跟我無關。」

她想了想又說：「那麼你肚子裡懷的這個孩子有沒有可能不是阿伯而是另外的人的？」

她說完這句話就開始直視我的眼睛。我不知道爲什麼這時候心中顯得有些軟弱。我知道這個孩子是阿伯的，這毫無疑問。但是我不知道是什麼說不清楚的原因使我並沒有把目光直接對著對面的這個女人。她卻依然盯著我。

我在問你呢：「孩子有沒有可能不是阿伯而是另外的人的。」

我說：「這也與你無關。」

「這一切眞的與我無關嗎？」

我不看她，朝窗戶外面望去，那裡正對著「愛米克」樓下的停車場。明亮的路燈下，有一輛計程車停泊著，計程車裡下來一個殘廢，她在她身邊的人的幫助下正艱難地把身體朝外挪著，她身邊的人可能是她的丈夫，也有可能是她的哥哥或者別人，先把一個輪椅放在車的跟前，那個殘廢女人慢慢地朝車挪著。

我看得有些出神，竟一時沒有聽見沈燦在說什麼。她在我的感染下也回頭朝窗外望去，她也看

見了那個殘廢，看見她緩慢地坐在了輪椅上。

她把頭回了過來，說：「你也希望有一天像那個女人那樣，那麼困難地從車上往外挪嗎？」

我倏地收回目光，望著她的眼睛說：「你說的這一切與我有什麼關係？所有這些都與我無關。」

我想站起來一走了之。我無法再忍受跟她談下去了。說到底這是個神經質的女人，否則就不會早在那個聚會上跟我不明不白地結下仇怨。只聽她又說道：「唯有這一次在把你變成一個殘廢的問題上，說不定會與我有關。我告訴你，我跟陳左之間的關係，是你這種小娼婦無論如何也想像不到的，我聽說你還去學了MBA，我聽說你也認認眞眞地學過多年的語言，我還聽說你採訪過很多演藝界的明星，我告訴你，你所擁有的這點資歷，還有就你這種長相，想眞正牢牢地抓住陳左是很困難的，我跟陳左我們共同所經歷過的那些事情也是你難以想像的。你肯定不是我的對手，你的份量不夠，你渺小，你虛弱，你還有些骯髒，難道說你還沒有發現嗎？我和你才面對面地坐了那麼一會，我就聞到你身上的廉價的化妝品味道，那是很骯髒的人才用這樣的東西。你想要在陳左那裡得到的東西是很困難的，也頂多是一件衣服、一個包、一雙鞋而已。」

她又停住看著我的眼睛說：「我剛才說了，即使你願意跟我做那項交易的話，不管這個交易是什麼樣的交易，我也只打算給你付五百塊錢，你想想你能從陳左身上要得更多嗎？你想想你所需要的那些東西陳左他避開了我，他也能夠支取嗎？你眞是太簡單了，錢要想得到是非常辛苦的、非常艱難的，發大財是需要有大運氣的，所有這一切我在你身上都沒有看到，你憑什麼要那麼多錢呢？

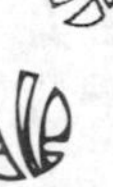

你以爲你陪陳左說說話，睡睡覺，甚至於爲陳左去懷一個孩子，這一切就眞的值得他爲你掏很多錢嗎？或者說陳左想爲你掏錢他就眞的能掏得出來嗎？你看著陳左開著寶馬，穿著名牌西裝，身上透出的都是有品味的香水的味道，每天出入的都是華貴的場所，你就以爲他眞的能拿得出錢來嗎？你把錢想得太簡單了，想要得到大錢就得有不同尋常的機會。好了，我該說的說完了，你有什麼想要對我說的？」

我看著沈燦，刹那間，覺得自己什麼也不想說，覺得渾身都沒有力量。我覺得沈燦說得都對，但是覺得自己也沒有錯，在那一刻我突然在反省自己：「我究竟錯了嗎？如果說我錯了，那麼錯在什麼地方？」

這時手機響了起來。我一接是陳左。他問：「你爲什麼還沒到？你在哪裡？我去接你。」

似乎剛才所受的壓抑和委屈這時候都突然有了一個宣洩口，我竟忍不住地拿著手機哭了起來。我知道自己的眼淚非常賤，也知道自己的哭泣非常無恥，可是我還是忍不住的哭了起來。我知道沈燦正盯著我，冥冥之中，我清楚女人不會同情女人，你在女人那所受的委屈也只有在男人那得到撫慰，然而這個男人又是一個多麼可怕、多麼靠不住、多麼讓我捉摸不定的男人，難道說自己一生的希望眞的能在這個男人身上得到嗎？

陳左在電話那頭又說：「你不要哭，有什麼事你不要著急，我這就上你那兒去，告訴我，你在哪？」

我什麼也沒說關上了電話。沈燦這時候笑了，她說：「你眞是世界上最好的表演家。你可以告訴他我來找你了，你怎麼不對他說呢？我等著他知道呢。你也可以告訴阿伯，讓他也來同情同情你。」

說著她站起身來，拿起掛在椅背上的衣服一邊穿一邊說：「今年天氣那麼暖和，我那麼多件的駝絨大衣一件也沒法穿。」

我抹去淚也站起來背著包就要往外走。這時只聽她說：「哦，對了，我們倆一人喝了一杯咖啡，你不要以爲有錢人都會爲你去結帳，我只結我自己這杯咖啡的帳，你那杯咖啡還是你自己去掏錢吧。」

我停住腳步，只見穿好了衣服的沈燦在吧台接過了侍者給她遞過來的單，她看了單說：「我只結一杯咖啡，請你把帳重新算一下。」

然後她在重新出的單上簽上自己的名字走了。

我仍然站在那兒，看著沈燦的背影突然想，如果自己是沈燦就好了，即使是讓我突然長了幾乎是二十年的光陰，把我直接從二十七歲變成四十七歲我都願意。這種想法使我臉紅。在我走向吧台的時候，覺得全身是那麼地疲憊。我一邊掏錢一邊想，也許消除疲憊的唯一方式就是立刻把我變成沈燦，即使剛才自己對她說：「你是一個老妓。」

阿伯回到公寓時已經快天亮了，他悄悄地打開門，也沒有看麥子是不是已經回來就一頭倒在客廳的沙發上了睡了。他太累了。隱約中，阿伯感到有人的呼吸，他睜開眼，是穿著睡衣的麥子，屋子裡已經陽光燦爛。他說：「你去哪兒了？昨天我等了你一整晚。」

麥子溫柔地把頭放在他胸上。她說：「騙人，我回來時你根本不在。」

阿伯眨了眨眼睛，費力地回想著。他說：「那麼，昨天晚上那一切都是夢嗎？」

她抬起頭來問：「你做什麼夢了？我在裡邊嗎？」

「你不在。你昨晚去哪裡了？」

麥子把臉重又埋在阿伯身上，心想要不要把沈燦找她的事情告訴他？她想了一會，決定什麼也不說，她既不告訴阿伯也不告訴陳左。這時她突然抬起頭對阿伯說：「我們做愛吧？」說完整個身子趴在了他的身上。

「你眞的想在上邊？」

「想。」

阿伯不知道麥子哪來這麼大的熱情，便說：「可是，那樣你會很累的。」

「再累也要在上邊，我想，這也是女人解放的標誌。」

麥子覺得自己說了一句幽默的話，笑了。阿伯忍不住地說：「那些妓女如果你要是想讓她們坐在上邊，就得多加錢。」

說完他就後悔，他怕麥子突然發火。

可是，麥子今天沒有生氣，她只是好奇地聽著，就像是在聽一個故事。她變得寬容、大度了，她今天沒有罵阿伯髒，也沒有說那些妓女們的壞話。她只是在不斷地問問題。「你和導演在共同玩一個妓女？那你們各自跟妓女做愛的樣子不是彼此都看見了嗎？你們有沒有不好意思的感覺？導演柯在跟妓女做的時候你在幹什麼？眞像是色情片裡那樣你在摸妓女的乳房或是妓女正含著你的陽具？」

那天中午麥子和阿伯出去吃了烤鴨。兩人都沒有怎麼吃，麥子把它們打包回來了，一路上，風吹著麥子的頭髮，好像要飛起來似的。她望著路邊要發芽的樹，說冬天還沒怎麼過呢，怎麼春天就突然來到了？

阿伯想到了麥子過去所說的相同的句式：「怎麼女人剛剛開始男人就突然結束了？」而現在他覺得冬天不是冬天，春天不是春天，開始不是開始，結束不是結束。

他們天天都在一起，就像一對眼睛每天同時睜開同時閉上。阿伯計算著得陪麥子去醫院做人流了，按時間已經五十多天了。可是麥子有一天在公司裡突然給阿伯打電話，說她要去深圳。阿伯當時就隱約覺得她肯定是和一個男人去。這個男人是誰呢？阿伯首先想到了陳左。

開始她不承認。到後來她就哭了。

第三十七章

阿伯 51

那幾天，再次陷入貧困的阿伯每天早上醒來第一件事，就是伏在電腦前寫那些沒有用的故事。他發現自己原來就很願意探討一個讀過書的，並且天天跟自己睡在一起的女人是不是婊子，以後，他更願意探討的是，就是這個女人當了婊子之後，是不是能掙很多錢，因爲女人們愛說：「哼，讓我像她們那樣，就是掙出一個金山來，就是把北京整個都給了我，就是給我一千萬，我也不會幹的。因爲，人有尊嚴，我們女孩子也有尊嚴。」

阿伯想，她們有尊嚴這是肯定的，唯一不能肯定的，就是她們即使跟她們一樣了，就能得到一座金山嗎？她們身上長的那個東西就一定值那麼多錢嗎？如果值不了一座金山的話，那能值多少呢？

眼前的麥子坐在阿伯對面，她的屁股有優美的線條，她的眼睛裡充滿敵視，她的淚水裡有某種讓男人永遠無法理解的東西，女人是永遠也不會願意主動聆聽一個男人，特別是一個與她還有著關

係的男人跟另一個女人的事情，但是她與他都知道，阿伯說的不是這樣一般性的問題，而是她麥子究竟值多少錢的問題。

麥子 49

我有點後悔給他打了這個電話。我答應陳左難道就意味著答應跟他去發生那種關係？他昨天打電話說沈燦去了新加坡，大約一星期後才回來，他要我跟他一起去深圳。我想，如果要跟他發生那種關係，那麼在北京就不行嗎，非要去深圳？他可以任意在一個飯店包上房間。

阿伯的臉色開始很難看。他開始抽煙，他讓煙儘量朝天空中散得高些，然後，他又說：「你既然不想聽我替你作的分析，那就不要去，別跟那個男人去。」

我說：「你還是替你自已分析分析吧，看你是什麼心理。我不會聽你的，你是一個從心眼裡那麼蔑視我們這些知識女性的畜牲。」

「不是我蔑視你們，請更不要把女性前邊加上知識，女人就是女人，爲什麼要知識女人？難道你讀了幾天MBA，上了幾天大學，看了一些書，就眞的與其他女人不一樣了嗎？」

「不一樣，肯定不一樣，如果是一樣我會跟著你嗎？」

「可你爲什麼要跟他走？」

我沒有回答。阿伯臉上露出了殘忍的笑，他像看透了我似的問：「你知道現在的女人值多少錢嗎？」

我又沒有搞過妓女，我當然不知道。

「我經常去的那些髮廊裡，從外地來的女孩子，她們有的才十七歲，二百塊錢就夠了，上次我跟導演共同玩一個妓女，才給這個妓女三百塊錢。你想，麥子，你能值多少錢呢？」

我沒有說話，只是起身，爲自己倒了杯熱水。

阿伯又說：「她們的皮膚比你好，十七歲肯定比二十七歲有更好的皮膚，你說是嗎？如果，我們再探討一下你們陰道顏色的不同，你是不是會暴跳如雷？」

我冷靜地望著他，說：「你說吧。」

「她們陰道的顏色是鮮紅的，而你的已經變黑了。男人們，特別是知識男人們經常會以這樣的東西來判定一個女人的價值……」

這時，我無法控制地把那杯熱水全部灑向了阿伯。

他猛地低頭，那熱水灑在了他的後脖子上和背上。他抬起了濕濕的臉，用手有些狼狽地擦著自己身上的水。

我說：「你這樣的男人是男人中最髒的，我形容你時，只能有一個字，就是髒。」

他攤開兩手，說：「我該說的都說了，而且說得都很到位。」

然後，他進了洗手間，打開水，大聲喊著：「我想洗個熱水澡，你想去深圳就去吧。」

我沒有動，愣著，似乎在看著窗戶外的什麼東西。

浴室的門沒關，阿伯很快地躺了進去，並說：「熱水眞是好東西，女人眞是壞東西。」

阿伯 52

這次的談話是他們最深入最透徹的一次。他們以爲有了這樣的談話，所有的問題都解決了。不過，在阿伯過了幾個月之後的回憶裡，首先是他自己的哭泣有些打動他。

阿伯隔著浴室又對麥子說：「如果你實在想去，我告訴你，要得到所有的東西，一定是在跟他睡以前，眞正睡了以後再想得到那就很難了。因爲，我剛才已經跟你說過十七歲的妓女了。」

麥子突然走進去。她望著阿伯，說：「你爲什麼要這樣想呢？我根本不是想跟他去睡，我僅僅是討厭這個房子，我喜歡南方的那種陽光，喜歡那裡不是冬天的感覺。」

「可你只要是跟一個男人去了，在任何時刻你都有可能會突然軟下來，隨著他的節奏，任他做什麼。」

「但我不會跟他做什麼的，我僅僅是想去看看。」

「你去了肯定會跟他睡。」

「肯定不會。」

「肯定會。」

「肯定不會。」

麥子問他說：「爲什麼？」

阿伯說：「我接觸過很多女人，很多女人來找我的時候，她們都是這樣的，跟你現在的說法一樣，當我搞完他們以後，她們還說在此之前找我僅僅是想跟我聊聊天，或是找我有別的事情，可事實上我把她們都已經搞完了。」

阿伯說到這時，臉上已經全是淚水，他彷彿已經看見了麥子以後的命運，也看見了他自己的命運。他突然難過。麥子低下頭說：「他連飛機票都幫我定好了。」

「那你就去吧，但是我想，起碼有一點理由你還是不願意離開我，那就是我們說話最直接了當，我們之間可以把最隱密的事情公開來談，而且我這個人把話總是說得那麼下流，可是你不得不承認，實在是很準確。」

「我討厭你的下流，女人永遠討厭下流的東西。」

「但是女人之所以會產生，就起源於男人的下流，說得具體點，就是它起源於男人陽具的勃起，然後射精。」

麥子搖頭，說：「你只說了整個過程中的一點。」

阿伯想了想又對麥子說：「不過我們之間很坦誠，有這樣的關係，還是不要破壞它，你去了以後，不管跟他發生了什麼事情，都得告訴我。你千萬不要這樣：你跟他分明睡了但又沒有占上更多的便宜，他沒有爲你買更多的東西，你出於自尊的考慮，出於一種虛榮心，而對我說假話，你或者說你跟他沒有搞，或者說他很愛你可是你拒絕了他……那我們之間的關係就變味了。」

這時的麥子定定地望著阿伯，突然漲紅了臉，說：「既然你把話說到這樣一步，那我還是不要去了。我們結婚吧。」

「結婚？怎麼結？在哪個房子裡結？在白澤給你租的這個房子裡還是那個四合院裡？那都是別人的房子、別人的床。」

麥子彷彿挨了一記重重的耳光。她問：「那麼，你愛我嗎？」

「我愛你。」

「如果我老了，醜了，病了，你會照顧我嗎？」

「會的。」

「當我六十歲生日的時候，你還會爲我送那樣大的大蛋糕嗎？」

阿伯激動了，他抹了一下臉上的水，說：「會，這種浪漫讓我心跳。」

「我們一輩子都那麼窮，你怕嗎？」

阿伯搖頭。

麥子把臉貼在他那張濡濕了的臉上說：「不管我們有沒有房子，不管我們睡的是不是別人的床，我們永遠都在一起。」

阿伯也緊緊摟著她，含著眼淚說：「那我們把這個孩子生下來吧，吃糠咽菜我們也要把他養大。」

麥子更緊地把臉貼著他，說：「我沒有那樣想，我只要你陪我去醫院把這個孩子做掉就行了。」

他們因為對彼此的理解和愛，兩個身子摟得更緊了。麥子想，摟得這樣緊的身體怎麼可能會分開呢。

第三十八章

阿伯 53

阿伯那天眞的以為自己是一個信守諾言的人，他從上大學，不，從上小學的第一天起，他就從來沒有懷疑過自己是對承諾看得很重的人，他想只有像些象麥子一樣的女孩子，才會為了錢去賣身的，因為她們長著一個可以賣的東西。直到陳左約他在新世紀飯店見面時，他才知道，自己錯了。

陳左站在新世紀飯店十一層的商務酒廊裡，他正在跟一個日本人談話。阿伯走進去的時候，他並沒有看阿伯。他只是用那對有些傷感的眼睛掃了阿伯一下，然後他就只顧自己跟日本人說下去。

阿伯站在那兒，一時不知道自己該坐在哪兒，他顯得有些無所適從，眼睛在廳內來回看著，呼吸有些困難，而且，他突然意識到自己的皮鞋顯得很髒，麥子沒有說錯，他這樣的男人就是髒，青春是他唯一的法寶和護身符，但是他的確感到自己是有些髒，除了皮鞋以外，還有脖子、臉、眼睛、褲子，對了，還有腳，他明顯地感到了從自己的腳上冒出了汗味兒，那是因爲他昨天晚上喝酒太晚了，在酒吧混得忘了時間，回來之後，就直接睡在了床上，他沒有洗腳，今天早上也忘了換襪子。

管理酒廊的女孩兒走過來，問：「先生，您是陳董事長的客人嗎？」

阿伯看看那邊的陳左，猶豫著點了點頭，說：「是，我是他的客人。」

小姐說：「他正在會客，請您坐在那邊吧。」

阿伯順從地跟著那個小姐坐到了大廳的另一個角落裡，離陳左最少有二十米遠，他一直望著陳左，可是陳左沒有看他，日本人跟他說著什麼，他們的談話非常投入。

阿伯坐著，隨手從身後的報架上拿起一張大公報，看著上邊的新聞，他的腦子卻很亂，不知道上面究竟在說什麼。小姐過來問他：「先生，你是想喝什麼？橙汁？還是茶？」

阿伯愣了一下，他再次朝陳左那邊看了看，然後對小姐囁嚅著說：「茶，茶吧。」

小姐說：「是紅茶嗎？」

阿伯說：「紅茶吧。」

小姐走了。

阿伯開始思考起來：「陳左讓他來是幹什麼呢？」他早上在路上已經想了很久了，陳左應該是找麥子，今天他卻找他那究竟是爲了什麼？

現在陳左並沒有馬上要理他的意思，他正跟那個日本人站起來，較爲激動得用手劃著什麼。阿伯想，他們是不是在爭論一九四五年結束的那場戰爭的是非問題？這時，他的手機響了，阿伯緊張地拿著手機走了出去。

在出門的刹那，他感到陳左在注意他了。

在過道裡，阿伯接聽了手機，是麥子。

阿伯奇怪，平時麥子在這種寂寞的時候從來都不給他打電話，今天出了什麼事了？

麥子問他：「你現在在哪兒？我有些難受。」

阿伯：「怎麼了？哪兒不舒服？」

麥子說：「我肚子疼。」

阿伯說：「可是，我現在，現在有事去不了。」

麥子說：「你在哪兒？」

阿伯猶豫了一下，他決定還是不能把自己正在等陳左的事告訴她，以後無論他怎麼在內心重新分析自己是不是應該這樣做時，都又重新陷入猶豫，他對自己說，你當時不可能作出別的決定，因爲你跟她的關係已經在朝墳墓走去了，儘管在那天，在浴室，當他們倆緊緊抱在一起時，他把麥子從旁邊拉到浴缸裡，再次進入她，在剎那中，他感到只要他的陽具能不斷地進入她，他就控制了她的心靈，他以爲兩個肉體在一起，那就是永恆。

此刻阿伯的聲音變小了，他看著正在起身送那個日本人的陳左，對電話裡的麥子說：「我，我正在劇組。」

麥子敏感地察覺出他在說謊，於是說：「你根本沒有在劇組。」

說完，麥子放下了電話。

阿伯想，她會懷疑我正跟女人在一起嗎？那就是好事，阿伯最怕的是她目前知道自己正跟陳左在一起。他隱約覺得陳左找他是與麥子有關。

他不知道未來要發生什麼的時候，心裡就已經產生了愧疚，他意識到那將要飄然而至的陰謀，那像雨絲一樣浮動的灰色物體正在對自己擁抱過來。

陳左也就在那個時候朝他走過來，他像要把阿伯擁進懷裡那樣誇張地伸出手來，使阿伯不知道該怎麼辦，是要與他擁抱呢，還是與他握手，結果是陳左經過了阿伯，而與他身後的那個服務女生擁抱，他把那女孩子抱在懷裡之後，回過頭來對阿伯說：「你坐到那邊去吧，我先上個廁所。」

陳左說完，放開那個緊緊靠在他懷裡的女孩子，然後從口袋裡掏出了一百元錢，給了她，然後說：「給我們換一點茶，我剛才太激動了，大罵日本人，因爲那個人的爺爺就在我奶奶那個村子裡呆過兩年，說不定當年看我奶奶撒尿的那個日本人，就是他的爺爺，他還想讓我買他的光纖設備呢，他們日本人眞是太容易忘了自己的罪行了。」

阿伯坐在剛才那個日本人的座位上，他感到沙發的布面被日本人的屁股捂得很熱，這說明剛才他們的確討論的是一些大是大非問題。

陳左走過來，自己開始抽煙，也沒有給阿伯讓，他盯著阿伯，突然說：「你愛她嗎？」

阿伯緊張地，說：「愛誰？」

陳左：「你知道我說的誰。」

阿伯一時不知道怎麼回答，說：「這跟，跟你無關。」但阿伯一想到對面這個人有可能投資《長安街》，就又後悔了，說：「您要眞關心，我也能……」

陳左打斷他：「你根本不愛她，你已經厭倦了，對嗎？」

阿伯不知道怎麼說了，只有沉默。

「你對她不負責任，她爲了你，生活得很累，你說對嗎？所以，我有一個決定，你應該離開她。」

阿伯愣了，他看著陳左，說：「我不知道，你爲什麼要這麼說，她跟我與你無關。」

陳左說：「她今後要跟著我，她會得到自己想要的一切，儘管她從來沒有對我說過，但是，我知道她需要什麼，我知道全世界的讀過一點書的女人需要什麼。」

阿伯看著陳左，說：「你比我還絕對。」

陳左不聽阿伯說什麼，他繼續對阿伯說：「她能從我這兒得到她想要的，她會穩定下來，可是她如果繼續跟著你，那她就什麼也得不到。你想讓她繼續跟著你挨餓並走在北風中嗎？」

阿伯這時想，是不是把《長安街》改名就叫《走在北風中》呢？他急切地想回應陳左的願望，但是他想聽陳左把話說完。

陳左說：「你必須離開她。這是今天的主題。」

阿伯感到這的確是一場談判，他意識到了這個主題的嚴重性。

阿伯說：「我為什麼要離開她？」

陳左說：「你必須要離開她。」

阿伯想起來自己這些天正在與麥子重歸於好，他們彼此間正在感受對方溫暖的氣息，他們可以放鬆地做愛，並且他答應她把孩子生下來。但是，陳左卻在跟他說離開，而且語氣中顯得很肯定，沒有商量的餘地，這激怒了阿伯，他已經想好了用什麼辭彙來反抗他了，那就是：「你去死吧。」

阿伯的話還沒有說出來，陳左又說：「你能得到一筆錢，你從沒有見過那麼多錢。」

阿伯愣了，他沒想到他的氣息被洩了出來，錢這個字讓他突然變得暈眩。

「你想知道數額嗎？」

阿伯沒有說話。

「你想知道的話，我就說，否則，我們今天的談話結束。」

阿伯仍沒有說話，但是，他也沒有動。

陳左笑了，說：「應該給你們知識分子留點面子，你這種人可能還有點自尊心，最少是表面的，這樣吧，我告訴你。」陳左說完，又試探地看著他。

他仍是不說話，只是感到口渴。

陳左說：「五萬，你如果今天能走，就今天拿，你如果明天能走，就明天拿，給你三天的時間。」

阿伯突然說：「十萬。」

陳左被嚇了一跳，愣了一下，才說：「十萬？你跟麥子都不值這麼多。」

阿伯說：「是你要談錢的。」

陳左說：「那好，爲什麼是十萬，而不是十一萬呢？」

阿伯想了想，說：「我是一個流浪漢，我需要房子，只要我能有一個住的地方，我會好好寫小說的。要知道，十萬，可以爲買房交首款了，那是最起碼的。」

陳左：「爲了十萬塊錢，就能出賣自己的愛情，你們知識分子就是這樣的嗎？」

阿伯說：「我不是知識分子。」

陳左說：「那你是什麼？作家嗎？」

阿伯說：「我也不是作家。」

陳左說：「那你是什麼？」

阿伯反問：「你為什麼對知識分子這麼仇恨，你是當年沒能考上大學嗎？」

陳左笑了，說：「考上了，我當然上了大學，但是我喜歡對你們這些知識分子這樣說話，因為這個辭彙的存在，使我不舒服。其實，在中國，知識分子這個辭彙應該被消滅了，我的意思是那些寫文章的人，包括你，他們喜歡用這個詞，其實他們沒有知識。更不是什麼知識分子。」

阿伯說：「那我們光談錢就行了，你不要跟我說這些。而且，我跟你談了錢，我就不是知識分子。」

陳左說：「那你想，你值十萬嗎？」

阿伯不知道怎麼回答他好，就本能地站起來，然後走了出去。

陳左站在那兒，說：「你回來，我們再談談。」

阿伯沒有回頭。當他回到了他跟麥子生活了半年的家時，麥子剛剛好下完了速食麵，熱氣和香味讓阿伯的鼻子發酸。

麥子說：「你去哪兒了？」

阿伯說：「沒有去哪兒，只是心情不好，出去走了走。」

麥子說：「吃麵吧，我再下。不知道你白天就能回來。」

當麥子與阿伯一起坐在餐桌前時，阿伯突然說：「陳左對你好嗎？」

麥子的臉紅了，說：「你爲什麼要問這個？」

阿伯說沒什麼。

麥子說：「他當然是一個優秀的男人，他不是個僅僅用語言給女人堆砌希望的男人。」

阿伯低著頭說：「我知道。」

麥子覺得自己說著了阿伯的弱點，便說：「你知道什麼？你以爲他想對我怎麼樣就能對我怎麼樣？他既然那麼怕沈燦又找我幹什麼？我麥子是這樣的女人嗎？他有老婆，而我有男朋友。只是，只是有時我的心有點亂而已。」

阿伯說：「我知道你的心很亂。」

阿伯 54

日子就在他們共同都很亂的心情中度過。阿伯整天無所事事，他在無聊中看了洛奇的小說，又看了亨利・米勒（編按：亨利・米勒（Henry Miller）爲當代美國作家，著有《情慾之網》《蜘蛛女之吻》一書，該書爲世界十大禁書之一。）的小說，還看了幾本《讀書》雜誌，最後他天天抱著傅柯的論文集讀個過癮，直到有一天晚上，他與麥子不太和諧的做完愛，過程是這樣的，阿伯開始一直閉著眼睛，他跟麥子說著一些科研機構在改革，對學者的論文進行量化是不是對的問題。麥子說那不量化，又能有什麼標準呢？阿伯說標準只有一個，把所有這個單位都解散，讓他們自己去要飯。讓所有社科方面的東西都完全憑著自己的興趣去做，別動不動說中華民族需要這個。

麥子笑了，說：「自己沒有人養，就討厭別人有人養，這也是淺薄人所爲。」

「或者都弄到大學裡，白天教書，晚上寫，好壞都有學生表決，你說呢？」

「也不好。學生有時比教師聰明，有時比教師更傻。」

阿伯說這個時候就需要德希達的解構主義了。

麥子突然捂著耳朵說：「我已經受夠了。」

阿伯拉開她的手，問：「你什麼受夠了？」

「你天天說解構，但是，你跟你的德希達一樣，從來也沒有說清楚過，你們的話太多，如果這個世界上，所有的概念都要用那麼多話，而且還說不清楚，那我們要這些概念有什麼用呢？」

阿伯笑了，就像是麥子剛才突然，冷不防地用自己的手抓住了自己正在射精的陽具，他邊笑邊說：「其實，我也能說得簡單，可是，那就等於什麼也沒說。」

這時，阿伯的手機響了，竟是陳左。他在電話裡說：「可以，你來吧，明天就來，免得我改變主意。」

麥子一直看著他。

阿伯知道麥子在盯著她，但是他也不再想解釋，他開始穿衣服。

麥子說：「你又要出去。」

阿伯點頭。

「你出去幹什麼?」

「我有我的事。」

麥子看著他，說：「不能告訴我?」

阿伯猶豫著，搖頭。

「你走吧。」

她沒有再看一眼阿伯的背影，就鑽進被窩。這時她又從被窩裡坐起來，說：「那你說清楚再走。」

阿伯一驚，問：「說什麼?」

「德希達的解構。」

阿伯在心裡吁了一口氣，說：「解構，就是德希達用自己的方式，重新看待一切，並把自己的想法說出來。」

麥子斷言道那是不可能的。

「德希達爲了讓別人聽懂，或者說，他今天又有了新的想法了，他就不得不說得更細一些，把那句比較大的話拆開，把一個人的內心分作幾段，然後他還要說個不停，直說到他自己說了後邊，忘了前邊。」

「大師們會有這種事嗎？比如自相矛盾？」

阿伯笑了，說：「你最可愛的時候，就是在說這些話的時候。對了，還有，就是在做愛的某些時候。」

麥子說：「好了，我知道了，你走吧。」

阿伯把門帶上出去了。此後這一幕像在麥子腦子裡像不斷退後的磁帶那樣，在她未來的日子裡一次次重複。她看不出任何跡象，阿伯走得太平常了。

阿伯 55

阿伯到了外邊，他希望麥子發起火來，不讓他走，並再次以腹中的孩子爲由跟他吵架，那他會對她說：「這孩子不是我的，我不知道他是誰的。」這樣一來，麥子也許會因爲仇恨而拿起刀來，那他的出走，就是有道理的了。麥子竟什麼也沒說，她只是看著他並說：「你走吧。」那麼，她這個「你走吧」是什麼意思，是同意他今天臨時出門呢，還是說你走吧，從此不要再回來了。阿伯知道，她當然不是後者，她還等著讓他陪著她去做人工流產，儘管阿伯煩，而且他跟海明威一樣地認爲那不過是一個很小的手術。

他盲目地走著，忍不住地想哭，但是，他就是想像演戲那樣地讓眼淚流出來，也都做不到，看來，麥子在他的心目中與金錢相比，還是太輕了。陳左爲什麼要給錢，他的最終目的是什麼，這一切都不重要，阿伯知道，重要的是他必須拿上這錢。想到錢的時候，阿伯的眼淚突然出來了，眼淚流出的瞬間裡，麥子的氣息也飄然而至，他似乎看到了她的陰道在動手術時，被銀亮的器械撐開，陰毛是濕的。這種味道讓他的眼淚流得更多了。他不知道自己是因爲愧疚才哭，還是因爲突然感到自己是個有錢人了而激動的。

他猶豫著來到了一個酒吧，給導演打了電話。

導演半個小時以後，進了酒吧，他坐在阿伯對面說：「我正找你呢，那戲拍不下去了。女主角突然跑了。我沒搞她，可是製作人喜歡女二號，讓他們給她加了不少戲，這個一號受不了了，唉，早知道不搞那些妓女了，就搞她，看來，中國的電影藝術出現高潮的機會又一次失去了。」

阿伯說：「我可能會離開麥子。」

導演說：「你還說你那個麥子呢，昨天離開劇組的時候，我都忘了拿我的皮鞋了，那是一雙好鞋。對了，《長安街》你得改改，皮裏松又找了一家國外的投資人，唉！皮裏松太偉大，今後中國的文化史應該有他一頁，你想呀，他一個外國人，不辭萬里，來到中國，爲了中國人民的文化事業，這是什麼精神？」

阿伯說：「我怎麼改？」

導演說：「你要讓那個殺了人的妓女懺悔，我都想好了，要把一本聖經擺在她的面前，你不記得吧，就是你寫的，她小屋裡的那個舊式的台桌前，讓那上邊放本聖經，讓她因爲內疚和痛苦而無法活下去，因爲她賣了身，騙了人，她應該受到報應，她應該有原罪感，中國人缺的就是這個，這次咱們把它補上。」

阿伯說：「讓她一出門，就被汽車撞死，你看怎麼樣？」

導演說：「那太簡單了，那是一種內心的贖罪過程，看過托爾斯泰的《復活》沒有？對了，就是那種感覺。」

阿伯說：「我已經被剛才自己的話，嚇得夠嗆了。這樣吧，讓她得性病，讓她被許多人的吐沫淹了，對了，還有一個辦法，讓她面對男人的大雞巴發抖。」

導演看到阿伯面色蒼白，便摸摸他的頭，說：「你好像有些問題呀。你不對勁，那個麥子不值得你這樣。妓女可以懺悔，可是她們不會，因爲她們是知識女性。」

晚上他沒有回去而是在四合院裡待了一夜。其實他可以回去，可以把麥子的臉再緊緊摟在自己懷裡，可是他怕他這樣會走不成。

第二天他從四合院出來，搭了一輛車向陳左那駛去。計程車司機問他：「您說，今年這錢好掙嗎？」

阿伯看了看他，說：「好掙。」

陳左本人沒在，他的秘書給了阿伯一份合同。阿伯看了一下，說：「連見最後一次面都不行嗎？」

秘書說：「你可以去見，可是那樣違約，那你明天就是被汽車撞了，也怪不得別人。」

阿伯猶豫著，點點頭，簽了字。

秘書給了他一張存摺。

阿伯看著，上邊有十萬元。

秘書說：「密碼是八八八八。」

阿伯點頭，出去了。

阿伯走在長安街上，時時摸摸自己胸前的錢，時時又忍不住地心酸，他想念著麥子，覺得應該帶著麥子一起去另外一個城市，他們買一處小房子，然後開始新的生活。阿伯知道這是不可能的，因爲他怕陳左。他不能不守信用。阿伯又想，等自己買了房子之後，天天懺悔，要像基督徒那樣懺悔，但他知道，那也不可能。他認爲唯一可能的是：「錢已經在他身上了，而且他與麥子的關係已經走到了盡頭。但是，那天你爲什麼要在麥子面前哭？你爲什麼要在跟她做愛時，緊緊抱著她，說你終生也不能離開她，你的指頭已經掐進了她的肉裡，他說你愛她。讓她感到你們的關係也許還能挽救，而且未來可能會好，而且你知道，那孩子就是你的，你反覆算過時間……」

就在這時，一輛急速駛來的自行車狠狠地撞上了他，並把他撞倒在地上。

阿伯躺在地上時，感到頭暈，心想我不會就這樣死的，這僅僅是個自行車，幸虧你只拿了十萬，要是百萬就說不定是汽車了。

第三十九章

麥子 50

阿伯走的那夜我突然聽到一聲尖得出奇的笑聲。我回頭一看，只見沈燦蓬著頭髮，坐在街頭，朝路人大笑。她一邊笑，頭一邊撥浪鼓的來回搖晃，眼珠也跟著轉動。我躲在一顆樹後生怕她看見我。有人上去制止她，她笑得更響了，然後一共上去六個人把她押往精神病院。她猛地發現了我，於是甩開雙臂像撕破一張魚網似的甩開他們，向我撲來……

我驚醒時已是夜裡三點鐘。一身冷汗。身邊是空的，阿伯還沒有回來。我想再睡著重新做一個好夢，於是，思緒返回過去，悄悄地迴圈似地穿插在每個所認識的人，父親、母親、父親的女人、母親的男人、白澤、阿伯……最後我想定格在阿伯身上。我想，他愛穿一件牛仔服，黝黑的頭髮，他長得很高，他常把他的臉貼在我的臉上，他很愛我，很愛，我知道……

但是，不一會，停留在阿伯身上的思緒泡沫一樣消散了，隨後重又聚成一個圓形的飛著的泡兒附在了另一個人的臉上，這是一張俊美的臉，甜蜜的臉，彷彿被糖水浸泡過，那是陳左的臉，我不禁張開雙腿把手放在陰部，撫摩著，慢慢進入了夢鄉。

早晨上班，「符號」臉色憂鬱。她坐在桌前，不與任何人交談。從老闆那兒我很快知道公司將

於下個星期關閉，財會正忙著結算每個人的工資。中午吃飯時，「符號」突然又笑了，她放下碗，把頭埋在衣袖裡笑得渾身發顫。大家都不知道是怎麼回事。然後她說昨晚她在保利大廈聽音樂會時遇見一個女同性戀者。

「她剛好坐在我身邊，跟我說話時眼神發粘，要沾在我身上似的。我突然有一種陰森森的感覺。她說我長得特別像她的一個女朋友，她的朋友是上海人，也會說廣州話，身材很高，不愛穿胸罩。然後她問我是不是也不穿胸罩，於是我就想逗她，我對她說我不光是不穿胸罩，連內褲也不穿。說著我就笑了。但是她沒有笑。音樂會結束時她說我們去喝咖啡吧，我就去了。沒想到在咖啡廳裡，她一句話不說，就低著頭，大把大把地掉眼淚，那樣子好像心裡眞的有很多苦。我也跟著她一起哭，她看到我也在哭就哭得更凶了，滿咖啡廳的人都朝我們看。最後她起身上衛生間時，鄰座的人問怎麼了，我把眼淚一抹說她是個同性戀，大家聽了都笑了，我也笑了。」

說到這裡，「符號」還是笑個不停，別人也跟著她一起笑。我沒有笑，放下飯碗起身離去。

在辦公室裡，剛剛走進來的「符號」還在說同性戀的事情。爲了不再聽下去，我跟她講述了我的夢。

她立即分析道：「這證明你怕沈燦。」

「我怕她？我又沒有想著要跟陳左好，我怕她幹什麼？」

「那你沒想著跟陳左好，卻又爲什麼又夢見陳左？因爲你渴望後者，所以恐懼前者。」

我對「符號」是眞正地失望了。於是生氣地說：「我每天夜裡必須抓著阿伯的陽具才能睡好，他一走，我的腦子就會錯亂。」

「符號」忍不住地笑了。她說：「你抓著他是不是擔心他會不辭而別、一走了之？」

「他一走了之？他了什麼之？要是說一走了之的話，應該是我而不是他。」

說話間，我不斷拿起手機，看它是否運行正常。我生怕阿伯明明打了電話來卻打不通，或者我不小心把有聲弄成了無聲。然而清況都不是這樣的。我陰沉下來，望著窗外西沉的太陽，想，他一夜未歸，現在，新的一天又很快過去了，他卻連電話也沒有。

有一剎那眞想把這個手機摔了。於是我狠狠關了它。可是不到十分鐘，我重又打開。過了四十分鐘，它終於尖叫起來，但不是阿伯打來的，是陳左。

麥子 51

那天晚上的晚餐在今天回想起來，始終飄蕩著從某個深淵裡發出的有些魔幻而且恐怖的氣息。他手捧一杯冒著熱氣的茶水，眼光從杯子上越過，打量著我。他說：「如果不見怪，我從你的眼神裡看到了你的一切。」

「什麼一切。」

「你這種年齡都是固執的。」

「我聽不懂。」

他穿著一件敞開的咖啡色的駝毛毛衣，裡面是一件淺色T恤。他從放在桌上的煙盒裡抽出一根，立在一邊的男侍馬上為他點上。他深吸了一口，把霧吐出來，隨著煙霧一起出來的彷彿是他蘊藏了很久的一句話。他說：「我今天剛好有時間，我可以帶你去那個地方。在那裡可以下『地獄』，也可以上『九重天』。」

他用一個指頭向下指了指，又向上翹了翹。我望著他的手形，不禁瞪大眼睛：「九重天」？

陳左不回答，吸了一口煙，仍然按自己的思路說下去：「人應該上『九重天』，人也應該『下地獄』，你覺得這兩種事情是對立的嗎？不是；你覺得這兩種事情是非常遙遠的嗎？不是；實際上，人需要承受的無論是對立的還是遙遠的都無論如何跑不了的。你知道嗎？托爾斯泰說過，知識分子應該在苦水裡泡一泡，在鹹水裡洗一洗……」

他又像想起了什麼似的，不好意思地笑笑繼續說：「噢，托爾斯泰似乎沒有這樣說過，我忘了，我現在的記憶力不是太好了。但是托爾斯泰肯定說過類似的話，我在大學裡一定是讀過。」

我笑了，鬱悶了一天的心情確實在剎那間有些開朗。我絲絲縷縷地聞著煙霧味，由托爾斯泰想到了列夫托爾斯泰、《安娜卡列尼娜》、《戰爭與和平》、《復活》、瑪爾洛娃、列文、吉蒂、柴可夫斯基、普希金這一系列辭彙，像雨點一樣敲打著，使我在傾刻間想起了大學時代。然而陳左把話題又回到了「九重天」和「下地獄」。

他望著我的眼睛，問：「你渴望上『九重天』嗎」？

沒等我回答，他又問：「你是不是非常討厭『下地獄』」？

只聽他又說：「實際上，無論是『下地獄』還是上『九重天』，它都與人類心靈最深處的渴望有關，這種渴望給你帶來的不僅僅是對於美好時光的充分享受，同時還給你帶來對於罪惡的逃避，有時甚至給你帶來對於自身罪惡的懺悔。」

桌上的菜不多，有燕窩湯，有基圍蝦，在他說話的空檔，我的目光總是盯著那滿滿一盤紅紅的雞尾蝦上。兩人都幾乎沒有動。陳左說完，向身邊的侍者說結帳。一會，服務小姐送來帳單，陳左在上面簽字。他用右手吸煙，左手簽字。在他左手的無名指上有一顆銀色戒指，在燈光下彷彿是誰的牙在閃爍。我想到了夢裡沈燦那尖利的笑。我的眼睛又忍不住往帳單上看，那裡白晃晃的，雖然我沒有看到上面寫著多少錢，但是心裡知道跟陳左僅僅是隨隨便便吃了一頓飯也至少需要兩千塊錢。我望著盤裡的蝦，不禁問陳左說：「我們打包嗎？」

他頭也沒抬說：「打啊。」

於是我向服務員招手。陳左說：「你還眞打包啊，打包打到什麼地方？打到你那？還是打到我那？我們打了包給誰吃？」

他的目光毫無遮掩地盯著我，彷彿要看清我心裡究竟是怎麼想的。我的臉突然紅了。我想到了阿伯。我不知道阿伯是不是還餓著肚子，是不是還在街邊上的某一個小攤裡面花四塊錢買了一碗上面鋪滿了油的湯麵在狼吞虎嚥地吃，他的長頭髮是不是在吃著吃著就搭進了湯裡？

陳左又像想起了什麼似的問：「我剛才問你的問題你還沒有回答呢。你有沒有想過上『九重天』？有沒有想過『下地獄』？」

我說：「我不知道。」

「你這小腦袋爪裡一天到晚還想的是什麼？」

「我想過一種平靜的生活。」

「這種平靜的生活要靠什麼去支持呢？」

「當然是要有一定的經濟基礎。」

他一下笑了，說：「你不要把話說得那麼難聽，什麼叫經濟基礎，不就是錢嘛。」

我的臉再次漲紅了，我呢喃著說：「對，有的時候是這樣的。」

「不是有的時候，是任何時候。如果你想要平靜的生活，那麼你就需要一定數量的錢去支持。」

他依然望著我，我徒然沉默了，好像一下跌進了一個坑裡。只聽他又說：「你認識我，你應該是幸運的，因爲我可以支持你。」

他的聲音是低沉的，還有些溫柔。我一下又從坑裡爬出來，望著陳左，心裡突然產生了很多熱量。他會支持我嗎？他眞的支持我嗎？他眞的能把我變成沈燦嗎？我幾乎是衝動般地把他戴著戒指的手輕輕抓了抓。他也回握著我。但是明亮的燈光裡，阿伯的一對眼睛出現了。他微笑著看著我

說：「你這個婊子，你還說你不是個婊子，你還說你是個知識女性，你還說你正在讀MBA，那個賣花的小女孩說你是婊子你那麼難過，我在那個時候安慰你你就願意到我的宿舍裡去，那麼我現在對你說你是個婊子。」

我渾身顫抖了一下，陳左意識到了我的顫抖，於是問：「你冷嗎？」我說：「不冷。」他說：「那麼我們走吧。」

我站起來搖晃了一下，從包裡拿出手機。沒有人給我打過電話。陳左注意到了這個細節。

到了門口，一輛深色的長長的賓士已經停在那兒了。夜光顫顫地流瀉著。有人爲我和陳左分別打開了門。我們並排坐在後邊。車緩緩地穿行在二環路上。窗外的燈光不斷照亮我們的臉。

車飛馳了約二十分鐘。正當我思慮這一切是不是眞實時，車在一個不那麼起眼的某條道路的盡頭慢了下來。我看見一顆夜光婆婆的老槐村。我問這是哪，他不回答，卻說：「每次看見這樹，總覺得它在等我。」

樹後面是一個大門，門楣上有一盞昏暗的燈。門旁站了兩個穿著制服的保安。

我和陳左下了車。當車門在身後「澎」地一聲關上時，我注意到了大門旁邊掛著一個門牌號碼。上面依稀寫著「武津街二十六號」的字樣。只聽陳左說：「當一個人能夠過上平靜的比較富足的生活之後，一定會想起『九重天』，他也一定會想起『下地獄』。」

兩個保安立即走過來向陳左敬禮，然後他們把大門打開。陳左走在前面，我在後面跟著。裡面還有一個門，門廳左右分別站著四個穿深色西裝的男人。他們笑容可掬地對陳左彎腰並對陳左說：「陳總您來了？」陳左只是點頭，他伸手拉過我一塊朝過道深處走去。

麥子 52

我們手握著手沿著深色地毯走到盡頭時，我又看到了一扇棕色的包滿了牛皮的大門。正當我疑惑地轉頭看陳左時，那扇門突然打開了，舒緩的音樂夾雜著人們的歡笑聲傾瀉而來。

我惶惶地走進去，看到了一個約有五百平米的大廳。這個大廳似乎分三個區域，一個區域呈圓形，是跳舞的地方，從頭頂上洩來撲朔迷離的光；另一個區域擺著沙發；還有一個區域僅僅是厚厚的地毯，上面扔著好幾塊綿羊皮。這三個區域分別用鮮花搭成的拱形門隔開，因而空氣中佈滿了花的芳香。地毯上面隱約已經躺著或半躺著很多人，其中有幾個幾乎是全裸的。他們有的在竊竊私語，有的放聲大笑，有個女人獨自躺著，把一朵朵花撕碎在自己的乳房上。陳左看著我臉上的表情，突然笑了，說：「我所說的『九重天』和『下地獄』都與這有關，但是這不過是它的外殼，是它的表面，是它的形式。眞正的『九重天』和『下地獄』是在我們靈魂的深處。」

我的眼睛眞的忙不過來，我甚至都沒有去注意陳左所說的話，我早被眼前許許多多熟悉的面孔吸引了。因爲那些半裸或者全裸的幾乎都是我很熟悉的歌星、影星和一些著名的導演。我當娛記時，曾一個一個採訪過他們，給他們寫過：「阿毛佳麗」、「朋友嘴裡的糖」、「愛者難愛」、「黃秋心事」、「尋他」等等，有一些曾經是我少女時代極為崇拜的。比如坐在中間的那個留著長頭髮的長得肥胖的男歌星，我在上初中時曾天天把他的照片擺在自己臥室裡，而此刻他正把臉貼近他身邊的一個女人。這個女人是演員，我曾經為了採訪她而跟著她在劇組裡混了整整一天。還有那個把花瓣灑向自己的女人，她是著名節目主持人，有一天白澤說你要評價中國目前主持人的狀況，你一定得要跟她聊聊才行。可她拒絕採訪。大明星都是不太接受採訪的，我知道。還有那個……真是說不完。確實，這些男男女女都是我所熟悉得沒有辦法再熟悉的人了。

我輕輕拉了拉陳左的胳膊，說：「這兒有這麼多名人，他們上這來都是為了你所說的靈魂嗎？」

陳左摟住我的肩說：「還有身體。」

他想了想，又說：「我強調一下，我所說的身體包括肉體和靈魂兩部分。」

這時，有一侍者過來幫我們把身上穿的外衣取走。接著，又走過來一個穿著棕色西裝的禿頭男人，他對我和陳左微微點頭，從西裝的口袋裡面分別取出兩個瓶子。這是兩個外型相同的瓶子。白色的瓶身，蓋子是黃的。他打開其中一個瓶蓋，給陳左倒了兩粒，又給我倒了兩粒。我看著掌中圓圓的小白藥片，悄悄問陳左這是什麼。他說是「黑芝麻」。然後那人又從另一個的藥瓶裡倒出了兩粒。我問這又是什麼。陳左說這叫「搖頭丸」。

「吃下去吧，吃下去你就可以跨躍平靜的生活，跨躍一般的生活去考慮靈魂問題了。」

他說著自己吃了一粒「搖頭丸」並且對我說：「你也不要多吃，我今天帶你到這兒來不過是想

讓你看一看你生活以外的事。」

我看著手裡的藥，心裡感到害怕。在他的催促下我也勉強地拿起一粒「搖頭丸」，他說不，你應該吃一粒「黑芝麻」。說著，他從我的手上選了一顆「黑芝麻」放進我嘴裡。他說：「人應該先經歷地獄，而後再去感覺『九重天』時就很到位了。」

他獨自向前走了兩步，又回過頭來說：「今天晚上你可以隨便，今天晚上我們分別都是自由的，我是說我們的身體。」

陳左說完笑著就走了，他向著這三個區域以外的方向走去。那是一個過道。過道旁似乎有著另一扇門。他進了那扇門。我環顧著大廳，突然覺得很孤單，心裡盤算著藥對自己會發生什麼作用，今晚要出什麼事。

我慢慢走到了那個放沙發的區域，坐在那。面前的桌子上有煙，還有幾瓶葡萄酒，旁邊是若干個空酒杯。我拿出一根煙自己點著抽起來。慢慢地，又突然想起剛才吃的那顆「黑芝麻」。不行，我不能隨便吃，我跟他們不一樣，他們已經可以考慮精神的問題了，而我只能考慮淺層次的、形而下的問題，比如說溫飽、比如說冷暖、比如說肉體。於是我掐掉手裡的煙，站起來走到門口，問旁邊的侍者洗手間在哪裡。她朝前面指了指，我飛快地跑過去。

進了洗手間我想辦法讓藥吐了出來。我漱口，反覆地漱，拚命地漱，然後覺得自己能夠稍稍平靜了。

麥子 53

我慢悠悠地又回到了屋裡，重新坐回那個沙發上。這次我開始安心地抽煙。我可以看別人。煙霧中，坐在地毯上的人發出一陣陣歡笑。我不知道他們爲什麼要笑。有的裸著身子走過來倒一杯酒又快速地跑回去，身上的肉在顫動。這時，一個熟悉的面孔坐在我對面。我一看是大威。

我驚奇極了，問他怎麼在這兒。大威說：「我喜歡在這。」

「那麼你也吃了『搖頭丸』或者『黑芝麻』嗎？」

他點點頭。我說：「那你體驗了『九重天』或者是『下地獄』了嗎？」

「還要再等一會。我吃的是『黑芝麻』，是『下地獄』的。」

他把嘴朝那邊一努，說：「那裡全是『下地獄』的，不過，『地獄』和『九重天』沒有什麼明顯的界限，全都不是眞實的狀態。」

「你會不會也像他們把衣服脫光？」

說到這我竟笑了。大威說：「這有什麼可笑的？很正常。看見就像沒看見，摸著也像沒摸著，你看，那邊有一對已經在做愛了，可是他們沒覺得是在做愛。一切都是虛無的，這話是尼采說過的，說對了。」

「這種藥是不是很貴？」

「像你、我這樣的人當然吃不起，但是有人請客，我們就來了，嚴格地說今天晚上在這只有我們倆是一樣的人。」

大威環視著四周，一會就坐到了我旁邊。看著他漲紅的面孔，我朝旁邊躲了躲。他瞪大眼睛問：「你沒有吃藥嗎？」

我點頭說：「吃了。」

「那你怎麼還這樣緊張。」

「因爲我不喜歡你。」

大威一時無語。一會他問：「你不會是跟阿伯來的吧？阿伯是個窮光蛋，他只能去找髮廊裡的小姐。你是跟誰來的？」

「我不告訴你。」

「其實剛才我已經看見你們了。」

說完他咧開嘴笑了。我覺得他眞傻，便也笑了。但是此後的許多天，我都爲當時沒有反問他一句「是誰請你來的」而後悔。

這個時候又走來一個人。正是我少女時代曾喜歡的歌星。他甩著長頭髮站到了我面前，手中握著一朵從拱形門上摘下的玫瑰。他盯著我的眼睛露出了比在電視上、比在舞臺上所閃爍的光芒還要璀燦，他說：「看樣子你好像是第一次來。」

我點點頭。這時大威知趣地離開了。歌星坐了下來，把手上的花插到我的頭髮裡。他說：「你聽過我唱歌嗎？」

我點頭。

「可是我現在不唱了，因爲我覺得唱歌給我帶來了一切，可是它也消耗了我的青春。」

我點頭說：「你說得有道理。」

他望著我，我也看著他。他的手在我臉上輕輕劃著。我問：「你來過很多次嗎？」

「我是這裡的會員。這裡說起來是個俱樂部，但實際上是個特別的療養院而已。剛開始成立時，來的所有的人都必須把衣服全脫了。大家都光光的，先由老師領著做瑜伽，把鬱在裡面的內氣全部釋放出來，然後各找伴侶解放自己的那玩意，所以我們也把這稱爲『解放區』。」

「『解放區』？」

「有沒有聽過『解放區的天是晴朗的天』這首歌？這裡就是，不僅那玩意兒是解放的，舌頭也是解放的，想說什麼就說什麼，但是因爲是吃了藥的，說的話全都是能飄浮的，當你穿上衣服走上街時，這裡的一切全都不存在了。你心裡唯有你的工作、你的責任、你的理想。所以在我的感覺中，這裡是一個做夢工廠或者是做愛工廠。」

我笑了。剛開始的那會兒，來的女人大都是中年人，她們比較頹廢，適合這裡，女人到了中年是失敗和手淫的階段，可是後來是越來越年輕的女孩奔向這裡，這眞讓我吃驚不已。

這時曾跟他在一起的女電影明星在大聲喊著他的名字：「快來啊，快來，我又濕了。」

歌星笑了，轉過頭對著她喊：「你濕了，你自己擦乾吧。」

對方說：「那不行，得你給我擦。」

歌星笑笑，又輕輕拍拍我的頭說：「我喜歡你這種感覺。眞的，可是你爲什麼不找個伴？這裡和別的地方不一樣。」

歌星站起身，朝那個濕潤了的女影星走去。

我又拿出一根煙在抽，音箱裡的音樂清越又爽朗，有點像是教堂音樂。空氣很熱，但一點也不燥，彷彿是雨後的夏夜。儘管我確實有點累了，但捨不得閉眼，反覆看著這裡的場景，看著各種色彩的燈光，看著屋裡天花的吊頂，看著義大利皮的沙發，看著用一朵朵玫瑰搭成的花門。不遠處地毯上仍是裸體和半裸體的人，他們在交談，在接吻，在撫摸對方的身體。

這時一陣喧鬧聲傳來，我立即驚呆了，一個約有五十歲的中年男人正光著屁股追著一個同樣光著屁股的年輕女人。這個男人的頭髮已經掉光了，頭頂隱約地浮現出光芒，我認出這正是京城一個著名企業家。那個女人有著芭蕾舞蹈演員的身材，但我不知道她是誰。他們滿場亂跑，跑到我這裡時，女孩突然躲在我的沙發後面發出吃吃的笑聲。那個男人先是迷惘了一下，很快發現了，過來要捉她。但是女孩又跑到對面那張沙發的背後。這時他們倆都已經笑得沒有辦法。然後兩個人抱作一團，就在沙發上，慢慢地，那男人挺拔的陽具對準了女孩的下體。女孩快活地叫了一聲。

我突然覺得自己濕了。

我心裡想，人是那麼容易受到另外一種東西的刺激。阿伯說得對，不過他只對了一半，人在走向前方時，不光女人是被動的，男人也是被動的，男人也在隨時隨地地改變自己。

我從沒見過這樣赤裸裸的場面。女孩的腿張得那麼開，彷彿要讓全世界的人看一看，起碼要讓大廳的人都看到。奇怪的是除了我沒有人注意他們。我看了一會，在他們共同的喘息聲中站起身走開去。大威已經抱著一個金色頭髮的女孩在跳舞。在他身後不遠處，一個所熟悉的女歌星正哭著抓著一個男人的頭髮朝她自己身上撞。男人把手上的酒杯狠狠往地上摔。女歌星穿著牛仔褲，上身僅僅是一件乳罩。而那個男人穿著短褲，上面襯衣沒有脫，長長的領帶隨著一次次撞擊在飄動著。

這時陳左突然朝我走過來。他問：「你在這幹什麼？怎麼不在沙發上坐？」

我看到陳左已經換成了白睡衣，臉上頭髮上冒著濕濕的水汽。他剛才在做什麼？是不是也像他們一樣在做愛？我朝沙發看去，那對男女已經不動了，他們躺在了沙發下面的地毯上。我回想著他們剛才交合的過程，發現男的沒有戴套。他們不怕得性病嗎？憑什麼他們認爲彼此是安全的呢？正當我思慮著，此刻，那個剛才哭著把男人的頭往自己身上撞的女歌星已緊緊抓著對方的領帶往前拉，繞場子走，使得男人的眼珠子往外暴。

陳左看了哈哈笑起來。他說：「你知道這個男人是誰嗎？北京一個著名的網路集團的總裁，不過他下崗了，中國人不殺他，外國人也要殺他，外國人不殺他，股民們也要殺他。」

我像想起似的問他說：「那麼，他們在一起用安全套嗎？」

「看你這麼幼稚，現在性病猖獗，即使是最好的朋友都不能相信，必須戴套。你看，那邊掛在牆上有一個小方籃，裡面都是，要用就拿一個，這都是世界最先進的特超薄安全套。你要不要去看一看？」

我連忙搖頭說不用。陳左笑了。

「我說那些東西與我無關。」

「眞的無關嗎？」他說，「其實『九重天』也好，『下地獄』也好，對我而言都是太輕了。我不知道在我面前的深淵究竟有多深，反正我已經沒有力量逾越它了。」

我想起他有心臟病會突然倒地上，於是問：「你前面的深淵是不是指你的身體？這是可以到醫院看好的。」

「醫院？」

他感到有些莫名其妙。一會，他抓住我的手說：「來，跟我來。」

他領著我往他剛才進去過的門走去。

陳左放鬆地走著。我仍然被看到的和即將看到的刺激著。我突然想起阿伯，以後我要怎樣向他細訴這一切呢？這裡和法國大使館的聚會是不一樣的。

走到過道盡頭，陳左推開一扇門。他在推門之前，看著我說：「我們把這稱作『九重天』。」門開了，起初是一片水聲，汩汩流水，像有小溪，再一看是一個游泳池，兩旁是用玻璃做成的一個個透明的反射著燈光的房間。有人從裡面進出，單個的或三三兩兩，一些穿著衣服，另一些一絲不掛。這裡比外面安靜多了，沒有人大吵大鬧。

我隨著陳左向前走著，感覺像走進一部科幻片。對面一個女人穿著有花邊的透明的睡衣走來。她沒有看陳左，而是淡淡地朝我看了一眼。陳左回頭望著她的背影，使我感覺他們之間是熟悉的。陳左突然說：「你要不要換上輕鬆點的衣服？」

確實我的衣著跟這裡不太協調，我穿著一件藍色的高領毛衣，一條牛仔褲。他又問：「『黑芝麻』對你沒有作用嗎？」

我不說話，他又催促我換衣，看我執意不肯他說：「還沒看到你這樣冷靜的女孩。」

我們雙雙坐在泳池邊。他把腿伸進水裡，睡衣邊緣也浸在了裡面。我則盤腿坐在一旁。在我對面的一個玻璃房裡有兩個男人，他們一個坐著一個躺著。我問這就是「九重天」？陳左說：「上『九重天』是獨自一個人的事情，不需要別人配合，感覺有點像做夢，只是這個夢你可以控制。」

我問：「你經常來這裡嗎？」但陳左不回答。他盯著悠悠的水面，說：「我上次聽你談過你的童年，那麼你想聽聽我的童年的一些事嗎？」

我點點頭說想。

他說：「此時此刻說這些有點不著調。但是我還是想說。我的父親是一個特別沒有責任心的男人，他是一個類似陳景潤這樣的男人，是物理研究所一個教授級的研究員，可是這麼多年全部的熱情就放在自己的專業上面。他所唯一跟我母親做的事情就是每天晚上回來，往床上一躺就要跟我母親做愛。直接的結果就是我們家有七個孩子而我是這七個孩子裡面的老五，我從小對父親的印象除了害怕以外就覺得他是一塊木頭，可是就是在文化革命以前的時候，人們給予他的榮譽很多，說他是一個多麼了不起的人，可我們家的孩子及我媽，我們心裡面隱藏的念頭就是希望我爸爸早點死掉，因爲他一點也不愛我們，可是最可憐的、最矛盾的是我母親，她一方面要不停地給我父親生孩子，一方面要協助組織一塊說我父親的好話，然後在家裡面時要侍候父親，可我知道她心裡懷著仇恨。文化大革命我父親開始挨整挨批鬥，我母親卻絲毫沒有表現出一個女人應有的對他丈夫的溫存和關懷，我母親覺得報復他的時機來了，我母親開始在家裡用語言淩辱他。我父親跟老舍是一前一後自殺的，老舍是跳在太平湖裡淹死的，我的父親是在景山上的一顆樹上吊死的。我跟你說的我的童年的事情你會害怕嗎？」

我說我眞是覺得有些不可思議。

「也許呢，我從小是在這樣一個充滿著惡的環境裡長大的，所以我對於愛對於善良充滿著渴望，我經常在想這樣一個問題，我掙那麼多錢究竟在幹什麼，難道說我會把這些錢帶到我的棺材裡面

去，不可能的。我們這些人掙了錢最終還是要回報社會還是要造福社會的。」

我問：「那你母親現在還好嗎？」

「她早就死了。」

「那你的那些其他的兄弟姐妹們呢？」

「我跟他們沒有來往。」

「爲什麼？」

「這一時半會也說不清，反正慢慢地我就成了孤家寡人。他們六個人都恨我。」

「那你眞不幸，你其實還是應該跟他們有一個比較好的關係，有時候親情也是頗重要的，比『九重天』和『下地獄』更重要。」

「從道理上講，都是對的，但是走到今天他們做不到我也做不到，不過我倒特別感激我在大學裡面所遇到的一個女孩，她非常有熱情，不像我那麼自閉、那麼孤獨。每當複習的時候，我有時候在教室裡面時間待得比較長，她會突然從學校的外面用她的手絹給我包上一個餡餅，你知道那種餡餅嗎？麥子？就是裡面有菲菜有雞蛋的那種用油煎的，我現在說到這種餡餅的話我都會餓起來。以後我才知道他們家有一些錢。當我們第一次在宿舍裡做愛時她還是一個處女，我那天發誓我一輩子要對她好，她比我大兩歲。她的父親在建設部，她的母親在一個材建集團財務處當處長，她家的背景非常好，以後藉由他們家的幫助，我們創業，一步一步走到今天，你想知道當年這個女孩的名字嗎？她就是沈燦。」

有好一會我沒有說話。但只一會我把低下的頭重又抬起，我說：「你們在學校的那種感覺眞幸福，我就在想人的那種幸福有時候眞有可能會是持續一生的。」

「我不知道你是眞傻還是裝傻。」

我望著陳左。只聽他說：「我現在之所以說，到沈燦就是想對你說沈燦在今天就是我的地獄。我只要單獨跟她在一起超過一個小時我就會發瘋。我就會受不了。」

我說：「那怎麼可能呢？」

「你不要說話，你聽我說。」

於是我不吭氣。

「現在的沈燦，她有著一切女人的毛病，但是我在她身上看不見任何女人身上，哪怕是一點點的優點，我知道我們的關係完了，可是我也懂得這樣一個道理，如果一個女人在經濟上卡住你的喉嚨她就控制了你的話，那麼我的喉嚨有百分之四十給沈燦卡住了，也許會更多，所以我對她是厭煩的，同時又是恐懼的。我自己內心的這樣一些想法和我對我妻子的看法，我在公司是不能對人說的，在外面也不能對朋友說。應該說我這樣一個自閉的人，第一次對你說了這樣的話，而且是在這樣的場合。」

他看了看四周笑了。突然，他抓住我的手放在他的胯間，我握住它，硬硬的，粘粘的。他立即

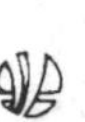

呻吟了一聲。一會，他說：「今天剛見你時你有點不高興，是阿伯打你了嗎？」

我搖頭。手輕輕地一上一下的動著。

「那我叫人幫你收拾一下他，不會把他打得非常狠，他怎麼打你，也讓他們怎麼打他，你看好嗎？」

我說他不經打，他又高又瘦，也許你那些人拳頭還沒有到了他身上，他就已經趴下了。

陳左也笑了。我的手都濕了。我自己身體的某個部位也在迅速膨脹。間歇，傳來了我輕微的喘息聲。他又轉頭望著我，問道：「你說你跟阿伯是什麼關係？」

「我不知道。」

「那你跟我是什麼關係？」

我抬眼看他，立即反問：「你說呢？」

也許我問得突然，也許由於他根本沒想到我會這樣反問，也許他從來沒有考慮過這個問題。他一時竟沒有辦法回答了。

只聽得他猛地一聲叫喊，身體戰慄了幾下，射了。白色的液體隨著手指流下來，全都落進了水裡。曾經在少女時代，在母親剛剛離婚和她的情人一起奔赴英國時，我把一個男孩子帶到我獨居的地方。做作業時，我看到他把那東西掏出來，用一本語文書擋著。他以爲我不知道，一隻手在寫字，一隻手放在那裡。一會我就發現他的臉在扭曲，他沒有發出聲音，我估計全都射在課本上了。

陳左站起身來。他說：「我想哪天有空帶你去看看房子，有幾個樓盤做得非常好。」

第四十章

麥子 55

也許肉體本身永遠屬於「地獄」。被沈燦當場抓住時我和陳左全都一絲不掛。那是我們分開的第二個晚上。在那個下午我們幾乎是同時向對方發出了資訊。我發的是「摩西說我要你」。他發的是「『王府』，2916。」

按約好的時間進了2916時，陳左什麼也沒有穿。他上前來給我脫衣服。我突然覺得套在那無名指上的牙一樣閃亮的戒指，不知是沈燦在笑還是他在笑。我挺直身子，抓住他的手，說：「這裡是不是很安全？」

「當然。」他說著，打開一側的床頭燈，望著他投在牆上的黯淡的影子，我把脫下的衣服全都堆在一旁的沙發上，匆匆地鑽進被子裡。白色提花的被子涼絲絲滑溜溜的。陳左隨即鑽進來。我想，這樣的男人除了有很多錢之外還有什麼地方跟阿伯不一樣呢？可是他只要有這一點跟阿伯不一樣就永遠地不一樣了。

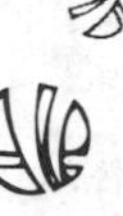

他手裡拿著一個卷著的白色的東西。我看到這個，汗一下冒了出來。

我問：「你一定要戴嗎？」

「這可是最好的，從美國直接進口的，超薄型帶麻點，女孩會喜歡這種感覺。」

他邊說邊往上面套。

我依然做著絕望的掙扎。我說：「你曾一千次地說過我和其他女孩不一樣，我以為在你的心目中我眞的和她們不一樣。看來我還是跟她們一樣。」

「你說錯了，是有差別的。和她們在一起，都是她們提供安全套，而現在，你也看到，這個是我自己帶來的。」

我差一點哭出來。於是又問：「你身上常帶上這個嗎？」

「這是男人提包裡的必備品。也應該是你們女人包裡的必備品。一會兒你記著提醒我，我也送你幾個，你放在包裡。可能會有用。老實說，你是有些怪，一般說來，女孩兒們希望跟她們做愛的男人能主動戴上這東西，她們有時會因為你主動戴上它而感動，可是，我看出了你眼睛裡的失落。其實，你不應該這樣，它不說明什麼，僅僅是一個避孕套而已。不過對我來說，通常用不上。」

「你跟沈燦在一起戴套嗎？」

他搖搖頭，說：「我跟她不做愛。」

他已經進來了。我在心裡歎了一口氣，我想如果一個眞心愛你的男人他會戴著那玩意跟你做愛嗎？

幾分鐘之後，我說：「阿伯跟我從來不戴套，只有跟其他女人他才戴套。」

陳左說：「他跟別人戴不戴套你怎麼知道。」

我說：「我就是知道。」

「你不知道。」

「我當然知道。」

陳左想了想，輕聲說：「其實，阿伯是一個骯髒的人。」

我沒有回答，我想著阿伯：「這個骯髒的人，他現在在哪兒？」

有人衝進來時，我和陳左都關了燈睡著了。他伸出一隻胳膊摟住我，氣息直接吹在我的臉上。睡前我跟他說阿伯已經有三天沒有回來了，他在臨走的那個晚上，有人給他打了一個電話，之後他走了就沒有回來。陳左說是誰給他打的呢？我說我不知道。他說你眞不知道？不知道。但是我的話音剛落，他就打起了呼嚕。一會，只聽一個女人說：「把燈打開。」

燈眞的開了，我眯起眼睛彷彿那是從天外打來的探照燈。陳左猛地抽過手臂，手上的戒指劃過我的臉。他嘴裡驚叫著。我一下跳下床要去拿堆在沙發上的衣服，忽然意識到面前站的是沈燦和她手下的幾個男人。只見她奪過我的衣服，說：「先別忙啊，讓我身邊的幾個男人好好看看你裸體的

樣子。」

我兩手抱在胸前瑟瑟發抖，而陳左竟然是跟我一起哆嗦，他好像害怕得連話都說不出來。沈燦手一揮，說：「打那個女人。」

陳左這才清醒過來，大吼一聲：「誰敢？誰打就開除誰。」

我幾乎要暈倒了。無法想像這令人恐怖的場面，我的身體在明亮得刺眼的燈光下暴露無遺。我剛想用床單裹著自己，沈燦卻一個箭步衝上來。

陳左馬上光著屁股從床上跳下來，拉沈燦，沈燦反手給了他一個重重的耳光。陳左回擊著。還沒等我看清楚，地上立即翻滾起兩個人來。陳左的裸露的身體魚一樣白花花地翻躍著。沈燦在尖叫哭泣。陳左卻一聲不吭。由於是在睡夢裡驚醒，他臉上呈現出奇異的蒼白。

我驚醒過來，急忙穿上衣服。沈燦向他的臉上吐唾液，陳左卻用手揪住她的頭髮，騰出另一隻手抽她的臉。站立一旁的幾個男人想上前阻止卻又只能呆在原地，一個赤身裸體，一個衣衫不整，他們互相抓撓、踢打。沈燦哭喊道：「你為什麼不讓我打她？為什麼不讓我打她？我要把她打死。」

我向門口逃去，只聽沈燦聲嘶力竭地喊：「別讓那個婊子出去，快，攔住她。」

幾個男人眞的走上前來。陳左已騎在沈燦身上把她的兩手反按了，他怒吼道：「誰敢攔她？」

我打開門，剛要逃出去，卻聽地上一陣沉悶的聲響。我看見陳左在地上打滾，口吐白沫。莫不是得了羊癲瘋？沈燦說：「他媽的，他又犯了毒癮。」

當我來到大堂時，我幾乎癱瘓了。有一個熟悉的身影在我眼前一閃，卻是大威。他站住了，用驚異的目光盯著我。我也驚詫地盯著他：「我怎麼又看見了他？」

麥子 56

開門之前，我理了理身上的衣服和頭上的髮型，我不能讓阿伯看到我這樣。我先在門上敲了敲，沒有人，便掏出鑰匙。阿伯還是沒有在。屋子裡依然黑沉沉的。我打開燈，渾身乏力地倒在沙發上，可是無法合眼，忽然一陣腳步聲在過道裡響起，我居然感到了害怕。我顫抖著身子仔細聽著，腳步聲又漸漸遠去了，原來那是夜歸的鄰居。

阿伯的手機還是關著，我幾乎每隔兩分鐘就打一次。我無法合眼，索性到洗手間對著鏡子洗臉化妝。被陳左的戒指劃破的臉頰上泛出紅腫的痕跡。陳左原來在吸毒？怪不得他說搖頭丸和黑芝麻對他已不起作用，在他面前有著無法逾越的障礙。不過，回憶起跟他在一起的所有的情景，我還是無法相信他吸毒。他不是說他的心臟不好而經常會突然暈厥嗎？我對著鏡子想，也許人的壽命實在是太長了，要活這麼久究竟幹什麼呢？

我又坐回沙發上，等著阿伯。當窗外已經不那麼黑暗並且晨跑的人們開始發出清脆的腳步聲時，我開始放聲痛哭起來。有一次我們走在雪地裡，他說有一天也許我就在雪地裡凍死了，被雪埋了，沒有任何人知道我。他說你會相信嗎？死就是這麼簡單。我哭了，摟住他的脖子，只聽他又說：「我們前邊沒有任何希望。」

一直到又一個傍晚的來臨，門外突然響起了敲門聲。我側耳傾聽，確實是敲我的門。我赤腳撲過去，心想，敲門的不是阿伯又能是誰呢？

「麥子，對不起，我是到北大來辦事的，順便來看看，沒有約，真的對不起。」

正笑眯眯地說著話的竟然是皮裏松。

我揉著眼睛。可不是皮裏松嗎？生得又矮又胖，一個很高的鼻子豎在臉上。兩隻眼睛發出貓那樣的藍光。我不好意思地穿上拖鞋，心中卻不甚氣惱，彷彿他欺騙了我一樣。我想在那天的聚會上，德希達沒有來。以後我和阿伯查過他在北京的日程，人家根本沒有這次安排。皮裏松在另類知識分子階層吹了天大的牛。然而此刻我望著皮裏松，心想，對於我來說，皮裏松唯一沒有吹牛的是——他讓我和阿伯走到了一起。

「我是來向你辭行的，在中國待不下去了。」他的眼睛竟然濕潤起來。

我把他讓在沙發上，我問：「你最近看到阿伯了嗎？」

他沒有回答，而是一眼看到在茶几上放著的幾個阿伯買回來的布老頭。他拿起來欣賞著。他說：「我真是熱愛你們的中國文化。」

他又問：「麥子，我後天去機場你來送我嗎？」

我點點頭說我會的。

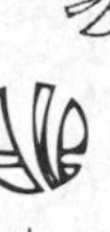

「把阿伯也叫上，這麼多天沒見，我還眞想見見他。他絕對是中國這個時代的靈魂，麥子，你要記住，他是靈魂。」

我默不作聲地站在那兒，注視著皮裏松，忽然笑了。我說他不可能是這個時代的靈魂，他只是這個時代的殘廢，跛子、瞎子、拐子。

小四合院的門鎖著。我用過去阿伯曾給過我的鑰匙開了門，而那個老太太再而三地問我找誰。她那戒備的眼神使我眞想把她引誘到屋裡然後用被子把她捂死。她說主人不在你自作主張地開門這不叫犯法嗎？

我走進去把門狠狠關上。我看見阿伯的房間裡清靜陰冷得像是死人房，床上的被子平躺著。我想他總不能變成空氣躲在了裡面吧。我用手在棉被上壓了壓，床鋪是硬的。床頭的桌子上依然是亂七八糟的書籍。我心裡暗暗判斷著，不光是哪個女人沒有來過就是連他自己恐怕都沒有回過一次。我望著那空空的房子想，他第一次把我帶來時，他的陽具還硬著，這說明他還需要你，他是一個溫柔的男人，而現在他不需要我了，於是變成一縷空氣逃遁了。

在他的床頭還是放著兩本書，一本是德希達的，一本是傅柯的。在書的旁邊是一個黑色答錄機。我伸手拿過答錄機，看見裡面有磁帶，便輕輕一按，裡面突然響起哈狗幫的聲音。

它們把我的頭腦弄炸了。我多麼討厭這樣的聲音，而阿伯卻曾是那麼地欣賞。我高高地把答錄機舉起來向地上摔去，磁帶立即被摔了出來，芯像腸子一樣拉出一大截。我順手又把德希達和傅柯的書往地上摔去，忽又想起書不是摔碎的，書是撕碎的，於是把它們撿起來一張張地撕。紙的撕碎聲使我高興，在那一刻我的心情開朗了。

我又看見了放在枕邊的那根白色的長笛。我先把它放在嘴邊吹起了不成調的像是有人大聲嚎啕的音，然後舉起來往地上摔，它立即發出像新年爆竹的尖利刺耳的聲響滾到了一個陰暗的角落裡。還有什麼好摔的呢？最後我把那個枕頭拿起來摔在地上，不過，摔不摔是一樣的，它本身早已落滿了灰塵，骯髒不堪。

我也去了髮廊，我一個一個地進去，在這家做頭髮，在那家做指甲，在另外一家就做皮膚護理，並且跟小姐們聊著問認不認識一個叫阿伯的男人。她們都問阿伯是不是很老了？我說沒有，他三十不到，他很年輕，只是他的名字叫阿伯而已，他長得還非常帥，不過臉上沒有血色，彷彿天生就營養不良。小姐們只是聽著。最後我走了。我知道我在這裡混，只能算作守株待兔。

在機場送皮裏松的不止我一個人，還有大威、導演和其他一些我不認識的人。我和大威的眼神相互躲避著。我的眼睛不斷朝人多的地方看去，心想在那樣一個人擠人的地方，難道就沒有阿伯嗎？導演看我不說話，於是就說：「麥子，我看你氣色不好，是不是心裡有什麼話？有話就說，特別是晚上寂寞要想找個人睡睡覺，那最好是找我了。」

我望著導演竟然沒有笑，而導演和其他幾個人早已樂不可支，大威和皮裏松也在笑，好像導演確實說了一句幽默的話。導演說：「你這人怎麼一點幽默感也沒有啊？」

我還是沒有笑。我直視著導演說：「我今晚就有些寂寞，你來跟我睡覺吧。」

導演的臉紅了。

這時皮裏松一看手腕上的錶估量著要登機了，於是哭泣似的望著我們每一個人。他再一次說：

「我眞捨不得離開你們的文化，和你們這些朋友。」

有幾個人也跟著他一起眼眶潮濕了。導演卻大聲笑著說：「別了，皮裏松。」

大家笑起來。導演說你們看我這樣子像不像當年毛澤東在說：「別了，司徒雷登？」

這樣大家依然笑著齊聲對走遠了的皮裏松喊：「別了，皮裏松。」

第四十一章

麥子 57

一天一天過去了，這個沒有阿伯所呼吸的空氣的屋子越來越窒息。我突然意識到阿伯是眞的不回來了，他曾經買回來的那幾個小小的正咧著大嘴哈哈笑的布老頭，竟是這個屋子唯一讓我長時間注視的東西。無意中我在抽屜裡發現了一個也是他買回來的東西，那是一把刀。刀閃著光亮，我把它拿來和布老頭放在一起。還有他曾留下來的幾張小紙條。我一次又一次想，那個晚上給他打電話

的究竟是誰呢？他聽了這個電話之後才匆忙地穿上衣服。在我的回憶裡那電話鈴聲竟像突然跑出來的妖魔一樣把我和阿伯攔腰斬斷。

我在澡盆裡放滿水，霧氣盤旋著升騰起來。阿伯是最喜歡泡澡的，他曾說我即使是想離開你也不想離開這澡盆，熱水比女人好。可如今他把他的孩子留在了我的肚子裡，他自己走了。他說要陪我去醫院做人流。我想，只要他不回來，我就把孩子生下來。

洗完澡無意中從鏡子裡看到大腿的一側有一塊發青的地方，那還是一個月以前跟阿伯吵了架，他踢了我一腳留下的痕跡。阿伯那天之所以踢我，是因爲我當時說了一句非常絕情的話，並且隨手拿著那布老頭往地上摔了。

我在鏡子跟前反反覆覆地看著自己的裸體，然而剛才一澡盆的熱水的霧氣不知道什麼原因再次泛了起來，使鏡子變得模糊。在模糊的鏡子跟前，我看到了自己的臉、自己的眼睛都變得模糊了，以至於在小腹、在毛髮那兒都變得模糊了。我想究竟是水蒸汽還是淚水使我的眼睛變得模糊了？難道說阿伯不辭而別眞的對我構成打擊嗎？我回想起阿伯最高興的時候，比如阿伯送我蛋糕的那個晚上，我曾經跟他開過玩笑，我說有一天我突然消失了你會怎樣？結果阿伯連眼睛都沒有眨，連一秒鐘都沒有停留竟然嚎啕大哭。以後我無數次地想對阿伯提起那晚他的嚎啕大哭，然而阿伯不承認，他說他沒有哭，他說按昆德拉小說裡面其中的一段永卻回歸的概念，爲了一次的事情就像經歷了一切的話，那麼阿伯他不承認他的嚎啕大哭。

但是我清清楚楚地記得我跟阿伯開的那個玩笑是我們那天歡慶的語言的收尾，也是另外一個序幕的開始，就是做愛即將開始，可是也埋下應驗了。當時的玩笑在今天看起來就像是我所聽說的新加坡的鞭刑一樣，該受懲罰的本來應該是阿伯，一共要兩鞭子，當一鞭子打在阿伯的屁股上時他當時就暈迷了，於是剩下的一鞭子幾個月之後打在了我的臉上。

洗完澡之後的時光眞是難以打發。我看了看掛在牆上的鐘，離陳左約我的時間還早。前天我給他打電話，他聽到我的聲音，竟像不認識似的說：你好，你要的材料明天到辦公室裡去取吧。然後他匆忙地關了電話。我莫名其妙地好一陣才忽然明白肯定是沈燦在他身邊。他居然那麼害怕？果然當我再打時，那頭傳出了沈燦的聲音。只聽她「喂？」我竟冷笑了一聲關了手機。

他今天怎麼有空了呢？我望著鏡子，發現阿伯當時踢我的發青的那一塊變成了紅顏色，紅得像一隻喜鵲、紅得像一隻鳳凰、紅得還像一隻紅烏鴉。

我擦了擦自己的眼睛，發現鏡子還是那麼模糊，我的身體也更加模糊了，這種模糊的身體使我突然意識到這樣一個道理，如果沒有男人的注視，女人的裸體永遠是模糊的。

我走到客廳裡又看到了那塊地毯，我回想起來曾經在那塊地毯上與阿伯說過的所有的話，以及阿伯曾經射過的那些精，那些液體脂肪。看著看著，我突然感覺到自己一分鐘也不能再在這個房子裡面待了，我會窒息死的，儘管還有一個星期就租期到了，到時你想不想住都得搬出去。

我快快地穿上了衣服。開始找了一套經常上班時穿的那件套裝。可是當我出門面對鏡子重新審視自己時，我突然意識到我不應該穿這套衣服，我應該穿另外一套衣服，那套衣服是陳左給我買的，不知道由於自尊還是由於技巧，反正他給我買的衣服我一次也沒有當他面穿過，即使是他一再地問我我也沒有穿，包括那個包，那雙鞋。可是今天當我尋找阿伯，當我仇恨阿伯，當我凝視阿伯，當我想像阿伯，當這一切都有些疲倦乏味的時候我意識到應該穿上這套衣服了。

換上了衣服，我又再次照了照鏡子，於是我想起那雙鞋，當我把鞋穿上的時候，我突然又想起了那個包。我還想到陳左給我送過來的一副隱形眼鏡。那是他托他的朋友從美國買回來的。他說這是很貴的，幾乎相當於一塊名錶的價錢。我小心地把它們放進眼睛裡，也許是心理作用，我覺得確實不像我往常戴過的那麼刺人。當我覺得自己被陳左全部武裝了時，便出了門。走到門口的時候我在電梯裡面又看到了一張紙：全體業主團結起來向開發商做最後的鬥爭，勝利一定屬於我們。

下到一樓，電梯門開了，但是剎時我愣住了。站在電梯前面的跟我面對面的臉對臉，連十公分都不到的人竟然是自己的父親。我看著父親想說什麼，結果他意外地對我說：「你阿姨死了。」

空氣一下凝結了。我抓著父親的手說：「究竟是怎麼回事，發生了什麼事情？」父親抬起手擦乾淨了自己的眼淚，說：「你能夠陪我待上半個小時嗎？」

我說好。於是就坐到了大堂的一個角落的沙發上。爸爸說事情發生得太突然也很簡單，昨天早晨，她出去賣菜，她知道我是喜歡吃胡蘿蔔的，所以她要趕著一大早去買那種顏色最好看的胡蘿蔔，結果出門她就被一輛車撞了。她當場死了，那輛車走了。當人們發現她並趕來告訴我的時候，她已經死了兩個小時了。

我和父親都沉默了，他沒有再說話，我也沒有，不知過了多久，父親突然下意識地抬起手看了看腕上的手錶，猛地一聲又哭了出來，說：「你阿姨一生就想找我要那張結婚證，就想要那張紙，可是我卻沒有給他，我以爲生命還有好長好長的時間，什麼事都不要著急呢，所以我才沒有給她。」

父親哭的時候，我頭一次仔細觀察父親流淚的臉，那是一張難看的有一點像貓一樣的臉，我想再過若干年我的臉也一定跟父親一樣像貓。父親也許這幾天都沒有刮過鬍子，他的眼睛由於沒有睡好覺所以顯得特別地紅，就好像是他剛剛去了太平間吃了死人肉一樣。父親的額頭上的皺紋，就像是那個已經死去的女人用自己的指甲一條一條給他掐出來的。但是父親哭得這麼傷心，父親說我曾經給她寫過一張保證書，保證這輩子不再去跟別的女人好，保證這輩子不跟你母親重婚，保證這輩子一定要娶她，可是我爲什麼沒有在跟你母親一離婚時就跟她結婚呢，那樣她就是死的話，她也死得很偉大呀！父親這時候用雙手抱住自己的腦袋。

我向陳左約我的「香格里拉」走去，陳左說你放心吧，誰也不會知道的。我說知道又怎麼樣啊？我也不怕。一路上，父親在我小的時候曾經唱過的一首歌再次在耳邊想了起來，歌詞是「南方的大雁啊，請你飛啊飛，飛到北京去……」，後面是什麼詞，我都想不起來了，只是覺得「南飛的大雁」這幾個字有點像長笛的聲音。

一個有著大眼睛的門衛身著大紅色制服，像是古羅馬的士兵。他看見我立即微笑著說：「小姐

你好。」我回應著，他又說：「小姐眞漂亮。」我不禁多看他一眼，他的臉竟然紅了起來，像抹上了一層胭脂。正午的陽光灑在那紅色制服上，形成紫色的光暈。我想他可能只有二十歲吧？

陳左穿著一件白色的短睡衣，我第一次發現他睡衣下面的腿上長滿了黑黑的汗毛。這汗毛長得跟阿伯完全不一樣，那麼的密，像是皮裏松的腿。我猶豫著在門外看著他，他卻用手勾著我的脖子使著勁把我拉進了房間。然後他自己轉身走進了客廳，坐在沙發上開始抽一支煙，我依然站著。我說其實你不用使這麼大的勁的。他笑了，說你也不應該遲到。

我說：「剛才我爸爸來了，他的女朋友死了，我爸爸很傷心，我覺得我爸爸也快死了。」

陳左沒有說話。一會說：「其實你應該脫了衣服跟我說這番話，你現在就應該脫衣服。」

他爲什麼今天會變得如此無禮？他厭煩我了嗎？我想得到了的男人的情緒是反覆無常的，吸毒的人的情緒是反覆無常的。只聽他說：「你應該脫衣服了，我一直有些著急，前些天被沈燦看得嚴。本來今天我還應該去開政協會呢，我已經擬好四個提案，其中有關於國家對於四個經濟的政策，有關於對於將要頒佈婚姻法的質疑。有關於對中國加入世貿的擔憂，加入世貿眞的是好事嗎？麥子，你說加入世貿是不是好事？還有全球化？你們這些知識分子整天掛在嘴邊的眞的是一件好事？從我們每個個人的生活狀態，從我們每個個人生活得好還是不好的狀態下，你說它究竟是不是好事？我還有另外一個提案，要說提案不如說是我個人對這個事件的態度，不要理會中國的中產階級，因爲中國沒有中產階級。要充份去注意那些暴富之後並且還能堅強地挺住的人的態度，跟你說這個事情沒有意思，你還是趕快把衣服脫了吧。」

我站在那沒有動。陳左把聲音提高了：「我聽到你剛才說你爸爸的女朋友死了，這跟我們沒有關係。」

「是跟我們沒有關係。」我說。

我開始脫衣服，在他的注視下，一個一個地解扣子。在解上衣的最後一個扣子的時候，有點遲疑，但是也僅僅是一些遲疑我把最後那個扣子解了。這時候，他走了過來，對我說：「走，我們到裡面的房間去。」

我默默地跟隨陳左到了裡面的房間。我說：「你去洗手間吧，我要脫下面的衣服，我不想讓你看見。」陳左卻伸手過來要給我解腰上的皮帶。

我說：「我自己脫。」

他說：「我要幫你脫。」

我任他替我脫了衣服。之後他給自己戴套。當我感覺到那被包裡了的陽具進入自己體內的時候，突然想，一個男人進入自己體內的一剎那，是一個女人忘卻疼痛的最好辦法之一。

我變得平靜了，等待著高潮的來臨，可是就在這個時候我聽到了陳左沙啞的嗓子像雞打鳴一樣地叫了起來。我想男人們眞可惡，就連他們唯一所具有的能夠讓女人忘卻疼痛的所擁有的這樣一種力量，他們都經常用不好，他們經常在需要用勁的時候他們沒有勁了，他們經常在不需要用勁的時

候，他們說他們渾身上下都是勁。

他從我身上下來，笑了，說：「眞沒意思，你眞是不應該遲到，都怨你爸爸。」

望著他慢不經心地穿衣服，我突然像悟到什麼對他說：「阿伯在走之前確實接過一個電話，你說他究竟遇到了什麼事？他是不是被人綁架了？」

陳左氣憤了，他漲紅臉說：「別跟我提他，我不認識這個人。」

麥子 58

出了房間，我突然覺得導演應該知道阿伯在哪裡。他和阿伯那麼好，好得能共同用一個妓女，難道他連阿伯去了哪裡都不知道嗎？

我給他打電話，他說他正在三里屯的一個酒吧裡。當我趕去時，他說：「麥子，是不是感到孤單了，要我來陪陪你？」

我的眼淚猛地流了出來。導演慌忙地扶著我在一個桌旁坐下。我一邊哭，一邊說：「我求求你，告訴我阿伯在哪裡，我的肚子裡還懷著他的孩子……」

我放聲痛哭，導演故意裝的像是嚇著了，他向我攤開雙手，他說他確實不知道他在哪裡，他是跟阿伯很好，但是他實在不知道，他又說阿伯丟了算什麼，前些天在劇組裡他還把一雙鞋弄丟了，那是一雙皮鞋，有牌子的……

我趴在桌上哭了很久。導演替我叫了啤酒，點了爆米花。我抬起頭來，下午的酒吧冷冷清清，吧臺上的小姐默默看著我，看著我一次又一次流淚。從音箱裡傳出的傷感的音樂似乎跟我的眼淚很協調。導演起身去了廁所，可不一會他就回來了。臉上慌慌張張的，他說他在廁所裡碰到大威。

「大威？」

「他正在打電話。正在給別人說什麼事，說是一會麥子要被人打死。」

我望著導演，想從他臉上看出有沒有說笑的成份。我說：「你是不是在編故事？我怎麼沒見到大威啊？你肯定是在趕我走。」

導演推著我站起來：「你走吧！快走吧！剛才我也問大威是怎麼回事，他告訴我說你不好好上班，還跟那麼骯髒的阿伯混在一起，又說你在勾引陳左，沈燦要找人來把她打死。」可能就是大威告的密。

我說：「不可能，大威不可能告密，我平時跟他聊天挺愉快的。」

導演看了看四周使著勁要把我推走。

我跌跌撞撞地背著包走了，弄得腳上都是泥土。離開酒吧大約十米，我便蹲在地上用一張紙巾擦皮鞋。我想就是有人來也不會那麼快。在我蹲下的時候，突然看見來了兩輛車，前面是一輛寶馬，後面是一輛麵包車。前面出來三個人，後面出來四個人。走在最前面的是沈燦，她把頭髮在腦後高高地挽成一個髻，可以看到她的唇邊掛著笑。四周馬上嘈雜起來。她大聲說：「你們守著門

口，我們幾個人進去。」

這時只聽見裡面有人大聲喊：「打人了，打人了。」然後一個人騰地往外跑，一看是導演。從後面追著出來的人問他：「剛才不是跟麥子在一起嗎？那個臭婊子跑哪去了？」

導演面色蒼白，說我不知道。

有兩個人上去一陣拳腳。導演幾聲尖叫，一下受不了，在地上打滾。

沈燦又坐回「寶馬」車裡。而我已經嚇得腿軟了。這時有人發現了我，大聲說：「那。」

我站起身想撥腿就跑。但是有一個人已經揪住了我。我說：「我自己會走。」躺在地上的導演看到我，絕望說：「操，你還不快跑。」

他剛一說完，又遭一陣拳腳。我幾乎是喊著說：「你們別打他了，你們要找我幹什麼？」

有六個男人把我團團圍住，不，是七個，離他們稍遠一點站著的是大威。當我看他時，他的眼睛躲閃著。其中有一個冷笑了一聲說：「上次有陳左幫你，所以沒打得成，但是人不打就不長記性。」

說著，他大喝一聲：「跪下。」

我沒有跪。另一個人說：「跪下，你跪下就可以不挨這頓打。」

我想他們來就是打我的。不可能跪一下就能逃得過去。我問：「向誰跪……」

沒等我說完，有一個人就照著我的臉一拳。我翻身倒在地上，但是我還是爬起來。

「你跪不跪？」

我說：「不跪。」

又是一腳朝我踢過來了。我下意識地捂住肚子。我不能讓他們把孩子打掉。一想到孩子，我突然意識到事情的後果。我後悔自己剛才沒有跪下。這時候又有更多的人朝我圍過來。間隙中，我看見坐在車裡的沈燦正不慌不忙地抽一根煙。這時候大威對導演說：「你還不趕快走，要不然讓他們想起你來又得揍你。」

導演從地上爬起，衝過來拉著他們說：「你們別打她，這麼個女孩你們會把她打死的。」

他們又給導演幾下，然後重又聚過來，他們的眼睛像十二隻野獸閃著兇猛的光，我害怕了，雙手緊緊捂住肚子，拚命喊：「你們不能打我……」

麥子 59

後來導演跟我在敘述這個場景時告訴我，當那些人一擁而上時，我嗚咽了一聲。他立即朝沈燦的車撲過去，到了沈燦的車跟前，拍她的窗戶，沈燦不理他，導演拚命拍，來了一個人把導演上來又是一腳踢翻了，這時導演已經撲著地上動不了了，他抬起頭隔著窗戶就看著沈燦，窗戶徐徐地落下，導演說我求你了，放她一把吧，打死她你不是也得償命嗎？沈燦笑了說，剛才她跟你在一起她都說了些什麼。導演慢慢爬起來，說沒說什麼，她就說她男朋友也把她給蹬了。沈燦又問：「你們電影還在拍嗎？」導演說趕快讓他們不要打麥子，這時候他們還在打。導演往那邊看時，看見大威站的地上都是濕的，他已經嚇得尿褲子了。沈燦又對導演說：「你們那片子還在拍嗎？」導演說：「趕快讓他們不要打麥子了，出了人命不好，而且麥子還在懷著孕，是阿伯的孩子。」沈燦說：「這個妓女，誰知道是懷的誰的孩子，哎！你們還需不需要贊助，你們的《長安街》，我前天遇見我的一個女朋友，她在深圳在香港發展得很成功，我跟她說這個題材，她很感興趣，怎麼樣？」導演呼地跪下說：「沈總，沈姐，求你了。」沈燦說：「你們男人下跪就眞的値錢嗎，你跪著有什麼意思啊！你要想跪就一直跪著吧！」

沈燦下了車走到我跟前，我已是奄奄一息，在我的身子底下有一大灘血。我不知道血是什麼時候流出來的。只聽沈燦說：「你們眞是什麼都不懂，你們連報個一一〇都沒有個力量報，你看那邊那個導演跪下來了，他也不知道報個一一〇。他求我讓他們不要打你，傻不傻，這酒吧的老闆他什麼也沒有看見。」

這時我睜開眼睛，沈燦正蹲著地上看那一灘血。她看看血又看看我，說：「你那個裡面要裝多少男人的那個你才滿足？你就光想著男人的東西，怎麼就想不起來我跟你說過的話呢？那天我指著一個殘疾女人跟你說什麼了？忘了？」

我「噗」地一下把滿口的血水吐在了她的臉上。她笑了，不慌不忙地擦擦臉，說：「好了，也不打你了，吐我一口就吐我一口吧，你們都停下，不要再動了，不過你說，你現在的感覺是在『九重天』裡呢？還是在地獄裡呢？」

她想了想，站直身子說：「幸虧你沒有鏡子，自己欣賞不到自己，讓別人看了眞是連飯都吃不下去，完了，今天的晚餐我是不想吃了。」

沈燦轉身要走。我突然說：「你應該多看看，我身上的衣服都是陳左買的，還有鞋，還有包，包裡還有個手機，這都是他買的。」

那紅色的包剛好就在她面前的地上。她飛起一腳，踢出很遠。然後一招手說：「上車。」

轉瞬之間他們上了車。大威衝到我的面前說：「你聽我解釋。」

我說：「你有什麼好解釋的？」

這時只見沈燦在車裡說：「大威，走啊！愣在這幹什麼？」

大威看看我，又看看導演，猶豫了一會，便向前走去。隨著他們的車的發動我再次聽見了在空中迴旋的音樂。我扯動了一下嘴角，想不到剛才所有的一切竟是件隨著音樂發生的。

導演把我從地上扶起來。他看見這麼多血，哭了。酒吧的小姐跑過來說趕快去醫院。我說：「包。」導演幫我從地上找到那包。我說手機，導演幫我從包裡找出手機。我緊緊握住手機，撥號，然而鈴聲一次次響著，陳左不接。我按重撥鍵，他還是不接。導演已經攔住一輛車，可是當他回身來扶我時我已上了另外一輛。車開出很遠，還看到導演在後面追著。

第四十二章

麥子 60

我跟司機說去「香格里拉」。司機像看恐怖片似的盯著我。我不相信地又給陳左打電話，卻已經關機了。他爲什麼不接？莫非他知道我找他是什麼事？眞奇怪，他怎麼可能會跟阿伯一樣消失了呢？

我的眼皮很沉重，全身顫抖。我想睡，但是我知道只要我閉上眼睛我就不會見到陳左了。我要讓他看看我的模樣。

在「香格里拉」門口，我下了車。剛才那個年輕的愛臉紅的門衛幫我打開門，這一回他可忘了朝我微笑。他完全驚呆了。裡面那嘰嘰喳喳的人聲笑語似乎在這一刻霎時停了下來。

我像沒穿衣服似的冷得打顫。我走不動了，要倒了。身後有一個人猛地扶住我。迷濛中，是導演。這時又有幾個穿紅制服的人走過來，問：「是在拍電影嗎？爲什麼事先連招呼也不打？」

導演哭喪著說：「對不起，她在三里屯的一個酒吧被人打了。」

「爲什麼不報警？」

我看見先前那個小門衛問：「是被誰打的？」

「我用勁全身力氣告訴他們是我自己在牆上撞的，這跟你們沒有關係，我只是想要找一個人，他肯定還在。」

說著我往前走。我覺得地不穩，高一塊低一塊的。這時又有一個穿著制服的人，好像是什麼大堂經理，他大聲朝導演吼道：「還不送醫院。」

我覺得我眞沒用，竟然被導演抱著上了一輛車。

麥子 61

在醫院裡，醫生對導演說：「這孩子肯定流產了，得馬上住院，先去繳錢吧。」

導演把我抱到了掛號廳的長椅子上。我一躺下來，馬上跌進了迷沌和昏暗的地方。朦朧中聽見導演大聲說：「爲什麼不行？你們先搶救，我馬上拿錢來，就怎麼不行？」

他又跑過來把我的頭摟在懷裡，他說：「麥子，你忍一忍，忍一忍，我最多一個小時就回來……」

我又要睡過去了，我太睏了，但是剛才說話的我覺得是阿伯，一定是阿伯，我全身振奮起來，但是我無論如何睜不開眼睛，那兒淚水像決了堤的江往外湧著。我看見阿伯還是穿著一件牛仔服，滿頭的長髮蓋在臉上，他渾身顫抖地看著我說：「麥子，在那個聚會上，我也是爲你而來的。」

醒來時已經不知道是什麼時候了，是第二天還是第三天？風在外面呼呼地吼著，我睜開眼睛，

看見窗外飄滿了黃沙，樹跟打架似的使出全身的力氣在搖晃。枕邊的小桌上放著鮮花，鮮紅的花插在一個水杯裡。有一個人趴在床邊酣睡，我一驚，是導演。他怎麼會在這？他竟然在這？我想用手拍拍他，可是手臂上正輸著液。我的額頭上也貼了一大塊紗布。

我立即想起了發生的一切。

我心情沉重起來，卻又像雞飛蛋打似地有一種虛脫感。我毫不遲疑地拔去針頭，下了床，來到醫院門口，搭上一輛車，直奔陳左的公司。

我不禁想起第一次來這兒，是跟阿伯一起來的。阿伯說：「你怕嗎？」我說像這樣有錢的大老闆我見得多了，我又不是要跟他談戀愛，也不是跟他來要錢，我怕什麼？阿伯說我怕，我就是來跟他要錢的。那天從公司出來已經是晚上了，夜燈閃爍，照著滿地的白雪。他說有一天我凍死，大雪把我埋了，誰也不知道我，生命的結束就是這樣簡單。也許應驗了，他眞的被雪埋了，誰也不知道。我清楚地記得那天晚上，我們在復興門那上了地鐵，然後去了一個酒吧。阿伯說喝酒就是喝錢，我們還能喝幾天？然後他就抱著我流下眼淚說，我們前面太沒有希望了。我說我們一起死，一起被雪埋掉。他同意了，他說好。

這個不講信用的東西。可是陳左就是個說話算數的人嗎？

我一路穿過大廳，我第一次發現這座開放型的辦公室是多麼氣派，尤其是當格子裡的人幾乎同時向我伸長脖子的時候。他們全都目不轉睛地望著我，一會兒他們開始談論。大廳裡頓時響起一陣薄棉紙似的瑟瑟聲。有人壓低嗓門驚歎。

這時急急地竄過一個人來，是秘書。她問：「怎麼會來？」她居然問怎麼回事。我看也不看她，直接推開陳左的房間。裡面卻杳無一人。我問陳左去哪了？秘書的眼睛閃爍著，她說：「他剛才出去了，現在還沒有回來。」我說：「去哪了？」她說：「不知道。」我說：「你這個秘書是怎麼當的，他去哪裡了你都不知道，等陳左回來就讓他撤你的職。」

她說：「你現在最好還是離開這兒，對公司影響不好。」

我說：「我不走，他都不怕什麼影響，我還怕？我給他打了有一百個電話，他爲什麼不接？他爲什麼要躲我？」

這時陳左突然回來了，他遠遠地從大廳走過來，秘書神色慌張地迎過去。這時我衝上去推開秘書，逕直站在陳左的面前。

他的臉色也有了變化，彷彿沒想到我會跑到這裡來。他皺起眉頭，問：「發生什麼事了？」

我說：「你爲什麼不見我，爲什麼沈燦要找那麼多人來打我，所有這些事你在幹什麼？你爲什麼從此以後不見我？」

他說：「我不能見你。」

「那你不是要甩開沈燦嗎，你不是說她是條毒蛇嗎？你不是說她掐住你的咽喉你都喘不過氣嗎？你遲早而且儘快要跟她離婚並且要娶我嗎？你不是說我是在這個世界上跟別的女孩都不一樣的嗎？你不是要把沈燦送到加拿大定居嗎？你不是還要帶我在北京看房子嗎？你不是說要跟我送汽車嗎？那麼爲什麼一夜之間連電話也不要接了？」

陳左注意到了全體員工的注視。他一手推著我，說：「我們到裡面去。」

我說：「不去。」

「我們到外面去。」

「你是不是害怕了？害怕了，爲什麼還不接我的電話？告訴你我哪也不去，我就在這。沈燦已經把我打成這樣，算是訓練了一回，我不怕你再打。」

陳左突然提高了嗓門，對左右員工說：「你們全都用雙手把耳朵捂起來。」

員工都愣了。陳左說：「我說話你們聽見了沒有？全都捂。」

於是幾十個空格的人都戲劇性地抬起手來把耳朵捂了起來。陳左伸出手，我手一偏，以爲他要打我了，只見他把手抬起來往下壓，示意員工們把頭低下。他們都順從地把頭低下了。

這時陳左對站在一旁的秘書說：「看著他們。你也把耳朵捂上。」

陳左衝過去又把她的手拉開，說：「你現在盯著他們，哪一個人只要敢把手鬆開就立即開除，哪個人敢抬起頭來看也把他開除。你看著他們，兩個手也把自己的耳朵捂上。」

秘書轉過身將兩隻手捂上耳朵。

陳左喘了幾口氣，問：「你不肯離開這？」

我說：「你不說清楚我就不離開這。」

「好吧！那我就說。沒有別的，我害怕了。昨天下午你一走，沈燦就給我打電話，她還說要打我。所以我害怕了。我和沈燦就是這麼簡單。但是我知道你找阿伯找得非常辛苦啊，看起來我怕沈燦也是應該的，因爲你這種女人是一個跳來跳去的女人，你這個女人我年輕時在契柯夫的小說裡面曾經看到過，你對我並不是一心一意，你不要以爲自己是多麼無辜，多麼委屈……」

我氣憤地打斷他，我說：「我這個人不是個好女人，但是你這樣的男人我還是頭一次看見，阿伯雖然窮，可像阿伯這樣的人比你強一千倍。因爲他雖然窮，但是他對我好，除了我們之間在精神上談話愉快之外，阿伯有一點讓我感動，那就是阿伯掙了十塊錢他會把九塊錢給我，可是你許了很多願，在這點你和阿伯也不一樣，阿伯從來不許願。你說對了，我是在尋找他，可是阿伯從來也沒有說過讓我嫁給他，當我問到這個問題時阿伯說我害怕我這種男人養活不了你這種女人。但是我知道阿伯是想娶我的。」

陳左這時候笑了，說：「你以為阿伯真的比我強嗎？開始我以為一個貧窮的讀書人真的是比我這樣富有的讀書人要強大，開始我以為可能會有個別的例子，開始我還在思索是什麼東西阿伯還吸引著你，使你在我和阿伯之間跳來跳去，其實我現在覺得思考所有這樣的問題都是沒有任何意義的，因為阿伯比我更軟弱，除了比我更軟弱或者是跟我一樣軟弱之外，還比我多一個缺點，那就是貧窮，你知道阿伯為什麼離開你，你為什麼找不到阿伯嗎？」

我拚著呼吸看著陳左的臉和眼睛。他繼續說：「我給阿伯十萬塊錢，讓他離開你走得遠遠的。開始我只打算給他五萬塊，他只是猶豫了片刻，便跟我討價還價，他說要十萬，我就答應了，十萬，他就走了。看來阿伯還是講信用的男人，因為他知道如果他跟別人不講信用比如跟你，那不要緊，但是如果他跟我不講信用的話，他知道他自己會倒楣的。」

我說：「你在撒謊。」

「好了，你可以留在這繼續鬧，你可以扯破了嗓子喊，也可以把自己的衣服全部脫了跳舞，但是我得走了。」

我愣在那兒，看著陳左在辦公大廳裡朝門口走去。走了幾步他回過身來，說：「那天晚上他不是接到一個電話就走了？你不是還問我是誰給他打電話的嗎？是我，我。我告訴他我已經答應給他十萬。」

說著他拉開了門走了出去。

我呆立了半響之後，渾身一軟，癱坐在了地上。辦公室裡的人還在用手捂著耳朵並且還低著頭。只有秘書跟我一樣看見了陳左的離去。她過來扶起我，對我說：「回醫院去吧。」

麥子 63

導演已經在下面等著了，我一看見他像看見一個親人一樣緊緊地把他摟住。這個小個子的導演一時不知所措，我問你怎麼知道我在這，他說我想來想去，估計你在這，走吧，回醫院吧。

「你告訴我，陳左所說的一切是眞的嗎？」

導演不看我。我把他的臉轉過來，說：「你告訴我，陳左沒有撒謊，是嗎？」

導演呢喃著嘴唇說：「你應該理解阿伯，我跟阿伯是一樣的人，其實我們都是跟阿伯一樣的人，我們面對金錢面對生存，我們都是恐懼的，我們一點也不堅強。」

我說：「其實昨天在我到酒吧找你之前你早就知道了，對嗎？」

導演握住我的手，用歉意的目光盯著我。他說：「我、阿伯、大威我們都是一樣的。實際上你和阿伯也是一樣的人，你應該理解他，本來，在你全身受著傷的時候，我不應該對你說這樣的話。但是如果我們說到這個問題並且你問到我的話，我就想告訴你，其實我們大家都是一樣的人。」

我突然睜大眼睛用了全身的力量甩開他的手，大聲喊：「我和阿伯不一樣。我和他完全不一樣，我們不一樣。」

「一樣的。」

「不一樣。」

「一樣的。」

我嚎啕大哭。我說：「我絕對跟他不一樣。」

第四十三章

麥子 64

三天就出院了。頭上的紗布也摘了。導演幫我找來一個小圓鏡子，我在臉上化了淡妝。在結帳處，我說：「住院費我會還你的，你放心。你對我那麼好，爲我挨了打，我怎麼報答你呢。」導演的臉竟然紅了。他說：「說什麼呢？我跟阿伯是朋友，你是阿伯的女朋友，你們還會好的。」

我們已經走到了陽光的下面。導演說：「這下冬天眞的過去了，我看我也要買幾件春裝，我才二十五歲，我應該不能總是這麼老氣，跟阿伯似的。」

我說：「我餓了，我想吃飯。」

導演高興地看著我：「你終於餓了，整整三天你什麼都不吃，現在能想開就好。眞的，麥子，我覺得阿伯還會跟你好的。」

導演領著我去了一個就近的小飯館。我點了好幾樣菜，要了啤酒。我說：「我請客。」

他說：「你眞該好好請客。」

我說：「阿伯不會跟我再好了。你看我値多少錢，能不能報答你這份情，如果讓我陪你睡上一個月的覺？」

導演的臉一下漲紅了，他說：「你覺得你挺幽默嗎？如果不是公共場所我就想搧你一耳光。我挺不喜歡你這種口氣。」

「那你是不願意了？」

「你又不是妓女，說實在的，我還是很喜歡你，我才這樣。」

我喝了一口啤酒說：「我還不是個妓女嗎？我跟三個男人好，跟白澤好、跟阿伯好、跟陳左好，這三個男人跟每個男人都不一樣，跟阿伯時我從來沒有想過錢，我以爲我不是個妓女，我以爲我是個非常簡單的知識女孩，結果這兩天我想清楚了我還是妓女。」

「別扯蛋了，妓女是一個專業，是一種職業，你他媽的什麼也不懂。」

「那你憑什麼喜歡我啊？你也別演戲了，你心裡早就知道我是個妓女，如果說你對一個女人或者對這樣一個女人要有好感的話，你是對我這樣一個妓女有好感。」

導演猛地把手裡的啤酒倒在我身上。我用紙巾擦去。一會，導演的眼淚嘩地就出來了。他說：

「麥子，我特後悔，我不應該對你粗暴。」

「不要緊。你對我那麼好，潑點啤酒又怎麼了？」

導演不說話。

「那你是不是希望我嫁給你？我願意嫁給你。」

導演還是低著頭，一會他抹去臉上的淚說：「我也不是希望你嫁給我。我是突然想到剛才你說的那些話眞應該弄到《長安街》裡面去，其實，那些傻B的表演狀態都應該讓她們來學你，可是她們傻B不會演，你才會演呢。我想起在那個法國大使館的聚會上你跟我說你想演《長安街》。我當時還嘲笑你呢。我以爲像你這樣的人滿大街都是呢。」

我說：「《長安街》還沒有拍，你怎麼就說她們演不好呢？」

停了停，我又說：「我們做愛吧！待會吃完了你把我送回家去，我一定會把你侍候得很好。」

導演笑了起來。

我說：「你別笑，我是說眞的，我們就躺在我家客廳裡的地毯上，過幾天搬走時我也要把這塊地毯帶上。」

「你要搬哪？」

我低下頭吃飯。我說：「我還沒有想好。」

第四十四章

麥子 65

到了房間，導演卻不肯了。他紅著臉說，他更喜歡在浴室。

我在浴池裡放滿水，催促著導演趕快脫衣服，我說現在暖氣儘管停了，但是還是很暖和的，水蒸汽對皮膚也有好處。

我把衣服脫了，導演把我抱住，小心地撫著我滿身的傷痕。我發現在大腿那被阿伯打下的印記已經沒有了。他說：「沈燦眞是太狠心了，女人和女人就有這麼多的仇恨嗎？」

「實際上，她搞錯了，我這樣低賤的女人也不值她那麼去恨。」

「你說她高貴？」

導演大聲笑了起來。

「我和阿伯還有大威我們同時都搞過她……」

我一聽愣了，「啪」地一個耳光就要打在導演的臉上。他一把按住我說：「你沒有權利打我。你要打的人不是我，一個女孩怎麼隨便打人呢？」

我低下頭哭泣。只聽他又說：「不過，阿伯那天怎麼也硬不起來，是軟的，讓沈燦好失望。」

我趴在他肩上。他摟著我。一會，我抹去淚說：「你趕快進來吧！」

他說：「我進不去。」

我低頭看了一下，說：「你當然進不來，你那個還是軟的，你怎麼會是軟的呢？」

「軟的好，你受了很大的傷，你現在不能做愛。」

我從他肩上抬起頭，說：「我現在就是要在受了傷的時候跟你做愛，這樣才好。」

「那你會完蛋的，你會死的。」

我握住他的陽具，輕輕地搓揉。我說：「能跟你這樣的男人睡一覺，我死了也高興。」

「那爲什麼？」

「就因爲你那天爲我下跪了。」

「眞的？你被他們打成那樣，你還能看那麼遠，你還沒有戴眼鏡。」

「我戴著隱形眼鏡。我的眼睛一直睁著的。」

「眞的？你戴了隱形眼鏡？你不是戴不慣嗎？」

「這副還行。」

我讓導演下到水池裡，熱水使他快活地叫了一聲。我躺在他旁邊，用手撫摸著他。他問：「麥子，你說你還需要我爲你做什麼？」

「我需要你做的事你又做不了。」

「你就說吧！你說什麼我就做什麼。」

「你幫我找著阿伯，把阿伯殺了。」

導演大聲呼叫起來說：「哇！操，這扯什麼蛋啊！殺人的事我肯定不幹。」

我說：「那你就趕快搞我吧！已經硬了，你不覺得嗎？」

「沒有，還是軟的，我不行，你幫我吧！」

我用手、用嘴撫弄它。很長時間，終於硬了。我說：「趕快進來吧！」

「我不能進來。」

「爲什麼？」

導演突然哭了。他說：「我不願當殺人犯。」

「你這是什麼意思？」

他把手放在我的小腹上。說：「你身體都這樣了，我眞的再搞你你就完蛋了。」

「可是我死了，我也希望我們今天能做愛。我感覺到你對我是很好的。」

「那你剛才在餐廳裡還說你是個妓女呢，你哪是個妓女啊！你是個好女孩。」

說完，他站起來匆匆穿上了衣服。在客廳裡，他閑坐著，把身子完全埋進那張沙發上。他又隨手在茶几上從那些零碎玩藝的中間拿來那把刀。我一把奪過來，放回原處。

第四十五章

麥子 66

那把刀約有五寸長，上面的柄鑲著金屬邊。內行人一看就知道它雖不是專用匕首，但也足以刺入一個人的心臟。我伸出手小心地握住它，冷颼颼的寒光照在我臉上。我把它放進我隨身的包裡，和我的化妝品放在一起。確實，女人的包裡不僅有口紅、有避孕套、有詩集、有柔軟的紙巾，有的時候還有一把刀。

搬家的時候，父親來接我。他常常是突然間老淚縱橫。每一次看到他這樣，我都要絕望得發瘋。我默默想，一個絕望的人怎麼能跟另一個絕望的人住在一起呢？

導演不請自來。他說：「《長安街》終於有人投資了，是皮裏松在法國找的投資，剛剛簽了合同，他說皮裏松太偉大了，他能使自己以後成為大人物。」他又說：「可惜阿伯不在，如果阿伯知道他的小說要拍成電影了，他會高興死的。」

父親準備用眼睛把導演吃下去，上上下下地看著，一點一點地看著，導演卻毫不在意，按照自己的思路狂妄地大笑。每次導演說完什麼話，父親就觀察我的表情，想從中判斷面前這兩個人到底是什麼關係。我問導演：「你餓嗎？要不讓我爸爸給你買一個麵包過來。」

父親只好去了。我和導演坐在沙發上，正午的陽光熱烈地照著。茶几上放著我的紅色小包。

他說阿伯太有才能了，昨晚我又看了一遍他改的劇本，確實太好了。

看我不作聲，他又說：「不過他是挺卑鄙的，麥子，你現在還恨他嗎？」

我說：「這些天我已經想通了，其實我也挺卑鄙的。沒有像我這樣卑鄙的女人了。整樁事情是我對不起阿伯，眞的，不光是他，我也對不起白澤，我現在要離開這個房子了，才想起白澤的種種好來。可是當初懷了他的孩子就想逼他回去離婚跟我結婚。你說我這樣的女人，哪個男人不怕？跟阿伯好時，瞞著他去跟陳左約會。跟陳左好時卻又念著阿伯。陳左說得沒錯，我是個跳來跳去的女人。我現在這樣子，也是罪有應得。」

「那我問你，你要老實回答啊。如果說阿伯回來了，你還願意繼續跟他好嗎？」

我望了他一眼，拿起茶几上紅色的包，從裡面掏出一把刀來。我說：「從現在起，我身上都會帶著這把刀子，可以說，這是他留給我的唯一用得上的東西。」

導演驚奇地睁大眼睛，伸手過來要拿，我卻把刀放回去了，拉上拉鏈。我說：「我儘管懺悔，但缺少對阿伯的寬恕。寬恕可以針對全世界的人，甚至包括對以色列和賓拉登的寬恕，但絕不包括對於阿伯的寬恕。他傷害了我，對我的傷害太具體、太慘痛。」

導演不說話了，思考了一會，他說：「你不覺得自己有點自相矛盾嗎？」

「但某些地方絕不。」

「能不能讓我看看那把刀子？」

我看了看門外，估計父親沒有這麼快上來。我重又拉開拉鏈，小心地取出那把刀，它在強烈的光線下放出刺眼的光。導演眯起眼睛看著，他又看著我說：「有時我眞希望這把刀子插在我的身上。」

我一下收起刀，一個字一個字地對他說：「我沒有跟你開玩笑，我希望你以後不要用刀來跟我開玩笑，這種時候我極其討厭你們男人的幽默。」

我不知道如何才能找到阿伯。每天我都在大街上遊蕩，太陽毫無遮掩地照在我臉上，風沙吹刮上來，使我皮膚隱隱作痛。但是人海茫茫，我已經筋疲力盡，口乾舌燥，有時激昂的情緒瞬間冷卻下來。可是每當這時，只要是看到一個年輕並且長得高高大大的男人從面前走過，我便跟著那人走出很遠。我緊緊地抓著我的包，快步走著。

深夜，我和一群失了業的女孩們各自穿過朗朗月光來到約好的酒吧，大家在同一時期失業表明很有緣分是很不容易的，我們在一起尋找共鳴。其中包括「符號」。一次她從隨身帶的包裡掏出一摞照片，說是正在給一家公司當模特。我看著那照片，設計師把她的頭髮做成了一根根蛇狀，把她的眼睛上方連同眉毛都畫成了紅色，把她的嘴也畫得歪歪的，腫在那裡，猛一看以爲是深夜裡的惡鬼。她說這是在日本最流行的妝，很前衛，應該說過一年就會傳到中國來。

我一邊看她的照片，一邊幾乎要流下眼淚。因爲在這些照片上我也清楚地看到了變異的自己。

我不敢可憐別人。

我和她們說著知心話，不斷望著酒吧外面的行人。我們有時去酒吧密集的三里屯，有時就在唐人街或是它的附近。我們每晚必入，知心話也就是掏心窩子的話其實沒幾句，於是我跟她們說「九重天」和「下地獄」，她們居然不相信。

往往我只跟她們坐半個小時，便獨自去相鄰的酒吧，我的眼睛尋覓著，像兩點鬼火在夜空遊蕩。在那深色的玻璃鏡裡，我看見自己穿著很短的裙子，我已經把一頭長髮用慕絲固定在腦後，不讓它們隨風飄散。每到夜間我的眼影便是淡淡的綠色。我的指甲也做成了綠色的，上面貼著精緻的小野花。幫我做指甲的女孩是個東北女孩，臉上有很重的汗毛，一笑兩腮有淺淺的酒窩。每次一看見我，就先用手握住我的手指，一個個撥動著，她的手很軟，我突然在想我就是以這樣的手指觸摸著男人的陽具，使他們從柔軟變得粗壯。我閉起眼睛，一任自己的手被那做指甲的女孩握著。每次做完回到家，父親指著我的鼻子說：「你過著跟妓女一樣的生活。」

我把這話學給那些女孩們聽，她們哄然大笑，說：「你爸爸太可愛了，他一點也不老，他居然會用這麼好聽的詞。確實要誇獎一個女人，莫過於說她是妓女，做妓女的女人總是有點本錢的。」

我爸爸很老了，他說過那話之後就開始流淚。第二天他惴惴地向我道歉，說不應該用那樣的詞來罵女兒，他居然要伸出手摟我的肩。我一閃身從房間裡出去了，重又走到驕陽下面。他不知道從不跟他說點心裡話的女兒整天究竟在想什麼。有一天在網上我與人聊天，一個化名爲3853的人追著我，問我喜歡與什麼樣的人交往，問我家中有幾口人，有沒有父親。我馬上警覺起來，懷疑這個3853就是我父親。他也許想以這樣的方式來把我套住。我馬上把他甩了，可是我覺得每一個湊上來的人都很可疑。末了，我只有徹底關上電腦。我還是相信我的眼睛。

在酒吧裡有好些年輕漂亮的小夥子朝我眨媚眼，過去我總認爲只有女人才做這種事，沒想到男人也知道什麼職業最省事了。他們年齡都很小，只有十七、八，他們的皮膚跟白麵一樣柔滑，手指尖尖的，他們的出現使酒吧飄散出放蕩不羈的衝動和熾烈撩人的慾念。據說他們都是男妓，在美國稱他們爲牛郎。裡面還有同性戀，我發現男同性戀比女同性戀多。

有一次，我看到了大威，他和一幫同性戀們泡在一起。他說他買房子了。我沒有問他爲什麼沒有和沈燦在一起，他也沒有問爲什麼阿伯沒和我在一起。他坐在我的對面給一根煙請我抽，於是我一邊抽煙一邊跟他聊天。他是我的仇人，但他的眼睛充滿著溫情，他在桌下的腿長長的，頂著我的陰部，一種濕潤的情感也從我的心底漸漸溢出。他沒有更進一步的行動，他是個混蛋，可是阿伯跟他一樣是混蛋。過去我以爲我不是，跟他們是兩種人，但實際上我比他們好不了多少。就爲這件事我跟「符號」吵翻了。「符號」說你不無恥是男人無恥。我說女人也一樣無恥。「符號」氣得滿臉通紅，她搖著頭說是你麥子無恥，不是我無恥。我說你如果不無恥爲什麼泡酒吧時從不掏錢？連自己的那份每次都讓別人分擔了，你還不無恥嗎？你還騙過一個女同性戀自己還得意洋洋，你忘記了嗎……你還鼓動我去找有錢的男人……

沒等我說完，「符號」把手中的酒杯往地上狠狠摔去。

我使勁喝著可樂那，淚水盈眶，我扭動臉部肌肉，不讓它順著臉頰流淌下來。大大威穿著一件T恤，藍色的，和阿伯的一模一樣。我久久地望著，這件衣服是我為他買的。大威走後，來了另一個男人，我不認識他，但是他伸出一隻手給我做手勢。我不知道他是什麼意思，但是他做手勢的樣子讓我又一次想起阿伯，每當他說話著急時他就會做出莫名其妙的動作。但是這個男人比阿伯漂亮，模樣長得有點像陳左。

我對他笑了，於是他坐在大威剛才坐的位置上。我們翻箱倒櫃地說了很多話，我把我經歷的和沒有經歷的都統統說了，我發現這些話比酒更會醉人。沒過多久，我跟他上了一輛計程車，拐過好幾條巷子，然後他扶著我爬上一座樓梯，走進一間非常簡陋的小屋。他只開了一盞黃色小燈，床上倒也乾淨，上面是一個洗得發舊的毛巾毯。那是由各種顏色組成的大花圖案，我覺得如果把它做成一條裙子那會是非常惹眼的。他先從一個白色的暖瓶裡倒出水來，自己洗了手，也讓我洗了手。他緊貼著我把我身上的衣服都脫光了，然後他把自己也脫得一絲不掛。我們沒有做愛，他先是一轉身把他的屁股露出來，我看到了那皺巴巴的、淺褐色的、圓圓的後庭。我不知道要幹什麼，於是呆呆地望著。一會，他把身子坐正，回過頭說你不會玩這個嗎？我盯著他的雙眼，問什麼是「這個」？他說用舌頭去舔。

我說我不會。他抓住我的手挪到他的胯下，那東西已經勃起。他說我們還是從前門開始吧。我

說好。然後他從床邊拿過我的包在裡面翻。我一下奪過來。他說他得先要錢。我愣了，然後笑起來。他說，你眞他媽笨，你沒看到在酒吧裡我看你時用手做了倒形嗎？指尖朝下，那是男人的陽具的意思。

我迅速穿好衣服。當我逃下樓時，還聽見那個男人在裡邊說話，他的聲音跟雨水交織在一起時，像是一座在電影裡的雪山突然出現我的面前……那時，外面正下著瓢潑大雨。

我坐在樓梯上想著一切，先是笑了半天，然後阿伯似乎出現了，他對我說，別以爲女人有權找男人要一切。看著像星光一樣出現的阿伯，我哭了。

雨一直下著，毫無遮擋地淋了我一身。我來到公路旁等了很長時間才有一輛計程車。我去找了「符號」。

她驚詫地看著我，隨即又變得那麼冷漠。我一把抱住她，我說是我無恥，是我骯髒，我錯了。「符號」也緊緊回抱著我。她把我引到浴間打開熱水，她也把衣服脫了幫著我洗澡。在浴盆裡我們赤裸著緊緊擁抱在一起。

第二天的夜裡，我又去了酒吧。還是煙霧和說話聲，只是沒有阿伯。我漸漸地意識到，很難在酒吧裡見到阿伯了，他僅僅是爲了躲我，都不會再到三里屯來。

另一個男人向我進攻。我沒有注意他的模樣。他說你想聽音樂嗎？不知爲什麼，「音樂」兩個字在這荒蕪的夜晚裡使我兩眼發光。

他又說：「我那兒沒有別的，只有音樂。」

我說：「那我們就去聽音樂。」

出了門他領著我從三里屯一直走到工體（工人體育館）。在一個樓群的後面，他推出了一輛自行車。於是我坐在他的後面。風很大，但是他用力蹬著。看著他厚厚的背，我覺得這是一個有力量的男人。

他帶著我一直向東馳著，過了朝陽門，過了十里堡，過了鐵路橋，然後來到了一個亂糟糟的地方。有幾幢很破爛的樓。他說他在這兒有一套一居室。

上了樓，我一看，房子裡面幾乎沒有別的東西，確實，只有一套音響。那是深棕色的帶著支架的音響。我問你這套音響好嗎？他說音色非常好。你知道布魯克納嗎？我搖頭。他驚奇極了。你眞的不知道布魯克納？我說我不知道。他問那你知道誰？我看了看他說，我今天晚上除了知道你以外我誰也不知道。

「那你一定要聽聽布魯克納。在這裡面有宗教。」

他打開音響。於是布魯克納走到了我的面前。不知道爲什麼，我雖然不知道布魯克納是什麼樣的人，但是我覺得他是能征服我的人。在我一剎那的感覺中他的形象跟德希達非常像。

他把音響從很大的聲音又調得小了一些。他說這是布魯克納第七號交響曲，你眞的從來沒有聽過？我說我確實不知道布魯克納這個人。他又把音響調得很大。

大約聽了十多分鐘，這個男人坐過來，把手放在我的腰上，探索著，開始解我的皮帶。我沒有攔他。很快，他一點一點地把皮帶解開了，然後把褲子往底下退。這時布魯克納的音樂還在奏著，而且逐步推向高潮，同時這個男人所說的宗教感也一次比一次強烈。在這樣一種強烈中，我的褲子被脫掉了，我看到了自己的陰毛，看到了自己的肚子。然後這個男人把頭埋下去，用自己的舌頭拚命去舔。終於，布魯克納變得更加極端更加博大了。

我把身子一倒，躺在了地上。

第二天早晨當太陽從窗外灑到我和這個男人身上的時候，他睜開眼睛對我說：「對不起，我不能留你在這兒一起吃飯，因爲我口袋裡沒有錢了。」我笑了笑，穿上衣服拎起紅色的小包迅速下樓。

我的身上佈滿了布魯克納帶給我的殘渣剩飯，那裡除了音樂，布魯克納謙卑的笑容，他的宗教和哲學，還有那個男人的精液和布魯克納所受過的屈辱。以後，我曾經不止一次地走進布魯克納的音樂之中，可是再也沒有了那天的被水霧和沼澤迷漫的感覺，有的只是岩石上的青苔。而且布魯克納的音樂在我的一次次認眞地、心靜如水地接受中，變得粗大而沒有內容，就像是一個女人拿的由廠家生產的摸擬陽具。所以，我常想對身邊的音樂接受者說，聽音樂需要的不是安靜，而是燥動，不是內心純靜而明朗，而是有重重的心事和期待，還有想把這個世界燒掉的仇恨，在那樣的時候，你就去聽音樂，一定會有收穫的……

但那是以後的事情，是我在每日不停地讀書時想的問題，那天不是這樣，當我離開了音樂和男人之後，我在太陽的照射之下，坐著北京破爛的公共汽車，一直到了「符號」那兒並懷著激動和亢奮的心情告訴她說，昨天晚上我有一番奇遇。她問是什麼奇遇。我說從離開阿伯以後我頭一次感受到了音樂，過去跟阿伯在一起他不太跟我談音樂，但是我能感覺到音樂。但是阿伯離去了以後，在昨天晚上我又一次地聽到了音樂。

「符號」看著我殘妝不整的樣子，說：「你別跟我來這一套，你跟那個男人做愛了嗎？」

我點頭。

「那你跟他是怎麼搞的？」

我復述了昨晚的情景，最後我說：「這個男人的舌頭和這個男人的嘴唇非常可愛。他是個窮人。但是仍然非常可愛。」

「那麼他能代替阿伯嗎？」

我想了想，說：「他不能代替阿伯，任何男人都代替不了阿伯。」

「爲什麼？」

「因爲任何男人都沒有像阿伯那樣背叛我。」

第四十六章

地鐵呼嘯著，像是洪水沖過峽谷。

阿伯猛地看見了麥子的臉懸浮在隔壁車廂的上空，燈將她照得通亮。她的眼睛迷惘地盯著車頂，那短短的一刻，他陷入絕望，他不知道在今天、在北京的二〇〇二年的初夏的某一個晚上的最後一班地鐵上，他竟然會看到麥子。

阿伯的心懸起來了。他突然覺得自己的記憶一片空白，新的女人和她們的體溫恍如一管清潔劑，總是在深夜將過去所認識的人一個個擦洗掉，從他們的頭髮、臉，到浮現在他們臉上的表情，以及一陣陣飛揚於上空的笑聲。然而麥子的聲音卻又總是在遺忘的夜晚裡蛇一樣斷斷續續遊動。阿伯不知道是蛇遊得快還是遺忘來得快，有時，什麼也沒有，一片漆黑。他不想麥子了。有時覺得自己過去實在是可笑，那時我竟認爲麥子的身體沒有門，麥子的身體只有窗戶，這個窗戶進得去卻出不來。可是僅僅是幾個月我又有了新的認識，我認爲沒有哪個女人是沒有門的，沒有哪個門是只能進去不能出來的。

這時阿伯又忍不住地抬起頭來看了看車廂那邊的麥子。她也正在朝阿伯看，但是阿伯的臉顯出平靜。他知道她是個近視眼，她沒有戴眼鏡，她是個瞎子，她只要不戴眼鏡，在過去連阿伯的陽具都只能用嘴唇認識。

這麼晚了她是去哪呢？阿伯覺得她比過去瘦了，好像也高了，她的頭髮散亂著，整個樣子看起來很陌生。只有她身上穿著的那件紅色的衣服，使阿伯覺得熟悉。這符合她過去的習慣。過去哪怕是一雙襪子她都得要來點色彩。

前面的一站很快就到了，阿伯瞄著麥子會不會走下火車。麥子沒有動，依然環顧著四周。她的眼睛裡飄出的冷漠而迷惘的光也是阿伯所熟悉的。她是去哪裡呢？這麼晚了是去一個男人的房間嗎？阿伯想到這裡，覺得在今晚自己無論如何也得要進行一場跟蹤。他意識到在今晚可以會出什麼事。要不，上帝爲什麼會讓他遇見麥子？

麥子 67

火車朦朧朦朧地響著。阿伯居然看了我一眼又轉過臉去望著車頂。他也許以爲我只要不戴眼鏡就什麼也看不見，他知道我戴不了隱形眼鏡。

我放心了，打開那個紅色的包。我發現那把刀正靜靜地躺著，它看上去是那麼地馴服，那麼地善良。此刻我的耳朵裡似乎聽不到別的聲音，我只是覺得自己在和這把刀對話。你們男人可能難以想像，一個受了傷的女人會天天帶上一把刀。你們會以爲我麥子要殺阿伯不過是一次新的撒嬌，但

是我絕不這樣想，我要讓你們恐怖，讓你們改變一下你們對於女人的那種蔑視和嘲笑，這把刀曾經是我與這個男人之間的愛情的潤滑劑，儘管阿伯走後我把它天天放在包裡，但是一次也沒有派上用場。可是爲什麼當我把阿伯忘了，我情願以爲他已經死了，而今天恰恰是一陣長笛的聲音使我想起阿伯的時候，這個阿伯又突然出現了？這是不是上帝賜與我的最好的復仇的機會？我的心開始跳動起來，甚至於變得緊張了，我覺得自己的額頭也開始出汗了。這時，我忍不住地再次環顧了一下地鐵的四周，還好，沒有進來更多的人。我意識到自己竟眞的成了一次女主角，我在跟蹤這個該死的阿伯。我看了看錶，那時候已經接近十一點四十分了。

這確實是北京的二〇〇二年初夏的某一個晚上的最後一班地鐵。

阿伯 57

最後一班地鐵終於走到了它最後的一站。阿伯緩緩地起身了，這時候他的眼睛看著麥子，發現麥子也在那邊起身了。阿伯猶豫著，如果自己跟蹤她的這種行爲讓她發現了，那麼今天晚上將會是一種什麼樣的結局呢？還會像第一次跟蹤之後跟她睡在一起嗎？

阿伯的內心突然充滿了對於往事的傷感與惆悵，他感到有點無所適從。可是就在這個時候，麥子已經離開了車門朝出站口走去。她一步步地蹬著臺階。他突然發現她走路的姿勢比過去要沉重得多，她像是一個老人。阿伯在心裡很快算了一下麥子的年齡，她應該是二十七歲，可是那走路的感覺使阿伯覺得她像是個七十二歲的人。

麥子在前面走，阿伯在後面緩緩地跟著，一直到他們離開了地鐵。他已經完全不認得這是什麼地方，他想，如果不是爲了跟蹤麥子，他是不會到這樣一個荒涼偏僻的地方來的。他感到前面的麥子就像天空中的星星一樣召喚他。阿伯抬起頭，雲彩剛把月亮遮住，路燈也是黯淡的。他幾乎看不到有什麼行人，只是偶爾有一、兩輛車呼地開過。

阿伯走著，突然意識到皮鞋和地摩擦的聲音很響，他怕這種聲音被麥子聽見，於是他站住了。這時，令他非常奇怪的是，當他站住時，前方的麥子竟然也站住了，她似乎在身後也長著眼睛。阿伯突然恐懼了起來，他想這個女人是麥子嗎？是不是自己今天晚上一直出現的幻覺？他猶豫著又朝前走，發現前面的麥子也朝前走了。於是阿伯掐一掐自己的肉，他覺得有一種疼痛感，於是他對自己說，沒有，你沒有睡著，前面的那個女人是眞實的，她不是幻覺。

阿伯這時候在想，我需要喊她嗎？我需要問她今天究竟是去哪嗎？阿伯猶豫著又停下了腳步，幾乎像是電感應開關控制的那樣，阿伯的腳步一停，前面的那個女人又停了，阿伯於是又往前走，那個女人也往前走，阿伯想，不能管前面的那個女人叫「那個女人」，她不是別人，她就是麥子。我的眼睛沒有看錯。我怎麼可能看錯？一個跟你在一起有著銘心刻骨的感覺的女人，你會把她看錯嗎？那麼現在是不是眞的在夢裡？因爲人在夢裡的時候，人也知道疼痛，也知道難過，人犯了罪的時候經常在夢裡想到懺悔的字眼，想到下跪的姿勢，想到流淚的表情。

阿伯於是又開始朝前走，但是使他意外的事是麥子沒有動，麥子也沒有回頭，她似乎在等待著那個叫阿伯的男人走到她的面前。阿伯感到自己的心跳加快了，他突然意識到自己身上好像開始出汗，然後他又摸了摸自己，他覺得自己的臉是冰涼的，不到一分鐘，阿伯走到了麥子的身邊。

麥子突然回過頭來。她對阿伯說：「你知道嗎，我一直在跟蹤你。」

阿伯就像是受到了驚嚇一樣說：「你在跟蹤我？」

「你覺得驚奇嗎？」

阿伯想使這場談話變得輕鬆起來，他以玩笑的方式透出了他本身的狀態。他說：「我以為我一直在跟蹤你，當然，我是因為好奇。」

麥子問：「你到哪兒去了？」

阿伯一時似乎沒有反應過來，因為麥子的口氣就好像是他們從來沒有分別過，好像是他們在某一個晚上在那個公寓裡吵架，阿伯抽了一根煙把門打開，坐上電梯坐在樓下在花園裡轉了一圈之後又回來，麥子那時候會對他說：「你到哪去了？」阿伯張了張嘴一時不知道該怎麼回答。

麥子突然尖叫著大聲喊道：「你到哪去了？」

阿伯沉默著，他只能用自己像乞丐或者像是一個受難者那樣的目光看著麥子。他發現麥子的臉上就像是塗了一層冰膜，蒼白，清冷，而且有著一種阿伯從來沒有見過的、有的時候僅僅是在夢裡面才能夠看見的死屍般的猙獰。

「我在問你呢，你怎麼不說話？」

「我沒有去哪，我只是一直跟著你，我突然有一種好奇，我想知道你今天晚上去哪。」

「我問你這段時間一直在幹什麼。」

阿伯突然愣了，他說：「我也沒有幹什麼，我什麼也沒有幹。我還是老樣子，有時讀讀傅柯，我有些厭倦德希達了。」

「我在問你，你究竟幹了什麼？你對我說。」

阿伯的眼前突然出現了陳左的眼睛，在那一刻，陳左給他的錢以及那個撞他的自行車的人再次像雪花一樣飄到了他面前，他似乎看到了騎車撞他的那個人的耳朵，當時他就發現那個人的耳朵比正常人的耳朵要小，在耳朵旁邊好像有著灰色的頭髮，阿伯同時又感覺到陳左正在用手撫摸著自己的頭髮，並對他說：「阿伯，你是叫阿伯嗎？你爲什麼叫阿伯？是誰給你起的名字叫阿伯？你的名字有什麼意義？你起這個名字的目的是什麼？」

阿伯的腦子裡一片混亂，他緊張得幾乎渾身發抖的時候，麥子突然問他說：「那些錢你都花完了嗎？」

阿伯感覺到自己不由自主地朝後退。這時他希望有什麼行人打擾一下麥子的思緒。然而她還在說：「你站住，我問你那些錢都花完了嗎？你是怎麼花的？」

阿伯想了想說：「那些錢我都花完了。」

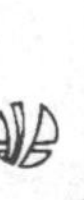

「你都怎麼花的？」

「我也忘了我是怎麼花的。」

「你知道你自己錯了嗎？」

阿伯點頭說：「我知道自己錯了。」

「你錯在哪？」

「我錯在我拿了錢。」

「不對。」

「我錯在了我離開你，我沒有打招呼。」

「也不對。」

這時候阿伯說：「你爲什麼要跟蹤我？是爲了報復嗎？」

麥子點頭。

阿伯說：「那就是說你今天晚上的跟蹤不是出於好奇而是出於仇恨嗎？」

「可能比仇恨更厲害。你還沒有回答我呢。你知道你錯在哪嗎？」

「我不知道。」

「那麼我告訴你，是因爲每次我跟你說分手時，你都會流淚。」

阿伯這時看著麥子，他的目光裡帶著軟弱和有一種求饒的成份。當他自己意識到自己眼神的時候，他突然感到心中有一些委屈，他有些恨自己，他覺得自己畢竟還有著青春最後的驕傲。青春這兩個字使他內心突然變得充實起來，於是他的目光漸漸地變得平和，並且變得也有力量，他看著麥子說：「你想幹什麼？」

「我想殺了你。」

阿伯看到麥子從包裡面緩緩地拿出了一把刀。看到那把刀，阿伯眼前一亮，突然，他的內心產生了很多酸楚，他想到了在那天麥子生日的時候他爲麥子買了蛋糕，這把刀是跟著生日和蛋糕一起來的。

麥子拿起那把刀開始朝阿伯走來。

阿伯說：「你眞的以爲你可以殺了我嗎？」

「你跪下。」

「你眞的以爲你有力量能夠制服我嗎？」

阿伯說這話的時候，他意識到自己的眼睛也開始變得猙獰，他覺得麥子比以往任何時候像是一隻野獸，而他自己比麥子更像是一隻野獸。麥子說：「你給我跪下。」

「我如果不跪呢？」

「那我就要用這把刀捅到你肚子裡。」

「我怕你做不到。」

阿伯說完這話，發現麥子的眼睛裡出現了淚水。她拿刀的手遠不如開始的時候顯得那麼堅強，她的手有點顫。阿伯瞭解麥子，他知道麥子，就像瞭解和知道自己不是一個堅強的、也不是勇敢的人那樣。他也知道麥子不是一個能拿得起刀的女人，在阿伯看來無論是什麼樣的仇恨，麥子都沒有能力把刀子捅到自己身上。這時麥子又一次對阿伯說：「你跪不跪下？」

阿伯說：「我不跪。」

麥子突然朝阿伯跟前走去，他對阿伯又一次地發出了在阿伯聽來刺耳的叫聲，她說：「你跪下。」

阿伯沒有吭氣，他只是看著麥子。

麥子突然把刀對準了自己的胸脯。阿伯嚇了一跳，這是他怎麼也沒有想到的。她說：「你可以不跪，你知道我沒有力氣，你知道這把刀子拿在我手裡是沒有用的，於是你不跪下。但是我殺不了你，我是可以殺死自己的。」

這時候麥子閉著眼睛把刀朝自己的身上捅。阿伯突然衝上去抓住她的手，他一下子跪在了麥子的面前。

他對麥子說：「你不要這樣。」

麥子不說話。她抓著刀的手以及阿伯抓著她的手都僵立著。阿伯抬頭看著麥子對她說：「麥子，我對不起你。」

麥子把仰向天空的頭慢慢低下，慢慢睜開眼睛看面前的阿伯。她發現阿伯明顯地比原來憔悴了，他青春的目光變得有些衰老。他的頭髮仍然很長，他的頭髮顯得零亂沒有經過梳整，麥子意識到阿伯最少已經有一個星期沒有洗澡了，她從阿伯的身上感受到了汗和污水的骯髒的氣息。她對他說：「我無論如何也沒有想到你會真的下跪。」

說完麥子扔下手中的刀，轉身向來的方向跑去。她邊跑邊開始哭泣，整個夜空都回蕩著麥子的鬼哭狼嚎。

阿伯只是聽著麥子的腳步聲和哭聲，他始終沒有抬起頭來，當那聲音越來越遠幾乎消失得無影無蹤的時候，他仍是低著頭對自己說：「不是你沒有勇氣，而是你不應該把頭抬起來。」

麥子 68

我恍恍惚惚走著，在我不斷地替換著腳步的時候，來到了皮裏松的住所。皮裏松剛剛起床，他意外地叫起來對我說：「喲，你來得正好，我剛抽完一根雪茄，你沒有聞到這房子裡的雪茄味嗎？」

我說：「我累了，我突然想找一個地方休息一下。」

「你今天來得特別好，我覺得我和你們這些人在一起時我是一個非常好的人，只有一次我失言了，我吹了牛，說德希達要來，可是德希達那天沒有來。今天我帶你去見德希達。」

「他住的地方離這遠嗎？我可是很累了。」

皮裏松從他家的院子子裡推出了一輛麥子從來都沒有見過的自行車。皮裏松說我們不走大路，我們穿胡同，我可以騎自行車戴著你，一會就到了。

於是，我坐在皮裏松顫顫悠悠的自行車後面。我說：「你怎麼也會騎自行車？」

「在法國，我們騎自行車的時候比坐汽車的時候還要多，因爲你要知道一輛非常好的自行車比一輛汽車還貴的……」

皮裏松的聲音是嗡嗡的。我聽不太清楚。我們雲裡霧裡地走著，一會走進了德希達的客廳。

德希達在客廳裡穿著睡衣，寬大的睡衣裡面是一個瘦小的身體。他的頭髮是灰白的，好像上面沾滿了土，好像他從一生下來就沒有洗過澡，他的眼睛裡面也蒙著一層土，不，像是那種青苔，發出暗綠色的光。他比我的想像的要老，我記得當時自己看了德希達的照片，以及跟許多人談德希達的時候，他還是個年輕的外國人或者是像海明威那樣的外國人。

這時我回頭想對皮裏松說德希達原來是這樣啊！可是我回頭時，皮裏松已經不在了。

面對我驚愕的目光，德希達露出了寬容的笑。他說：「我聽說你從很早就開始讀我寫的書了，對嗎？」

我點點頭。

「你喜歡嗎？」

我想了想，說：「你的文字太繞口，你所創造的新的概念完全沒有必要，其實可以用比較簡單的話去說。」

「如果我要以簡單的、或者說不繞口的、或者說不艱澀的方式去表達，那麼你們為什麼要叫我德希達呢？你們完全可以叫我別的名字，比如說皮裏松。」

說完，德希達哈哈大笑。他又說：「你難道一點都不喜歡我所寫的那些東西嗎？」

「這樣的問題不應該問我，你應該去問長得更像是學者的那樣的人。」

「爲什麼？」

「因爲我是一個女孩。」

當我說完「女孩」的時候，「女孩」這兩個字突然使我的臉紅了起來。我在心裡面問：「你眞是一個女孩嗎？當你在德希達的面前你眞是一個女孩嗎？」

德希達高興地說：「我從來還沒有在我面前見到過這樣機智的學者，當你問她問題的時候，她竟然對你說我是一個女孩。」

德希達再一次哈哈笑起來。他一邊笑一邊站起來走上前把我摟在懷裡。我感受到了他那乾癟的身體。我的眼睛正好與那深陷進去的鎖骨平齊，那裡還蓄有一兩滴水珠。我猜測他在我進來之前才剛剛洗了澡。他捧起我的臉問：「我們一起走到床上來呢？還是你想試試我有多大的力氣？我能夠把你抬著放在床上。」

我想了想說：「你還是把我抬起來放在床上吧！」

這時我看見他的手又老又醜，骨節突起，長滿了密密麻麻的毛。它們張開著，很輕鬆地把我抬了起來，並把我放在床上。我有些驚奇。

德希達說：「麥子，你覺得法國人說的話和中國人說的話一樣嗎？」

「不一樣。」

「爲什麼？」

「就不要說法國人和中國人，你們法國人和法國人說話會一樣嗎？」

他看著我，又低下頭，似乎又想起了一個什麼問題，在思考著。一會，他問：「你今天爲什麼上我這裡來，是因爲想出國嗎？」

我搖搖頭。

「是因爲中國男人不能滿足你，於是就想換一種口味嗎？」

我又搖頭。

「那是因爲什麼？」

「我想要知道，你是怎樣對於愛情和罪惡進行解構的。」

德希達愣了，然後抬起那雙手，放在我的乳房上，說：「那麼讓我們現在就開始吧。」

不一會，他便脫掉了我的衣服，同時他的睡衣也滑落下去。我輕輕地摸著他身上的汗毛，汗毛從胸膛一直延伸到了小腹，最終和陰毛連成一體。陰毛也是灰白的，他用手把我的頭按下去。我一

口含在嘴裡，上下吞吐著。德希達說：「你眞是個好女孩，你知道我最大的願望是什麼嗎？就是我寫作或者讀書的時候，有個像你這樣的女孩含著我的陽具。我覺得那是我最美也是我最幸福的時刻。」

當德希達進入我的身體時，我突然覺得自己有了一種騰雲駕霧的感覺，我好像是在海面上飄浮，又好像是在沙漠裡行走，這是似曾相識的感受。我本來以爲跟德希達在一起，會有十分意外、十分特別的感覺呢，可是結果我在內心對自己復述這個過程時，除了大海、除了波濤、除了雲彩、除了上下翻動、除了沙漠、除了落日以外，沒有一點點意外的詞句。

我重新穿上了衣服，當我離開德希達的時候，他說我送送你。我說好吧。他問：「你從哪個門走？」

我指著窗簾後面，說：「我從那個門走。」

德希達驚奇地說：「那個地方是陽臺啊！」

「是啊！我就是打算從陽臺走。」

「你不要忘了，我這可是第十層樓。」

我似乎沒有聽見德希達說什麼。我把門推開，走上陽臺，這時候陽光和風一下子吹到了我身上。彷彿受到了陽光和風的鼓舞，我決定繼續朝前走。似乎德希達還在我的身後說著什麼，他的法語有明顯的阿爾及利亞的味道，有猶太人的舌頭動作，那種語音跟我體內殘留的精液融在了一起，構成了許多年前我在書中讀到的文化內涵，爲了拒絕這種文化，我從陽臺上一步就跨到了空氣中。

在空氣中我感覺到了陽光，它又一次撫弄我的頭髮，於是我摸了摸，發現頭髮是假的，陽光是眞的。

九丹

二〇〇二年五月一日完稿於北京

後記

九丹和德希達

1

九丹曾經跟許多人對抗，她說了許多話。因爲有那麼多人在罵她，所以她也曾經說了前邊忘了後邊。說了後邊，又忘了前邊，在她的辭彙裡，有良心、智慧、脫衣服、寫作、心靈、妓女、上帝、聖經、悲憫、王安憶……今天，我們又藉由《女人床》看到了德希達及其解構和寬恕。像許多知識女人一樣，九丹似乎因爲寬恕這個詞而產生了對於德希達的親切感，但是與此同時，九丹仍然保留了她與這個世界其中的一部分人對抗的精神。如果說，在《烏鴉》裡，她把女人的衣服脫光了，那麼在這部《女人床》中，她又把男人的衣服脫光了。

這是她的習慣，九丹如果不這樣做，那她就不是九丹了。唯一令人不解的是：這一切和德希達有什麼關係？

2

中國有好多怪事。

有的人從未有過一天像樣的音樂教育，你要讓他視唱練耳，他很可能連一個升號和一個降號都無法唱准，因爲他根本不認識五線譜甚至簡譜，然而就是這樣的人開始對我們表述所謂音樂的高潮，把音樂家們的評傳拿來經過剪貼，然後開始百感交集。這種人長年坐在家裡的椅子上一邊看著窗外，一邊手淫，同時又與朋友和鄰居們斤斤計較，卻說自己對於現實是逃避的。他們的小說中沒有人的內心，只有他們所謂的哲學，看不見有著疼痛感的人物，只有標本或者死人。他們認爲自己創造了從未有過的現實，並拿自己與卡夫卡和舒爾茨相比，模仿著他們的語氣，卻從未眞實地體驗活人們所擁有的情緒和苦悶。一個無時無刻不在與現實中的人斤斤計較的小人，卻要在作品裡說他又發現了更加動人的另外一種現實。這種怪胎是被一種可怕的力量壓迫出來的。他們被來自現實的一種強大的力量嚇壞了，所以他們生產出了許多把權宜之計當作內心動力的作品，並有他們的同道們像算命先生一樣地在今天就宣稱說：「他們能進文學史，而九丹們是垃圾。」

3

實際上《女人床》考慮的不是德希達究竟寫了什麼，你儘可以背誦他的那些書：《文字語言學》、《聲音與現象》（*Speech and Phenomenon*）、《書寫與差異》（*Writing and Difference*），德希達就

是因爲這三部書出版而宣告解構主義的確立。他還有《論文字學》（*of Grammatology*）、《馬克思的幽靈》、《文學行動》等。❶

然而對於《女人床》來說，這些並不重要，透過九丹在《女人床》裡的愛情故事，她從某一個側面，考慮了：中國知識分子面對德希達們，就突然變得不會說話了，並把自己的口吃和囉嗦當成一場語言革命，大家從此以爲自己能說另一種話了，於是那本《讀書》雜誌雖然頁數沒有減少，卻由於不斷有新的句式和詞語，而使我們能看的內容，不斷變少。

讓我們提出一個問題：「《讀書》雜誌眞的能成爲中國知識分子的良心嗎？我們能從它身上發現什麼呢？是中國所謂精英知識分子的怪癖，還是知識分子的眞實體驗與閱讀後樸素的觀感？」

4

在這本對中國學人來說是最重要的《讀書》雜誌裡，你處處能夠意識到被姦污的知識分子們變得骯髒了。他們失去了他們母語的純靜，儘管他們天天都在說著他們心靜如水，但是由於德希達這樣的符號，使他們變得不純樸、不純粹，與他們假裝平靜的面部相對應，他們的內心亂糟糟。

由於《讀書》及類似的「讀書」的引導，知識分子們似乎一夜之間出現了語言的新創造。感受一下在最近某一期《讀書》雜誌裡，他們那些人與德希達對話時的口氣吧，這些人由於讀了十幾年的德希達，而不會說自己的話了。知識分子應該怎麼樣面對德希達才不至於成爲結巴的人？那就是你在酒吧裡對你的情人，或者在家裡對你老婆是怎麼說話的，你也應該如何面對德希達去說話。否則，你說的是一種什麼樣的語言呢？

5

中國的知識分子們談起德希達，像是談起了自己死去的爹一樣，突然變得嚴肅起來。他們怕犯下多種可能的錯誤，既對不起渴求知識，渴望變化的自己，又對不起難懂的德希達。

希利斯・米勒說：「解構一詞使人覺得這種批評是把某種整體的東西分解爲互不相干的碎片或零件的活動，使人聯想到孩子拆卸他父親的手錶，將它還原爲一堆無法重新組合的零件。一個解構主義者不是寄生蟲，而是叛逆者，他是破壞西方形而上學機制，使之不能再修復的孩子。」

九丹在《女人床》裡寫出了那個黃色的夢境之後，她以自己的方式解構了這些年來，我們不得不把德希達當作死去的爹的內心情結，裡邊蘊含了巨大的幽默因素，唯一令人吃驚的是：「九丹和中國的知識界開了如此之大的一個玩笑，自己的表情竟然是漠然的，沒有微笑。」

她看上去像是一個朝氣蓬勃的寡婦。

❶【編按】解構哲學家德希達（Jacques Derrida）在二〇〇四年十月八日夜裡，於巴黎一家醫院內因胰腺癌不治辭世。德希達著作甚豐，本文所列出者均為其著名之代表作。